Serpianess

Lukaren Darko

마망

정령왕

이환 판타지 장편소설

13

dream
books
드림북스

정령왕 엘퀴네스 13

초판 1쇄 인쇄 / 2018년 1월 22일
초판 3쇄 발행 / 2022년 9월 9일

지은이 / 이환

발행인 / 오영배
책임편집 / 편집부
펴낸 곳 / (주)삼양출판사 · 드림북스

주소 / 서울시 강북구 도봉로 173
대표 전화 / 02-980-2112 팩스 / 02-983-0660
편집부 전화 / 02-980-2116 팩스 / 02-983-8201
블로그 / blog.naver.com/dreambookss

등록번호 / 제9-00046호
등록일자 / 1999년 3월 11일

ISBN 979-11-283-9277-1 (04810) / 978-89-542-4481-7 (세트)

* 지은이와 협의하에 인지는 생략합니다.
* 잘못된 책은 구입한 곳에서 바꾸어 드립니다.

이 도서의 국립중앙도서관 출판시도서목록(CIP)은 서지정보유통지원시스템홈페이지
(http://seoji.nl.go.kr)와 국가자료공동목록시스템(http://www.nl.go.kr/kolisnet)에서
이용하실 수 있습니다. (CIP제어번호: 2018002032)

정령왕

엘퀴
네
스 13

Contents

제1화

1.

"키에에엑!"

쇠를 긁는 듯한 소음이 찌를 듯이 울려 퍼졌다. 짐승인지 사람인지, 형태조차 구분 지을 수 없는 거대한 괴물이 마지막으로 내뱉은 단말마였다. 육중한 육체는 무너지는 순간까지 거대한 진동을 만들어냈다. 근방에 자라 있는 나무마다 온통 가지를 떨 정도로 대단한 울림이었다. 반대로 괴물 앞에 내려서는 이들에게선 아무런 소리도 일지 않았다. 마치 중력의 영향을 전혀 받지 않는다는 듯, 깃털처럼 사뿐한 착지였다.

사방은 고요했고, 숨소리조차 들리지 않았다. 굳어 있는 분위기 속에서 태연한 건 괴물을 해치운 이들뿐이었다. 그들은 아무렇지 않게 들고 있던 무기를 집어넣었다. 공중에 한 번 휘둘러 오물을 털어내고 본래의 위치로 돌려놓는 과정이 무도의 한 장면처럼 유려하게 이어졌다. "우와아아!" 일련의 과정을 멍하니 지켜보고 있던 사람들 사이에서 그제야 뒤늦은 환호성이 터져 나왔다.

"와, 미쳤다. 저걸 단숨에 끝내네."

"내가 지금 본 게 뭔지 모르겠다. 저게 가능하긴 한 거야? 다들 가까이 다가가지도 못했는데."

술렁이는 사람들은 꿈이라도 꾼 듯한 표정으로 혀를 내둘렀다. 사방을 파괴하며 일대를 공포에 떨게 한 괴물이 너무나 덧없이 쓰러진 탓이었다.

괴물이 나타난 건 몹시 갑작스러운 일이었다. 조금 전까지만 해도 멀쩡했던 사람이 돌연 괴물로 변해 주변을 공격하기 시작했다. 생전 처음 보는 생김새인 데다가 통상적인 공격은 통하지도 않아 아무도 제대로 된 대처를 할 수 없었다. 속수무책으로 당하고 있는데 어디선가 지원 병력이라며 다섯 명의 인원이 나타났다. 평소 부대 안에서 실력 있다고 알려진 이들이었다. 그때까지만 해도 아무도 그들에게 큰 기대를 하지 않았다. 그저 대처하고 있는 무리에 섞이면 어느 정도 보탬이 되겠거니, 그 정도의 시선이 다였다. 설마 그들이 투입된 순간부터 현장을 통째로 주도할 뿐만 아니라 처음부터 끝까지 일방적으로 끝낼 거라곤 조금도 예상하지 못한 일이었다.

"아론!"

다들 어안이 벙벙해져 있는 가운데, 무리 사이에서 몇 명의 남녀가 달려 나왔다. 괴물이 그런 모습이 되기 전까지 그의 동료였던 용병들이었다. 그들은 괴물의 시체 앞에 무너지듯 주저앉았다.

"아아아, 아론!"

빠르게 마무리되긴 했지만 피해 규모가 큰 데다가 사망자까지 나온 참극이었다. 한때 동료였다 해도 그 원인인 괴물을 붙들고 우는 모습은 아직 공포심이 가시지 않은 이들에게 자칫 반감을 사기 충분했다. 그러나 지켜보는 이들 중 누구도 그 모습에 불만을 품지 못했다. 울고 있는 그들에게 괴물을 처치한 이들이 묵례를 보냈기 때문이었다. 고인을 위한 예우로써 부족함 없는 정중한 태도에 다른 사람들도 다들 애도하는 분위기로 흘러갔다.

자연스럽게 흐름을 주도하는 장악력과 저절로 따르게 하는 권위. 말하지 않아도 모두가 느끼고 있었다. 그들은 타고난 리더들이었다.

곧 병사들이 다가와 현장을 수습하기 시작하면서 다들 본래 자리로 흩어졌다. 괴물을 처치한 이들 역시 간단한 문답을 거친 후에 제 위치로 복귀했다. 끝까지 현장을 지킨 사람들이 수고와 감사의 의미를 담아 떠나는 그들에게 박수를 보냈다.

"저 사람들이 그 유명한 샴페인이지?"

"맞아. 용병단 중에서 규모는 가장 작은데 실력은 길드 다섯 손가락 안에 들어간다는 그 샴페인."

"다섯 손가락? 저 정도면 단연 최고 아냐? 제일 큰 용병단이라는 비어 용병단도 저런 느낌은 아니었다고."

"내 생각도 그래. 소문이 과장된 건 줄 알았는데 오히려 한참 축소된 거였네."

"저런 사람들이 왜 고작 용병질을 하는 거지? 이해가 안 되네. 나라마다 모셔 가려고 할 것 같은데."

멀어지는 뒷모습을 바라보는 시선마다 동경과 존경심이 가득 차올랐다. 소수의 최정예. 공훈을 세우되 과시하지는 않는 여유. 괴물에게도 고인에 대한 예우를 지키는 기품. 모두가 지켜본 그들의 모습은 소설 속 용사들의 서사를 떠올리게 하기에 충분했다.

훗날 수많은 역사학자가 주목한, 잠룡(潛龍) 샴페인이 본격적으로 두각을 드러내기 시작한 역사의 첫 기록이었다.

*　　　*　　　*

"으아, 뒈지는 줄 알았네. 멀쩡하던 사람이 왜 괴물로 변하고 난리래?"

물론 역사가 꼭 모든 진실을 반영하는 것만은 아니라서, 현실은 자못 다를 수도 있는 법이다. 그 사실을 온몸으로 증명하는 인물 중 하나가 뒤늦게 놀란 가슴을 쓸어내렸다. 경박할 정도로 호들갑을 떠는 헤롤의 모습에 일행은 모두 얼굴을 찌푸렸지만 그를 나무라진 않았다. 정도의 차이는 있어도 심경은 모두 비슷했기 때문이다. 사람이 괴물로 변한 것 자체도 그렇지만 그 정체가 더 문제였다.

"그거, 역시 마물이었지?"

"그 특이한 생김새를 봐. 오러를 써서 베어냈는데 순식간에 아물었잖아. 몸 안에 핵이 있었고. 틀림없는 마물이야."

이릴의 대답에 휴센의 얼굴이 심각해졌다. 마물은 마기의 찌꺼기가 뭉쳐져 발생하는 생물로 마계에 속한 존재다. 중간계엔 나타나는 일이 거의 없어 알려진 정보도 드물었지만 샴페인 용병들은 운 좋게도(?) 과거에 접해 본 적이 있었다. 남부에 있는 죽음의 땅 — '검은 숲'의 호위 의뢰를 맡았을 때였다.

마계와 비슷한 환경이라고 알려진 검은 숲은 실제로도 마기가 흐르는 곳이었다. 특히 마신의 영향력이 짙어지는 암흑절(마신의 탄생일 주간. 이 시기엔 달과 별이 뜨지 않는다) 주간엔 마계만큼이나 마력이 강해지는데, 그러다 보면 간혹 마물이 태어나기도 했다. 단지 꽤 깊은 안쪽에서나 벌어지는 현상이고, 태어나도 불완전해서 며칠 안으로 사멸하는지라 외부로 나올 일이 없는 것뿐이다. 워낙 은밀한 현상이라 그 사실을 아는 사람도 거의 없었다. 하필 그 시점에 숲을 방문한 것이나, 길을 잃는 바람에 생각보다 더 깊은 곳까지 들어간 건 어디까지나 샴페인 용병단이 특수한 경우였다.

어쨌든 그때의 경험 덕분에 그들은 오늘 마물을 상대하면서도 침착할 수 있었다. 하지만 일을 무사히 해결했다 해서 사태를 가볍게 볼 수 있는 건 아니었다. 상급 마수인 베히모스가 나타났을 때도 이 정도로 심각하게 여기진 않았다. 마수는 아무리 강해도 결국은 짐승이었다. 베면 베였고, 자르면 잘리는 육체를 갖고 있었다. 운이 좋으면 인간의 힘과 무기로도 충분히 죽일 수 있다는 뜻이다. 하지만 마물은 그렇지 않았다. 그건 살아 있는 생물이면서도 몸은 그냥 점액질 덩어리나 다름없었다. 평범한 방식으로는 베어지지도 않는 데다가 자르면 오히려 분열해서 더 늘어나기만 했다. 약점인 핵을 파괴하지 않는 한 무적이나 다름없는데, 그 핵의 위치를 알아내기가 여간 쉽지 않았다.

이번 사건이 우연히 발생한 거라면 차라리 다행이겠으나 만약 적의 간계라면 앞으로 또 같은 일이 벌어지지 않으리란 법이 없었다. 동시다발적으로 터질 경우 황제 군은 오래 버티지 못하고 순식간에 붕괴할 것이다. 마목의 씨앗에 대한 것이나, 그걸 엘 쪽에서 이미 대부분 제거했다는 사실을 모르는 그들로서는 근심할 수밖에 없는 사안이었다.

"왠지 시작부터 느낌이 영 좋지 않은데. 이거 불길한 징조 아냐?"

"헛소리."

마이티가 찜찜한 표정으로 중얼거리는 걸 휴센이 한마디로 일축했다. 그들은 부대에 복귀한 후에도 신원 확인과 자대 배치 문제로 한동안 외각에서 대기하던 상태였다. 이제 겨우 복귀 절차를 밟아 이동하던 참이었는데 배치되기 무섭게 이런 일이 터지니 안 그래도 다들 기분이 좋지 않았다. 적도 아니고 아군이었던 이를 벤 것이라 더 그랬다. 하물며 전장에서는 사소한 푸념 한마디도 징크스가 되기 쉽다. 마이티는 평소에도 무신경한 말을 해서 일행의 빈축을 자주 사는 편이었지만 지금 같은 발언은 명백한 실수였다.

찔끔한 마이티를 다른 이들이 노려보는 동안 휴센은 조금 묘한 얼굴로 주먹을 쥐었다가 펴 보았다. 생각이 많아 보이는 그를 알아본 쉐리가 의아한 표정을 지었다.

"왜 그래, 휴센?"

"좀 이상해서."

"뭐가?"

"조금…… 너무 쉽지 않았나?"

두서없이 튀어나온 말에도 그들은 크게 당황하지 않았다. 다들 어렴풋이 같은 기분을 느끼는 중이었기 때문이었다.

"어, 역시?"

"나만 그렇게 느낀 게 아니었나 보네."

"뭔가 좀, 생각보다 되게 쉬웠어."

"마물인데…… 꽤 간단히 잡았지?"

한마디씩 뱉은 후 그들은 서로 묘한 표정을 지었다.

마물은 정말 위험한 존재였다. 과거 검은 숲에서 마주쳤을 땐 거의 죽다 살아났다. 그나마도 매튜가 우연히 마물의 핵을 간파한 덕분이라, 그가 아니었다면 모두 그날 검은 숲에 뼈를 묻어야 했을 것이다. 그때 새겨진 공포와 절망감이 얼마나 컸던지 모두가 한마음으로 다시는 검은 숲에 가지 말자는 맹세까지 했더랬다. 그런데 그렇게 무시무시하기만 하던 마물이 왠지 이번엔 너무 쉬웠다. 속도나 힘도 예전만 못한 것 같았고 약점인 핵의 위치도 훤하게 보여서 찾아내고 말고 할 게 없었다. 기억하던 느낌이랑 너무 달라서 지금 이 상황이 심각한 건지도 헷갈릴 정도였다.

그러나 마물이 약했다고 하기엔 피해 규모가 너무 컸다. 그들이 나설 때까지 제압에 성공한 사람이 아무도 없었다는 것도 말이 되지 않았다. 결국 결론은 하나로 이어질 수밖에 없었다. 마물이 약해진 것이 아니라 그들이 강해졌다는 것으로.

그건 이해할 수 없는 현상이었다. 물론 과거보다 지금 실력이 더 나은 건 사실이었지만, 경험에 따른 요령이 쌓인 것이지 능력치 자체가 큰 폭으로 성장한 건 아니었다. 아니, 불과 얼마 전까지는 몸이 예전만 못하다고 느끼고 있던 참이었다. 그런데 언제부터인가 그런 생각을 안 하게 됐던 것 같다. 그게 언제였더라? 기억을 짚어가며 제 몸을 주물러 보는 휴센을 따라 헤롤도 팔을 크게 휘둘렀다. 기분 탓인지 예전보다 근육이 더 유연해진 것 같았다. 평소 뻐근하던 부분도 이전만큼 걸리지 않았다.

"최근 들어 몸이 좀 가벼워졌다는 느낌이 있긴 했어. 살이 빠진 건가 했는데."

"그렇게 먹어대면서 살이 빠질 수 있다고 생각하다니. 그 발상이 더 경악스럽다, 헤롤."

"뭐! 왜! 뭐! 그럴 수도 있지! 뭔가 예전보다 소화가 더 잘되는 기분이었단 말이야!"

"아, 사실 그건 나도 그래. 먹는 것마다 고스란히 다 근력으로 간다는 기분?"

"정말? 나도 그랬는데."

"나도."

"뭐야, 그럼 다들 느끼고 있던 거였어?"

한 사람이면 몰라도 전부가 다 같은 기분을 느낀다는 건 보통 일이 아니었다. 한동안 당황해하던 그들은 곧 심각한 표정으로 머리를 맞대기 시작했다.

"언제부터였지? 우리 언제 뭐 좋은 거 먹은 적 있나?"

"보약 같은 거 말이야? 우리 요즘 계속 거지였거든? 항상 똑같은 것만 해 먹었었는데 보약은 뭔 놈의 보약."

"가끔은 식당에서 사 먹은 적도 있잖아. 그때 요리사가 실수로 집안 가보로 보관하고 있던 귀한 약초를 넣어버렸다거나……?"

"말이 되냐?"

"그게 아니면 이걸 뭘로 설명할 건데?"

"그러지 말고 잘 생각해 봐. 평소랑 달랐던 거 뭐 없는지. 이상하던 점이라거나."

"이상한 거라면…… 그 사제님이 이상했었지."

이릴의 말에 모두의 눈이 부릅떠졌다. 부대로 복귀하는 동안 잠시 동행했던 엘뤼엔의 사제. 차마 부정할 수 없었던 건 그 사제가 정말로 이상하긴 했기 때문이다. 비현실적으로 아름다웠던 외모도. 설명하기 힘들 정도로 묘하게 주변을 압도하는 그 분위기도. 거의 술만 주식으로 삼았던 점도.

"……그러고 보니 평소랑 달랐던 날이 하나 있긴 하네."

마이티의 한 마디는 모두가 잊고 있던 기억을 재점화하는 불씨가 되기 충분했다. 그들은 동시에 같은 상황을 떠올렸다.

그건 매튜가 우연히 합류하기 전에 있었던 일이었다. 정체를 알 수 없는 신비로운 사제와 동행하기 시작한 이후, 샴페인 용병들은 될 수 있으면 편한 쪽으로 노선을 잡았다. 식비를 비롯한 모든 경비도 그들 쪽에서 전부 부담했다. 사제가 빈털터리처럼 보이진 않았지만 왠지 그에게선 돈을 받으면 안 될 것 같았다. 미리 그러자고 합의한 것도 아닌데 다들 사제가 보태 주려고 할 때마다 극구 나서서 말렸다.

문제는 그들이 그리 넉넉한 형편은 아니라는 점이었다. 샴페인 용병단의 재정은 그 언젠가 헤롤이 돈주머니를 잃어버린 후로 늘 간당간당한 상태를 유지하고 있었다. 한 번도 내색한 적은 없었으나 사제도 보는 눈이 있는데 그 뻔한 사정을 모르진 않았을 것이다. 그래선지 그는 뭐든 요구하는 법이 없었다. 식당에서 주문할 때도 늘 가장 값싼 것으로만 고르곤 했다.

귀한 성수만 마시며 자랐을 것 같은 고결한(외모적으로나 자태로나) 사제가 싸구려 술만 마시는 게 그렇게 안타까울 수가 없었다. 더 좋은 걸 권해도 그쪽에서 거절하니 민망한 마음이 컸다. 그래서 하루는 휴센이 큰마음을 먹고 비상금을 털어 평소보다 비싼 술을 주문했다.

"그렇게 질 나쁜 것만 드시면 입맛을 버리실 겁니다. 가끔은 좋은 것도 드셔야죠."

아주 귀한 술은 아니었지만 당시 그들 형편에선 꽤 무리한 금액이었다. 그래도 그 돈이 하나도 아깝지 않았다. 거절하기도 전에 잔에 따라 권하니, 사제도 별수 없다는 듯이 받아들였다. 그는 조금 묘한 눈으로 잔을 바라보다가 천천히 술을 목 안으로 넘겼다. 남이 먹는 걸 지켜보는 건 실례라는 걸 알면서도 그땐 모두가 무의식적으로 그 모습을 바라보았다. 왠지 시선을 뗄 수가 없었다.

"나쁘지 않군."

긍정적인 반응이 돌아오자 일행의 얼굴에 화색이 돌았다. 그제야 모두가 자신을 지켜보고 있었다는 걸 인지한 사제가 빙긋 웃었다(여기서 다들 숨을 멈췄다).

"모처럼 호의를 받았으니 나도 그렇게 하지."

빈 잔에 다시금 술이 채워졌다. 그 술잔이 자신에게 향한 것을 보고 휴센이 눈을 크게 떴다.

"아니, 저는 괜찮습……."

거절하려는 그를 사제가 가만히 바라보았다. 평소에도 똑바로 마주하기 힘든 아름다운 벽안에서 묘한 박력이 느껴졌다. 휴센은 홀린 듯이 술잔을 받아들였다. 그렇게 그 자리에 있던 모든 샴페인 용병이 술을 한 잔씩 받아마셨다.

좋은 술을 나눠 받는 건 흔히 경험하는 일이었다. 술자리가 차고 넘치는 용병들 세계에선 더욱 그랬다. 심지어 그들 쪽에서 산 술이었고, 그 일부를 나눠준 것뿐이다. 그런데 왠지 가슴이 벅차도록 달아올랐다. 그날따라 술맛도 굉장히 좋았다. 자주는 아니더라도 가끔은 즐기던 술이라 맛이라면 이미 충분히 잘 알고 있는데도, 마치 처음 먹어 보는 것 같은 생소한 느낌에 어리둥절한 기분마저 들었다. 당시엔 오랜만에 마셔서 그런 것이라 생각하고 무심히 넘겼는데, 지금 다시 돌이켜 보니 특별하다고 여기면 충분히 특별하게 볼 수 있는 부분이었다.

"어어, 잠깐 기다려 봐. 나 예전에 이런 얘기 들은 적 있거든? 성력이 엄청난 사제는 신주를 만들 수 있다고."

"신주?"

"신의 힘이 깃든 술 말이야. 그게 엄청난 영약이래. 한 잔만 있어도 다 죽어 가는 사람을 벌떡 일으킨다나. 건강한 사람이 마시면 신체 능력이 엄청나게 향상된다고⋯⋯."

"엇, 나도 들어본 적 있어. 근데 그거 쉽게 만들 수 있는 건 아니잖아? 대사제 중에서도 만들 수 있는 사제가 극소수인 데다가, 식음을 전폐하고 기도하면서 성력을 쏟아부어야 간신히 만들 수 있다고 하던데. 그렇게 해도 소량밖에 못 만든다고⋯⋯."

"그분이 그 극소수인 사제였을 수도 있지. 그중에서도 더 특별한 사제일 수도 있고."

"하긴, 그분⋯⋯ 진짜 대단하시긴 했으니까."

"그러고 보니 그 사제님 말이야. 식사도 거의 안 하시고 늘 술만 드시는 데도 멀쩡하셨잖아. 신성력이 강한 사제는 먹지 않아도 오랫동안 버티는 게 가능하다지만 그분은 도가 좀 지나쳤었어. 근데 그게 만약 술을 신주로 바꿔서 드신 거라면?"

마지막 이릴의 말에 모두가 숨을 크게 삼켰다. 추리해 가면서도 내내 긴가민가했는데 이보다 더 확실한 증거가 없어 보였다.

"우와, 미친? 그럼 우리가 그날 신주를 마신 거야?"

"어쩐지 그날따라 술맛이 끝내주더라니!"

"몸을! 몸을 좀 더 움직여 봐야겠어! 이 근처에 몬스터 서식지 없어?"

인지하지도 못한 사이 찾아왔던 기연. 샴페인 용병들은 때늦은 혼란에 빠져 정신을 차리지 못했다. 하지만 그때까지만 해도 그들은 아무것도 모르고 있었다. 앞으로 더 엄청난 일들이 기다리고 있다는 사실을.

2.

"이봐."

눈앞을 드리운 그림자에 휴센은 살짝 눈살을 찌푸렸다. 중년으로 보이는 거대한 사내가 길을 막아선 채 내려다보고 있었다. 휴센도 그리 작은 키가 아닌데 사내는 그런 그가 한참 올려다봐야 할 정도로 컸다. 단 내 최장신이자, 너무 커서 오거로 오해받는 헤롤보다도 더 큰 것 같았다.

"헉! 저 사람은!"

"비어 용병단의 렉스다!"

"금패의 렉스야!"

어느새 몰려나온 구경꾼들 사이에서 수군거리는 소리가 퍼져나갔다. 상대를 가만히 응시하던 휴센의 눈동자에 이채가 서렸다. 금패의 렉스는 주변 일에 관심을 두지 않는 그도 익히 알고 있을 만큼 유명한 이름이었다. 현 길드에서 가장 높은 실적을 지닌 비어 용병단의 창립 멤버이자 금패의 용병. 위치는 부단장이지만 비어 용병단이 지금과 같은 명성을 얻기까지 단을 이끌어 온 실질적인 지주이기도 한 존재였다. 다만 휴센이 흥미롭게 여긴 건 조금 다른 부분이었다.

'비어 용병단은 대공군과 계약했다고 들었는데. 그게 아니었나?'

정찰대였던 지난번과 달리 샴페인 용병단이 이번에 새로 배속된 부대는 용병으로만 구성된 공격대였다. 외인부대도 포함된 부대다 보니 아는 얼굴도 많았지만 모르는 이는 그보다 더 많았다. 그렇다 해도 비어 용병단은 예상하지 못한 존재였다.

내전이 막 발발할 당시, 용병 길드 내에선 대공군 쪽을 더 우세하다고 판단하는 추세였다. 계약금이나 보상금도 대공군이 제시한 금액이 더 컸기 때문에 다들 대체로 대공군 쪽에 붙는 분위기로 흘러갔다. 그리고 그 흐름의 밑바탕엔 비어 용병단이 존재했다. 모두가 망설이고 있을 때 그들이 대공군과 계약했다는 소문이 퍼졌기 때문이다. 강자가 있는 곳이 승률이 높은 건 당연한 이치. 최강이라 불리는 용병단이 대공군을 선택했다는 것 자체가 이미 용병들에게 가야 할 길을 제시한 것이나 다름없었다.

그런데 정작 그런 흐름을 만들어 낸 용병단의 부단장이 황제군에 있으니 실로 당황스러운 상황이었다. 술렁거리는 주변의 반응을 보니 다들 그의 합류를 몰랐던 것 같았다. 비어 용병단이 처음부터 황제군에 있었다면 지금까지 알려지지 않았을 리가 없었다. 휴센은 자연스럽게 하나의 결론에 도달했다.

'기존 계약을 파기하고 이쪽으로 붙은 건가.'

상황에 따라 소속을 옮기는 건 용병 세계에선 흔한 일이었다. 어차피 전부 일시적인 계약 관계일 뿐인데 반드시 지켜야 할 의리 같은 건 없었다. 하물며 생사가 걸린 전장에서는 적절한 때에 줄을 잘 갈아타는 것도 능력이었다. 죽을 때까지 한 주군만 섬기는 기사들은 철새 같다며 비난했지만, 딱히 적을 두지 않는 용병들에겐 그걸 당연한 생리로 여겼다. 휴센도 용병이다 보니 그 자체의 해석에만 신경이 쏠렸다. 비어 용병단이 이쪽으로 넘어왔다는 건 대공군 쪽에 승산이 없다고 판단했다는 의미였다. 판도가 확실히 기울어졌다는 뜻이니 황제군에 소속된 입장에선 나쁠 게 없었다. 물론 그것과는 별개로 지금 자신을 노려보고 있는 남자의 태도는 그다지 달갑지 않았지만.

"난 렉스다. 그쪽이 샴페인 용병단의 단장인 휴센인가?"

"맞소."

"금패라고 들었는데?"

"……그렇소만?"

불퉁한 어조의 질문에 휴센의 어조도 자연히 딱딱해졌다. 그를 살피던 사내의 표정에 싸늘한 한기가 스쳤다. 휴센에겐 매우 익숙한 시선이기도 했다. '생각보다 별거 아닌데?' 듣지 않아도 상대가 품고 있는 생각이 훤히 읽혔다.

휴센의 명성을 듣고 접근하는 이들은 첫 만남에서 대부분 비슷한 반응을 보였다. 그가 지닌 수려한 외모 탓이었다. 무예인은 거친 인상을 근력의 상징처럼 여기는 경우가 많았고, 그 시선에선 귀족처럼 곱상한 느낌의 휴센은 전혀 강해 보이지 않았다. 개중에는 대놓고 실망을 표하는 자들도 있었다. 눈앞의 남자가 바로 그 부류에 속했다.

"소문이 워낙 자자해서 한번은 만나보고 싶었지. 하지만 보지 않는 게 더 나을 뻔했어. 길드가 다른 건 형편없어도 승단 시험만큼은 제대로 치르는 줄 알았더니 그게 아니었군. 곰팡이가 구석구석 미치지 않은 곳이 없는 모양이야."

"대체 무슨 헛소리요?"

"그쪽이 마물을 잡았다지?"

"……."

"난 실력은 없으면서 허풍떨고 다니는 놈들을 싫어한다. 특히 금패에 먹칠하는 놈들은 질색이지. 딱 그쪽 같은 놈들 말이다."

"그래서?"

"나랑 한판 하지."

역시 이건가.

이미 짐작한 사태에 휴센은 가벼운 한숨을 내쉬었다. 새삼스러울 것도 없는 게, 이런 시비가 오늘만 벌써 세 번째였다. 그들이 마물을 잡았다는 소식이 퍼지면서 호승심을 느낀 이들이 여기저기서 몰려들었기 때문이다. 그렇게 온 이들은 짜고 친 것처럼 전부 상대로 휴센을 지목했다. 일반적으로는 금패인 용병에게 함부로 덤빌 생각은 안 하겠지만, 그가 보기보다 약해 보이니 해 볼 만하다고 여기는 모양이었다.

지금까진 그렇게 승부를 걸어오는 이들을 헤롤 쪽에서 나서서 해결했다. 휴센을 걱정해서가 아니라 오히려 상대편을 위한 배려였다. 만만히 보던 상대에게 무참히 깨지면 그 충격이 얼마나 큰지, 경험자로서 누구보다 그가 제일 잘 알고 있었기 때문이다. 휴센은 이런 종류의 승부에서 적당히 봐주는 법이 없는 매정한 남자였으므로 분명 처참하게 몰아붙일 게 뻔했다. 상대가 의기소침해져서 탈영이라도 해 버리면 곤란하니 사전에 비극을 막자는 취지였다. 하지만 이번엔 상대도 금패의 용병이다. "여어, 단장. 욕보쇼." 휴센은 옆에서 성의 없는 응원을 보내는 헤롤을 가만히 노려보았다. 그를 따라 헤롤에게 시선을 던진 렉스가 피식 웃었다.

"지금까지 걸어오는 승부는 다 저 친구가 대신 나서서 처리했다지? 그쪽이 그간 어떤 식으로 단을 꾸려왔는지 알 만하군."

"글쎄. 뭘 오해하는 건지는 모르겠지만, 내가 승부를 피한 건 아니오. 저 녀석이 멋대로 가로챈 거지."

"그렇다면 이 승부는 당연히 임하겠군."

"원한다면."

대답과 동시에 휴센이 검을 꺼내 들었다. 일상에선 부드러운 편인 그의 분위기가 검을 잡은 것과 동시에 날카롭게 벼려졌다. 한순간에 달라진 기세에 지켜보던 사람들이 전부 숨을 삼켰다. 렉스 역시 눈을 크게 떴다가 씩 웃었다.

"의당 그렇게 나오셔야지."

두 사람이 적당한 간격을 두고 마주 서자 어느새 몰려나온 구경꾼들이 순식간에 주위를 둘러쌌다. 부대 내 대련은 엄격하게 금지되어 있지만, 용병대는 어차피 외부자라는 시선이 있어서 어지간히 심각한 상황이 아니면 윗선에서도 관여하지 않는 편이었다. 오히려 이런 일들을 단속해야 하는 병사들까지 구경꾼 사이에 끼어들었다.

"대박! 휴센과 렉스가 붙는다!"

"금패의 대련이야!"

금패의 용병은 그 숫자가 적다 보니 서로 마주치는 일이 드물었다. 하물며 그들끼리 대련하는 일은 거의 없다고 봐야 했다. 천금을 주고도 보기 힘든 진귀한 구경거리에 현장이 뜨겁게 달아올랐다. 떠들어대는 소리와 판돈을 거는 소리가 서로 섞이면서 귀가 얼얼할 정도로 시끄러워졌다.

그러나 축제 같은 분위기는 한때였다. 막상 대련이 시작되자 주변은 급격하게 말을 잊어갔다. 눈으로 보면서도 믿기지 않는 일들이 아무렇지 않게 벌어지고 있었다. 자리에 있던 누구도 입을 열지 못한 채 가만히 숨을 죽였다. 대련은 휴센의 압도적인 승리였다. 철퇴를 나뭇가지처럼 휘두르는 렉스의 엄청난 힘은 휴센의 가느다란 검 앞에 매번 간단히 가로막혔다. 렉스의 실력이 부족했다고 여기기엔 지켜보는 이들 대부분이 휴센의 움직임을 쫓아가지도 못했다. 그저 그가 엄청나게 빠르고, 무언가 현란하게 움직였다는 기억만 남았을 뿐이었다. 넋을 잃고 지켜보던 모두가 정신을 차렸을 땐 어느새 휴센의 검 끝이 렉스의 목을 겨누고 있었다.

"……."

"……."

조개처럼 입을 다문 좌중 사이로 싸늘한 정적이 내려앉았다. 바늘이 떨어지는 소리도 울릴 것 같은 완벽한 고요 속에서, 렉스는 제 목의 아슬아슬한 지점에 멈춰 있는 검을 힐끗 내려다보았다. 마른 침이 목울대를 울리는 동안 그의 턱 끝으로 주르륵 땀이 흘러내렸다. 그러나 경악한 그를 마주하고 있는 휴센의 표정은 그저 무심하기만 했다. 너무 당연한 결과라서 새삼 놀랄 것도 없다는 것처럼. 계속할 거냐고 묻는 듯한 시선에 렉스가 떨어지지 않는 입을 벌렸다.

"……내가 졌소."

"좋은 대련이었소."

한층 정중해진 화법에 담담히 답한 휴센이 검을 거둬들였다. 그제야 구경꾼들 사이에서 환호와 박수가 터져 나왔다. 와아아! 땅이 울릴 만큼 우렁찬 함성 속에서 흥분한 이들이 앞다투어 휴센의 이름을 연호하기 시작했다. 그러나 정작 그 영광의 중심에 있는 휴센의 표정은 처음과 크게 다르지 않았다. 우쭐해하거나 쑥스러워하지도, 승리감에 고양되지도 않았다. 오히려 조금 귀찮아하는 것 같았다. 렉스는 목을 문지르다 말고 복잡한 얼굴로 휴센을 바라보았다.

"한 가지만 물읍시다. 그쪽…… 아니, 당신은 왜 용병을 하는 거요?"

"……? 이 생활이 내게 잘 맞기 때문이오."

"용병 일을 좋아하오?"

"좋아하지 않으면 하고 있을 리가 있겠소?"

"샴페인 용병단 숫자가 몇이었지? 다섯? 여섯? 용병단은 지금의 숫자를 계속 유지할 생각이오? 규모를 더 키울 생각은?"

"글쎄. 아직 그런 생각은 해 본 적이 없소."

"해 두는 게 좋을 거요."

"……?"

"큰 힘을 지닌 자는 그만한 사명이 따르는 법이오. 본인이 원하든, 원하지 않든."

이해할 수 없는 말을 마지막으로 렉스는 묵묵히 몸을 돌렸다.

그가 걸어가는 길 양옆이 파도처럼 갈라지는 것을 보며 휴센은 가만히 얼굴을 찌푸렸다. 그때쯤 조금 떨어진 곳에서 지켜보고 있던 쉐리가 답싹 달라붙었다.

"수고했어, 휴센. 어디 다친 곳은 없어?"

"보다시피. 그나저나 조금 묘하군."

"왜?"

"그냥 내가 마음에 안 들어서 시비를 건 건가 싶었는데, 그게 아닌 것 같아서. 마치 시험당한 기분이라고 해야 하나."

"흐음, 저 아저씨, 관심을 두긴 해야 할 것 같아. 아까 사람들이 수군거리는 얘기 들어보니까 혼자 황제군에 왔다던데?"

이릴이 멀어지는 렉스의 뒷모습을 주시한 채 말했다. 뜻밖의 정보에 놀란 표정을 짓는 휴센을 따라 헤롤과 마이티가 눈을 크게 떴다.

"혼자 황제군에 왔다고?"

"그럼 용병단을 나왔다는 거야?"

"그렇지 않겠어? 단에 소속된 용병이 독단적으로 행동할 수는 없을 테니."

"허어, 금패의 렉스는 비어 용병단의 실질적 지주 아닌가? 본인이 다 키우다시피 했을 텐데. 그런 곳을 혼자 나오다니 대체 무슨 일이 있었던 거지?"

"뭐, 난 대충 알 것도 같은데? 파벌 싸움에서 밀렸나 보지."

이번에 대답한 사람은 쉐리였다. 시큰둥하게 뺨을 긁적이는 소녀에게 모두의 시선이 몰려들었다.

"파벌이라니?"

"전부터 비어 용병단의 간부진이 삐걱거린다는 말을 들었거든. 단장과 렉스의 운영 방침이 서로 맞지 않아서 줄곧 갈등이 있었던 모양이야. 그래서 단 내에서 파벌이 갈렸다고 하더라고."

"뭐? 그랬어? 그런 얘기는 처음 들어."

"휴센은 그런 쪽엔 둔하니까. 뭐, 그리 새삼스럽지도 않은 결말이야. 비어 용병단장은 길드 마스터와 친하잖아. 렉스가 아무리 실력이 뛰어난 용병이라도 정치질에는 답이 없지."

"흠."

이미 렉스의 모습은 보이지 않았다. 그가 마지막으로 남긴 말이 마음에 걸리긴 했으나 휴센은 곧 신경을 끄기로 했다. 어쨌든 오늘 대련 덕분에 앞으로는 시비를 걸어오는 이가 현저히 줄어들 터였다. 그 증거로 그와 눈이 마주치는 사람마다 시선을 피하고 있었다. 휴센으로선 만족스러운 결말이었다.

"그나저나 단장, 진짜 대단하던데. 금패의 렉스를 이렇게 쉽게 이기다니. 나도 빈번히 단장 움직임을 놓쳤다니까. 역시 전보다 더 강해진 거 맞지?"

"아아, 예전이었다면 이렇게 간단하진 않았겠지."

"그러다 곧 소드 마스터 되는 거 아냐?"

"설마. ……음, 하지만 가능성이 없진 않을지도. 기량이 점점 더 좋아지는 기분이 들거든."

"미친. 신주라는 거 진짜 굉장하네."

"그 귀한 걸 우리만 마셔서 어쩌냐. 매튜도 그 자리에 있었다면 좋았을걸."

"그러게 말이야."

들뜬 기분을 애써 가라앉힌 그들은 같은 혜택을 받지 못한 유일한 동료를 떠올리며 아쉬워했다. 본의는 아니었지만 자신들끼리만 만찬을 즐긴 거나 다름없어 내심 민망하기도 했다.

"다들 여기 있었네요."

그 순간 그들 사이로 낮은 소년의 음성이 끼어들었다. 반사적으로 돌아본 샴페인 용병들은 곧 놀란 표정을 지었다. 눈앞에 생각지 못한 사람이 서 있었다. 초콜릿 같은 매혹적인 피부에 새카만 흑발, 별처럼 빛나는 화려한 금안의 소년. 부대로 복귀하기 직전에 헤어졌던 그들의 어린 동료였다.

"매튜?"

"세상에, 매튜!"

"네가 어떻게 여기 있어?"

"너도 참전하기로 한 거야?"

진영 안엔 신분 확인을 거친 사람만 들어올 수 있었다. 샴페인 용병들은 당연히 매튜가 군에 지원한 것이라 생각했다. 안 그래도 그의 빈자리가 허전했던 참이라 그들은 반가운 기분에 한달음에 달려갔다. 그러나 부드럽게 웃는 소년의 입에선 전혀 다른 대답이 흘러나왔다.

"아뇨. 작별 인사를 하러 왔어요."

"뭐?"

"자, 작별 인사라니?"

"말 그대로예요. 이만 용병단을 나가려고요."

"……!"

환히 웃던 얼굴들이 굳어지는 건 순식간이었다. 특히 그를 단에 영입하는 데 앞장섰던 휴센은 당혹감을 숨기지 못했다. 태연한 건 모두를 충격에 빠트린 매튜 본인뿐이었다.

"매튜, 이건 너무 갑작스러운데……."

"나도 그렇게 생각해요. 사실은 이렇게 작별할 생각은 아니었거든요."

"그런데 왜……."

"뭐, 일어날 일이 일어났다고 해야 하나. 내가 지금 말할 필요는 없을 것 같네요. 곧 이유를 알게 될 테니까요."

"매튜……."

"너무 서운해하지 말아요. 예정보다 시기가 빨라지긴 했지만 언젠간 겪을 일이었어요. 어차피 계속 같이 있을 건 아니었으니까. 다들 알고 있었잖아요."

"그게 무슨……."

"내 모습, 몇 년 전하고 하나도 달라지지 않았죠."

입을 벙긋거리던 휴센의 뺨이 움찔했다. 다른 이들도 말문이 막힌 얼굴로 입을 다물었다. 이 자리에서 그 말의 의미를 이해하지 못한 사람은 아무도 없었다.

처음 만났을 때부터 지금 이 순간까지, 매튜의 모습은 늘 똑같았다. 단순히 상징적인 표현이 아니라 실제로 외형의 변화가 없었다. 한창 성장기이니 누구보다 무럭무럭 자라야 할 시기임에도 불구하고, 키가 크기는커녕 체형이 달라지지도 않았다. 머리카락 한 올조차 자라지 않는 것 같았다. 처음엔 그보다 작았던 쉐리의 키가 이제 거의 비슷해진 것만 봐도 그 차이는 확실했다. 말라서 발육이 부진한 탓이라 생각해 보려 했지만 느려도 너무 느렸다. 그건 분명 정상적인 모습이 아니었다.

대놓고 이유를 물어볼 자신은 없었기에 다들 매튜가 이종과의 혼혈일 거라 짐작하고 있었다. 사실 기이하리만치 아름다운 외모라든가, 설명할 수 없을 만큼 엄청난 괴력도 순수한 인간이라고 보기엔 어려운 구석이 많았다. 그러나 막상 본인이 그 사실을 짚어내니 가슴 속이 울컥거렸다.

그런 건 상관없다고 말하고 싶은데 현실적인 문제들이 입을 가로막았다. 용병의 세계는 몹시 거칠었고, 보수적인 사고방식과 편견에 찌든 자들이 많았다. 그중에선 이종족이나 이종과의 혼혈에 적대적인 사람도 상당했다. 특히 혼혈은 어디를 가도 배척하는 분위기였다.

종족마다 창조신이 존재하는 이 세계에서 혼혈은 어느 신에게도 속하지 않는, 신의 가호를 받지 못하는 이단아였다. 물건을 팔지도 않고, 입구에 발도 들이지 못하게 하는 마을도 있을 정도였다. 그 모든 걸 감수하고 단에 남으라는 말을 어떻게 할 수 있을까.

지금은 괜찮아도 곧 예리한 자들은 매튜가 자라지 않는다는 사실을 눈치챌 것이다. 아니, 어쩌면 이미 소문이 돌고 있을 수도 있었다. 워낙 속내를 털어놓지 않는 아이니 벌써 몇 차례 불편한 상황을 겪은 걸지도 몰랐다. 그걸 더는 견딜 수 없어서 떠나기로 한 거라면, 그렇게 되기까지 눈치채지 못한 자신들에게 말릴 자격이 있을 리 없었다. 그렇다고 지금까지 생사를 함께한 동료를 이대로 그냥 보내자니 그것도 속이 아렸다. 그들은 이러지도 저러지도 못하는 얼굴로 신음만 삼켰다. 매튜가 그런 마음을 다 안다는 듯이 바라보아서 더 고개를 들 수가 없었다.

"이거 받아요."

그때 매튜가 품 안에서 무언가를 꺼내 휴센에게 건넸다. 얼결에 받아든 휴센은 그 정체를 깨닫고 조금 당황했다. 그건 짙은 갈색의 호리병이었다. 마개가 꽉 닫혀 있음에도 단 향이 퍼져 나왔는데, 꽃향기를 연상시키는 좋은 향취에 알싸함이 거슬리지 않을 만큼 섞여 있었다. 아무래도 꽤 귀한 술인 것 같았다.

"매튜, 이건……?"

"작별 선물이에요. 마시진 말고 갖고만 있어요."

"어? 마시지 말라고?"

"당신들은 이미 신주를 마셨으니까요. 지나친 건 부족한 것만 못하죠. 지금의 당신들에게 이건 오히려 독이 될 거예요."

"어……?"

휴센은 멍하니 눈을 깜박거렸다. 뜻밖의 기습을 당한 듯이 잠시 머릿속이 제대로 돌아가지 않는 기분이었다. 사제에게 술을 받아 마셨을 때나, 그게 신주였다는 사실을 알았을 때나 분명 그 자리에 매튜는 없었다. 그래서 바로 조금 전까지 미안해하고 있었지 않았던가. 그런데 매튜가 어떻게 그 사실을 알고 있는 거지?

꿀꺽, 목울대가 울리고서야 휴센은 자신이 마른침을 삼켰다는 사실을 자각했다. 무의식적으로 긴장했는지 손바닥 안이 축축했다. 매튜는 이번에도 다 안다는 듯이 웃었다.

"뭐, 아쉽게 여기진 말아요. 맛은 확실히 이게 더 낫긴 할 텐데, 효과는 당신들이 마신 게 더 좋거든요."

"더 좋다니……아, 아니, 잠깐만. 그럼 이것도 신주라는 거야?"

"비슷한 종류긴 해요."

"……!"

설마 정말 긍정할 줄 몰랐던 샴페인 용병들이 동시에 헛숨을 삼켰다.

"헐, 정말 신주라고?"

"네가 이런 걸 대체 어디서……아, 아니! 그보다 마실 수도 없는데 이걸 왜 가지고 있으라는 거야?"

"밑천이라고 생각해요."

"미, 밑천?"

"앞으로 당신들은 그걸 원하는 사람을 여럿 만나게 될 거예요. 그중 누구에게 넘길지, 그 대가로 무엇을 얻어낼지, 그건 당신들이 알아서 결정해요. 그 결론에 따라 앞날이 열릴 거예요."

"어? 뭐?"

"내가 말해 줄 수 있는 건 여기까지. 나머진 스스로 깨달아야 재밌지 않겠어요?"

빙긋 웃는 매튜의 모습을 휴센은 혼란스러운 시선으로 응시했다. 손안에 들린 호리병의 무게가 천근처럼 느껴졌다. 갑자기 건네준 신주는 어디서 난 건지, 예언 같은 아리송한 말들은 다 뭔지, 묻고 싶은 것들이 머릿속을 한가득 채웠지만 실제로 뱉을 수 있는 말이 없었다. 왠지 입에 올리는 순간 나쁜 일들이 일어날 것만 같았다. 게다가 이런 걸 받고 나니 싫어질 만큼 뚜렷한 실감이 들었다.

아아, 정말로 매튜가 우리를 떠나는구나.

휴센은 천천히 숨을 삼켰다. 가슴 속에서 바람이 새어나가는 것 같았다. 매튜가 말한 대로 그는 언젠가 이런 날이 올 거라 예감하고 있었다. 하지만 그게 지금 같은 방식은 아니었다. 몇 년이란 시간은 결코 짧은 기간이 아니다. 그동안 그들은 피를 나눈 형제이자 가족이었다. 작별할 땐 적어도 제대로 된 송별회 정도는 할 생각이었다. 한밑천 단단히 챙겨주면서 정착을 도와주려고 했다. 자주는 아니더라도 가끔은 안부 정도는 주고받는 사이로 남을 수 있을 거라 믿었다. 그러나 지금 이 순간 휴센은 강렬하게 예감하고 있었다. 그들이 매튜를 볼 수 있는 건 오늘이 마지막이라는 걸. 아마도 이제 다시는 만나지 못할 거라는 것도.

"……정말 떠날 작정이냐?"

"네."

"그래, 그렇구나……."

"그동안 즐거웠어요. 다들 잘 있어요."

선뜻 이어지는 작별의 말에 휴센은 입술을 깨물었다. 염치 불고하고 설득해 봐야 한다는 마음과 이대로 보내줘야 한다는 마음이 머릿속에서 치열하게 싸웠다. 이긴 건 전자였다.

"하아, 잠깐. 잠깐만 기다려 봐, 매튜. 아무리 생각해도 우리가 이렇게 헤어지는 건 아닌 것 같다. 다시 한번 생각해 볼 수 없……."

그러나 휴센은 끝까지 말을 이을 수가 없었다. 조금 전까지만 해도 눈앞에 있던 매튜의 모습이 어느 순간 보이지 않는다는 걸 자각했기 때문이었다. 당황한 건 다른 이들도 마찬가지였다. 모두가 혼비백산한 표정으로 주위를 둘러보았다. 그 자리에 있던 누구도 매튜가 사라지는 모습을 목격하지 못했다. 휴센의 손에 들린 호리병이 증거로 남아 있지 않았다면, 단체로 꿈을 꿨다 해도 믿었을 것이다. 마치 귀신에게라도 홀린 기분이었다.

"뭐, 뭐야. 매튜 녀석…… 설마 이렇게 가 버린 거야?"

"그런가 봐."

"말도 안 돼. 이렇게 허무하게……."

이릴의 목소리에 울음기가 섞여들었다. 쉐리도 눈가가 새빨갛게 달아올랐다. 헤롤과 마이티 역시 눈물을 참기 위해 연신 헛기침을 내뱉었다.

"거참. 기분 되게 묘하네. 매튜 녀석, 원래도 좀 묘한 느낌이긴 했지만…… 마지막이라 그런가? 오늘은 왠지 평소보다 더……."

"뭔가 기묘한 분위기였지?"

헤롤이 중얼거리던 말을 마이티가 이었다. 본래도 매튜는 종종 어디론가 훌쩍 떠나는 편이었다. 사라지는 시기도, 돌아오는 시기도 늘 두서없었지만 마지막 순간까지 이렇게 갑작스러울 줄은 몰랐다. 지금이라도 늘 재회하는 장소에 가서 기다리면 다시 만날 수 있을 것만 같았다. 물론 그런 일은 일어나지 않을 거라는 걸 모두가 알고 있었다. 앞으론 그의 빈자리를 확인하는 과정만 남아 있을 것이다. 침울해진 그들 사이로 질식할 것처럼 무거운 공기가 내려앉았다. 문득 갑자기 주위가 소란스러워지지 않았다면 언제까지고 계속 그렇게 있었을 터였다.

"힉, 진짜다!"

"정말…… 야!"

문득 웅성거림이 퍼진다 싶더니 여기저기서 사람들이 몰려나가기 시작했다. 하던 일을 멈추는 사람들 사이에 한껏 긴장감이 감돌았다. 샴페인 용병들도 어리둥절해져서 고개를 들었다.

"뭐지? 무슨 일이 생겼나?"

"글쎄?"

비상사태인가 싶었는데 그리 심각한 느낌은 아니었다. 하지만 그냥 무시하고 넘기기엔 주변의 전조가 심상치 않았다. 신경을 날카롭게 세운 샴페인 용병들은 곧 땅을 울리는 묵직한 발걸음 소리를 들었다. 무장한 무리가 가까워지고 있는 듯했다. 예상대로 곧 모두의 앞에 은제 갑옷을 입은 기사들이 모습을 드러냈다. 그들이 걸친 푸른색의 망토가 바람을 타고 위풍당당하게 펄럭거렸다.

"……!"

샴페인 용병들은 자기도 모르게 멍하니 입을 벌렸다. 용병대는 대체로 모든 전투에서 소모품 역할인 만큼 기사단과 접촉할 일이 그다지 많지 않았다. 그렇다 해도 한창 전투를 치르다 보면 이리저리 섞이기 마련이라 마주치는 게 어색할 정도는 아니었다. 하지만 지금 눈앞의 기사단은 단지 그저 평범한 기사단이 아니었다. 그들 중에서 푸른색 망토를 걸치는 기사단은 단 하나뿐이었으니까.

때마침 그들이 들고 있는 깃발이 그 소속을 명확히 드러내고 있었다. 검붉은 바탕에 황금 실로 새겨진 용과 사자의 문양. 틀림없는 황제의 깃발이었다. 그것을 확인함과 동시에 그들은 기사들 사이에 있는 한 남자를 발견했다.

"화, 황제 폐하?"

"저분, 황제 폐하 맞지?"

놀랍게도 그곳에 황제 이사나가 있었다. 주위가 소란스러워진

게 당연했다. 황제는 평소 곧잘 병사들과 어울리는 편이었지만 무법지대나 다름없는 용병대까지 오진 않았다. 첩자가 섞여들기에 가장 쉬운 환경인 만큼 신변 안전 차원에서라도 당연한 일이었다. 그렇기에 같은 선발대 안에 있어도 용병들에게 황제는 그림자도 구경하기 힘든 머나먼 존재였다. 그런 그가 버젓이 눈앞에 서 있으니 다들 제 눈을 의심하기 바빴다.

조금 다른 의미이긴 했지만 그건 샴페인 용병들도 마찬가지였다. 단정한 정복 차림인 황제는 그사이 몰라볼 만큼 자라서 이젠 청년의 태가 물씬 났다. 부드럽기만 하던 인상에도 날카로움이 깃들어 한층 지배자다운 위엄이 느껴졌다. 그래선지 저 황제와 자신들이 한때는 동고동락하던 사이였다는 게 믿어지지 않았다.

그사이 부대장이 부랴부랴 뛰어나가 황제를 맞았다. 그 역시 예상하지 못한 방문인 듯 얼굴이 하얗게 질려 있었다. 황제는 잠시간 그와 대화를 주고받다가 무언가를 살피듯 고개를 돌렸고, 곧 얼어 있는 샴페인 용병들을 발견했다. 시선이 마주치자 샴페인 용병들은 반사적으로 어깨를 바짝 세웠다. 태연히 반가운 낯을 하기엔 상대의 신분이 너무 높아서 엄두도 낼 수 없었다. 눈이 마주치는 것만으로도 심장이 떨리는데 아는 척을 할 배짱 따윈 일찌감치 접어야 했다. 황제 역시 지금쯤이면 그들을 잊었을 터였다.

물론 그게 얼마나 엄청난 착각이었는지 깨닫기까지는 그리 오래 걸리지 않았다. 잠시 스치는 거라 생각했던 시선이 오히려 그들에게 고정되었기 때문이다. 심지어 황제는 그들 쪽으로 걸음을 옮기기까지 했다. 샴페인 용병들은 뻣뻣하게 굳은 채 숨을 멈췄다. 지금 다가오고 있는 이가 정말 황제인 것이 맞는지, 뻔히 보면서도 현실감이 들지 않았다.

"마물을 순식간에 해치운 영웅들이 있다 들어서 왔는데…… 여기서 반가운 얼굴들을 다 보는군요. 모두 오랜만입니다."

"화, 황제 폐하를 뵙습니다!"

건네진 목소리를 듣고서야 정신을 차린 샴페인 용병들이 허둥지둥 대답했다. 황급히 부복하려는 걸 말린 황제가 반가운 표정으로 그들을 살폈다.

"내 군에 지원했었군요. 각 부대의 상세 사항은 소임자들에게 일임한 부분이다 보니 살피는 게 늦었습니다. 서운하지는 않았습니까?"

"아, 아닙니다! 저희를 기억해 주시다니 영광입니다, 폐하!"

"덕분에 목숨을 보전했는데 기억하지 않을 리가요. 이 싸움이 끝나고 나면 가장 먼저 챙겨야 할 사람들이라 생각하고 있었습니다. 그런데 그 은혜를 갚기도 전에 은인들에게 또 신세를 졌네요."

"으, 은인이라니. 당치 않으십니다."

과분한 칭호에 기겁한 휴센이 얼른 고개를 내저었다. 황제가 입을 열 때마다 수명이 몇 년씩 줄어드는 기분이었다. 지켜보는 시선이 점점 강렬해지는 건 단지 기분 탓만은 아닐 것이다. 그렇지 않아도 마물을 잡은 후로는 어딜 가든 시선이 따라붙는 상태였다. 이 와중에 황제가 다 듣는 자리에서 친분을 드러냈으니 어떤 후폭

풍이 따라올지 알 수가 없었다. 적어도 한동안은 유랑 극단과 다름없는 신세로 구경거리가 될 게 뻔했다. 그러나 황제는 그 속을 아는지 마는지 그저 생각에 잠겨 있을 뿐이었다.

"흐음, 그렇군요. 당신들이 여기 있었다니. 마침 잘됐네요."

"예, 예?"

"휴센, 금패의 용병이었던가요?"

"네, 그렇습니다만……?"

"용병대 보직을 일부 개편할 예정이었거든요. 부대장 선임을 두고 고심 중이었는데 적임자를 찾은 것 같네요. 지금부터 휴센이 이 용병대의 부대장입니다."

"……예?"

생각지도 못한 상황에 주위가 크게 술렁거렸다. 당사자인 휴센은 입을 벌리기만 할 뿐 소리를 내지 못했다. 순식간에 돌아가는 상황을 좀처럼 따라갈 수가 없었다. 그가 혼란에 빠져 있는 동안 기존 부대장이었던 로우 남작이 휴센에게 다가와 팔에 무언가를 묶었다. 부대장의 표식인 붉은 리본이었다. 로우 남작은 강단 있고 현명한 지휘관이었지만 전형적인 귀족인 탓에 거칠고 제멋대로인 용병들과는 잘 맞지 않았다. 그래서일까. 표식을 넘기는 그의 표정이 어딘지 모르게 후련해 보였다. 그제야 상황을 파악한 휴센이 다급하게 황제를 바라보았다.

"폐, 폐하. 이게 다 무슨 말씀이신지……."

군대에서 지휘관의 자리란 귀족이 맡는 것이 상식이었다. 전투

중에 윗선이 다 죽으면 피치 못하게 평민이 맡을 때도 있지만 그건 극히 드문 사례였다. 더구나 휴센은 가신도 아니고 용병이었다. 계약 관계인 용병이 정식으로 부대장을 맡는다는 건 지금까지 전례가 없는 파격적인 인선이었다. 그러나 그 엄청난 일을 말 한마디로 끝낸 황제는 그다지 대수롭지 않은 표정이었다.

"용병계의 생리가 일반적인 군대와 조금 다르다 보니 크고 작은 충돌이 많다 들었습니다. 지금 방식은 비효율적이라는 판단이 들어 관련자 중에서 통솔을 맡길 생각이었습니다. 필요한 선임에, 합당한 적임자를 정한 겁니다. 휴센이라면 잘해 나갈 거라 믿습니다."

"아, 아니. 그렇지만, 폐하. 이건 너무…… 저, 저보다 뛰어난 사람도 있을 겁니다."

"반발이 염려되는 겁니까? 그럼 이렇게 하죠. 그의 부대장 선임에 불만이 있는 자는 지금 나오세요. 본인이 부대장에 더 적합하다고 생각하는 사람도 좋습니다. 모두의 의견을 들어보겠습니다."

황제가 주변을 둘러보며 말했다. 용병은 자신을 홍보하는 데 몹시 능숙한 편이었고 그런 기회를 놓치지 않는 자들이었다. 그러나 지금 이 자리에선 선뜻 앞으로 나서는 자가 없었다. 그때 돌연 무리 안에서 누군가가 소리쳤다.

"부대장은 휴센뿐입니다!"

묵직한 목소리는 휴센에게 패하고 물러났던 금패의 용병 렉스의 것이었다. 다른 이보다 몇 배는 큰 덩치를 지닌 사내가 그렇게 소리치니 그나마도 눈치를 보고 있던 이들이 완전히 기세를 죽였다. 당황한 휴센이 눈을 크게 뜨는 것을 보며 황제가 빙긋 웃었다.

"그렇다는군요."

"……."

이제 명실공히 용병대의 부대장이 된 휴센이었다. 얼어 있는 그의 팔을 가볍게 두드린 후 황제는 똑같이 얼빠져 있는 샴페인 용병들을 돌아보았다.

"갑자기 중책을 맡게 되어 휴센의 어깨가 무거울 겁니다. 다들 새 부대장을 잘 보필해 주길 바랍니다."

"마, 맡겨 주십시오, 폐하!"

"그렇게 말해 주니 든든하군요."

갑자기 혜성처럼 나타난 황제는 떠나는 것도 빨랐다. 마지막으로 휴센에게 격려의 말을 건넨 후 그는 곧 다음 일정을 위해 자리를 떠났다. 만남에서부터 작별까지 한바탕 폭풍우 같았던 시간이었다. 황제 일행의 모습이 완전히 시야에서 사라지기까지, 샴페인 용병들은 한참 동안 그 자리에서 꼼짝도 하지 못했다.

"이게 대체 무슨 일이다냐."

"뭐긴. 휴센이 출세한 거잖아?"

"허어…… 단장, 아니 이제 부대장이라고 불러야 하나?"

"헐, 부대장이래. 소름 돋아."

"휴센, 너무 낯설다."

"전부 닥쳐. 어디 나만 하겠냐?"

제게 쏟아지는 말을 견디다 못한 휴센이 한마디 툭 내뱉었다. 매튜가 떠난 충격에서 아직 채 벗어나지도 못했는데, 느닷없이 한 부대의 책임자가 되고 나니 정신이 하나도 없었다. 그런 그 앞에 한 남자가 다가와 손을 내밀었다. 상황이 이렇게 된 것에 제법 큰 역할을 한 존재이기도 한 렉스였다.

"모두에게 한마디 해 주시죠, 새 부대장."

"……당신……."

"편히 렉스라고 부르십쇼. 그렇게 말했잖습니까. 부대장 같은 사람은 어떻게든 그 힘에 책임을 지게 될 거라고 말입니다. 설마 이렇게 빨리 찾아올 줄은 나도 예상 못 했긴 합니다만. 아무래도 부대장 팔자가 보통이 아닌가 봅니다."

"……."

싱글싱글 웃는 얼굴을 못마땅하게 바라보면서도 휴센은 그가 청하는 악수를 받아들였다. 스치는 인연이 될 거라 여겼는데 아무래도 생각보다 끈질길 모양이었다.

훗날 휴센을 물심양면으로 도우며 충직한 수하가 되는 사내—렉스와의 인연이 시작되는 순간이었다.

"아, 그런데, 부대장. 황제 폐하와 아는 사이였습니까?"

부대장으로서 짧은 인사를 마치고 돌아서려는 휴센에게 렉스가 질문을 건넸다. 휴센은 어떻게 답해야 할지 몰라 고심하다가 가볍게 고개를 끄덕였다.

"어쩌다 우연히…… 뭐, 그렇게 됐소."

"헤에, 굉장하네요. 그럼 혹시 그게 정말 사실입니까?"

"뭐가 말이오?"

"황제 폐하가 물의 정령사라는 거 말입니다."

질문에 대한 반응은 다른 곳에서 먼저 일어났다. 근처에 있던 이들이 수군거리기 시작한 것이다.

"아, 맞아! 얼마 전에도 마물이 나타났는데 그걸 황제가 물의 정령을 불러서 잡았다고 들었어."

"그래서 그쪽 부대가 난리가 났다던데?"

제법 커다란 화제였는지 순식간에 주변이 소란스러워졌다. 샴페인 용병들은 몰랐던 일이었지만 황제의 능력만큼은 잘 알고 있던 만큼 그리 놀라진 않았다. 오히려 지금까지 그 사실이 알려지지 않았다는 게 더 의아했다.

"내가 알기론 틀림없는 정령사셨소."

"헉! 정말 정령사라고요? 그럼 정령왕의 계약자라는 것도 사실인 겁니까?"

"……정령왕이라니?"

그러나 그들도 이 얘기만은 금시초문이었다. 난데없이 등장한 정령왕이란 단어에 주변의 소란이 더 커졌다. 모두가 자신을 주목하는 걸 알고 렉스가 어깨를 으쓱였다.

"황제 폐하가 상급 정령을 두 마리나 소환하셨다고 하더라구요."

"그게 무슨……."

"제가 전에 있던 용병단에 이런 정보에 밝은 애가 있어서 잡다한 지식을 주워들은 게 많거든요. 정령 계약은 하나밖에 못 한다더군요. 다수를 부를 수 있는 건 계약 정령보다 낮은 정령들뿐이라나요? 그러니 폐하가 상급 정령을 둘이나 불렀다는 건, 그보다도 상위 정령과 계약했다는 뜻 아니겠습니까? 그리고 상급 정령보다 상위인 정령은 하나뿐이죠."

"정령왕……."

"바로 그겁니다. 그래서 황제 폐하가 엘퀴네스의 계약자인가 싶은 겁니다."

"엘퀴……?"

"물의 정령왕 말입니다. 물의 정령왕 엘퀴네스."

휴센을 비롯한 샴페인 용병들은 잠시간 멍하니 서 있었다. 생각을 멈춘 그들 사이로 무거운 침묵이 흘렀다. "부대장?" 부르는 목소리를 듣고서야 표정을 바꾼 휴센이 억지로 입꼬리를 들어 올렸다.

"음, 나도 거기까진 잘 모르겠소. 하지만 그게 사실이라면 곧 알려지지 않겠소?"

"아, 하긴 그렇겠군요."

휴센의 대답에서 부자연스러움을 느끼지 못한 렉스가 대수롭지 않게 수긍했다. 이후로는 이렇다 할 대화가 더 이어지지 않았기에 떠들썩하던 분위기도 곧 사그라졌다. 이윽고 주위가 한산해지자 그때까지 긴밀하게 눈치를 보던 샴페인 용병들이 빠르게 구석진 곳으로 이동했다. 온전히 그들끼리만 남게 된 후에야 그들은 서로를 심각하게 바라보며 본격적으로 수군거리기 시작했다.

"저기, 다들 어떻게 생각해? 폐하가 정령왕의 계약자래. 이거 왠지 일이 묘하게 돌아가는 것 같지 않아?"

"묘하지. 엄청나게 묘해. 폐하가 소환하시던 정령들이 강하고 아름답기는 했지만 말이야. 정령왕처럼 보이는 존재가 있었던가?"

"……소환하신 적은 없었지. 그냥 항상 같이 다니셨을 뿐."

"그게 무슨 말이야?"

"같이 다녔다니?"

어딘지 넋이 나가 보이는 이릴의 말에 다들 놀란 눈으로 돌아보았다. 그러나 대답한 건 쉐리 쪽이었다.

"……엘 말이야."

"……."

"그 애, 파란 머리카락이었지? 마치 바다를 그대로 옮겨 담은 듯이 신비로운 물색. 그거…… 물의 정령들과 비슷한 색 아니었나?"

이마를 짚은 휴센의 입에서 나직한 신음이 흘러나왔다. 알면서도 회피하던 진실을 더는 외면할 수 없다는 걸 자각한 탄식이었다.

"……생김새도 평범하진 않았지. 볼 때마다 심장이 철렁했잖아.

솔직히 인간의 외모는 아니었어."

"하필이면 이름도 엘이야. 설마 그 엘이 엘퀴네스의 엘은 아니겠지?"

"하하하하. 설마……."

설마일 리가 있냐!

그들은 동시에 머리를 부여잡고 쭈그려 앉았다.

"아씨, 미치겠네. 오늘 진짜 무슨 날인가? 왜 자꾸 심장에 나쁜 일들이 빵빵 터져? 이거 진짜냐? 황제 폐하가 어린 신관 지망생하고 다니시는 게 이상하다 싶긴 했지만…… 그 엘이 정령왕이었다고?"

"누가 나 좀 꼬집어 봐. 나 지금 눈 뜨고 꿈꾸냐?"

"그럼 우리 정령왕이랑 같이 다닌 거야?"

뒤늦게 강타하는 해일 같은 충격에 모두의 얼굴이 창백해졌다. 지난날의 행적들이 영상석을 되감는 것처럼 그들의 머릿속에 빠르게 스쳐 지나갔다. 당시 그들은 황제보다 엘을 더 스스럼없이 대했다. 장난이나 농담도 자주 했고, 대놓고 세상 물정 모르는 어린애 취급을 하기도 했다. 그 모든 회상 속 장면들이 알아서 못자리를 찾아가는 과정처럼 느껴졌다.

"자, 잠깐만 기다려 봐."

"왜? 쉐리?"

"엘이 정말 정령왕이라면 말이야…… 매튜는 뭐야?"

"뭐?"

"매튜가…… 엘과 고향 친구라고 했잖아. 가족 같은 사이라고."

"……."

"……."

이번만큼은 아무도 반응을 하지 못했다. 다들 동시에 호흡을 멈췄고, 머릿속이 새하얗게 변하는 경험을 했다. 그 순간 쿠웅! 둔탁한 소리가 울려 퍼졌다.

"으악! 휴센이 기절했어!"

"휴센! 단장! 아니, 부대장! 어이, 정신 차려!"

"틀렸어! 이미 눈이 풀렸어!"

부대의 가장 구석진 천막 뒤편에서 한 무리의 소리 없는 비명이 퍼져나갔다. 같은 시각, 그 사실을 느낀 다갈색 피부의 소년이 맑은 웃음을 터트렸다는 건 이들에겐 평생 알려지지 않을 이야기였다.

일상의 인연에 감사하라.

기적은 의외로 가까운 곳에 있을지도 모른다.

제2화

1.

「황제가 물의 정령사였다.」

뒤늦게 밝혀진 이 엄청난 사실은 황제군의 사기를 크게 높였다. 희귀한 편인 정령사 중에서도 드물다고 알려진 물의 계열— 심지어 그 안에서도 가장 귀한 상급의 정령사였다. 거기에 어쩌면 정령왕의 계약자일지도 모른다는 소문까지 더해지면서 진영 안이 온통 관련 이야기들로 떠들썩했다.

황제가 능력을 감추고 있었던 이유는 알려지지 않았으나 병사들은 마지막까지 한 수를 숨겨둔 그만의 전략일 것이라 해석하고 알아서 존경심을 품었다. 기실 최근 들어 지지부진하게 흘러가던 내전의 판도를 단숨에 뒤엎을 만한 소식임은 분명했다. 황제의 인품이 훌륭하다는 건 지난 시간 동안 이미 넘치도록 확인한바. 자애로운 황제가 뛰어난 이능을 지닌 데다가 현명하기까지 하니 그야말로 제국의 복이요, 자랑이었다. ―다만 한 사람, 이 모든 사태를 일으킨 이사나 본인에겐 의도치 않은 사고에 불과했지만.

"사망자는 아론이란 용병입니다. 와인 용병단 소속이었으며, 평소 성실한 성격으로 주위 평가가 좋았던 걸 보아 인품도 좋았던 것 같습니다. 달리 수상한 행적은 없었습니다."

보고를 듣는 이사나의 표정은 신중했다. 그의 손엔 두툼한 종이 뭉치가 들려 있었다. 마물로 변한 용병의 조사 기록이 적힌 보고서였다.

"내가 확인하라고 한 건 어떻게 됐습니까?"

"배급받은 식사 외에 다른 음식을 섭취했는지의 여부 말씀이시지요. 늘 함께하는 동료들을 상대로 상세히 조사했는데 그런 적은 없다고 했습니다."

"……그렇군요."

이미 구겨진 이사나의 미간이 한층 더 좁혀졌다.

벌써 두 번이나 인간이 마물로 변하는 기현상이 발생했다. 처음은 첩자 행위를 했던 자들이었기에 주목하지 않았으나 두 번째 희생자는 무고한 자였다. 어디선가 마목의 씨앗을 먹은 게 분명한데 과정을 확인할 방법이 없으니 난감하기 짝이 없었다. 잠복기가 있는 것이니 군에 들어오기 전에 먹은 걸 수도 있지만, 만약 군량에 섞여 있는 거라면 상당히 심각한 문제였다. 앞으로 또 몇 명의 피해자가 나타날지 아무도 알 수 없다는 뜻이었으니까.

지금까지는 사건이 터질 때마다 빠르게 수습된 덕에 어영부영 넘어갈 수 있었다. 그러나 다시 또 같은 일이 벌어지면 그때부턴 본격적으로 불안감이 퍼질 터였다. 동료를 잃은 탄식과 슬픔, 다음 피해자는 내가 될지도 모른다는 공포까지. 심리적인 위축은 상황을 빨리 수습하는 것만으론 해결되지 않을 것이다. 물론 마물 자체가 일으킬 피해도 무시할 수는 없었다.

이사나는 손가락으로 책상을 툭툭 두드리며 새벽에 받은 보고를 상기했다. 본래 오전에 열리는 참모진 회의가 오늘은 해가 뜨기도 전에 긴급 소집됐다. 수도에 심어 둔 정보원에게서 급보가 도착한 탓이었다. 전서구가 전달한 암호문엔 그럴 가치가 넘칠 만큼 파격적인 내용이 적혀 있었다.

「대공이 연회에서 귀족 자제들을 납치—살해하려다가 실패. 이후 도주, 생사 확인 불가. 행방 알 수 없음.」

암호문에 기록된 날짜는 사흘 전이었다. 황제군에게 놀라울 정도로 유리한 소식이었지만 워낙 비현실적인 내용이다 보니 참모진 대다수가 정보를 불신했다. 대공군 쪽의 교란 작전이 아니겠냐는 시선이 더 많았다. 사실이라면 가장 혼란에 빠져 있을 대공군에게서 아무런 동요를 감지할 수 없다는 것이 타당한 근거로 꼽혔다. 그러나 이사나만은 그 정보가 사실이라고 확신했다.

'잠적. 잠적인가……. 엘이 숙부를 처리한 걸까? 그게 아니면…….'

엘에게선 아직 이렇다 할 소식이 없었다. 별다른 일이 없는 걸 수도 있지만, 설명할 시간도 없을 만큼 상황이 급박하게 돌아가고 있는 걸지도 몰랐다. 걱정으로 속이 까맣게 타는데 확인할 방도가 없으니 갑갑했다. 물론 알아낸다고 해서 자신이 나설 수 있는 일도 아닐 것이다. 거기까지 생각한 이사나는 생각을 전환했다. 걱정한다고 아무것도 해결되지 않는다면 지금 자신이 할 수 있는 일에 집중하기로.

"일단 군량에 낯선 곡물이 섞여 있는지 상세히 확인하고 발견하는 것마다 전부 회수하라 하세요. 최근 외부에서 받은 음식을 먹은 자들도 조사해서 격리합니다."

"예, 알겠습니다."

이후로 몇 가지 지시를 더 건네는 것을 마지막으로, 오늘만 두 번째인 긴급회의가 파했다. 한숨을 돌린 이사나는 의자에 등을 기댔다가 뚜렷하게 느껴지는 시선에 의아한 표정을 지었다. 바로 나갈 거라 생각한 참모들이 머뭇거리고 있었기 때문이었다.

"뭔가 용건이 있습니까?"

"아, 아무것도 아닙니다!"

당황한 이들이 황급히 대답하곤 물러섰다. 달아나다시피 막사를 떠나는 자들을 의아하게 바라보던 이사나에게 곧 차분한 목소리가 들려왔다. 모두가 나갔음에도 아직 자리를 지키고 있는 카웰 공작이었다.

"그들은 아마 떠도는 소문을 확인하고 싶었을 겁니다."

"소문?"

"폐하께서 정령왕의 계약자라는 소문 말입니다."

"……."

이사나는 자기도 모르게 신음을 흘렸다. 사실 어느 정도는 짐작하고 있던 부분이기도 했다. 최근 병사들 사이에서 가장 큰 화제인 만큼 모르려고 해도 모를 수가 없었다. 반응을 보이면 인정하는 셈이라 일부러 내색하지 않았는데, 어째선지 오히려 소문이 점점 더 불어가는 듯했다. 이제 와선 수습을 할 수 있을지조차 확신할 수 없었다.

이사나로서는 무척이나 당황스러운 사태였다. 모두의 앞에서 능력을 드러낸 이후, 그는 자신이 물의 정령사라는 사실 외에는 아무것도 밝히지 않았다. 이능은 대체로 다 그렇지만 정령술은 특히 가까이에서 접할 기회가 드문 능력이었다. 정령에 대한 건 알려지지 않은 부분이 더 많았고, 정령사 본인조차도 완벽하게 숙지하는 경우가 드물었다. 그러니 다들 그가 지닌 힘을 정확히는 알아보지 못할 거라고 생각했다. 그냥 한동안 정령사라는 사실 자체에만 집중하다가 어느 순간부터 잠잠해질 것이라 여겼다.

그러나 예상과 다르게 사람들은 순식간에 그와 정령왕의 관계성을 짚어냈다. 아마 병사 중에 정령술을 공부하는 사람이 있었던 듯한데, 무리 지어 있는 군대의 특성상 소문이 빨리 퍼지는 환경이라는 게 문제였다. 그렇게 시작한 소문은 잠잠해지지도 줄어들지도 않았다. 처음부터 끝까지 완벽한 오판이었다.

이사나는 마음속 깊이 탄식했다. 변명 같겠지만 사실 그때 그는 시큐엘을 하나만 소환할 예정이었다. 그랬어도 충분히 상황을 수습할 수 있었을 것이다. 그러나 사람은 기억에 지배당하는 동물이었다. 나쁜 기억일수록 후유증도 오래가는 법. 과거 마물에게 호되게 당한 경험이 그를 반사적으로 긴장하도록 만들었다. 덕분에 자기도 모르게 과하게 대처하고 말았다. 아차 싶었을 땐 이미 두 마리의 물의 늑대가 소환된 후였다. 처음부터 의도한 듯 태연한 얼굴을 하긴 했으나 등에서는 식은땀이 흘렀다. 말 그대로 사고였다. 그러나 다시 되돌릴 수 없는 일이기도 했다.

"저 역시 정령을 복수로 소환한다는 것의 의미를 모르지 않습니다. 그날 폐하께서 소환하신 두 마리의 정령은 분명 상급 정령인 시큐엘이었습니다."

"으음."

그 순간 카웰 공작이 자리에서 일어나 이사나 앞에 부복했다. 당황한 이사나가 눈을 크게 뜨는 것과 동시에 그가 굳은 얼굴로 입을 열었다.

"이 한 몸 온전히 폐하께 바쳤습니다. 폐하께서 살리신 목숨, 제 삶은 폐하를 지키기 위해 존재합니다. 숨이 끊기는 순간까지, 아니, 죽어서 뼈만 남은 이후로도 저는 폐하의 사람일 것입니다."

"……형님."

"감히 폐하의 깊은 뜻을 전부 헤아리고자 하는 것이 아닙니다. 그러나 부디 제게는 진실을 말씀해 주십시오."

비장한 표정인 그는 마치 대답을 듣지 않으면 이 자리에서 자결이라도 할 기세였다. 이렇게까지 나오는데 답하지 않을 수는 없었다. 난처함을 숨기지 못해 애매하게 웃던 이사나는 이내 한숨과 함께 고개를 끄덕였다. 예상치 못한 시기이긴 하지만 어차피 끝까지 숨길 생각은 아니었다.

"어쩔 수 없군요. 미리 말하지 않아 미안합니다."

"그 말씀은……."

"맞습니다. 물의 정령왕과 계약했습니다."

"……."

고요한 공간에 숨을 크게 삼키는 소리가 울렸다. 카웰 공작이 경직된 것을 본 이사나가 가볍게 웃었다.

"이미 짐작했으면서도 놀라는 겁니까?"

"화, 황송합니다. 실감이 잘 나지 않는지라……."

"하하, 이해합니다. 계약한 나도 사실 아직도 실감이 나지 않을 때가 있으니까요."

"한 가지 더 확인하고 싶은 것이 있습니다만."

"질문해도 좋습니다."

"혹, 정령왕의 정체가…… 폐하께서 곁에 두시던 엘이라는 소년입니까?"

이번엔 이사나가 숨을 삼켰다. 긍정이랄 수밖에 없는 반응에 카웰 공작이 천천히 고개를 끄덕였다.

"어떻게 알았습니까?"

"실은…… 그를 의심한 적이 있었습니다."

"엘을 의심했다고요?"

"설마 폐하께서 직접 소환하셨다고는 생각지 못하고, 유희 중인 정령왕을 만나신 게 아닐까 여겼습니다. 상급 정령사는 드물기도 했고, 그 외모가 도저히 인간의 것처럼 보이지 않았습니다. 하지만 말도 안 되는 억측이라 여겨 그냥 넘어갔었습니다."

"으음, 그랬군요. 그래도 거기까지 추측했다니 굉장하네요. 역시 제국의 방패라 불리는 공의 감각은 무시할 수 없군요."

"혹, 그가 폐하 곁을 떠난 이유가, 오늘 새벽의 급보와 관계되어 있습니까?"

이번에도 곧장 허를 찌르고 들어오는 질문에 이사나는 혀를 내둘렀다. 아군이었으니 망정이지 그를 적으로 만났을 상황을 가정하니 머릿속이 다 아찔했다.

"……형님, 진로를 잘못 택한 거 아닙니까? 예언가를 해도 되겠습니다."

"황송합니다. 전서구를 보셨을 때 폐하께서 별로 놀라지 않으시는 것 같으셨습니다. 그때 혹시 대공의 상황을 이미 아시는 걸지도 모른다고 짐작했습니다."

"못 말리겠군요. 음, 나도 제대로 아는 건 아닙니다. 그쪽 일은 내 손을 떠난 지 오래거든요."

"폐하께서 주도하신 일이 아니신 거군요."

"세상엔 각자 알맞은 역할이 있는 법이니까요. 나와 엘은 가장 적합한 길을 걷는 중입니다. 인간의 전쟁은 인간에게. 그 밖의 것은 그 밖의 것으로. 대공은 이제 내 영역이 아닙니다."

빙긋 웃으며 답하는 말은 담담했지만 많은 의미를 담고 있었다. 그 뜻을 읽어낸 카웰 공작의 눈동자가 크게 흔들렸다. 그때 막사 입구에서 기척이 느껴지더니 친위대장 케이가 안으로 들어섰다.

"폐하. 알현을 청하는 이들이 있습니다."

"알현?"

"라온휘젠 황태자와 아셀입니다."

이건 또 피할 수 없는 사태로군. 이사나는 곤란한 표정을 지우지 않은 채 미소 지었다. 묻지 않아도 그들이 찾아온 용건이 훤히 보였다. 일단 대화를 시작하면 이제까지보다 더 깊은 내용으로 이어질 것이라는 점도.

"차라리 잘됐네요. 들어오라고 하세요. 이참에 한꺼번에 해결하죠."

사고의 여파가 여전히 해일처럼 밀려들고 있었다. 일찌감치 항복을 선언한 이사나는 순순히 대세에 몸을 맡기기로 했다.

황제의 막사 안, 진실을 규명하는 2차전이 열렸다.

지금부터가 본선이었다.

2.

시벨리우스는 새하얀 공간에 서 있었다. 돌아보는 곳마다 온통 희뿌연 안개만이 가득했다. 시야를 방해하는 것을 걷어내기 위해 무심코 팔을 든 그는 곧 얼굴을 찌푸렸다. 손바닥이 왠지 너무 작은 것 같았다. 반사적으로 시선을 내리자 어린애처럼 짧은 다리와 작은 발이 보였다. 아무래도 몸이 작아진 것 같았다.

"뭐야, 이거."

이해할 수 없는 현상에 당황해하고 있는데 어디선가 기묘한 기척이 느껴졌다. 시벨리우스는 눈을 가늘게 떴다. 안개 속에 뭔가가 있었다.

"거기 누구 있어?"

큰소리로 외치자 안개 속에 있던 것이 반응을 보였다. 그를 향해 돌아서는 형체는 사람으로 보였다. 그가 작아진 탓인지 원래 그런 건지는 모르겠지만, 꽤 키가 컸다. 낯설면서도 왠지 어디선가 만난 적이 있는 듯 익숙한 느낌이 들었다. 그러나 안개 때문에 얼굴이 잘 보이지 않았다.

"누구야?"

"……여기 있었구나."

상대는 그와 만난 것이 몹시 기쁜 듯했다. 웃음기를 머금은 목소리에 그를 친근하게 여기는 기색이 느껴졌다. 시벨리우스는 자기도 모르게 따라 웃으려다 흠칫해서 입을 꾹 악물었다. 누군지 알지도 못하는 이가 반갑다니. 몸이 어려진 탓인가, 왠지 자신답지 않은 행동이 나오려는 것 같았다.

"널 많이 찾았단다."

한 걸음 가까워진 상대가 쓰다듬으려는 듯 두 손을 내밀었다. 닿으면 무척이나 기분 좋아질 것 같은 손이었다. 가슴 가득히 그리운 감각이 솟아올랐다. 저 손길에 몸을 내맡겼을 때의 감각을 알고 있었다. 단잠을 꾸고 난 듯이 포근하고 행복해지는 기분. 모든 걸 내맡기고 안심할 수 있을 것 같은…….

'……미친! 지금 내가 무슨 생각을 하는 거야?'

잠시 멍해졌던 시벨리우스는 곧 정신을 차리고 황급히 뒤로 물러났다. 거의 지척에 이르렀던 손이 다시 훌쩍 멀어졌다. 상대는 섭섭한 듯 난처한 미소를 지었다.

"아직 날 용서하지 못하겠니?"

"뭐?"

"미안하다. 믿지 않겠지만 난 널 많이 사랑한단다. 제발 용서해주렴."

이해할 수 없는 뜻 모를 소리였다. 그런데 그 말을 듣자 왠지 눈가가 뜨거워졌다. 이유는 알 수 없지만 이런 말을 듣고 싶었던 것 같다. 울고 싶어지는 기분을 참기 위해 시벨리우스는 주먹을 꾹 움켜쥐었다. 그런데도 눈물이 핑 돌았다.

〈속으면 안 돼.〉

그 순간 들려온 목소리에 시벨리우스는 눈을 크게 떴다. 문득
제 몸에서 무언가가 빛나는 것 같았다. 그제야 그는 무언가가 자
신의 온몸을 휘감고 있는 걸 발견했다. 사슬처럼 보이는 것은 자
세히 보니 글자의 형태를 이루고 있었다. 그것들이 전부 살아 숨
쉬듯이 규칙적으로 밝아졌다가 어두워지기를 반복하고 있었다.

"이건……."

워낙 익숙한 형태이기에 정체는 단번에 알아보았다. 그건 문자
로 이루어진 주술문이었다. 그가 반응을 보이자 감겨 있던 사슬이
기다렸다는 듯 풀어지면서 주위를 빙글빙글 맴돌기 시작했다. 시
벨리우스는 자신의 눈앞을 가득 채우는 문자의 향연을 멍하니 바
라보았다.

〈날 이용하는 거야.〉

〈그 지겨운 시절을 잊었어?〉

〈또 같은 꼴을 겪게 될 거야.〉

〈나도 결국 방치되겠지.〉

〈……처럼.〉

〈그래. ……가 그렇게 되었던 것처럼.〉

읽어갈수록 그의 눈동자에서 천천히 빛이 사라져 갔다. 아아,
그렇지. 이건 그저 속임수일 뿐이다. 나도 결국은 방치될 게 뻔했
다. 그는 결국 ……도 버렸으니까. 아무것도 도와주지 않았으니

까. 그러니까 그가 하는 말이 진심일 리가 없어. 그렇지 않다면 이제 와서 날 찾을 리가 없잖아?

"아니, 그렇지 않아. 나는……."

"가까이 오지 마!"

비명처럼 내지른 고함에 다가오려던 이가 멈춰 섰다. 아니, 사실 그는 처음부터 그 자리에 있었다. 움직이고 싶어도 움직이지 못하는 것 같았다. 아마도 제 쪽에서 허락하지 않으면 한 발짝도 움직일 수 없도록 되어 있는 듯했다. 이 이상한 세상이 뭔지는 모르겠지만 그것 하나만은 마음에 들었다. 그러면서도 동시에 서러워졌다. 마치 몸 안에서 두 개의 자신이 충돌하고 있는 것 같았다.

"뭐야. 당신, 대체 누구야? 뭔데 내게 이래?"

문자로 된 사슬이 보호하는 것처럼 둥근 벽을 만들어 냈다. 자신을 완벽하게 감싼 사슬의 벽을 바라보면서 시벨리우스는 깊이 안도했다. 이 안에 있으면 자신은 안전할 수 있었다. 상처받을 일도, 이용당할 일도 없을 것이다.

"……그래. 아직은 시간이 더 필요한 것 같구나."

안개 속의 상대는 그저 서글프게 웃을 뿐이었다. 문득 바람이 부는 것 같은 느낌과 함께 자욱하던 안개가 조금 흩어졌다. 그때까지 사납게 상대를 노려보고 있던 시벨리우스가 무심코 입을 벌렸다. 얼핏 그의 얼굴을 본 것 같았다.

"나는……."

"……씨."

몸이 흔들리는 느낌이 들었다. 아련히 먼 곳에서 무언가가 왕왕 울렸다. 그것은 따갑게 찌르는 감각 같기도 하고, 부르는 소리 같기도 했다. 이후로 몇 차례 진동을 더 느꼈을 때쯤 시벨리우스는 누군가가 자신을 깨우고 있음을 자각했다. 자신이 지금까지 잠들어 있었다는 사실도. 그러나 정신이 돌아오는 속도만큼 감각이 따라오질 않았다. 마치 깊은 수면 아래 잠겨 있는 듯한 기분이었다. 아니 어쩌면 누가 부른다고 느끼는 게 착각일지도 몰랐다. 어디까지가 현실이고 꿈인지, 모든 경계가 모호했다.

"시벨 씨! 정신 차려!"

"……!"

그 순간 결박에서 풀려난 것처럼 온몸의 감각이 한꺼번에 돌아왔다. 마치 감전된 듯한 충격에 헉하는 숨이 저절로 터져 나왔다. 눈을 떴다는 사실을 자각하기도 전에 환한 빛이 먼저 쏟아져 들어왔다. 시벨리우스는 천천히 눈을 깜빡거렸다. 희뿌옇던 시야가 빠르게 뚜렷해지면서 주변의 것들을 점차 담아내기 시작했다. 눈에 익은 익숙한 공간 속에서 한 소녀가 자신을 내려다보고 있었다. 노을을 옮겨 담은 듯한 짙은 주황색의 눈동자를 보고서야 시벨리우스는 그녀의 이름을 간신히 떠올렸다.

"알리사……?"

그를 바라보는 알리사의 얼굴은 왠지 묘하게 굳어 있었다. 그게 당황한 표정이라는 걸 깨닫자마자 정신이 번쩍 들었다. 시벨리우스는 황급히 몸을 일으켰다.

"너 왜 그래? 무슨 일⋯⋯!"

"괜찮아? 이제 정신이 좀 들어?"

"어?"

"세상에, 이 땀 좀 봐. 어디 많이 안 좋은 거 아니야? 이렇게 갑자기 일어나도 돼? 나는 알아보겠어?"

자세를 바로잡기도 전에 부산스러운 소리가 쏟아져 들었다. 그녀가 하는 말 중 대부분을 시벨리우스는 처음엔 거의 이해하지 못했다. 잠시간 멍해져 있던 그는 천천히 시선을 내렸고, 곧 돌아가는 상황을 파악했다. 알리사의 말대로 자신의 몸이 젖어 있었다. 누가 일부러 물을 끼얹었다 해도 믿을 수 있을 만큼 전신이 흥건한 땀으로 축축했다. 하지만 그보다는 다른 문제에 더 신경이 쏠렸다.

"내가⋯⋯ 언제 잠들었지?"

지금은 밤도 아니었고, 하다못해 졸리지도 않았다. 그런데 어느 순간 의식이 날아갔다. 이쯤 되면 잠든 게 아니라 거의 기절한 수준이었다. 아무리 피곤할 때도 이런 적은 한 번도 없었다. 생전 처음 경험하는 현상에 당혹감을 감추지 못하는 그를 보고 알리사가 나직하게 혀를 찼다.

"뭐야, 의식하지도 못한 거야? 어느 순간 너무 조용하길래 돌아봤더니 자고 있더라고. 근데 땀을 얼마나 많이 흘리던지. 괴로워하는 것 같길래 깨운 거야."

"으음, 그렇구나."

시벨리우스는 굳은 얼굴로 주위를 돌아보았다. 마지막으로 기억할 때와 창밖의 밝기가 비슷한 걸 보면 그리 오래 잠든 건 아니었다. 그러나 그는 평생 낮잠이란 걸 자 본 적이 없었다. 하물며 보호 대상을 놔두고 그냥 잠들다니, 일족 최고의 무장이자 수호자인 세라핀이었던 몸으로서 결코 있을 수 없는 일이었다. 만약 그 사이에 사고가 터졌다면 어땠을까 싶으니 온몸에 소름이 돋았다. 일단 정신부터 차릴 요량으로 시벨리우스는 축축한 머리를 쓸어넘겨 질끈 묶었다. 알리사가 그런 그의 이마를 짚어 보며 고개를 갸웃거렸다.

"열은 없긴 한데. 땀을 너무 많이 흘려서 걱정이네. 어디 아픈 건 아니지?"

"아아, 괜찮아. 그냥 꿈자리가 좀 사나웠나 봐."

"으으음."

"왜?"

"시벨 씨, 요즘 계속 그 말 하지 않아?"

"무슨 말?"

"꿈자리가 사납다는 말 말이야."

그 말에 시벨리우스는 자신의 지난 언행을 돌아보았다. 별생각 없이 입에 담아서 의식하지 못했는데, 최근 자주 말하는 느낌이긴 했다.

"결국 잠들기만 하면 악몽을 꾼다는 말이잖아. 대체 무슨 꿈을 꾸는 건데?"

"으음, 꿈에서……."

"꿈에서?"

"……잘 기억이 안 나."

잔뜩 기대하고 있던 알리사의 표정이 대번에 황당해졌다. 하지만 그게 사실인 시벨리우스로서는 어쩔 수 없는 일이었다. 차라리 뭐라도 기억이 나면 좋을 텐데, 마치 씻겨나간 것처럼 생각나는 게 하나도 없었다. 어렴풋이 누군가가 자신을 계속 불렀다는 기분이 들긴 했으나 고작 그런 걸 악몽이라고 할 수는 없을 것이다. 딱히 뭔가에 놀랐다거나 두려운 감각이 남아 있지도 않았다. 꽤 껄끄러운 기분은 있었지만.

갑자기 잠든 것도 이거랑 연결된 일일까. 시벨리우스는 가볍게 주먹을 쥐었다 펴 보았다. 신체 기능도 정상이었고 기력이나 상태도 나쁘지 않았다. 최근엔 전투도 없었기에 힘을 크게 소비하지도 않았다. 아무리 생각해도 건강상의 문제는 아니었다. 그렇다고 심리적인 문제라 보자니 자신이 요즘 상당히 태평하게 지냈던 걸 생각하면 그것도 말이 되지 않는 것 같았다.

'분명 이유가 있을 텐데.'

우연히 한두 번이면 몰라도 계속 같은 증상이 반복된다는 건 원인이 있다는 뜻이다. 이런 조짐은 무시하고 넘어가서 좋을 게 하나도 없었다. 처음엔 그저 추측에 불과했지만 오늘 의식이 날아간 것도 이 현상과 연결되어 있을 거라는 확신이 들었다. 내버려

두면 다음엔 또 어디서 쓰러지게 될지 모른다. 그대로 생각에 잠긴 시벨리우스가 달리 원인이 될 만한 걸 심각하게 짚어 보고 있을 때였다.

"……!"

무심코 시선을 내리던 순간 그는 눈을 크게 떴다. 자신의 팔에 뭔가 사슬 같은 것이 감겨 있었다. 그러나 그건 정말 한순간이었고, 다시 확인했을 땐 사슬 같은 건 흔적도 보이지 않았다. 그래도 시벨리우스는 팔에서 시선을 떼지 않았다. 눈은 뜨거워지는 데 비해, 머릿속은 얼음물이라도 부은 것처럼 차가웠다.

'단순한 착각이었나? 그게 아니면……'

"시벨 씨, 왜 그래?"

"……아니, 아무것도……."

알리사가 말을 걸어오고서야 그는 굳어 있던 얼굴을 풀고 어깨를 으쓱였다. 내심 느긋했던 기분은 이제 한 톨도 남아 있지 않았지만, 괜히 알리사까지 불안하게 할 필요는 없었다.

때마침 누군가가 가까이 다가오는 것이 느껴져 그는 문 앞으로 다가갔다. 익숙한 기척이라 처음엔 신경 쓰지 않으려 했으나 그 뒤를 따라오는 낯선 기척이 거슬렸다. 도착하는 순간에 맞춰 문을 열자 두 사람이 놀란 눈을 하고 그를 쳐다보았다. 한 사람은 이미 짐작한 것처럼 제 먼 후손뻘 되는 아이였고, 또 다른 한쪽은…….

"저건 왜 왔어?"

시벨리우스가 심드렁한 얼굴로 아셀 뒤에 있는 선홍색 머리칼의 남자를 가리켰다. 적나라하다 못해 무례한 호칭에 라온휘젠의 눈썹이 잠시 꿈틀거렸으나 다시 잠잠해졌다. 중간에서 곤란해진 아셀만 어색한 얼굴로 웃었다.

"드려야 할 말씀이 있는데, 같이 오겠다 하셔서요."

"저 녀석이 널 불러낸 거랑 관계된 일이야?"

"비슷합니다."

아셀은 조금 전 라온휘젠이 저를 찾는다는 말을 듣고 나갔던 참이었다. 한창 공부하던 중이었지만 최근 막사 안에 틀어박혀서 나오지 않던 황태자가 찾는다고 하니 시벨리우스도 군말 없이 보내줬다. 냉정한 태도를 보이는 것 같아도 사실은 아셀이 누구보다 친구를 걱정하고 있다는 걸 알고 있었기 때문이었다.

'그래도 설마 같이 올 줄은 몰랐는데.'

시벨리우스가 만든 막사는 그가 허가한 사람만 출입할 수 있는, 완벽한 그들만을 위한 공간이었다. 지금까지 이 공간에 타인을 들인 적은 없었다. 아셀이 오게 되었을 때도 일족의 혈통이니 나름 관계자라고 생각했었다. 하지만 황태자는 그냥 남이었다. 그와는 아무런 접점이 없는 완벽한 타인. 다른 때였다면 거북하게 여길 일인데 그다지 불쾌진 않았다. 그냥 기분이 조금 이상했다. 어릴 때 먹을 걸 주곤 했던 다람쥐가 어느 날 친구를 데려왔었는데, 그때 느낀 기분이랑 좀 비슷한 것도 같았다.

"흠, 뭔지 모르겠지만 일단 들어와."

순순히 떨어진 허가에 아셀의 얼굴이 밝아졌다. 반면 라온휘젠은 탐탁지 않은 기색을 드러내기만 했다. 그러나 안으로 들어서는 순간 뚱하던 그의 얼굴은 이내 놀란 표정으로 바뀌었다. 평범한 막사 안쪽에 저택 부럽지 않은 화려한 공간이 펼쳐져 있으니 당연할 수밖에 없는 반응이었다.

"이게 대체⋯⋯."

"놀랍죠? 시벨리우스 님의 능력이랍니다. 저도 처음에 봤을 땐 얼마나 놀랐는지⋯⋯."

아셀이 제 자랑을 하는 것처럼 신나서 재잘거렸다. 멍하니 고개를 끄덕인 라온휘젠이 홀린 듯이 걸어가 이곳저곳을 매만졌다. 공간이 전이된 건가 했는데 그건 아닌 것 같았다. 그보다는 이 장소를 중심으로 가상의 세계가 만들어진 느낌에 더 가까웠다.

"이건⋯⋯ 어떻게 한 거지? 마법은 아닌 것 같은데."

"주술이야."

시벨리우스의 대답에 라온휘젠의 눈이 커졌다.

"주술? 그건 상대를 저주하는 능력 아닌가? 주술로 이런 게 가능하다고?"

"그건 암흑 주술 쪽. 이런 게 가능하냐니. 주술에 종류가 얼마나 많은데. 무슨 마법사는 원거리 공격만 할 수 있냐 같은 소리를 하고 있어?"

마법사인 그를 겨냥한 비유였다. 할 말을 잃은 라온휘젠이 입을 다물었다가, 그들을 빤히 구경하고 있는 알리사를 발견하고 낭패한 표정을 지었다.

"어서 오세요, 태자님. 오랜만에 보는 것 같네요."

"아, 그런 것 같군. 잠시 실례하겠다."

생긋 웃으며 유연하게 말을 걸어오는 알리사와는 달리 라온휘젠의 태도는 전에 없이 뻣뻣하기만 했다. 어색하게 인사를 마친 그는 입을 꾹 다물고 묵묵히 안내받은 안락의자에 앉았다. 시벨리우스가 간단하게 다과를 마련해 가져올 때까지도 그의 굳은 얼굴은 풀리지 않았다. 화난 것 같은 모습이었지만 오랫동안 그를 옆에서 지켜봐 온 아셀은 그 표정을 보다 정확하게 해석했다. 저건 듬직하게 보이고 싶은 상대에게 창피한 현장을 들켜 자괴감에 빠진 모습이었다. 덩치만 크지 아직 갈 길이 먼 그의 친우를 위해 아셀이 슬쩍 나섰다.

"근데 사실 저도 주술의 개념이 좀 생소하긴 합니다. 마속성의 신관들이 쓰는 경우는 봤지만, 일반적으로는 접해 본 적이 없었거든요. 그래서 신관들만 쓸 수 있는 건 줄 알았습니다."

"엄밀히 말하면 주술은 영적인 능력이니까. 신관들이 주로 쓰긴 하지. 하지만 방식만 알면 누구나 접근할 수는 있어. 넓은 범위에선 네가 익힌 점성술도 이쪽이고."

"네에? 그렇습니까?"

"별의 운행을 보고 세상의 흐름과 운명을 읽는 거잖아. 그건 보통 신의 영역과 연결되곤 하니까. 그래서 신관들도 점성술과 천문학을 배우지 않나?"

"그, 그렇네요. 신학 심화 과정에 두 과목이 들어간다고 들었던 것 같습니다. 그 연관성까지는 생각해 보지 않았습니다만."

"뭐, 그런 거야. 그 밖에 사람들이 미신이라고 알고 있는 것 중에서도 상당수가 사실은 주술인 경우가 많아. 대부분 조잡하게 써서 잘 발동이 되지 않을 뿐이지."

"그건 제대로 쓰면 누구나 할 수 있다는 뜻으로 들리는데요."

"거의 비슷해. 문을 여는 방법만 알면 일단 누구나 다 열 수 있잖아? 그거랑 마찬가지야."

"세상에……! 그럼 아무나 주술사가 될 수 있다는 거잖아요?"

"어떻게 그런 이능이……!"

아셀과 라온휘젠이 자기도 모르게 헛숨을 터트렸다. 이능이란 본래 선천적으로 타고나는 힘이었다. 누구나 할 수 없기에 귀하게 여겨졌고, 사람들의 존경과 두려움의 대상이 됐다. 그런데 주술사는 아무나 될 수 있다니, 시벨리우스가 선보인 힘의 위력을 생각하면 그야말로 심각할 정도로 엄청난 일이었다. 충격으로 온몸이 뻣뻣해진 두 사람을 보고 시벨리우스도 이해한다는 표정을 지었다.

"뭐, 이렇게만 들으면 거저 얻는 능력인 것 같긴 하지. 하지만 문을 여는 방법을 알아야 한다고 했잖아. 그게 딱히 쉽다곤 안 했는데."

"아, 역시 나름의 수련이 필요한 거군요."

"당연하지. 주술식은 대체로 발동 조건이 까다롭고 어려워. 제대로 배우지 않은 사람이 선뜻 할 수 있는 건 아니라고. 물론 재능에 따라 발휘하는 힘의 차이도 천차만별이고. 게다가 이건 영적인 능력이라고 했잖아. 육체를 가진 이에겐 매우 거친 힘이라 자신을 지키지 못하는 상태에서 잘못 쓰면 굉장히 위험해. 생기를 다 빼앗겨서 시름시름 앓다가 죽게 될걸. 그래서 보통 주술사는 방어술부터 먼저 배워."

"방어술이면 혹시 제가 배우는 것 말입니까?"

"응, 맞아, 그거."

"그렇군요. 정말 여러 가지로 놀랍네요."

"이건 굉장히 기본적인 건데. 요즘은 주술사가 정말 드문 모양이네. 그래도 예전엔 제법 많은 편이었는데. 하긴 잘 다루지 못하면 위험한 힘이라 쭉 견제하려는 분위기이긴 했지."

혼잣말로 중얼거리던 시벨리우스는 문득 따갑게 와 닿는 시선에 고개를 돌렸다가 움찔했다. 아셀이 부담스러울 만치 초롱초롱한 눈으로 올려다보고 있었다.

"뭐, 뭐야."

"저기, 저도 방어술을 배우고 있으니 나중에 주술사도 될 수 있는 겁니까?"

"주술사가 되고 싶어?"

"할 수 있다면 되고 싶습니다."

"흐음."

"아, 안 됩니까?"

"뭐, 안 될 건 없지. 넌 타고난 재능도 있고."

"제가 재능이 있습니까?"

"유니콘의 피를 받은 주제에 무슨 당연한 소리를 하는 거야. 영안까지 가졌잖아. 주술사에겐 그것만큼 최고의 재능이 없어. 영의 세계를 볼 수 있으면 접근하기도 쉽거든."

"그, 그럼……!"

"일단 방어술이나 열심히 익혀. 오늘 공부도 하다가 말았잖아. 내가 매일 어떻게 하라고 했지?"

"적어 주신 주술문을 매일 열 번씩 암송하라고 하셨습니다! 주술문의 해독서도 수시로 반복해서 읽으라고 하셨습니다!"

"내가 왜 그렇게 하라고 하는지는 알아?"

"그…… 주술문 내용을 완벽하게 이해하기 위해서요?"

"맞아. 그거야."

만족스럽게 고개를 끄덕인 후 시벨리우스는 설명을 이어갔다.

"주술은 기본적으로 말의 힘이야. 얼마나 정확한 문장을 구사할 수 있느냐가 이 힘을 끌어내는 근원이지. 그 정확한 문장이라는 건 단순히 발음만 의미하는 게 아니야. 물론 발음도 중요하지만."

"그러니까, 문장이 지닌 정확한 뜻을 이해하라는 말씀이시죠."

"맞아. 이해가 깊어질수록 네 말은 언령화 될 거야. 나중엔 굳이 주술어가 아니라도 약간의 힘을 실을 수 있게 되지. 조심하지 않으면 본인이 뱉는 말에 스스로 화를 당하는 경우도……."

설명은 끝까지 완성되지 않았다. 뭔가에 당황한 듯한 시벨리우스가 멈칫하더니 그대로 입을 다물었기 때문이었다. 뭘 떠올렸는지 심각한 표정을 짓는 그의 모습에 열심히 듣고 있던 아셀도, 덩달아 집중하던 라온휘젠도 어리둥절해졌다.

"시벨리우스 님?"

"……어? 뭐?"

"갑자기 왜 그러십니까? 무슨 일 있으십니까?"

"음, 아냐. 그냥 잠시 딴생각이 나서……. 뭐, 일단 주술에 대한 건 여기까지 하기로 하고. 원래 이 얘기를 하려고 했던 건 아니지 않아? 뭐 할 말이 있다고 하지 않았어?"

"아참! 그랬었죠!"

그제야 용건을 떠올린 아셀이 허둥거렸다. 쯧쯧 혀를 차며 차를 마시던 시벨리우스는 다음으로 이어진 말에 그대로 기침을 내뱉었다.

"폐하께 전부 듣고 왔습니다! 엘 님이 정령왕이시라면서요!"

"……풉! 아, 미안."

"……."

그가 입으로 쏟아낸 찻물은 정면에 있던 라온휘젠의 얼굴에 고스란히 튀었다. 잠시 침묵한 라온휘젠이 품 안에서 손수건을 꺼내 묵묵히 얼굴을 닦아냈다.

"이런 얘기는 하기 전에 마음의 준비를 할 시간을 주지 않을래? 아니, 그보다 이사나한테 다녀왔어?"

"네! 폐하께서 정령왕의 계약자라는 소문이 파다하잖습니까. 알고 보니 태자 전하가 그 현장에 함께 있었다고 하더라고요. 그래서 같이 진실을 확인하자고 했습니다."

"……보면 의외로 담이 참 세다니까. 그래도 용케 이사나가 제대로 답해 준 모양이네. 하긴 이제 숨기기만 할 때는 지났지. 진실을 알아서 속은 좀 시원해?"

"시원할 리가요! 제가 진짜 얼마나 놀랐는지 아십니까? 엘 님이 정령왕이시라니!"

"뭘 새삼 놀라? 엘이 평범하지 않다는 건 너도 이미 알고 있었잖아."

"하, 하지만 정령왕일 거라는 생각은 한 번도 해 보지 않았단 말입니다! 정령왕은 신에 가까운 존재잖습니까! 인간의 상식으로 상상할 수 있는 영역이 아니라고요!"

"그래서 드래곤이라고 오해했어? 인간의 상식에서 제일 대단한 종족이 그건가 보지?"

"그야, 아무래도……. 모험 소설에 많이 등장하기도 하고. 그러다 보니 뭔가 어릴 때부터 키워온 로망 같은 것이……."

"별것이 다."

"별것이라뇨! 그렇지 않습니다! 드래곤의 유희는 역사가들 사이에서 비중 있게 다뤄지는 부분이란 말입니다! 그들이 전해 주는 지혜와 능력은 악마의 보물이라 불립니다. 제국을 한순간에 흥하게도, 망하게도 하니까요! 그 생생한 기록을 본 사람이라면 누구나 그 존재를 갈망할 수밖에 없습니다! 그렇죠, 전하? 마법사들한테는 특히 동경의 존재잖습니까?"

수선을 떨며 동의를 구하는 아셀에게 라온휘젠 역시 힘차게 고개를 끄덕였다. 그 모습을 한심하게 바라보던 시벨리우스가 등받이에 몸을 기댔다.

"그래. 너희가 참 좋아하더라고 라피스한테 전해 줄게. 걔가 달가워할지는 모르겠다만."

"네? 라피스 님이요?"

"걔가 드래곤이거든. 네가 갈망하는 그 유희 중인 드래곤."

"……."

"……."

상상과는 느낌이 많이 다르지? 이어진 말에도 두 사람은 아무 대답을 하지 못했다. 정령왕에 이어 드래곤이라니. 게다가 눈앞에 있는 이도 사실은 전설의 유니콘이다. 그러고 보니 마족들도 있었다. 아셀은 연신 마른세수를 하다가 허공을 바라보는 둥 몸을 가만히 두지 못했다. 아예 혼이 나간 라온휘젠은 "드래곤이라고…… 드래곤이 내 눈앞에 있었다고?"라는 말만 고장 난 기계처럼 반복하는 중이었다. 한참 만에 혼란을 가라앉힌 아셀이 심각한 표정으로 알리사를 바라보았다.

"그래서, 알리사 님은 어느 종족입니까?"

"엥? 나?"

"여기까지 왔는데 이제 솔직하게 말씀해 주셔도 괜찮습니다. 신족이라고 하셔도 절대 놀라지 않겠습니다."

"응, 맞아. 신족이야."

"……! 정말이요?!?!?"

"농담."

"……."

경악으로 달아오른 공기가 한순간에 푸시식 식었다. 얼빠진 두 남자의 표정으로 보고 알리사가 푸하하 웃었다.

"안 놀란다더니 놀라네. 안타깝게도 난 그냥 인간이랍니다. 평범해서 실망했어?"

"그, 그럴 리가요."

"왜, 실망했을 것 같은데. 엘 님이 정령왕인 걸 알았으니 그동안 내가 일으킨 기적들이란 게 어떻게 된 건지도 알았을 거 아냐."

"네? 뭐가 말입니까?"

"그야……."

"엘 님이 도와주셨다고는 들었습니다. 하지만 폐하께서 확실히 말씀하셨습니다. 알리사 님의 정령술이 고강한 것도 사실이라고요."

"이사나 씨가?"

놀란 알리사를 보며 아셀은 고개를 크게 끄덕였다. 조금 전 황제의 막사에서 들었던 그의 목소리가 아직도 귓가에 남아 있는 듯했다.

"엘은 알리사의 힘으로 가능하다고 여겨지는 선에서 그녀를 도왔습니다. 애초에 그녀의 정령술이 바탕이 되지 않았다면 이런 서사를 만들어 낼 수도 없었을 겁니다. 이 전쟁에서 알리사의 공헌이 크다는 사실은 영원히 변하지 않을 겁니다."

단호한 울림을 담은 음성은 앞으로 이 문제에 대해 어떠한 논란도 허용하지 않겠다는 뜻을 드러내고 있었다.

"그랬구나. 이사나 씨가……."

수줍게 얼굴을 붉히는 알리사를 보고 라온휘젠이 아셀을 지긋이 노려보았다. 쓸데없는 짓을 했다는 의미를 다분히 담은 시선에 아셀 역시 억울하면 너도 분발하라는 시선으로 화답했다. 예전이라면 무조건 그의 편에 섰겠지만 지금은 상황이 달라져서 그럴 수가 없었다. 친우도 소중했지만 존경하는 주군이 될 이 또한 소중한 존재이긴 마찬가지였으니까. 매번 헛발질만 하는 쪽보다야 착실히 점수를 따고 있는 쪽을 응원하고 싶은 것도 솔직한 심정이었다.

"그래서, 설마 엘의 정체가 주제는 아닐 거고. 진짜 용건은 뭔데?"

시벨리우스의 말에 아셀은 다시 본래 목적을 상기했다. 그는 자세를 바로 하고 한결 차분해진 어조로 말했다.

"폐하께서 대공에 대한 것도 알려주셨습니다. 겉으로 알려진 것들 외에, 그의 진짜 목적 말입니다."

"아……."

"전하에게 언급하신 바로는 그의 힘이 카터스 제국에도 닿아 있다는 것 같습니다. 제가 다니는 아카데미 안에 일리야라는 신학회가 있는데, 그들이 대공의 산하였다는 정황 증거가 나왔습니다. 그게 진실인지, 연루된 자들이 누구이고 몇이나 되는지. 그 부분을 제대로 확인해 봐야 할 것 같습니다."

"그 말은……."

"이만 아카데미로 돌아가 보려고 합니다."

두웅—

가슴 안에서 뭔가가 크게 흔들렸다. 시벨리우스는 잠깐 숨을 멈췄다가 그런 자신의 모습에 곧 당황했다. 그에겐 다행스럽게도 표정에서는 티가 나지 않았는지 다들 눈치채지 못한 기색이었다.

"그러고 보니 졸업하겠다고 했었지."

"네. 졸업생만이 누릴 수 있는 특혜가 꽤 있어서 가능하면 중퇴는 하지 않으려고요. 여기서 더 귀환이 늦어지면 퇴학당할 테니 지금이 돌아가기에도 적당한 시점인 것 같습니다. 그동안 여러 가지로 감사했습니다."

"……하지만 아직, 방어술이 완벽하지 않은데."

"물론 알려주신 방식대로 수련은 계속할 겁니다. 요즘은 환시를 거의 안 겪는 편이기도 하고. 걱정하지 않으시도록 조심하겠습니다."

유려한 대답이었으나 시벨리우스는 점점 더 못마땅한 표정이 되어 갔다. 미간을 잔뜩 구긴 그를 뒤늦게 발견한 아셀이 의아한 얼굴을 했다.

"시벨리우스 님?"

"가서 대공이랑 관계된 놈들을 조사하겠다며. 그놈 관계자면 어떤 미친놈들일지도 몰라. 행적을 따라가면 사념도 엄청 마주치게 될 거고. 아직 완벽하지도 않은 방어술로 그걸 다 버틸 수 있겠어?"

"아, 그건……."

"게다가 그쪽엔 주술사가 있어. 너희들 납치됐을 때 발견한 주술의 흔적만 봐도 분명해. 주술사는 사념을 더 부풀리거나 폭주시킬 수도 있어. 그걸 네가 조심한다고 될 것 같아?"

조목조목 따지고 드는 말에 아셀은 아무런 반박도 하지 못하고 머뭇거렸다. 그가 하는 말들이 전부 맞기도 했고, 왠지 화나게 한 것 같아 조심스러웠다. 난처해하는 그의 모습에 시벨리우스의 표정은 더 엄격해졌다.

"졸업이 걸려 있다니 아카데미에 돌아가는 것까진 말리지 않겠어. 하지만 그쪽 일에 기웃거릴 생각은 하지 마. 저 황태자든, 학교 총장이든, 다른 사람에게 전부 맡기고 넌 그냥 빠져."

"그건…… 그럴 순 없습니다."

"내가 지금까지 한 말 이해 못 했어?"

"아뇨, 충분히 이해했습니다. 하지만 일리야가 정말 대공의 산하라면 그냥 넘어갈 수 없습니다."

"네가 왜? 의협심 때문이라면……."

"실은 제가 예전에…… 일리야와 어울렸던 적이 있습니다."

갑작스러운 고백에 시벨리우스의 눈이 커졌다. 알리사도 놀란 얼굴로 그를 바라보았다. 아셀은 찌푸린 것도 웃는 것도 아닌 애매하게 일그러진 표정을 지은 채였다. 생각을 떠올리는 것도 힘겨워하는 모습에 옆에 있던 라온휘젠이 살짝 헛기침을 내뱉었다. 염려하는 듯한 그의 시선을 보고서야 아셀은 겨우 미소 지었다.

"당신이 아셀 리글레오입니까?"

누군가와 처음으로 대면하는 순간은 금방 잊히기 쉬운 기억 중 하나다. 하지만 아셀은 일리야를 처음 만난 날을 한 번도 잊은 적이 없었다. 그들은 어느 날 갑자기 찾아왔다. 도서관에서 홀로 공부하고 있던 아셀은 사람 좋은 얼굴로 제 앞에 선 이들을 보며 어리둥절해했다. 그들은 자신들을 '일리야'라는 학회라 소개하며 찾아온 목적을 밝혔다. 아셀이 발표한 논문에 흥미가 생겼다는 이유였다.

"논문?"

"점성술을 공부하면서 쓴 논문이었습니다. 수호성에 관련된 자료를 찾다가 우연히 어느 특정한 달에 태어난 아이가 이능을 가질 확률이 높다는 걸 발견했습니다. 그걸 주제로 가볍게 써본 거였는데, 일리야가 그 내용에 관심을 보였습니다."

일리야는 신학 연구회였다. 신학 과정에 점성술이 포함된다는 걸 얼핏 들은 기억이 있던 아셀은 그들의 방문을 그리 경계하지 않았다. 몇 가지 묻는 것에 대답을 해 주었더니 이후로도 종종 찾아왔고, 한동안 그들의 자문 상담이 되어 주었다. 그들은 아셀에게 무척이나 호의적이었고, 아셀 역시 제게 잘하는 사람들을 싫어할 이유가 없다 보니 친하게 지낼 수밖에 없었다. 별달리 문제 될 것 없이 평온한 관계였다.

틀어지기 시작한 건 그로부터 한 학기가 지났을 무렵이었다. 방학 기간, 집에 돌아간 학생 중 몇 사람이 실종되는 일이 생겼다. 그러나 교내에서 일어난 사건도 아닌 데다 피해자들의 신분이 평민 계급이라 그리 큰 화제가 되지는 않았다. 같은 평민 계급으로서 동질감을 느낀 아셀은 조금 더 신경 쓰긴 했지만, 평소 친분이 있는 이들은 아니다 보니 관심을 오래 두지는 못했다. 학기 초라서 유난히 과제가 많을 때였고 다른 사람을 신경 쓰기엔 제 코가 석자인 상황이기도 했다. 이래저래 바쁘게 지내는 동안 사건에 대한 기억은 까맣게 지워졌다. 그가 우연히 실종자들의 기록부를 보기 전까지는.

"그 기록부라는 건……."

"그들의 신상정보를 모아서 정리해 둔 학적부였습니다. 자료를 받을 게 있어서 교수실에 찾아갔다가, 실수로 건드리는 바람에 책 더미가 쏟아졌는데 그 안에 섞여 있었습니다. 정리하던 중에 우연히 내용을 봤습니다."

"그런데?"

"그들 모두가 같은 달 출생이었습니다. 제가, 논문에서 다룬…… 특별한 기운을 타고난다고 주장한 바로 그 달 말입니다."

"……!"

학생들의 출신지는 전부 달랐고, 실종된 전후의 정황도 갖가지였다. 태어난 달이 같은 건 단지 우연일 터였다. 그러나 너무 찜찜했던 아셀은 그때부터 일리야와 거리를 두기 시작했다. 그러자 그때까지 그에게 호의를 보이던 이들이 갑자기 공격적인 태도로 변했다. 하루에도 몇 번씩 찾아와 협박하고 윽박지르는 게 마치 배신자를 대하는 투였다.

이미 좋지 않은 예감을 느낀 아셀에게 그들의 그런 태도는 불길함을 더 증가시킬 뿐이었다. 가만히 있을 수 없었던 그는 제가 품은 의심을 공론화하려 했다. 하지만 아셀이 움직이는 것보다 일리야가 더 빨랐다. 정신을 차렸을 땐 그들이 아셀의 병증을 근거로 그가 정신이상자라는 소문을 퍼트린 후였다. 그 탓에 그가 하는 말을 아무도 믿으려 하지 않았다. 오히려 아셀은 실종자에 관해 질 낮은 풍문을 퍼트리려는 비열한 사람으로 낙인 찍혔다. 눈에 띄고 싶어서 기이한 행동을 한다는 인식이 생기면서, 사방에서 그를 놀림거리로 삼았다.

그때부터 아셀은 본격적으로 교내에서 고립됐다. 이후, 그의 재능을 눈여겨본 라온휘젠이 곁에 둔 후로는 악랄한 소문은 조금 가라앉았지만 꺼리는 시선은 여전했다. 일리야는 그를 비방하고 다니는 것을 멈추지 않았고, 때때로 공개적으로 망신을 주기도 했다. 그래서 아셀을 아끼는 사람들은 일리야라는 말만 들어도 치를 떨었다.

"그들이 실종 사건에 관여했다는 증거를 찾기도 어렵고, 그 목적을 짐작할 수도 없었기 때문에 연관성을 애써 부정하고 있었습니다. 하지만 일리야가 대공의 산하라면, 그래서 정말 제물을 모으는 거였다면, 모든 것이 이해가 됩니다."

"그 후로도 실종자가 나왔어?"

"아뇨, 그래서 제가 예민했던 거라 여겼습니다. 하지만 지금 다시 생각하니 아마 다른 방법을 택한 것 같습니다. 최근 들어 학업을 포기하고 중도 자퇴하는 학생들이 꽤 늘어나는 추세였거든요."

"학교를 떠났다면 그 후의 일은 주목받지 않았겠네. 설령 실종되었더라도."

전달하려는 의미를 짐작한 시벨리우스가 낮은 목소리로 중얼거렸다. 아셀이 굳은 얼굴로 고개를 끄덕였다.

"제물의 정확한 조건은 모릅니다만, 타고나는 자질이 그 조건 중 하나인 것만은 분명합니다. ……아마 지금까지 제가 준 자료를 토대로 제물을 선정했을 겁니다. 제겐 그걸 자세히 알아봐야 할 책임이 있습니다."

마지막 음성은 단호했다. 강아지처럼 순한 눈망울에 강렬한 의지가 깃드는 것을 보며 시벨리우스는 속으로 신음을 삼켰다. 이런 이야기를 들었는데 더는 말릴 수도 없었고, 말린다 하더라도 물러설 것 같지도 않았다. 그렇다고 위험할 걸 뻔히 알면서 보내려니 속이 쓰렸다. 문득 제가 왜 이런 걸 신경 써야 하나 싶기도 했지만 거슬리는 건 거슬리는 거였다. 불쾌감이 스멀스멀 피어오르는데 해소할 방법이 떠오르지 않아 갑갑했다. 그 기분은 고스란히 표정에 드러나, 본인은 의식하지 못했지만 상당히 구겨진 얼굴이 됐다. 그런 그를 빤히 바라보던 알리사가 웃으며 입을 열었다.

"시벨 씨, 우리도 따라갈까? 카터스 제국."

"……뭐?"

뜻밖의 제안에 모두가 놀란 표정으로 그녀를 바라보았다. 그리고 그 순간 시벨리우스가 느낀 건 뜻 모를 청량감이었다. 오랜 체증이 일시에 내려가는 것처럼, 단숨에 속이 시원해지는 것 같았다. 그는 반사적으로 그게 자신이 찾던 답이었다는 걸 깨달았다. 또한 동시에 그걸 달갑게 여기는 자신의 모습에 당혹감을 느꼈다.

"대체, 그게 무슨 말이야, 알리사?"

혼란스러운 기분을 감추려 목소리를 가라앉혔더니 묻는 어조가 절로 딱딱해졌다. 덕분에 그가 화가 났다고 생각한 아셀이 안절부절못했다. 그러나 정작 알리사는 능청스럽게 웃기만 할 뿐이었다.

"아셀의 공부가 부족한 게 문제면 우리가 따라가서 도와주면 되잖아. 어차피 난 이제 여기서 할 일도 없는걸. 마지막 공성전은 난전이 될 거라면서 이사나 씨가 빠지라고 했거든. 앞으로 얼마나 대기해야 하는지도 모르겠고, 하릴없이 시간이나 때우느니 아셀 따라서 카터스에 갈래."

"하지만……."

"괜찮지 않아? 만약 정말 대공이 관련되어 있다면 확인해 볼 필요는 있잖아. 이사나 씨도 어차피 알아볼 사람을 보내려고 할 것 같은데, 그 역할을 우리가 한다고 하면 되지 않을까?"

"그거야……."

"어머나~ 내가 떠올린 거지만 정말 멋진 생각이야! 좋아, 결정했어! 우리도 카터스로 가는 거야! 내가 가면 시벨 씨는 무조건 가는 거지? 응, 그럴 줄 알았어. 이사나 씨한텐 내가 잘 말할게."

"……."

일방적인 결정이 내려지는 동안 시벨리우스가 할 수 있는 건 아무것도 없었다. 기가 막혀서 입만 벙긋거리고 있는 그를 향해 알리사는 그저 생긋 웃었다. 그 표정이 상당히 의미심장했다.

장난기 어린 표정 속에 서려 있는 짙은 감정을 읽고 나서야 시벨리우스는 그녀의 진짜 의도를 깨달았다. 왜 이런 결정을 내렸는지, 그게 누굴 위한 건지도. 저보다 한참이나 어린 소녀가 아직 본인도 깨닫지 못한 제 마음을 먼저 알아보았음이 분명했다. 자신이 아셀에게 정을 주기 시작했음을.

'정말이지…….'

힘없이 웃은 시벨리우스는 조금은 착잡한 마음으로 아셀을 돌아보았다. 일평생 결코 좋아하지 못할 거라 생각한, 동족의 피를 이은 존재였다. 심지어 떠올리는 것조차 싫었던 형제의 핏줄. 단지 동정심으로 가르치는 것뿐, 정이 드는 일은 없을 것이라 여겼다. 하지만 이미 그때부터 변하고 있었던 거였다. 안개에 젖듯이 천천히 퍼져나간 감정이라 깨닫는 게 늦었지만 계기가 되었던 일만은 분명히 떠올랐다. 아마 유니콘의 혈통을 인정받기 위해 필사적이던 아셀의 모습을 봤을 때였을 것이다. 그런 그를 돕기 위해 자신이 본신으로 돌아갔던 바로 그 순간에.

"시벨리우스 님?"

빤히 바라보는 눈길이 부담스러웠는지 아셀의 얼굴에 홍조가 돌았다. 다 큰 녀석이 우물거리는 게 좋아 보일 리가 없는데도 아셀이 그러는 건 나쁘지 않았다. 시벨리우스는 무심코 손을 뻗어 그의 머리를 툭툭 쓰다듬었다.

"너희 일행이 몇이었지? 전부 데리고 이쪽으로 건너와. 어지간한 건 다 있으니까 따로 짐을 꾸릴 건 없을 거야."

"네? 그럼 정말 같이 가실 겁니까?"

갑작스러운 손길에 굳어 있던 아셀이 그 말의 의미를 알아듣고 황급히 고개를 들었다. 토끼처럼 동그래진 눈을 보고 시벨리우스는 피식 웃었다.

"알리사가 한 말 들었잖아."

"그, 그치만…… 정말 괜찮으신 겁니까?"

"지금 누가 누굴 걱정하고 있는 거야? 쓸데없는 생각 말고 네 일이나 신경 써. 가면서 훈련 강도를 더 높일 테니까 각오 단단히 하고."

머뭇거리던 아셀의 얼굴이 단숨에 밝아졌다. 시벨리우스는 새삼스럽게 그 얼굴을 빤히 바라보았다. 외형은 하나도 비슷한 부분이 없는데 같은 피가 섞여 있어서인지 향취라든가 분위기가 자신과 닮은 것 같기도 했다. 먼 후손인 아셀이 이럴 정도면 그의 형이었던 사람은 훨씬 더 그와 많이 닮았을 것이다. 그게 어떤 느낌이었을지 조금 궁금했다. 거기까지 생각했다가 그는 흠칫 놀랐다. 아무렇지 않게 형을 떠올리다니, 예전이라면 생각하지 못했을 일이었다.

'뭐, 나도 언제까지 과거에 매여 살 수는 없겠지.'

번민의 주범이던 일족은 신계로 떠났고, 이후로 4천 년이나 지났다. 봉인된 탓에 세월의 흐름이 크게 와 닿지는 않았지만 한 사람의 핏줄이 몇 대에 걸쳐서 내려올 만큼 까마득한 시간이었다. 새로운 친구들도 생겼는데 이쯤 되면 변할 때도 됐다. 시벨리우스는 좋게 좋게 생각하기로 했다.

투둑—

착각이었을까. 어디선가 뭔가가 뜯어지는 것 같은 소리가 들렸다. 그는 반사적으로 돌아보았다가 이상한 점이 아무것도 없음을 확인하고 고개를 갸웃거렸다. 꽤 묘한 감각이었는데 딱히 경계할 만한 일은 아닌지 거슬리진 않았다. 오히려 무언가 해방감이 드는 게 개운한 느낌에 더 가까웠다. 이유는 설명할 수 없으나, 그냥 그런 기분이었다. 왠지 오늘 밤은 오랜만에 단잠을 잘 수 있을 것 같았다.

제3화

1.

　일정 한계를 벗어난 존재란 공간의 제약에서 자유롭기 마련이다. 아무리 먼 거리라도 단숨에 이동할 수 있는 능력이 있기 때문이다. 그 대상에 다른 사람까지 포함할 수 있으면 전체 일정을 크게 단축하는 공헌자가 될 수도 있다. 단지 상대 쪽은 마음의 준비를 할 여유 없이 갑자기 휘말릴 수 있다는 단점이 있기는 하다. 무슨 말이냐면, 내가 공간 이동을 당했다는 뜻이다.

　"바로 여기야."

　때는 트로웰이 대지의 방진을 세울 장소를 알아보겠다며 메테와 함께 자리를 떠났을 참이었다. 화기를 알아보러 갔던 이프리트가 막 귀환한 참이기도 했다. 예상대로 그녀가 지정한 장소는 트로웰이 예측한 장소와 같았다. 발랄한 디아곤의 목소리에 고개를 들었더니 눈앞에 붉은 세상이 펼쳐져 있었다. 불씨를 품은 채 우후죽순으로 솟아난 돌산, 석탄처럼 새카만 바위 무더기가 저마다 눈이 아프도록 새빨간 용암을 머금고 있는 풍경이었다. 사방에서 폭포수처럼 쏟아져 내리는 용액들이 온 사방에 붉은 길을 뻗어 나가다 못해 한데 고여 흘렀다. 영원히 식지 않을 듯한 불의 강이었다.

화산지대 트레이아.

불의 방진이 세워질 장소였다.

대륙에서 가장 오래된 활화산이라는 트레이아는 동시에 가장 큰 화산지대이기도 하다. 과거 자연을 회복시키면서 전반적으로 아크아돈을 살피긴 했지만, 물을 회복하는 일에 더 집중한 편이라 불과 관계된 영역은 자세히 보지 않았었다. 그래서 처음 화산지대라는 말을 들었을 땐 한국에서 대충 매체로 흔히 접했던 광경을 떠올렸다. 예를 들어 조금 그을린 듯한 검은 땅이라든가, 새하얀 김이 뿜어져 나오는 바닥이라든가, 달걀이 삶아지는 온천 같은 것들 말이다. ……설마하니 재가 뿌옇게 휘날리고, 하늘이 온통 새카맣고, 분화구에서 연신 화염이 뿜어져 나오고, 넘실거리는 용암이 실시간으로 강물을 이루고 있는, 이런 과격한 모습일 거라곤 상상도 하지 못했다.

마치 지옥도의 한 폭 같은 풍경인 게, 이곳만 보면 세계 종말이 일어나는 중이라 해도 믿을 것 같다. 이프리트의 불의 영역도 용암이 넘쳐나는 곳이긴 하지만 이렇게 살벌한 분위기는 아니었다. 혹시 화산이 대폭발한 직후에 찾아온 것인가 했더니 원래가 항상 이런 상태란다. 그나마 이곳 터줏대감인 불의 정령들이 수위를 조절하고 있는 덕분에 흩날리는 재의 양이 심할 정도는 아니었다. 이럴 땐 확실히 지구와는 구조가 다른 세상이라는 실감이 든다.

"……그래도 이런 건 미리 예고 좀 해주면 안 될까."

눈앞의 풍경이 바뀐 순간 내게 무슨 일이 일어난 건지는 본능적으로 알았다. 하지만 각오를 다진다고 큰일이 가벼워지는 게 아니듯이, 알았다고 해서 놀라지 않는 건 아니었다. 난 아직 소심한 편이라 이런 식으로 비상식적인(이 구성에선 이게 상식이겠지만) 상황이 벌어지면 일단 습관적으로 몸이 얼어붙는다. 물론 이런 사실을 알 리가 없는 디아곤은 어리둥절한 기색이었다.

"왜? 어차피 오려고 한 거잖아. 아, 혹시 직접 이동하고 싶었어? 하지만 각자 따로 이동하는 것보단 이게 더 편하지 않아?"

"그거야 그렇지만 말이지……."

"그럼 아무 문제 없는 거네. 자자, 시간이 없으니 서두르자고. 난 일단 애들을 불러올게. 다들 계속 대기 중이었거든."

"다들?"

"설계도가 복잡하고 방대해서 틀을 보조할 애가 다섯은 더 있어야 해. 그렇게 해도 완성하려면 일주일은 더 걸릴걸? 아, 상급신이 있으니 그보다는 짧으려나? 엘퀴……아니지, 엘뤼엔, 이쪽 일도와주는 거지?"

디아곤의 말에 무심히 서 있던 엘뤼엔이 얼굴을 살짝 찌푸렸다. 하지만 이번 일에서만은 아무리 그라도 정해진 답을 피하지 못하는지 이내 못마땅한 기색으로 고개를 끄덕였다. 선선히 떨어지는 허가에 디아곤의 얼굴이 환해졌다.

"다행이다. 아, 그러고 보니 마침 물어볼 것도 있었어!"

"뭐지?"

"이거 말이야. 대체 뭐라고 쓴 거야? 뭔가 따로 첨부된 설명 같은데 신어로 되어 있어서 읽을 수가 있어야지."

난처한 얼굴로 디아곤이 무언가를 꺼내 들었다. 약간 팔랑거리는 종이 같은 것이었다. 굳이 '종이 같다'고 표현한 건 실제로 종이는 아니었기 때문이다. 재질 자체는 하얀 석판의 느낌에 더 가까웠는데, 그런데도 구겨질 것처럼 팔랑거리는 게 신기했다. 누가 봐도 인간 세상의 물질은 아니었다.

내용물이 적힌 안쪽엔 마법진으로 보이는 문양과 계산식 같은 것이 빼곡하게 나열되어 있었다. 아마도 신계에서 건네줬다는 정화진의 설계도로 보였다. 대부분 다 알아볼 수 있는 글자였는데, 디아곤이 가리키는 한 부분만 모르는 글자로 적혀 있었다. 어지간한 문자는 다 읽을 수 있는 내가 이해하지 못하는 걸 보니 신어인게 맞는 것 같았다. 같이 들여다본 이프리트도 읽을 수 없어 어리둥절해 하는 표정이었다. 그리고 그걸 응시하는 엘뤼엔의 눈빛은 서늘해졌다.

"……이 빌어먹을 놈이."

"으응?"

돌연 흘러나온 살벌한 말에 나를 비롯해 그를 주시하고 있던 모두가 흠칫 놀랐다. 엘뤼엔은 석판인지 종이인지 모를 것을 금방이라도 구겨버릴 듯한 기세였다. 기겁한 디아곤이 얼른 뒤로 감추고 나서야 그는 살짝 눈을 내리깔았다.

"별거 아냐. 그냥 낙서다."

"어? 그럼 이건 정화진이랑 관계……."

"없어."

"그럼 이게 뭐라고 쓴……."

"관계없다고 한 말의 의미를 모르나?"

단호한 말투는 살얼음이 뚝뚝 떨어지는 것 같았다. 호기심으로 반짝거리던 디아곤의 얼굴이 단숨에 핼쑥해졌다.

"아하하, 엘뤼엔이 그렇다고 하니 그럼 이 부분은 그냥 무시할게."

냉큼 물러선 반응에 엘뤼엔은 성의 없이 고개를 까닥였다. 직후 디아곤이 자리를 떠난 틈을 타서 나는 슬쩍 그의 눈치를 살폈다. 눈빛은 한결 풀려 있었지만 여전히 불쾌해 보이는 듯한 기색이었다. 아무래도 뭔가 단단히 거슬린 듯했다. 이럴 땐 화를 입지 않기 위해서라도 건드리지 않는 게 낫다는 건 알고 있다. 하지만 호기심이 두려움을 이겼다.

"아까 그 종이 같은 거, 신계에서 온 거지?"

"그래."

"낙서 내용이 뭐였는지 물어보면 안 돼?"

"……그리 대단한 내용은 아니다."

다행히 엘뤼엔은 선선히 대답했다. 슬쩍 돌아보았더니 조마조마하게 지켜보던 이프리트가 고개를 끄덕였다. 이때만큼은 우리 둘 다 한마음 한뜻이었다. 응원하는 눈빛에 나도 조금 더 용기를 냈다.

"그치만 궁금한데……."

"알아봤자 재미없을 거다."

"그래도……."

미련을 뚝뚝 흘리며 말끝을 흐렸더니 엘뤼엔도 조금 찜찜했던 모양이다. 그가 조금 못 말린다는 표정으로 나를 바라보다가 이내 한숨을 내쉬었다.

"「거기서 얌전히 있어.」"

"……응?"

"궁금해한 답이다."

"얌전히 있으라고? 그게 낙서 내용이야?"

"그래."

"그게 무슨 뜻인데? 아니, 누가 누구한테 쓴 거야, 그거?"

"내가 알 바 아니지."

딱딱한 대답은 모르쇠로 일관하고 있었지만 난 직감적으로 깨달았다. 발신자가 누군지는 몰라도 낙서가 겨냥한 수신자는 엘뤼엔인 게 분명했다. 그리고 발신자는 어쩌면, 내가 아는 그 신일 가능성이 컸다. 엘뤼엔이 목걸이를 탈취한, 그래서 지금 신계에서 꼼짝도 못 하고 있을 마신 카노스. 그 외에는 달리 생각나는 존재가 없었다. 그가 엘뤼엔의 행동 범위를 예측해서 메시지를 전한 건지도 몰랐다.

'그런데 보통은 돌아오라고 하지 않나? 얌전히 있으라는 게 무슨 뜻이지?'

이번 행동이 과격하긴 했으나 엘뤼엔은 기본적으로 사고 치는 성격이 아니다. 오히려 카노스 쪽이라면 모를까. 그런데 정반대로 그가 엘뤼엔에게 이런 글을 남겼다고 하니 뭔가 좀 이상했다. 아, 혹시 곧 목걸이를 찾으러 갈 테니 꼼짝 말고 기다리라는 소리였을까? 그런 거라면 말이 되긴 했다.

하지만 왜일까. 고개를 끄덕이면서도 얼굴이 절로 찌푸려졌다. 이상하리만치 찜찜한 기분이 들었다.

2.

사라졌던 디아곤은 정확히 30분쯤 후 다시 돌아왔다. 떠날 땐 혼자였던 그가 돌아올 땐 남녀로 구성된 다섯 명의 인원과 함께였다. 전부 레드 드래곤인지 그들 모두 라피스와 비슷한 색감의 붉은 머리칼을 지니고 있었다.

"새로운 물의 왕께는 처음 인사드리네요. 반갑습니다."

나를 대하는 그들의 태도는 뜻밖에도 무척이나 정중했다. 이프리트도 그렇고 라피스도 그렇고, 불의 속성과는 항상 삐걱거리는 부분이 있다 보니 내심 긴장했는데, 그게 선입견이었음을 한방에 깨달은 순간이었다. 어떻게 보면 내가 진짜 운이 없다는 의미이기도 했다. 대체로 친절한 사람들은 다 놔두고 유독 성격이 나쁜 녀석들하고만 엮였다는 거니까.

"라피스, 오랜만이야."

그들이 친절하다는 건 멀뚱히 서 있는 라피스를 챙기는 모습에서도 확인할 수 있었다. 라피스 성격이 워낙 그렇다 보니(?) 다들 꺼릴 거라고 생각했는데 이번에도 예상을 벗어나 호의적인 분위기였다. 그중 몇은 얼굴을 붉히는 걸 보아 단순한 호감을 넘어선 감정도 있는 것 같았다. 그에 비해 그들을 대하는 라피스의 시선은 싸늘하기만 했다. 아예 보지도 않고 무시하는 태도라 지켜보는 내가 다 민망할 정도였다. 정작 드래곤들은 익숙한지 전혀 신경 쓰지 않았지만. 오히려 어떻게든 그에게 말을 걸고 싶어 하는 기색이라 내심 당황스럽기까지 했다. 생각보다 라피스가 일족 사이에서 인기가 있는 편인 것 같았다.

하지만 그들의 반응이 가장 뜨거웠던 건 역시 엘뤼엔의 정체를 알았을 때였다. 간간이 교류하는 정령왕들과는 달리 상급신은 말 그대로 구름 위 같은 존재이다 보니 아무리 드래곤이라도 선뜻 받아들이지 못하는 것 같았다. 신기하게도 그가 전대의 엘퀴네스였다는 건 아무도 알아보지 못했다. 이전에 교류가 없었던 것 같지는 않고, 아마 일일이 같은 반응을 보기 지겨워진 엘뤼엔이 뭔가 조치를 해둔 듯했다. 그 증거로 디아곤이 그 부분을 언급할 기세를 보이자 엘뤼엔의 눈빛이 곧바로 차가워졌다. 눈치 빠른 디아곤은 결국 끝까지 입을 열지 못했다.

이후엔 본격적인 방진 만들기가 시작되었다. 설계할 방진이 워낙 컸기 때문에 드래곤들이 각자 구역을 나눠 흩어져서 그려야 했다. 왜 보조 인원이 다섯이나 필요하다고 했는지 알 것 같았다. 디아곤과 엘뤼엔이 가장 중앙 틀을 짜는 작업을 맡았고, 이프리트도 그 일을 거들었다.

그동안 라피스는 화기를 최고조로 올리기 위한 집중 훈련 같은 것에 들어갔다. 훈련이라고 해 봤자 그냥 마법진을 하나 그리고 그 위에 앉아 있는 것뿐이었지만. 그마저도 할 일이 없던 나는 옆에서 얌전히 구경이나 했다.

"그러고 보니 라피스, 네 레어는 어디야?"

"저쪽."

라피스가 가리킨 건 용암이 실시간으로 콸콸 쏟아지고 있는 분화구들 사이였다. 이 근방은 죄다 그렇긴 했지만, 아무리 봐도 도저히 살아 있는 생명이 살 수 있을 만한 장소로는 보이지 않았다.

"저긴 벽에서도 용암이 흐를 것 같은데. 수맥이 닿아 있지도 않은 것 같고."

"뭐, 그렇지."

떨떠름하게 물어본 말에 아니나 다를까 긍정의 대답이 돌아왔다. 황당해져서 쳐다보는 내게 라피스는 문제라도 있느냐는 표정을 지었다.

"넌 그런 곳에다 호수를 만들려고 했던 거였냐."

"일단 성공은 했거든? 물이 증발되지 않도록 완벽한 냉각 기능을 갖춰놨었다고."

"전부 말라버렸다더니?"

"잠깐 나갔다 온 사이에 지각 변동이 일어나서 마법진이 깨졌거든. 설마 10년 사이에 말라버릴 줄은 몰랐지."

"10년이 잠깐이라니 너다운 말이긴 한데, 마법진 설계할 때 그런 점도 다 미리 계산해 두지 않아?"

"당연히 그렇게 했지. 그런데 내 예상 폭을 빗나갔어. 내가 틀릴리는 없으니 아마 불의 정령들이 장난친 거겠지."

어디서 남 탓을 하냐고 대꾸하지 못한 건 그 순간 라피스 주위를 맴돌던 자연체의 카사들이 핑글핑글 춤을 췄기 때문이었다. 들켰다며 몹시 즐거워하는 걸 보니 그 말이 사실이긴 한 모양이다. 말해 주면 그것 보라고 의기양양할 게 뻔해서 나는 조용히 못 본척했다.

"근데 유지에 성공했으면 다시 만들 수도 있는 거 아냐?"

"그렇긴 하지."

"뭐야, 그럼 왜 어쩔 수 없다는 듯이 나한테 부탁한 건데?"

지금도 똑똑히 기억난다. 그때 라피스는 제 능력으로는 호수를 다시 만드는 게 불가능해서 내게 부탁한다는 듯이 말했었다. 차가운 물을 유지해야 하니 분수대 역할까지 해달라고 했던 그 황당한 제안을 내가 잘못 기억하고 있을 리가 없었다.

"결과적으로는 그게 사실이니까. 내가 만드는 건 어떻게 해도 원하는 느낌이 안 나거든."

"원하는 느낌?"

"조화라고 해야 하나, 활기라고 해야 하나. 여하튼 늘 뭔가 부족한 부분이 있어. 마법으로 유지하는 물에선 아무래도 인공적인 냄새가 사라지지 않더라고."

"……너 진짜 까다롭다."

"내 취향이 좀 고급이긴 해."

대체 어떻게 자라면 누가 들어도 비꼬는 말을 능숙하게 자기 식으로만 해석하는 걸까. 황당해졌지만 여기서 새삼 발끈하는 것도 웃긴 것 같아서 나는 곧 체념했다. 저런 성격으로 세상을 살려면 긍정적이어야 하긴 할 거다. 너무 긍정적이라 저런 성격이 된 것 같기도 하지만.

"그래서 아직도 그 야망은 그대로야?"

그때 이후로는 한 번도 호수를 만들어 달란 재촉을 받은 적이 없다. 이사나의 여정에 함께한다는 게 계약의 전제 조건이었던 만큼, 얌전히 제 차례가 오기를 기다리고 있는 걸지도 몰랐다. 사실 처음엔 완전히 무시할 생각이었고, 지금도 여전히 내키지는 않는다. 그래도 그간 신세 진 걸 생각하면 모르는 척하는 것도 좋은 대응은 아닌 것 같았다. 소망하는 대로 백 년까진 무리겠지만 몇 년 정도라면 괜찮지 않을까? 나름대로 큰 결심을 굳히고 있는데 라피스가 그런 나를 흘끗 보더니 피식 웃었다.

"이제 됐어."

"어? 됐다니?"

"너랑 계약한 후로는 상관없어졌어."

"엥? 뭐야, 그게."

"그러게. 나도 좀 신기해. 물의 정령왕과 계약하면 만족스러운 물을 구할 수 있을 거라고 생각했어. 하지만 고작 그런 정도가 아니었지. 계약하는 순간 그냥 그 자체로 완성된 기분이었어. 다른 건 이제 아무것도 필요 없을 만큼."

"그, 그래?"

"이미 최상의 물을 가졌는데, 다른 게 눈에 들어올 리가 없지."

……헐.

나도 모르게 반사적으로 옆에서 떨어진 모양이다. 의식하고 나니 조금 멀어진 라피스가 찌푸린 얼굴로 나를 바라보고 있었다.

"뭐야, 그 반응은."

"……나 방금 소름 돋았어."

"그렇게 감격할 것까진 없는데."

"감격해서 그렇겠냐! 느끼해서다! 너 진짜 그런 이상한 표현 좀 쓰지 마!"

"이상한 표현?"

"가졌다느니! 다른 건 눈에 안 들어온다느니!"

"아, 또 그런 얘기였어? 물건 취급한 거 아냐."

"차라리 물건 취급이라고 해!"

"왜 이랬다 저랬다야?"

진심으로 황당해하는 표정을 보려니 뒷골이 당겼다. 예전에도 그랬듯, 내가 기겁하는 이유를 전혀 이해하지 못하는 게 분명했다. 이 녀석과 대화할 때마다 느끼는 거지만, 가치관이 다른 녀석과의 대화는 정말이지 정신건강에 해롭다.

"넌 가끔 보면 사람 대하는 방식이 너무 민망해."

그래도 그냥 넘어갈 수는 없어서 자성하라는 의지를 담아 투덜거렸다. 그러자 도리어 라피스가 황당하다는 표정으로 나를 바라보았다.

"그건 네 얘기겠지."

"내가 뭘?"

"적어도 난 아무거나 다 취급하진 않아. 나한테 가장 걸맞다 싶은 걸 필요로 하는 거고, 내게 필요한 거니까 최고로 대우하는 거야. 근데 넌 하찮은 것에도 다 애정을 주잖아. 누구든 쉽게 친구로 삼고, 네게 이득이 될 게 하나도 없는 관계인데도 관심을 기울이지. 오히려 약해 빠질수록 더 가만히 못 두고."

"그런 거 아닌데."

"아니긴 뭐가 아니야? 이사나는 계약자니까 그렇다 쳐. 다른 놈들은 무슨 관계라고 그렇게 챙기는데? 하다못해 지나다 만난 엘프의 사연까지 해결하려고 안달이었잖아. 어떤 꼬마는 목숨을 내 걸고 살리질 않나."

"꼬마라면, 레이를 말하는 거야? 그건 나이아스가…….."

"나이아스는 네 일부 아냐? 너랑 뭐가 달라?"

정확한 지적에 할 말이 없어져서 입이 절로 닫혔다. 확실히 나이아스는 내게서 파생한 존재이니 본질이 같기는 했다. 그의 판단이 곧 내가 내린 판단이라고 봐도 크게 다르진 않을 것이다. 우물거리는 나를 보고 라피스는 그럴 줄 알았다는 표정을 지었다.

"오지랖도 정도가 있지. 넌 너무 애정을 남발하고 다녀. 내가 보기엔 그런 게 더 민망해."

"으음, 그런가. 하지만 나도 그냥 그게 필요하니까 하는 것뿐일걸?"

"뭔 말이야?"

"누군가에게 도움이 되면 날 좋게 봐주니까 기분이 좋잖아. 내가 세상에 필요한 사람이라는 생각도 들고. 결국 그런 식으로 인정받고 싶은 내 욕구를 채우는 것뿐이야. 일종의 자기 현시라고 해야 하나. 어떻게 보면 내가 이용하는 쪽인 거지."

"……."

라피스는 잠시 나를 빤히 바라보았다. 왠지 어이없다는 듯한 표정이었다. 너무 솔직하게 말했나? 그가 내게 실망한 걸지도 모른다는 생각이 들자 조금 후회됐다. 슬쩍 눈치를 보는 동안 라피스가 짜증 난다는 듯 조금 거친 손길로 제 머리칼을 쓸어 넘겼다. 고개를 들고 하늘을 바라보는 그에게서 가슴에서부터 우러나오는 듯한 진득한 한숨이 흘러나왔다.

"너 말이다. 진짜…… 아니, 됐다. 관두자."

"뭐, 뭐! 할 말이 있으면 그냥 해."

"다 됐고. 네가 굉장히 위험한 녀석이라는 건 알겠어. 쯧, 차라리 헤퍼서 퍼주는 오지랖인 게 낫지."

"그게 무슨 소리야?"

"일단 말해 두겠는데, 넌 그런 거 안 해도 세상에 필요해."

불쑥 이어진 말은 전혀 생각지 못한 내용이라 예기치 못한 습격을 받은 기분이었다. 덕분에 반응하는 것도 조금 늦었다.

"어? 아, 뭐, 그건 그렇겠지? 물의 정령왕이니까."

"그걸 알면 남의 평가에서 네 가치를 찾지 마."

"……."

돌아오는 반응이 냉담해서 움찔 몸이 떨렸다. 어쩌면 조금 뜨끔한 것도 같았다. 라피스는 굳은 얼굴을 풀지 않았다. 이어지는 목소리 또한 여전히 냉랭했다.

"타인에게 자신의 가치를 맡기면 진짜 자신은 사라질 수밖에 없어. 그냥 남의 기대심리를 비추는 거울에 불과하지. 물론 그건 절대 완벽할 수 없는 거울이야. 언젠가는 반드시 지칠 거고, 그게 아니어도 변질하게 되어 있어. 특히 너 같은 존재가 남에게 휘둘리는 건 정말 위험해. 악용당하면 세상을 망칠 거다."

"그, 그런 정도는 구분하거든?"

"구분한다고 믿는 거겠지. 네가 지금은 인간들의 규칙을 기준으로 삼고 있으니까. 하지만 시간이 지날수록 그 경계는 점점 흐려질 거야. 애초에 넌 인간이 아니고, 인간의 규칙은 모순이 많거든. 그 선이 완전히 사라졌을 때도 네가 구분한다고 자신 있게 말할 수 있겠어?"

"그건……."

이번만큼은 아무런 대답이 나오지 않았다. 마음 같아서는 그렇다고 말하고 싶었지만 아직 경험하지 않은 부분을 선뜻 단정할 수는 없었으니까. 무거운 돌덩어리가 얹어지는 듯한 기분에 나는 얼굴을 잔뜩 찌푸렸다.

"크흐흡!"

그때 어디선가 괴상한 소리가 들려왔다. 당황해서 돌아봤더니 디아곤이 어딘지 감격한 얼굴로 우리를 바라보고 있었다. 조금 전까지만 해도 열심히 마법진을 그리고 있었던 것 같은데, 언제 온 건지 모를 일이었다.

"뭐, 뭐야, 디아곤. 왜 그래?"

"아니…… 라피스가 누군가를 이렇게 다정하게 대하다니. 내 두 눈으로 이런 광경을 본다는 게 꿈만 같아서."

"……다정?"

지금까지 대화 중 어디가 다정한 부분이 있었는데? 말투는 물론 표정도 엄청 딱딱하기만 했다. 솔직히 말하면 혼나는 기분에 더 가까웠던지라 쉽게 수긍할 수가 없었다. 그런 내 생각이 읽혔는지 디아곤이 어깨를 으쓱였다.

"다정한 거지. 관심이 없으면 조언 같은 걸 할 리가 없거든."

"그, 그런가."

"그렇다니까. 특히 라피스는 말이야. 실험용으로 독약을 만들어 두고도 다른 설명 일절 없이 내 물건에 손대지 말라고만 한 녀석이라고. 드래곤이 먹어도 치명적인 극독이었는데!"

"……먹었구나."

"엄청 맛있는 냄새가 났었단 말이야. 그런 위험한 독약에 좋은 향기를 첨가한 건 반칙 아냐? 그거 먹고 내가 진짜 몇 년을 개고 생……아니, 여하튼! 그 정도로 쟨 남의 사정에 관심이 없어. 그런데 엘 네겐 그러면 안 된다고 조언하고 있잖아. 이게 얼마나 대단한 일인지……!"

디아곤이 뭐라고 하건 라피스는 그쪽을 돌아보지도 않았다. 완벽하게 무시로 일관하는 그를 보려니 중간에 있는 나만 민망해졌다.

"으음, 뭐, 내가 세계를 멸망시킬까 봐 그런가 보네. 아하하……."

"아니, 아니, 그럴 리가 있나! 쟤가 어디 그런 걸 염려할 성격이야? 어릴 때부터 입버릇이 '세상 같은 건 주기적으로 한두 번씩 멸망해도 되지 않아?' 였던 녀석이었어, 쟤가! 누가 들을까 봐 얼마나 조마조마했는지……!"

"그게 아니면……."

"그야 당연히 널 걱정하는 거지."

슬쩍 돌아봤지만 라피스는 아무 말도 하지 않았다. 아니면 아니라고 할 녀석이니 여기선 긍정의 뜻이려나? 가슴 속에서 단단하게 뭉쳐졌던 무언가가 순간 말랑해졌다. 빠르게 녹아내리기 시작한 곳에서부터 따뜻한 열기가 퍼지는 것 같았다. 그러나 그 감각을 음미하기엔 옆에서 방해하는 기운이 너무 컸다.

"라피스가 남을 걱정하다니! 이건 기적이야! 기뻐해 줘, 카닐! 우리 아이가 이렇게 멋있게 컸어!"

문제의 방해자는 제가 내뱉은 말에 나보다 더 감격한 디아곤이었다. 어느새 손수건까지 꺼내 들고 눈물을 흘리는 그의 모습은 솔직히 라피스를 도발하는 거로밖에 보이지 않았다. 라피스의 눈빛이 점점 살벌해지고 있는 것만 봐도 단순한 짐작만은 아닐 것이다. 저러다 패륜적인 사건이 벌어지는 건 아닌지 걱정이 될 정도다 보니 감동 같은 건 챙길 겨를이 없었다. 다행히 라피스가 폭발하기 전에 상황이 먼저 해결됐다. 때마침 이프리트의 노성이 울려 퍼진 덕분이었다.

"디아곤! 거기서 뭐하는 거야? 불러오랬더니 왜 수다를 떨고 앉아 있어?"

"아차, 그렇지!"

그제야 용건을 떠올린 듯, 디아곤이 난처한 표정을 지었다. 불의 방진은 그가 만드는 중앙 쪽의 마법진에서 모든 의식이 시작될 예정이었다. 이제 본격적인 단계에 들어갈 차례라 마법진의 기반이 되어야 하는 라피스가 진 안으로 들어가야 하는데, 그걸 전달하러 왔으면서 아예 잊고 있던 것이다.

"쯧."

혀를 차며 자리에서 일어난 라피스를 향해 디아곤이 생글생글 웃으며 손수건을 흔들었다. 그런 그를 강하게 노려본 라피스가 마법진 쪽으로 성큼성큼 이동했다. 그가 진 안으로 들어가는 모습을 확인한 후에 나는 디아곤을 돌아보며 궁금한 것을 물었다.

"애정 표현 방식이 너무 나쁜 거 아니야?"

"그래? 그런가?"

"적어도 라피스는 질색하는 것 같은데."

"쟨 어차피 내가 뭘 해도 싫어할걸. 뭐, 이 정도는 해줘야 균형도 맞고."

"균형?"

"애들이 라피스한테 다 쩔쩔매는 것 같지 않았어?"

무슨 말인가 했더니 조금 전 드래곤들이 라피스를 대할 때의 태도를 말하는 모양이다. 대체로 호의적인 모습이었고 조금 수줍어하는 것 같기도 했는데, 생각해 보면 쩔쩔매는 모양새 같기도 했다. 고개를 끄덕였더니 디아곤은 조금 씁쓸한 표정을 지었다.

"라피스는 드래곤 중에서도 좀 특별한 녀석이야. 성격이 저 모양인데도 아무도 저 녀석을 거역하지 못해. 본능적으로 저 녀석 앞에선 그냥 기가 눌리는 거지. 솔직히 누가 방해한다고 해도 말이야, 자존심이라면 둘째가면 서러워할 드래곤들이 아무도 물의 정령왕과 계약하지 않으려 한다는 게 좀 이상하지 않아?"

"음, 그러고 보니……."

"트로웰이 그러는데, 라피스가 상당히 강한 기운을 타고났다더라고. 마법적인 능력만이 아니라 상대를 현혹하고 무의식을 지배하는 힘을 가졌다던가."

"헉, 그래?"

"저 외모만 봐도 보통은 아니잖아? 레드 드래곤치고도 타고난 화기가 너무 강해서 어릴 땐 본인도 잘 감당하지 못했어. 정확한 이유는 드러난 적 없지만 난 쟤가 물에 집착하게 된 것도 그걸 원인으로 보고 있어. 실제적인 효과는 거의 없어도 상극인 물이 닿으면 뭔가 진정되는 느낌이 들었을 테니까. 그게 마음에 들었던 거겠지."

그건 또 몰랐던 이야기다. 지금까지 비정상이라 여겼던 행동에 사실은 타당한 이유가 있었다니 조금 당황스러웠다. 괜히 사정도 모르면서 못 할 짓을 한 기분이랄까. 민망해하고 있으려니 디아곤이 그런 날을 다 이해한다는 시선으로 바라보며 웃었다.

"아무튼 저 녀석의 그런 영향력은 좀 위험해. 그나마 천성이 무심하고 누군가와 얽히는 걸 싫어하는 편이니 망정이지. 조금만 교류하는 걸 좋아하는 성격이었어도 손쉽게 추종자를 만들어냈을 거야. 추종자가 많아지면 신격화되기도 할 거고, 그럼 신들이 주목하게 되지. 그건 어느 쪽이든 좋지 않아. 그래서 내가 최대한 타박하거나 골리듯이 말해서 분위기를 바꾸는 거야. 그나마 혈연 사이엔 영향이 좀 덜하거든."

"으음, 그 정도인가? 그렇게까지 심각해 보이진 않는데."

"하하, 아마 엘은 못 느꼈을 거야. 정령왕은 이 세상의 중심이니까. 너한테까지 영향을 줄 리는 없지."

"그런가? 그치만 다른 일행도 나와 비슷한 태도였는걸. 다들 라피스한테 기죽지도 않았고."

물론 인간인 이사나와 알리사는 조심스럽게 대하긴 했지만 그거야 정체가 드래곤인 데다 성격도 까칠한 녀석을 편하게 대할 수 없었던 탓일 것이다. 그러나 그와 동등하다고 할 수 있는 시벨리우스는 단지 기가 죽지 않는 정도만이 아니라 늘 노골적으로 신경전을 벌였다. 데르온 역시 감추지 않고 호승심을 드러냈고, 아스도 신세를 졌기에 예우를 보이는 정도의 선이었다. 라피스의 영향력이 정말 모두를 지배하는 힘이라면 그들도 전부 휘둘렸어야 하는 거 아닌가 싶었다.

"아, 그건 네 덕분이야."

"응? 나?"

당황해서 물은 말에 디아곤은 웃으며 고개를 끄덕였다.

"너랑 계약했으니까. 그 덕분에 정령왕의 기운이 섞여서 마력의 성질이 조금 달라진 거야. 일종의 정화 효과지. 솔직히 나도 이번에 보고 라피스 분위기가 편해져서 좀 놀랐어. 뭐, 이미 현혹된 애들은 그래도 여전히 영향을 받는 것 같지만."

"으음, 그렇게 말해도 뭔가 실감이 잘 안 나는데."

"경험한 적이 없으니 물론 그럴 거야. 참고로 트로웰이 대부가 되어 준 것도 비슷한 효과를 노린 거였어. 그땐 갓 태어난 상태라 정령 계약이 불가능하니 그 대신 깊은 관계성이라도 맺자고 한 거지. 그렇게만 해도 어느 정도 효과가 있다더라고."

아, 그래서 라피스가 태어난 후에 대부가 된 거였구나. 궁금했던 부분 하나가 생각지 못한 방식으로 풀려서 얼떨떨했다. 디아곤은 멋쩍은 듯이 뒷머리를 긁었다.

"뭐, 그 이유가 전부는 아니긴 하지만…… 여하튼 그게 아니었다면 우리 일족은 진작에 어떤 식으로든 파탄 났을 거야. 그랬는데도 쟤를 두고 일어난 치정극이 셀 수가 없을 정도니까."

"치정……."

"아직 헤츨링인 꼬마한테 구혼자가 얼마나 붙던지. 그래서 매번 드레스만 입혔어. 한쪽 취향이라도 줄여보려고. 별 효과는 없었지만."

"아하하……. 왜 트로웰과 계약하지는 않았어? 나중에라도 했으면 더 나았을 텐데."

"라피스 쪽에서 거부했어. 걔가 워낙 엘퀴네스 순애보인 데다가 정령 계약이란 건 강제로 하는 게 아니잖아? 그리고 라피스는 이 상황을 모르거든. 본인이 의식하면 기운이 더 강해진다고 해서 말하지 않고 있어. 그러니 엘도 비밀로 해 줘."

"헉, 그렇구나. 아, 알았어."

왠지 들으면 들을수록 뭔가 엄청난 사실을 알게 된 기분이었다.

트로웰은 왜 이런 이야기를 미리 해 주지 않은 걸까? 그럼 좀 더 진지하게 라피스와 계약하는 걸 고려해 봤을지도 모르는데. 드래곤들이 나와 계약을 피하는 이유를 설명해 줬을 때도 그렇고, 라피스가 날 소환한 당시에도 내색한 적조차 없었기 때문에 이런 뒷이야기가 있을 거라곤 상상도 하지 못했다.

그런데 속으로만 생각한다는 걸 내가 그만 무심코 중얼거린 모양이었다. 디아곤이 재밌다는 듯이 나를 돌아보며 대답했다.

"글쎄, 아까 라피스가 한 말을 들어보니까 난 알 것도 같은데."

"아? 응?"

"이런 상황을 알았다면 네 성격엔 라피스와 그냥 계약하려고 했겠지. 저 녀석이 마음에 들지 않더라도 그냥 모두에게 도움이 되고 싶어서. 네 진심과는 상관없이."

"그건……."

"그런 건 트로웰도 바라지 않았을 거야. 네 그런 성향을 이용하는 기분이 들었을 테니까. 기본적으로는 라피스랑 같은 생각인 거지. 널 걱정한 거야."

"으으음. 내가 그렇게 못 미더운 느낌인가?"

"글쎄, 하지만 걱정한다는 건 애정이 있다는 증거 아닌가? 단순히 신뢰의 문제로 다룰 일은 아닌 것 같아."

부드러운 말에도 마음이 편해지진 않았다. 슬쩍 돌아본 곳에서 라피스가 마법진 한가운데 서 있는 것이 보였다. 어느새 상의를 벗은 채였는데, 정신없는 상황일 텐데도 그의 시선은 이쪽을 향해 있었다. 내가 디아곤과 다정하게(?) 대화하고 있는 광경이 마음에 들지 않는지 상당히 불만스러운 표정이었다. 디아곤도 그것을 느꼈는지 그를 향해 낼름 혀를 내밀었다. 당연히 라피스는 더 분노에 찬 얼굴이 됐다.

그 유치한 현장을 보고 있으려니 상황과는 관계없이 웃음부터 터져 나왔다. 그러나 다음으로 그가 돌단 같은 곳에 올라가 눕기 시작하면서부터는 덜컥 긴장이 들었다. 단지 마법진을 새기는 것뿐인데, 그 모습 위에 언젠가 목격했던 광경이 겹쳐졌다. 대공이 제물을 제단에 눕히고 칼을 높이 들어 올리던 그 날의 순간이. 그제야 나는 비로소 깨달았다. 그가 나를 걱정하게 된 것처럼, 나 역시 그렇다는 걸.

누군가를 걱정한다는 게 단지 신뢰의 영역이 아니라는 디아곤의 말이 맞았다. 이건 조금 무서운 쪽에 가까운 것 같았다. 이 당연한 시간을 갑자기 잃게 될지도 모른다는 것에서 기인하는 뜻 모를 불안감. 라피스와 트로웰이 이런 기분으로 나를 바라보고 있는 거라면 내 지난 행동을 되짚어봐야 하는 건지도 모르겠다. 그만큼 내게서 불안정한 부분이 보인다는 걸 테니까.

이윽고 마법진이 발동되면서, 그가 누워 있는 부분에서부터 서서히 빛이 퍼져 나오기 시작했다. 처음에는 넘실거리듯 찰랑거리던 것이 단숨에 차올라 라피스의 몸을 삼키듯 뒤덮는 광경이 빠르게 이어졌다. 피처럼 강렬한 붉은색의 빛이었다.

3.

불의 진이 완성된 건 그로부터 나흘 후였다. 며칠간 움직이지도 못하고 마법진을 흡수해야 하는 쪽도 고생이었지만, 제작에 참여한 쪽이야말로 쉬지 않고 기운을 공급해야 하는 몹시 고된 여정이었다. 누워 있는 라피스를 가운데 둔 채 엘뤼엔과 이프리트가 양 방향으로 섰고, 그런 그들을 중심으로 간격에 맞춰 선 드래곤들이 마력의 장막을 유지하는 광경이 며칠간 내내 이어졌다. 그 과정에 참여하지 않은 건 상극의 속성이라 불의 진에는 전혀 도움이 되지 않는 나뿐이었다. 혹시 모를 훼방을 대비해 주위를 지킨다는 명목으로 자리를 지키긴 했으나 실제적으로는 딱히 할 일이 없었기에 그냥 구경꾼이나 다름없었다.

동이 트는 시각, 엘뤼엔이 감고 있던 눈을 뜨는가 싶더니 그들을 감싸고 있던 빛의 장막이 한순간에 사라졌다. 마법이 완성되었다는 증거였다. 그와 동시에 장막을 유지하던 드래곤들이 무너지듯 아래로 쓰러져 내렸다. 깜짝 놀라 달려가서 보니 다들 완전히 탈진해서 몸에 남은 기운이 하나도 없는 상태였다.

"디아곤, 정신 차려! 디아곤?"

"으으으…… 사, 살려줘."

구명줄이라도 잡는 듯이 손을 뻗는 디아곤을 부축해 서둘러 치유력을 불어넣자 그는 그대로 눈을 감았다. 체력이 생겨 몸이 편해지니 오히려 마음 놓고 정신을 잃은 것 같았다. 다른 드래곤들의 상황도 크게 다르지 않아서, 치유를 마치고 났을 땐 모두 건어물처럼 늘어진 모습이 됐다. 이게 결코 엄살이 아니라는 건 이프리트의 모습만 봐도 알았다. 어지간해선 절대 지칠 일이 없는 정령왕인 그가 매우 피곤해 보였기 때문이다.

"나, 잠시 정령계에 다녀올게."

그는 나와 눈이 마주치기 무섭게 그 한마디를 남겨 놓고 사라졌다. 아무래도 아크아돈에서는 빠른 회복이 불가능하다고 판단한 듯했다. 이런 와중에도 멀쩡해 보이는 엘뤼엔이 대단하다고 해야 할지, 무섭다고 해야 할지 알 수가 없었다.

"엘뤼엔, 괜찮아?"

"아아, 그래."

그래도 예의상 물어본 말에 역시나 담담한 대답이 돌아왔다. 라피스를 살피고 있는 걸 옆에서 기웃거렸더니 그가 피식 웃으며 나를 돌아보았다. 한 손을 뻗어 흘러내린 머리칼을 쓸어 넘겨주는 동작이 다정해서 가슴이 두근거리는 기분이었다. 이어지는 말에는 조금 다른 의미로 두근거렸지만.

"하지만 이 짓을 앞으로 세 번 더 할 생각을 하면 카노스를 좀 죽여버리고 싶긴 하군."

"……."

그러고 보니 방진을 네 개 세워야 했었지. 지금 만든 불의 진이 처음이니 앞으로 세 개가 더 남았다는 소리다. 하나를 만드는 데

나흘이란 시간이 걸린 만큼 족히 보름에 가까운 시간을 더 투자해야 한다는 의미이기도 했다. 그나마 드래곤들과 정령왕인 우리는 속성에 맞춰 교체라도 하지, 그런 영향과 상관없는 엘뤼엔은 모든 과정에 전부 참여해야 할 것이다. 아무리 상급신이라도 그쯤 되면 녹초가 될 게 분명했다.

"그…… 괜찮겠어? 신계에 가서 추가 협력을 요청해본다든가 하는 건……."

"글쎄, 그쪽도 이미 남는 노동력이 없을 거다. 고작 받치는 것뿐인 기둥을 세우는 데 이 정도로 힘이 들어가는 거라면, 본진 쪽엔 더 많은 기운이 필요할 테니."

"그 말은……."

"정화진에 상급신들을 전부 갈아 넣고 있다는 말이지."

"……진짜 엄청나네."

이게 웬 고생길인가 했더니 신계 쪽 사정은 더 처참한 모양이다. 이래서야 신들을 원망할 수도 없을 것 같았다. 설마 상급신들을 다 동원해야 할 정도라니, 우리가 얼마나 엄청난 결전을 눈앞에 두고 있는 건지 새삼 실감이 들었다.

그때까지도 라피스는 돌단에 얌전히 누워 있는 채였다. 본격적으로 마법진 제작이 시작되면서부터 어느 순간 정신을 잃은 듯하더니 의식이 돌아오려면 시간이 더 걸리려는 모양이다. 진이 완성된 탓인지 시작하기 전 몸에 그려 넣었던 빼곡한 그림들이 지금은 하나도 보이지 않았다.

"이제 라피스가 불의 진이 된 거지?"

"그래."

확답을 얻은 김에 나는 마음 놓고 라피스의 상태를 살폈다. 신체적인 변화는 달리 보이지 않았지만, 그의 몸 안에 예전에는 없었던 기운이 느껴졌다. 태양이 깃든 것처럼, 불덩어리가 고여 있는 것 같은 감각이었다. 실제로도 상당히 뜨거워서 평범한 사람이 만지면 위험할 것 같았다.

"이건 거의 용암 수준인데. 이프리트를 미니어처화한 느낌 같아."

"……누가 이프리트야?"

그 순간 기다렸다는 듯이 라피스가 눈을 떴다. 누가 눈치 백 단인 녀석 아니랄까 봐 이럴 때마저 깨어나는 타이밍이 귀신같았다. 곧장 날카로운 시선이 향하는 것에 혀를 차다 말고 나는 잠시 멈칫했다. 신체의 변화는 없는 줄 알았더니 생각지 못한 곳에서 달라진 부분이 있었다. 눈동자 색이 전과 같지 않았다. 여전히 붉은 계열인 건 마찬가지이긴 한데, 이전엔 불순물이 섞이지 않은 깨끗한 루비 같았다면 지금은 주홍과 노란빛이 섞인 홍염의 색이었다. 아마 불의 진으로 있는 동안만 나타나는 일시적인 현상일 것이다. 그래도 농담처럼 말했듯 확실히 이프리트에 더 가까워진 느낌이었다. 물론 진짜 이프리트를 옆에 두고 비교하면 완전히 다르긴 하겠지만. 어디까지나 기분이 그렇다는 얘기다.

"몸은 좀 어때?"

"젠장, 갑갑해."

몸을 일으킨 라피스는 불쾌한 표정으로 가슴을 연신 문질러댔다. 전과는 다른 기운이 몸속에 자리 잡은 탓에 이물감을 느끼는 것 같았다. 사실 그만한 불을 품게 되고도 조금 불편한 정도인 게 더 신기하긴 했다. 타고난 화기 자체가 강하다더니, 과연 디아곤이 애원하다시피 매달릴 만한 성능(?)이었다.

"근데 너 그런 상태여서야 이제 마을은 못 가겠다. 걸어 다니는 자연재해가 될 거야."

"뭔 소리야? 어차피 이 상태로 있을 땐 이 근방 못 벗어나. 방진은 위치를 고정해서 세운다는 걸 잊었어?"

"어? 그거 자율의사에 맡기는 게 아니라 아예 강제로 위치가 고정되는 거였어?"

"그래. 너는 안 느껴지는 모양이지?"

"응? 뭐가 느껴져?"

"지금 난 사방이 가로막혀 있는 기분이 들거든. 마나 기둥을 세운다더니, 내가 그 안의 핵이 되어 갇힌 모양이야."

오호라 그런 구조인 건가.

라피스의 말대로 나는 그런 감각을 전혀 느낄 수 없었기 때문에 흥미로웠다. 보이지 않는 투명한 벽이 생겼다니. 언젠가 라피스가 나를 그런 비슷한 환경에 가둬놨을 때가 떠올라서 조금 재밌기까지 했다. 가만, 그렇다면 나 혼자 가버려도 라피스는 여기서 꼼짝도 못 한다는 말인가?

"너……."

단지 생각만 해 봤을 뿐인데 라피스의 눈빛이 단번에 살벌해졌다. 다시금 느끼는 거지만 눈치 하나만큼은 정말 기막히게 빠른 녀석이다.

그때쯤 쓰러졌던 드래곤들도 하나둘씩 정신을 차렸다. 일어나고도 비몽사몽해서 한동안 주변을 두리번거리던 디아곤이 상의를 챙겨 입는 중인 라피스를 발견하고 환하게 웃었다.

"이야, 불의 진이 제대로 만들어졌구나! 정말 다행이다."

"뭘 새삼스럽게?"

"실은 마지막에 가선 거의 기억이 안 났거든. 쓰러졌다는 것만 알겠더라고. 아, 그래도 엘이 치유력을 써준 것만은 선명하게 떠올라. 정말 고마워! 덕분에 살았지 뭐야!"

호쾌하게 웃은 그가 내 손을 잡고 붕붕 흔들었다.

"도움이 됐다니 다행이네."

"도움이 넘치도록 되다마다! 엘퀴네스의 치유력은 말로만 들어봤지 실제로 경험해 본 적은 없었는데 말이야. 마법이나 성력하고는 확실히 다르네! 바짝 말라 죽어가는 화분에 한줄기 은총 같은 단비였달까. 그 청량감, 정말 기분 좋았어. 라피스가 엘퀴네스한테 집착하는 기분을 조금 이해할 것 같더라고."

아마 디아곤은 그 말을 할 때 자신의 뒤쪽에서 라피스의 눈빛이 위험하게 번뜩였다는 건 꿈에도 모를 것이다. 제 말의 위험 수위를 깨닫지 못한 그는 그대로 뒷말을 이어가기 바빴다.

"그 정도로 정말 죽는 줄 알았다는 뜻이야. 대체 시간이 얼마나 걸린 거지? 중간부터 감각이 아득해져서 계산이 잘 안 되네."

"오늘로 나흘째였어."

"나흘!"

놀란 건 디아곤만이 아니라 다른 드래곤들도 마찬가지였다. 다들 시간 개념이 모호해지긴 마찬가지였는지 당황한 반응을 보이고 있었다. 너무 오래 걸려서가 아니라 그 반대의 이유 때문이었다.

"생각보다 훨씬 빨리 끝난 거네. 체감상으로는 10년도 더 걸린 기분이었는데 말이야. 그만큼 빨린 끝난 건 엘뤼엔이 도와준 덕분이겠지. 그런데도 이렇게 힘들었다니, 내 판단 착오야. 하마터면 드래곤 여럿 잡을 뻔했네. 다른 진을 만들 땐 보충 인원을 더 데려가야겠어. 여섯으로는 너무 벅차네. 으음, 지금 연락되는 그린이랑 실버 놈들이 몇이나 더 있더라……."

"그린이랑 실버면 둘 다 바람 속성의 드래곤들이지?"

"맞아, 다음에 만들 방진이 바람의 진이니까."

"어? 이것도 만드는 순서가 있었어?"

"그럼 당연하지?"

그것도 몰랐냐는 듯이 어리둥절하게 바라보는 시선에 나는 어색하게 웃었다. 그간 내 사정을 잘 아는 사람들과만 어울려 지내다 보니 이런 반응도 꽤 오랜만이었다. 이제 와선 새삼스러울 일도 아닌데 미숙한 정령왕이라는 걸 드러내는 게 조금 창피했다. 뭐라고 대답해야 할지 머뭇거리고 있는데 그런 내 머리를 따듯한 체온이 덮었다. 올려다보니 엘퀴엔이 부드러운 시선으로 내려다보고 있었다.

"4대 속성을 활용하는 주문을 만들 땐 순환의 규칙이란 게 있다."

"순환의 규칙?"

"「불꽃이 타올라 바람에 몸을 싣고 초목을 태우면 물로 덮는다」."

"그게 무슨 뜻이야?"

"딱히 별 의미가 있는 건 아냐. 그냥 초대 정령왕들의 소멸 순서라더군."

"……!"

생각지 못한 말이라 눈이 저절로 커졌다. 그러고 보니 초대 정령왕 중에서 물의 정령왕이 가장 마지막에 소멸했다는 말은 들은 기억이 있었다. 그 엘퀴네스가 바로 지금의 카노스이기도 했다.

"최초란 건 기준을 만들지. 초대 정령왕들은 이 세계에 보이지 않는 많은 규칙을 만들어냈다. 특히 그들의 소멸 시기는 향후 정령왕들의 평균 수명에도 영향을 미쳤고."

"평균 수명?"

"불의 정령왕은 대체로 평균보다 소멸 시기가 빠르다. 반대로 물의 정령왕은 평균보다 긴 편이고."

"헉. 초대 이프리트가 가장 먼저 소멸하고 물이 가장 나중에 소멸해서 그런 거야?"

"그래. 이변이 없는 건 아니지만 다들 대체로 그런 흐름을 타게 되어 있다. 그만큼 강력한 순환의 고리지. 굳이 지키지 않아도 상관은 없긴 하지만, 가능하면 맞추는 편이 더 좋은 효율을 끌어낸다더군."

"으음, 그렇구나. 뭔가 좀 신기하네."

이 세계는 왠지 알아 갈수록 더 알아 가야 할 게 늘어나는 기분이었다. 아직 충격에서 벗어나지 못해 곱씹고 있는데 빤히 바라보는 시선이 느껴졌다. 디아곤을 비롯해서 드래곤들이 묘한 표정으로 우리를 바라보고 있었다.

"왜 그래?"

"아니, 둘이 뭔가…… 그림이 좋네."

"엥?"

"사실 진작부터 묻고 싶었던 건데 말이야. 엘뤼엔이랑 엘은 무슨 사이야?"

"무슨 사이냐니……."

그런 당연한 걸 왜 묻는 건지 황당해하다가 나는 곧 기억을 돌이켜보고 입을 다물었다. 그러고 보니 디아곤에게 우리 관계를 자세히 설명한 적이 없었던 것 같았다. 달리 소개할 상황도 아니었고, 디아곤도 딱히 궁금해하지 않았기 때문이다. 아무래도 이미 알던 사이다 보니 재회에 더 초점이 맞춰질 수밖에 없었다.

"처음엔 엘뤼엔이 방어진을 세우는 것 때문에 미리 내려와 있는 건가 했거든? 근데 분위기를 보니 그건 아닌 것 같단 말이지. 그렇다면 친분 때문에 왔다는 말이잖아. 신과 정령왕이 교류할 수도 있긴 하겠지만, 그 신이 다른 누구도 아닌 엘뤼엔이라니. 뭔가 좀 너무 안 어울린달까."

"아하하, 그런가?"

"아마 다 그렇게 생각할걸? 엘뤼엔의 성격이 예전과 달라진 건가 했는데, 화를 낼 때 보면 또 그런 건 아닌 것 같고. 근데 엘을 대할 땐 유독 다정한 분위기인 것 같단 말이지. 아니, 확실히 다정해. 대체 둘이 어떻게 친해진 거야?"

기대심을 담은 눈동자가 눈앞에 바짝 들이밀어졌다. 왠지 비법을 묻는 것처럼 느껴지는 건 내 착각만이 아닐 것이다. 내게 뭔가 특별한 기술이 있다고 믿는 듯한, 흡사 맹수를 길들인 조련사 취급이다. 엘뤼엔과 친한 게 그 정도로 신기해할 일인가 싶다가 속으로 고개를 끄덕였다. 나도 양심이 있지, 이건 솔직히 인정해야 한다. 나도 가끔 돌이켜 보면 기분이 이상할 정도인데 다른 사람들이 보기엔 오죽할까.

주위를 돌아보니 다른 드래곤들도 대답을 기다리는지 이쪽을 빤히 주시하는 중이었다. 사정을 아는 라피스만 입을 다문 채 이쪽 상황을 외면하고 있었다. 나는 슬쩍 엘뤼엔을 바라보았다. 그는 딱히 대답할 마음이 없는지 특유의 무심한 표정을 하고 있었다. 내가 어떤 대답을 하든 신경 쓰지 않으려는 듯했다. 그러자 오히려 망설임이 사라졌다.

"아버지야."

"……엥?"

디아곤과 드래곤들의 눈이 동시에 휘둥그렇게 떠졌다. 판으로 찍어낸 듯 똑같은 반응을 보려니 나도 모르게 웃음이 나왔다.

"엘뤼엔이 내 아버지라고."

"에에엥?"

돌아오는 목소리가 더 커졌다. 남들 앞에서 내가 정식으로 그를 아버지라고 소개한 건 처음인 것 같다. 막상 저지르고 났더니 뒤늦게 긴장이 되는 기분이었다. 물의 정령왕인 내가 그럴 리가 없는데 목이 타는 것 같기도 했다. 힐끔 눈동자를 굴려 엘뤼엔의 반응을 살폈다. 여전히 무심한 표정을 하고 있을 줄 알았는데 그는 의외로 조금 놀란 듯한 모습이었다. 일직선에 가까웠던 입술선이 나와 시선이 마주치자 부드럽게 호선을 그리는 건 마치 영화 속의 한 장면 같았다. 왠지 두 뺨에서 열이 나는 듯해서 주먹을 꾹 움켜쥐었다. 쑥스럽고 민망하고, 그러면서도 은근히 가슴이 들떠서 정신이 하나도 없었다. 쥐구멍이라도 있다면 숨고 싶은 심정이었지만, 그래도 그렇게 말한 게 후회가 되지는 않았다.

오히려 속이 후련한 것이 전보다 한층 더 세상에 당당해진 기분이었다.

"허어, 이건 또 몰랐던 사실이네. 정령왕을 상급신이 낳는 거였어?"

"……."

이 와중에 디아곤은 엉뚱한 소리를 해서 주변의 눈총을 샀다.

사방에서 황당하다는 시선이 쏟아지자 그는 얼른 항복의 표시를 해 보였다.

"농담이야, 농담. 그럴 리가 없다는 건 당연히 잘 알지. 다들 많이 놀란 것 같길래 분위기 좀 편하게 해보려고 한 거야. 이런 게 재밌잖아?"

"음, 재미는 모르겠고. 지금까지 봤던 것 중에서 가장 참신한 반응이긴 하네."

"하하, 근데 정말 생각지도 못했어. 친구라고 해도 신기할 텐데 부자 관계라니. 아버지라고 부른 적은 한 번도 없었잖아?"

"그, 그건…… 아직 익숙하지 않아서……."

"그렇다는 건, 엘뤼엔이 먼저 제안한 관계인가 봐? 아, 이건 너무 뻔한가? 그 성격에 누가 청한다고 덜컥 아들로 삼을 리 없으니 당연히 엘뤼엔이 먼저 움직인 거겠지. 그 자체도 신기한 일이긴 하다만."

"엘뤼엔이 먼저 제안한 건 맞긴 한데……."

"역시. 제안에 응해서 시작된 거라면 네 쪽에선 적응할 시간이 필요하긴 하겠네. 뭐, 사실 호칭이 뭐가 대수겠어. 라피는 친아들인데도 날 이름으로만 부르는걸."

천상천하 유아독존을 아들로 둔 아버지답게, 디아곤은 대수롭지 않게 상황을 수긍했다. 그러나 그 어조에서 왠지 모를 섭섭함이 묻어나는 건 기분 탓만은 아닐 것이다. 그게 딱히 날 향한 게 아니라는 걸 알면서도 괜히 마음이 찔렸다.

'역시 호칭도 아버지라고 해야 하는 거겠지?'

손끝이 근질거려 반사적으로 깍지부터 꼈다. 의식하고 나니 기분이 조금 초조해지는 것 같았다. 조금 전엔 아무렇지 않게 나왔던 말이 또 입안에서만 맴돌고 있었다. 그런데 돌연 갑자기 누군가 내 머리를 꾹 내리눌렀다. 깜짝 놀라 눈을 크게 뜨고 돌아보자 엘뤼엔이 내려다보고 있었다.

"충분해. 무리하지 마라."

낮은 목소리가 내게만 들릴 정도의 크기로 속삭였다. 잠시 말문이 막혀 어쩔 줄 몰라 하는 동안 디아곤이 그를 부르며 손짓했다. 앞으로의 일정을 의논하려는 듯했다. 엘뤼엔은 내 머리를 조금 더 쓰다듬고는 곧 그쪽으로 걸음을 옮겼다. 스치는 모습에 시선을 따라 옮기면서 나는 살짝 입술을 악물었다.

'무리하는 거…… 아닌데.'

그런 건 분명히 아닐 텐데. 왜 아직도 그를 향해 직접 아버지라고는 부르지 못하는 걸까.

조금 전까지만 해도 들떴던 마음이 한순간에 바닥으로 곤두박질쳤다. 소개하던 순간 엘뤼엔이 지었던 미소가 떠올라서 더 마음이 심란했다. 차라리 처음부터 말을 하지 않는 게 나았을까. 충동에 맡긴 내 안일한 마음이 일을 망쳤다는 생각에 죄책감이 낙인처럼 새겨지는 것 같았다. 행복과 불행의 간격은 이토록이나 짧았다. 그 사이에서 나는 뻔히 갈 수 있는 길도 택하지 못하는 멍청하고 한심한 녀석이었다.

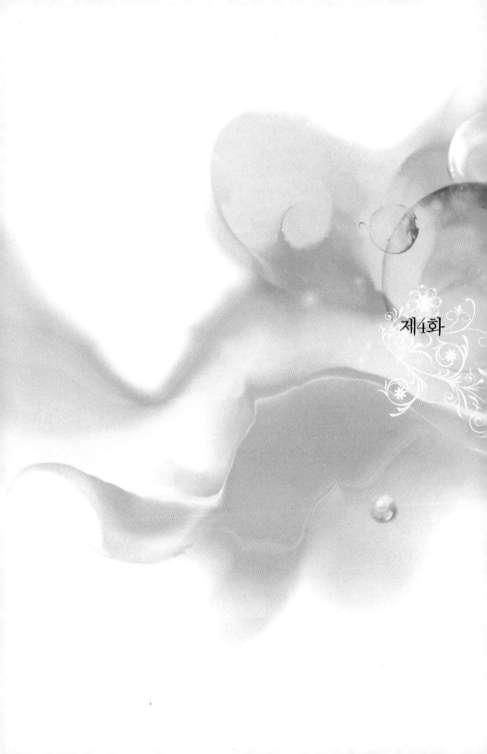

제4화

1.

4대 방진을 만드는 과정은 순조롭게 이어졌다. 바람의 진에 이어 땅의 진까지, 드래곤들의 헌신적인 참여 덕분에 모두 아무런 문제 없이 원활하게 완성할 수 있었다. 이제 물의 진 하나만 남겨둔 가운데, 나는 그 장소로 정해진 카리프 해로 이동했다. 이 과정에서 라피스의 반대가 엄청났으나 어쩔 수 없었다. 방진을 만드는 과정에 정령왕의 참여가 필수는 아니긴 해도, 참여하면 더 높은 효율을 끌어낸다는 점 또한 부정할 수 없는 사실이었으니까. 그리고 지금은 한사람이라도 더 손을 보태야 할 비상시기였다.

불의 진도 그렇고, 앞서 바람과 땅의 진을 만들 때도 전부 정령왕들이 참여했는데 나만 빠질 수는 없었다. 물론 라피스가 이런 사정을 헤아릴 만큼 배려심이 넘치는 성격은 결코 아니다 보니 설득하는 일에 애를 먹었다. 어차피 따라오지도 못할 거 그냥 가버려도 뭘 어쩌진 못했겠지만 뒷감당을 생각하면 사전 협의가 최선이었다. 결국 계약은 절대 하지 않는다는 약속을 거듭하고 나서야 툴툴거리는 녀석을 간신히 달랠 수 있었다. 정말이지 상전이 따로 없었다.

"처음 뵙겠습니다. 오칼이라 합니다."

물의 진의 주춧돌로 정해진 블루 드래곤인 오칼은 아름다운 소년의 모습을 하고 있었다. 회색빛에 가까운 피부라든가 얼굴에 새겨진 듯한 문양들, 손과 귀를 비롯하여 여기저기 화려하게 장식한 장신구들이 확 튀는 차림이었지만 역시 가장 눈에 띄는 건 찰랑거리는 짧은 기장의, 사파이어처럼 새파란 머리칼이었다. 날카롭고 서늘해 보이는 눈동자 또한 그 머리칼을 닮은 아름다운 푸른색을 머금고 있었다.

파란 머리칼이 흔하지 않다는 건 알고 있었지만 내 머리색이 파랗다 보니 별다른 감흥이 없었는데, 다른 사람을 통해 보니까 확실히 색달랐다. 혼자 이질적으로 확 튀는 느낌이라고 해야 하나. 물의 속성을 가진 드래곤답게 느껴지는 기운도 많이 친근해서 호감이 절로 솟았다.

"새로 탄생하신 물의 왕을 꼭 뵙고 싶었습니다. 이렇게 인사드릴 수 있게 되어 정말 기쁩니다."

"아, 나도 만나서 기뻐요. 엘이라고 불러줘요."

반기면서 답하자 오칼이 잠시 멈칫했다가 부드럽게 웃으며 고개를 끄덕였다. 차가워 보이던 외모에 미소가 깃드니 인상이 한순간에 달라지는 것 같았다. 내심 감탄하며 악수라도 청하려는데 옆에서 갑자기 불쑥 누군가가 끼어들어 내가 내민 손을 먼저 잡았다. 당황해서 본 곳엔 트로웰이 있었다. 그는 땅의 진을 완성한 후에도 정령계로 돌아가지 않고 물의 진을 만드는 현장까지 참여한 참이었다.

"트로웰? 왜……."

힘을 많이 소모한 탓인지 잡은 손에서 전해지는 그의 기운이 평소보다 많이 약했다. 기력이 확연히 떨어져 있다는 게 느껴질 정도였다. 내가 염려하는 걸 알았는지 트로웰이 괜찮다는 듯 두 눈을 곱게 휘어 접었다.

"오칼은 장로 라미아스의 직계 손이야."

"라미아스?"

"드래곤 일족 중에서 가장 나이가 많은 고룡이지. 지금은 수면기에 들어가 있어. 그를 제외하면 현재 블루 드래곤 중에선 오칼이 가장 강해. 이래 보여도."

"그렇구나."

"……이래 보여도, 라는 말은 왜 들어가지요?"

마음에 들지 않는 표현이었는지 오칼이 못마땅하다는 듯 눈을 가늘게 떴다. 트로웰은 그 반박엔 조금도 신경 쓰지 않는다는 듯이 나만 바라보며 말을 이었다.

"라미아스는 좋게 말하면 친화적인 거고 나쁘게 말하면 라피스 과였어."

"라피스 과?"

"조금 또라이처럼 엘퀴네스한테 집착했다는 뜻."

"……."

평소 트로웰이 라피스를 어떻게 여기는 건지 익히 짐작이 가는 대답이었다. 어디를 가든 취급이 이러니, 이쯤 되면 라피스를 슬슬 불쌍하게 여겨야 하지 않을까 싶다. 물론 대다수가 자업자득이라는 점에서 두둔할 말은 없지만.

"어쨌든 라미아스는 수면기에 들어갈 당시 어린 라피스에게서 자신과 같은 면을 봤어. 그 녀석이 자라면 아무도 건드리지 못하는 존재가 될 거라는 것도, 엘퀴네스를 독점할 거라는 것도 알았지. 그에 위기감을 느낀 그는 잠들기 전에 자신의 손자인 오칼에게 마법을 걸어놨어."

"마법?"

"물의 정령왕과 오칼이 접촉하면 라미아스를 깨우는 마법."

뭐야, 그것뿐인가.

생각보다 별거 아닌 마법이라 긴장이 풀렸다. 오히려 고룡인 그가 깨어난다면 지금 상황에서는 도움이 될 테니 더 좋은 쪽이 아닌가 싶었다. 그런 생각을 읽었는지 트로웰이 웃으며 내 손을 꼭 붙잡았다.

"엘, 난 말이야. 라미아스가 좀 더 자고 있었으면 좋겠어."

"……응?"

"이건 엘 널 위한 것이기도 해. 그 녀석, 정말 귀찮거든."

"그, 그래?"

"라피스가 둘이 되는 거라고 생각하면 조금은 공감할 수 있을까?"

"……절대 안 건드릴게."

생각만 해도 등골이 오싹해지는 게 오한이 이는 것 같았다. 아쉽지만 오칼과의 접촉은 영원히 일어나지 않는 일로 해야겠다. 다짐을 거듭하며 답한 말에 트로웰은 만족스러운 얼굴을 했다. 졸지에 기피 대상 1위에 오르게 된 오칼은 기함하는 표정으로 굳어 있었다.

"그, 그게 대체 무슨 마법입니까? 전 지금 처음 들었는데요?"

"그럴 거야. 그 마법은 시전한 당사자가 언급하면 효력을 잃거든. 그래서 말을 못하고 그냥 잠든 거지."

"그걸 트로웰은 어떻게 아셨는데요?"

"내가 모르는 일이 있을 거라고 생각해?"

"……그건 그렇네요. 큭, 할아버님, 대체 무슨 짓을……."

오칼의 얼굴이 침통하게 일그러졌다. 그의 입장에서는 자기도 알지 못하는 사이에 일어난 일이니 날벼락에 가까울 터였다. 그게 내심 안쓰러워서 미안해지려는데 트로웰은 오히려 더 정색하는 표정을 지었다.

"어쨌든 오칼, 넌 우연이라도 엘의 손끝 하나 건드릴 생각하지

제4화 **139**

마. 이번 일에 책임감을 갖고 있다면 더는 엘에게 폐를 끼치지 않아야 할 거야."

"······명심하겠습니다."

"그게 다 무슨 말이야?"

더는 폐를 끼치지 말라니. 왠지 돌아가는 대화 내용이 이상했다. 단지 할아버지로부터 일방적인 피해를 당한 것뿐인데 마치 그를 죄인처럼 취급하는 분위기였다. 뭔가 내가 알지 못하는 이야기가 있다는 느낌이 들어 물었더니 트로웰이 조금 씁쓸한 표정을 지었다.

"그 녀석, 이번 사건 관계자거든."

대답은 다른 곳에서 나왔다. 마법진을 보조하는 다른 블루 드래곤들에게 주의 사항을 알려주고 있던 디아곤이었다.

"관계자라니?"

당황해서 오칼을 돌아보니 그가 침울한 얼굴로 시선을 피했다. 그리고 나는 상당히 뜻밖의 소식을 접하게 됐다. 그가 마왕, 아니 이제는 전 마왕이 된 카류안과 한때 교류한 적이 있었다는 사실이었다.

"카류안과 친했다고요?"

"아뇨! 절대 친한 건 아닙니다. 그냥, 손님과 상인으로 몇 번 거래를 한 것뿐이었습니다."

"거래?"

"그가 유니콘의 눈을 수집한다고 해서······ 당시에 제가 그런 종류의 특별한 보석들을 취급하는 편이거든요. 같은 급의 마석과 교환해 주겠다고 해서 필요하다는 만큼 모아다 주었습니다."

"그, 그래요?"

"그것뿐만이 아니잖아?"

얼떨떨한 반응을 보이고 있는데 디아곤이 한숨을 내쉬며 지적하듯이 말했다. 오칼은 슬쩍 입술을 깨물 뿐 아무런 대답을 하지 못했다. 흐려진 얼굴 가득 후회와 자책이 가득했다. 그가 우물거리기만 하고 좀처럼 입을 열지 못하자 어쩔 수 없다는 듯이 디아곤이 말을 이었다.

"그놈에게 엘퀴네스가 소멸을 앞두고 있다는 사실을 알려준 것도 이 녀석이라나 봐."

"······!"

"사실 정령왕의 소멸이나 탄생 같은 거사는 흔히 알려지지 않는 부분이잖아. 게다가 마계에 사는 놈이 그런 걸 어떻게 그냥 알았겠어? 누구한테서 듣지 않고서야. 그때 오칼은 전대와 계약된 상태였던지라 소멸 시기 예측도 더 빨랐거든."

"그 말은······."

"아마 놈은 그 얘기를 듣자마자 이번 계획을 세웠겠지. 그래서 유니콘의 눈을 모으기 시작했고. 그걸 이용해 명계의 인도자와 접촉해 최면을 거는 것에도 성공했어. 그 인도자가 엘, 네가 태어나는 걸 방해한 거야."

"그런······."

이게 다 무슨 얘기인지 모르겠다. 마음의 각오를 할 겨를도 없이 연거푸 터져 나오는 충격적인 내용에 나는 가만히 듣는 것밖에는 아무런 행동도 할 수 없었다. 뭐라고 말을 해야 할지 혼란한 기분을 감추지 못하고 있는데 문득 어깨를 짚는 손길이 느껴졌다. 엘뤼엔이었다. "이게 다 사실이야?" 간신히 내뱉은 말에 그가 고개를 끄덕였다.

"신계 쪽에서 계속 조사하던 부분이었다. 경로를 추적하고 있었는데 이쪽으로 좁혀지더군."

"그, 그렇구나."

"미안해, 엘. 자세한 이야기는 나도 이번에야 알았어. 정령왕의 소멸 시기를 이용했다는 말을 듣고 어떻게 그럴 수가 있나 했는데, 설마 발설자가 우리 쪽이었을 줄이야. 면목이 없다."

디아곤이 침울한 얼굴로 사과를 건넸다. 그 옆에서 오칼은 아예 고개를 들지도 못하고 있었다.

"정말 죄송합니다. 그때 전 마족과 교류를 즐기는 편이었고, 그자는 오랜만의 방문객이었습니다. 대접하며 이것저것 세상 이야기를 나누다 보니 분위기가 편해졌었습니다. 그러다가 무심결에 나오게 된, 그냥 지나가듯이 흘린 말이었습니다. 설마 그자가 그 말을 듣고 그런 짓을 저지를 거라고는 꿈에서도 상상하지 못했습니다."

그야 그렇겠지. 고작해야 물의 정령왕이 곧 소멸한다는 내용이었다. 대다수가 들어도 그냥 그러냐는 반응밖에는 하지 못할, 딱히 상관할 수도 없고 관련될 수도 없는 정보. 설마하니 그 별것 아닌 내용이 이런 결과를 불러올 거라곤 아마 누구라도 예상하지 못했을 것이다. 충격적이긴 했지만 오칼에게 화가 나진 않았다. 그에게도 이건 재앙 같은 경험일 테니까. 그의 할아버지가 본인도 알지 못하는 마법을 그에게 걸어둔 것처럼 말이다.

"고의가 아니었다 해서 잘못이 없다고 할 순 없지."

그러나 엘뤼엔의 평가는 냉정했다. 말문이 막힌 듯 침울해져서 입을 다문 오칼을 서늘한 눈으로 바라본 그가 이내 나를 돌아보았다.

"그는 이번 일이 끝난 후에도 근신 처분을 받을 거다. 하지만 달리 바라는 처벌이 있다면 말해라. 그게 무엇이든 전부 네가 원하는 대로 이뤄질 테니."

말투는 담담했으나 담긴 내용까지 그렇진 않았다. 하물며 '형벌의 신'인 그가 거론하는 처벌이란 그 무게부터가 남다를 수밖에 없었다. 안 그래도 창백하던 오칼의 낯빛이 하얗게 질리는 순간이었다. 하지만 그는 억울함을 호소하는 대신 얌전히 내가 말을 잇기만을 기다렸다. 그 나름대로 무엇이든 감수하기로 마음을 정한 듯했다.

"으음, 한 가지만 확인하면 그냥 넘어갈 수 있을 것 같아."

"그게 뭐지?"

"유니콘의 눈 말인데요. 설마 그들을 죽여서 구한 건 아니겠죠?"

난 굳어 있는 오칼을 향해 단도직입적으로 물었다. 유니콘의 눈이라는 건 그리 쉽게 구할 수 있는 보석이 아니라고 했다. 언제부터 시작된 일인지는 모르겠지만 카류안이 원하는 만큼 구해다 주었다면 수량을 맞추기 위해 일부러 유니콘을 공격했을 가능성도 얼마든지 있었다. 듣는 순간부터 내내 신경 쓰이던 부분이라 반드시 짚고 넘어가고 싶었다.

"아, 아닙니다! 그럴 리가 있겠습니까! 전 유니콘, 성마 일족과 사이가 좋았습니다! 제가 그걸 모으기 시작한 건 이미 그들이 신계로 이주한 후였습니다. 그들이 사후에 남긴 것들을 모으기만 한 겁니다. 살아 있는 성마에게서 직접 얻은 적은 맹세코 단 한 번도 없습니다!"

오칼은 펄쩍 뛰어올랐다. 단정하던 얼굴이 이것만은 정말 억울하다는 듯 울상이 된 걸 보고 나는 어깨를 으쓱였다.

"그렇다고 하네. 그럼 난 딱히 바라는 거 없어."

"엘, 관용이 좋은 것만은 아니다."

"으음, 하지만 본인도 충분히 자책하고 있는 것 같고. 어차피 근신도 한다며. 일부러 가담한 것도 아닌데 그 정도면 된 것 같아."

"……내 아들은 성격이 너무 무르군."

한숨을 내쉰 엘뤼엔이 어쩔 수 없다는 듯 고개를 끄덕였다. 헤헤 웃어주고 오칼을 돌아보니 그는 어쩔 줄 몰라 하는 얼굴로 안절부절못하고 있었다. 시선이 마주치자 그가 급히 고개를 숙였다.

"관대한 처분에 감사드립니다."

"아뇨. 당신이 나쁜 방법으로 유니콘의 눈을 모으게 아니라 다행이에요. 내 친구 중에 유니콘이 있어서 좀 꺼림칙했거든요."

"친구요? 아, 정령계를 방문한 유니콘이 있었습니까?"

"아뇨, 여기서 만났어요."

"······! 아직 지상에 성마가 남아 있었단 말입니까? 놀랍군요. 글렌이 죽은 이후로는 아무도 없는 줄 알았는데."

"글렌?"

왠지 발음이 익숙해서 돌이켜보니 한 사람 짐작 가는 존재가 있었다. 비슷한 형태의 발음, 그리고 시벨리우스 외에 지상에 남아 있던 유일한 유니콘이라면······.

"혹시 리글레오라는 유니콘을 말하는 거예요?"

"아! 맞습니다. 그게 그의 본명입니다."

설마 했더니 역시 짐작이 맞았던 모양이다. 오칼도 꽤 뜻밖인지 놀란 얼굴을 숨기지 못하고 있었다.

"물의 왕께서 글렌을 어떻게 아십니까?"

"안다기보다는, 얼핏 이름을 듣기만 했어요. 아까 말한 친구가 바로 그 리글레오란 유니콘의 동생이거든요."

"······!"

안 그래도 크게 떠졌던 오칼의 눈동자가 더 크게 떠졌다. 말문이 막힌 듯 입을 뻐끔거리기만 하던 그가 이내 허탈한 웃음을 지었다. 물기가 어린 푸른색 눈동자에 그리움과 안타까움의 감정이 가득했다.

"글렌에게 형제가 있었군요. 일족과 인연을 끊었다고만 들어서 자세한 사정은 몰랐습니다. 그 인연이 이렇게 이어지다니 정말 신기하네요."

"그와는 어떻게 알아요?"

"마찬가지로 처음엔 거래로 알던 사이였습니다. 유니콘은 눈이 좋아서 특이한 광물을 잘 찾거든요. 글렌 쪽에서 제 레어에 몇 년마다 한 번씩 들르는 편이었는데 어느 날 갑자기 발길이 뚝 끊겼죠. 살던 곳으로 찾아가 보니 이미 죽었다고 하더군요."

"사인은 알아요?"

"아뇨. 무덤만 확인했습니다. 후손들도 전부 다 떠나서 어디로 이주했는지 알 수 없었던지라⋯⋯."

"그렇군요."

"물의 왕께선 그의 사인을 알고 계시는 것 같군요."

알긴 했다. 과연 여기서 꺼내도 될 만한 화제인지는 알 수 없었지만. 들었을 당시엔 그냥 별다른 생각 없이 넘어갔었는데, 여기서 뜻밖의 연결고리를 찾은 듯했다. 머뭇거리는 나를 보고 오칼 역시 무언가 짐작한 것 같았다. 그가 자세를 곧게 세우고 나를 응시했다.

"비록 거래로 시작한 관계이나 글렌은 제가 마음을 열고 맞이한 몇 안 되는 지인 중 하나였습니다. 그의 갑작스러운 죽음에 늘 의문을 품고 있었습니다. 아시는 부분이 있다면 부디 말씀해 주십시오."

"음, 안 듣는 게 나을지도 몰라요."

"아닙니다. 제가 알아야 할 일인 것 같습니다."

새파란 눈동자가 고집스럽게 빛났다. 나를 똑바로 바라보는 시선에서 어떻게든 들어야겠다는 의지가 강렬하게 느껴졌다. 나는 어떻게 대답해야 할지 망설이다가 이내 한숨을 내쉬었다.

"나도 자세한 걸 아는 건 아니에요. 그의 후손에게 들은 것뿐이라서요."

"글렌의 후손이 아직 이어지고 있었군요."

"네. 그들 가문에 시조의 마지막을 언급한 기록이 있는 것 같았어요. 마족에게…… 죽었다고."

"……마족, 말입니까?"

대답하는 어조가 한층 무거워졌다. 한순간에 굳어진 낯을 보니 그 역시 나와 같은 것을 떠올렸다는 걸 알 수 있었다. 리글레오를 죽인 마족이 누군지, 그를 왜 죽였는지도.

"그자에게 리글레오에 대한 것도 말했나 봐요."

"……무어라 드릴 말씀이 없습니다."

오칼이 침울하게 고개를 숙였다. 표정은 조금 흐려진 정도였지만, 그 아래 피가 나도록 두 손을 꾹 움켜쥔 채였다. 이야기를 들어본 즉 그가 정확히 리글레오에 대한 이야기를 한 건 아니었다. 그저 주기적으로 거래하는, 친한 유니콘이 있다는 정도의 언급이었던 것 같았다. 하지만 고작 그 정도의 정보라도 노리고자 하는 이에겐 훌륭한 단서이긴 했다.

"그자는 거래가 마무리되자마자 곧장 마계로 돌아간 걸로 알고 있었습니다. 이후로도 글렌과는 꽤 오랫동안 교류했구요. 그의 방문이 끊긴 건 2백 년이 더 지난 후였죠. 그래서 지금까지 관계성을 전혀 의심해 보지 못했습니다. 모두 제 실책입니다."

설명하는 오칼의 두 눈에 노기가 가득 차올랐다. 그 말대로라면 정말 주도면밀하게 철저히 농락당한 셈이었다.

역시 답하지 않을 걸 그랬나. 죄책감과 후회로 점철된 얼굴을 보려니 입맛이 썼다. 안 그래도 충격이 클 텐데 여죄만 더 드러난 셈이다. 의미 없이 건넨 몇 마디가 세상을 멸망으로 몰아가고 지인의 목숨마저 앗아가다니. 의당 치러야 할 값이라기엔 지나치게 가혹한 대가였다.

솔직히 말하면 카류안이 그를 해치지 않고 놔둔 게 더 신기했다. 이만큼 구심점에 있는 존재라면 증거인멸을 위해서라도 은폐하려 했을 것 같은데, 절대 들키지 않을 자신이 있었던 걸까? 실제로 지금까지 아무도 몰랐으니 그럴 만하긴 했다. 하긴 오히려 그가 죽었다면 일이 틀어졌을지도 모른다. 이렇다 할 연고도 없는 유니콘의 죽음은 아무도 주목하지 않았을지 몰라도, 드래곤 장로의 직계 손인 오칼의 죽음은 반드시 시선을 끌었을 테니까. 그 차이가 리글레오의 죽음을 더 애달프게 만들었다. 오칼도 같은 기분이었는지 울 것 같은 표정을 지었다.

"저어, 그…… 동생이라는 자는 어디 가면 만날 수 있습니까?

이번 일이 끝나면 직접 만나 사죄하고 싶습니다."

"음, 그건 내가 선뜻 답할 만한 건 아닌 것 같네요. 일단 얘기는 전해 줄게요."

"아, 죄송합니다. 제가 너무 제 감정만 앞섰던 것 같습니다."

"아니에요. 지금 가장 심경이 복잡한 사람은 오칼이겠죠. 충분히 이해해요. 단지, 이쪽에도 밟아야 할 순서라는 게 있으니까요."

그러고 보니 시벨리우스에겐 이 내용을 어떻게 알려야 할지 모르겠다. 형에 대한 건 달리 듣고 싶어하지도 않는 것 같았는데 좋은 것도 아니고 하물며 나쁜 소식이라니. 모르는 게 약이라는 말도 있는데 괜히 긁어 부스럼을 만드는 건 아닌지 염려스러웠다.

무심한 태도로 일관했어도 형이 죽었다는 사실을 알았을 땐 충격을 받았던 그였다. 심지어 그를 죽인 마족의 정체가 카류안이라는 걸 알게 되면 태연히 넘기기는 힘들 것이다.

'방진이 완성되는 대로 잠시 그쪽에 들러 볼까. 지금쯤 그쪽 상황은 얼마나 진척되었으려나?'

내친김에 나는 그 자리에서 '물의 기억'을 전개했다. 봐야 할 범위와 장소를 이미 정해 둔 상태인데도 워낙 먼 거리다 보니 초점을 맞추기까지 시간이 꽤 걸렸다. 전투는 여전히 대치 상태인지 별달리 눈에 띄는 변화는 보이지 않았다. 낯익은 구조를 중심으로 따라가니 곧 이사나가 자신의 막사 안에서 한창 회의 중인 광경을 발견할 수 있었다. 다친 곳 없이 건강한 모습을 보니 내심 안도의 미소가 지어졌다. 그런데 아무리 둘러 봐도 시벨리우스와 알리사가 보이지 않았다. 단순히 회의에 참여하지 않은 정도가 아니라 아예 막사 자체를 찾을 수가 없었다.

'뭐지?'

처음엔 단순히 막사의 위치가 바뀐 건가 싶었다. 시벨리우스가 꼭 고정된 장소에만 막사를 짓는 건 아니었으니까. 슬슬 전면전을 앞둔 만큼 알리사의 안전을 위해 후방으로 자리를 옮긴 걸지도 몰랐다. 그러나 그런 짐작을 비웃기라도 하는 것처럼, 그 어느 곳에서도 그의 막사가 보이지 않았다. 아무리 직접 보는 것보다 감이 둔한 상태라지만, 이렇게까지 못 찾는 건 이상했다.

"누굴 찾아, 엘? 그 시벨리우스라는 녀석?"

혼란한 기분으로 허둥거리고 있으려니 트로웰이 말을 걸어왔다. 고개를 끄덕인 내게 그가 부드럽게 웃었다.

"아마 네가 찾는 이들은 그곳에 없을 거야. 가까운 미래에 한 장소에 있는 그들의 모습이 보였거든."

"어? 거기가 어딘데?"

"대형 건물이 여러 채 세워진 곳이야. 인간들이 다니는 교육기관 같아. 전경을 보니 아마 카터스 제국에 있는 것 같은데."

"카터스?"

그 녀석들이 그사이에 카터스 제국으로 이동했다고? 생각지도 못한 사실이라 얼떨떨했다. 하지만 카터스 제국에 있는 교육기관이라고 하면 떠오르는 게 하나 있었다. 라온휘젠와 아셀이 다닌다는 아카데미. 그들이 난데없이 갈 만한 연결점이라면 그 하나뿐이었다. 그러고 보니 조금 전 둘러봤을 때 그 둘의 모습도 보지 못한 것 같다. 아니, 확실히 없었다. 대체 내가 살피지 못한 동안 일이 어떻게 돌아가게 된 건지 모르겠다.

"근데 갑자기 그게 보였어?"

"음, 아니. 정확히는 다른 걸 알아보려는 중이었는데 얼어걸린 거야."

"다른 거?"

"……일을 좀 더 서둘러야겠어."

그 순간 이어진 목소리는 왠지 평소와 다른 울림을 담고 있었다. 어디를 응시하는 건지 초점을 잃은 그의 두 눈이 왠지 멍했다. 그 모습이 햇빛에 부서지듯 조금 흐릿해 보였다. 나는 천천히 눈을 깜빡거리다 곧 크게 부릅떴다. 흐릿해 보이는 게 아니었다. 실제로 그 모습이 흐려지고 있었다.

"트, 트로웰! 몸이……!"

"어? 아아."

트로웰도 제 몸에서 일어나는 현상을 조금 늦게 깨달은 듯했다. 점차 투명해지는 몸을 내려다본 그가 가볍게 혀를 찼다. 그를 감싸고 있던 마나가 거칠게 역류하고 있었다. 이런 현상이 일어나는 증상은 내가 알기로는 하나밖에 없었다.

'역소환?'

왜 그가 갑자기 역소환되는 거지?

이해할 수 없는 현상에 굳어버린 나만큼이나 다른 이들도 모두 놀란 표정을 짓고 있었다. 그에 비해 장본인인 트로웰은 이미 짐작한 듯이 태연했다. 그는 얼어 있는 나를 보고 쓰게 웃었다.

"미안. 왠지 예감이 좋지 않아서 악신과 연결된 미래를 읽어보려고 했거든. 기운을 소모한 상태에서 너무 무리했나 봐."

"아무리 그래도 역소환이라니……."

"그자의 힘이 그만큼 더 커졌다는 거겠지. 무언가가 위험하다는 느낌은 있는데 그게 뭔지 잘 모르겠어. 일단 엘, 그 유니콘부터 찾아."

"유니콘? 시벨리우스 말이야?"

갑작스러운 지시에 당황해서 물었더니 트로웰이 고개를 끄덕였다. 이제 그의 몸은 거의 사라져가고 있었다. 내민 손을 다급하게 잡는 동안 그가 빠르게 말했다.

"너무 애매한 시기에 어중간하게 눈을 떴어. 지금 그 녀석은 자신의 상태를 몰라. 그자가 녀석을 알아보기라도 하면……."

"그게 무슨……."

"룬은……그릇……되면……을…가……."

트로웰의 목소리는 중간에서부터 제대로 이어지지 못했다. 점점이 끊어지는가 싶더니 그의 모습이 한순간에 흙가루가 되어 허공에 흩어졌다. 완전히 정령계로 떠난 것이다. 나는 허전해진 손을 가만히 바라보다가 천천히 숨을 내쉬었다.

"우엑! 쿨럭, 쿨럭!"

"로드!"

거의 동시에 가까운 곳에서 소란이 일었다. 당황해서 돌아보니 디아곤이 엎드린 채 피를 토하고 있었다. 트로웰이 역소환되면서 계약자인 그에게 깊은 내상을 입힌 듯했다. 급히 다가가 치료하는 동안에도 나는 복잡한 머릿속을 정리할 수가 없었다. 트로웰이 한 말을 거의 이해할 수 없었지만 한 가지만은 확실했다. 시벨리우스에게 무언가가 일어나고 있다는 것. 그리고 그게 정확히 뭔지는 몰라도 카류안, 그자가 그걸 알아보면 안 된다는 것도 말이다. 긴장으로 얼굴이 굳는 것 같아서 숨을 크게 삼켰다가 내쉬었다. 돌발 상황 탓인지 성큼 다가온 위협이 온몸으로 실감 났다.

"으아, 오장육부가 다 끊어지는 줄 알았네. 정령왕이 역소환 되면 이렇구나. 트로웰 녀석, 경고라도 해 줄 것이지."

갑자기 봉변을 당한 셈인 디아곤은 치료를 마친 후에도 안색이 창백했다. 단순히 내상을 입은 것만이 아니라 마나도 같이 역류한 것이다 보니 진정하기까지 시간이 좀 걸리는 것 같았다.

그가 몸을 털고 일어날 때까지, 내 머릿속엔 온통 시벨리우스를 찾아가야 한다는 생각뿐이었다. 바로 실행으로 옮기지 못한 건 아직 완성하지 못한 방진 때문이었다. 아크아돈에 세워야 하는 4개의 마법진 중에서 물의 진 하나만을 남겨두고 있는 상태다. 지금까지 상황으로 미루어, 방진 하나를 완성하려면 평균적으로 사나흘의 기간은 필요했다. 내가 참여하지 않으면 그 기간은 기하급수적으로 더 불어날 것이다. 그렇다고 마법진을 완성한 후에 떠나자니 시벨리우스에게 무슨 일이 생기는 건 아닌지 걱정되었다.

"이쪽 일은 알아서 할 테니 가봐라."

끝나지 않을 고민을 해결해 준 건 엘뤼엔이었다. 놀라서 바라보자 그가 독려하듯이 가벼운 눈짓을 보냈다.

"그래도 괜찮겠어?"

"인원을 더 보충하면 어떻게든 될 거다. 딱히 감당하지 못할 건 아니야. ……녀석이 바라던 대로 '얌전히 있게' 된 것 같아서 기분이 그리 좋지는 않지만."

마지막 말은 혼잣말에 가까웠지만 뜻을 이해하는 건 어렵지 않았다. 방진의 설계도에 있던 신어로 적힌 짧은 글귀. 분명 〈거기서 얌전히 있어〉 라는 의미라고 했었지.

'역시 그건 낙서가 아니라 엘뤼엔에게 보낸 메시지였구나.'

처음 들었을 때 느꼈던 의문이 지금 그가 한 말과 접목하니 새로운 방향에서 풀리는 것 같았다. 사고 치지 말라는 뜻인가 싶었는데 단순히 말 그대로의 의미인 걸지도 모르겠다. 무슨 일이 있어도 방진 쪽을 떠나지 말라는. ……설령 내가 다른 곳으로 가야 해서 멀어질 일이 생기더라도, 말이다.

거기까지 생각하고 보니 또 다른 해석이 따라붙었다. 어쩌면 카노스는 나와 엘뤼엔이 떨어져 있기를 바라는 게 아닌가 하고. 굳이 마신의 문장을 남겨 내가 엘뤼엔에게 연락하지 못하게 방해했던 것도 혹시 그래서였던 건 아니었을까. 어디까지가 진심이고 어디까지가 장난인지 알 수 없는 신이라 선뜻 판단할 건 아니었지만. 무언가 내가 알지 못하는 일이 있다는 생각을 지울 수가 없었

다. 무시하고 넘어가면 좋지 않을 것 같은, 그런 강렬한 예감이었
다.

2.

혹한이 물러나기 시작한 계절은 슬슬 따스한 공기를 머금어가
고 있었다. 겨우내 움츠렸던 불과 땅의 정령들이 활발하게 움직이
며 생명력을 마음껏 발산하기 시작하는 시기였다. 본격적인 봄의
도래였다. 그 변화는 한낮의 교정에서도 고스란히 드러났다. 탁
트인 복도를 따라 걸으려니 새순이 돋은 나뭇가지 사이로 기분 좋
은 햇빛이 스며들었다. 스치는 공기조차 달콤해진 것 같았다. 나
는 가만히 두 눈을 감고 그 감각을 한껏 만끽했다. 하지만 그 한
가로운 시간은 오래가지 못해 강제로 종료됐다. 무언가 거칠게 부
딪쳐온 탓이었다. 맞은편에서 떠들며 뛰어오던 소년들이 나를 발
견하지 못하고 충돌한 것이다.
  "앗, 미안! 괜찮아?"
  당황한 음성과 둔탁한 소리가 동시에 울렸다. 시선을 내리니 책
몇 권이 구겨져 있는 게 보였다. 상대방인 소년들 쪽에서 나와 부
딪친 순간 떨어트린 듯했다. 나는 그것을 주운 다음 묻은 먼지를
털어냈다.
  "자."

빙긋 웃으며 책을 건네자 조금 굳어 있던 소년들이 우물거리며 받았다.

"복도에선 뛰면 안 되지."

"으응, 정말 미안해."

"괜찮아. 다음부터는 조심해 줘."

당부의 말을 들은 소년들은 꾸벅 고개를 숙이곤 황급히 몸을 돌렸다. 조금 전처럼 뛰지는 않았지만 창피한 순간을 모면하려는 듯 발걸음이 몹시 빨랐다. 그러면서도 호기심이 이는지 연신 뒤를 힐끔거리는 채였다. "누구야? 처음 보는 사람 같은데.", "몰라. 교복을 입고 있긴 한데.", "전학생인가?", "진짜 예쁘게 생겼다. 남자야, 여자야?", "대체 어느 나라 귀족이지?" 목소리를 한껏 낮춘 그들 사이에서 열심히 숙덕거리는 소리가 이어졌다. 그 모든 소리를 한 귀로 듣고 흘리면서 내가 내린 감상은 하나뿐이었다.

"여기 학생들도 복도에선 뛰는구나."

수재들만 다니는 학교라고 들어서 학생들도 전부 어른스러울 줄 알았는데 딱히 그렇지도 않은 것 같다. 역시 학생이란 존재는 어딜 가나 다 비슷한 성향을 지니고 있나 보다. 강지훈일 때도 툭하면 복도에서 뛰어다니는 애들이랑 부딪치곤 했지. 비슷한 환경에서 비슷한 상황이 일어나니 잠시간 예전으로 돌아간 것 같아서 기분이 묘했다. 뭔가 가슴 속이 간지럽도록 평화로운 느낌? 그동안 워낙 기상천외한 일들을 겪어서 그런가. 불과 얼마 전까지 이런 게 당연한 일상이었다는 게 왠지 믿어지지가 않았다.

"이번 일이 다 끝나면 다시 학교를 다녀볼까."

학업에 대한 미련은 없었지만, 그것도 나쁘지 않을 것 같았다. 아카데미처럼 거창한 곳은 부담스러우니 조금 무난한 학술원 정도가 좋겠지. 알리사와 함께 입학하면 재밌을 것 같았다. 아스도 아직 어리니까 당분간 여기서 학교를 다녀도 괜찮지 않을까? 라피스와 시벨리우스한테도 권해 봐야지. 질색할 것 같긴 하지만 왠지 거절하진 않을 것 같아서 생각만 해도 기분이 좋아졌다.

힐끔거리던 소년들이 완전히 복도 너머로 사라졌을 때쯤, 나는 유지하고 있던 형체를 벗었다. 오가는 학생들을 보고 따라 구현해 본 이곳의 교복도 다시 원래의 여행복으로 바꿨다. 그리운 학창 시절도 충분히 만끽했겠다, 짧은 일탈은 이걸로 끝이었다. 이제 다시 원래 모습인 정령으로 돌아가야 할 때였다.

목적지인 얀 아카데미의 위치를 파악하는 건 그리 어렵지 않았다. 디아곤이 대강의 전경을 설명해 주기도 했고, 워낙 크고 눈에 띄는 장소라 정령들에게서 금방 정보를 얻을 수 있었기 때문이었다. 하지만 막상 도착한 곳에서도 시벨리우스의 모습은 찾을 수 없었다. 트로웰이 본 광경이 미래라는 점을 고려해 봤을 때, 아무래도 현재는 아직 도착하기 전인 것 같았다. 스왈트에서 카터스 제국까지의 거리를 생각해 보면 당연한 결과이기도 했다. 국경까지만 해도 한참은 걸릴 텐데 얀 아카데미는 카터스 제국에서도 가장 위쪽 지역인 수도 안에 있었다. 일반적으로 몇 개월은 충분히 소요되는 거리였다.

처음엔 시벨리우스의 위치를 다시 추적해서 그들 일행을 찾으려고 했다. 범위가 너무 넓다 보니 꽤 오래 걸리긴 했지만 찾는 걸성공하기도 했었다. 그런데 일행 중에 생각지 못한 이들이 섞여 있었다. 친위대인 알렉을 비롯한 스왈트 제국의 기사들이었다. 처음엔 알리사를 걱정한 이사나가 붙여준 건가 했는데 아무래도 그런분위기로 보이지 않았다. 때마침 대화를 나누는 중이었는데 그 내용이 꽤 심각했다.

"그 학술원에 비밀의 통로가 있었단 말씀이지요? 얀 아카데미도 같은 구조일 수도 있겠군요. 그럼 일단 지하 수로 쪽을 살펴봐야겠습니다. 보통 비밀 통로는 그쪽과 연결되기 마련이니까요."

"우린 회관이라는 곳과 총장실을 털어 볼게."

"태자 전하는 황실 쪽의 분위기를 살펴 주십시오. 다니엘의 동선은 저희가 파악하겠습니다."

"그러지."

대강 들어보니 아무래도 아카데미에 도착한 후의 역할을 분담하고 있는 것 같았다. 왜 갑자기 이동하나 했더니 이쪽에서 해야할 일이 있었던 모양이다.

무엇보다 당황했던 건 그다음으로 그들이 한꺼번에 사라졌다는사실이었다. 나중에 정령들의 제보를 듣고서야 꽤 멀리 떨어진 곳에서 그들을 다시 발견할 수 있었다. 아무래도 이동 마법 같은 것을 병행하면서 틈틈이 기간을 단축하고 있는 듯했다. 남은 거리상

길어도 하루 이틀 안이면 충분히 도착할 것 같았다. 짧은 고민 끝에 나는 그냥 아카데미 안에서 얌전히 그들을 기다리기로 했다. 이동 마법은 옮겨야 할 대상이 적을수록 안전성이 높다. 어차피 여기로 다시 와야 한다면 굳이 미리 합류해서 부담을 줄 필요는 없을 것 같았다. 물론 그사이에 생길지 모를 일은 대비해야 하므로 수시로 시벨리우스의 동선을 파악하고 정령들의 제보를 받기로 했다. 대공 때의 실패를 교훈 삼아 이 모든 과정은 시큐엘에게 일임했다. 상급 정령이라면 쉽게 현혹이 되지는 않을 거고, 적어도 위화감 정도는 금방 눈치챌 수 있을 테니까.

그동안 나는 교내를 돌아다니면서 구조를 파악해 두었다. 생각보다 건물이 많긴 했는데 모두가 어디에서 나타날지 추측하기는 쉬웠다. 기숙사에서 단체 생활을 하는 다른 학생들과는 달리 황태자인 라온휘젠은 별채를 쓰고 있었기 때문이었다. 인적이 드문 편이기도 해서 은밀히 들어오기엔 최적의 장소였다.

예상은 어김없이 맞아떨어져, 새벽이 되자 라온휘젠의 방에서 기묘한 마나의 파장을 느낄 수 있었다. 공기가 울렁거리는 듯한 느낌이 들더니 바닥에 짙푸른 마법진이 떠올랐다. 바로 그 위에서 시벨리우스를 비롯한 일행들이 모습을 드러냈다. 긴장한 탓인지 다들 엄숙하고 비장한 분위기였다. 그때까지 나는 일부러 모습을 드러내지 않은 채 지켜보고 있었다. 오랜만에 만나는 거니 적당한 타이밍을 봐서 놀라게 해 줄 생각이었다. 이윽고 마법진이 사라지면서 그들의 모습이 완전히 뚜렷해졌다. 그러나 내가 계획한 반가운 재회는 이뤄지지 못했다. 다음 순간, 그들이 한꺼번에 무너져 내렸기 때문이었다.

"우, 우웩!"

"우우웁!"

"……!"

바닥에 엎드린 그들은 주위를 돌아볼 겨를도 없이 헛구역질하기 바빴다. 속이 비었는지 게워내는 건 없었지만 결단코 보기 좋은 광경은 아니었다. 단체로 건강에 문제가 생긴 것 같지는 않고, 아무래도 지독한 멀미를 겪은 듯했다. 덕분에 모습을 드러낼 타이밍도 놓쳤다. 구역질은 오래지 않아 잦아들었지만 여기서 과연 등장해도 되나 싶은 마음이 선뜻 다음 기회를 마련하지 못했다. 이럴 때 나타나면 왠지 그들 쪽이 더 민망해할 것 같았다. 이런 상황을 알 리가 없는 그들은 진정하자마자 한마디씩 푸념을 늘어놓기 시작했다.

"으아, 죽겠다. 이건 몇 번을 겪어도 좀처럼 익숙해지질 않네."

"내장까지 다 토해낼 것 같은 기분입니다."

"난 이제 다시는 마법 스크롤로 이동하지 않을 거야."

기사들의 탄식에 이어 단호한 알리사의 선언이 이어졌다. 그러자 구석에서 눈에 띄게 의기소침해지는 한 사람이 있었다. 그들 중에 그나마 가장 상태가 온전해 보이는 라온휘젠이었다. 아무래도 이 이동 방식은 그가 제안한 방법이었던 듯했다. 한없이 작아지는 일국의 황태자를 의식한 아셀이 어색하게 웃으며 알리사를 달랬다.

"그래도 현재로써는 스크롤이 가장 빠른 이동 수단입니다. 저흰 운이 좋은 겁니다. 라젠 님이 이동 마법 스크롤을 만드실 줄 아시는 덕분에 이 귀한 걸 펑펑 쓸 수 있었으니까요. 이게 구입하려면 얼마나 비싼데요. 귀족들도 아껴가며 쓰는 겁니다."

심지어 황태자가 직접 만든 거였어?

제작자 앞에서 성능을 불평했으니 시무룩해질 만도 했다. 아셀의 치켜세워 주는 말에 기분이 좀 나아진 듯 라온휘젠의 목에 살짝 힘이 들어갔다. 그러나 무엇이든 확실한 알리사는 그런 사정 따윈 조금도 봐주지 않았다.

"그치만 멀미가 너무 심한걸. 장거리엔 별로 맞지 않는 방법 같아. 이동 거리에다가 장소도 한정되어 있으니 멀리 가려면 무조건 여러 번 써야 하는데 그때마다 이런 멀미에 시달리는 건 너무 고역이야."

"으음, 뭐, 그건 확실히 단점이죠. 그래도 전 익숙해지니 이것도 견딜 만한 것 같은데요. 뱃멀미보다는 낫지 않습니까?"

"글쎄, 배를 타 본 적이 없어서 모르겠네."

"예? 지금까지 한 번도 안 타 보셨다고요? 고향에서 스왈트 제국으로 건너가실 때 한두 번쯤은 뱃길을 이용하셔야 했을 텐데요?"

"아, 그럴 필요가 없었어. 마신이 이동시켜 줬거든."

"……설마하니 이름이 마신이신 분은 아니겠지요?"

"이름은 카노스지. 마신 이름 몰라?"

"아니, 압니다. 그…… 점점 제가 감당할 수 없을 정도로 범위가 커지는 기분이라 그렇습니다. 네……."

대답하는 아셀의 얼굴에선 영혼이 없어 보였다. 다른 일행들도 모두 반쯤은 넋을 잃은 듯한 분위기였다. 저런 말을 편하게 하는 걸 보면, 이제 거의 다들 모든 사정을 알게 된 건가? 왠지 돌아가는 상황이 흥미로워져서 나는 모습을 드러내는 걸 보류하고 그들을 좀 더 지켜보기로 했다.

"어쨌든 그땐 그 먼 거리를 단숨에 이동했어도 멀미 같은 건 안했단 말이야."

"으음, 그야 신의 힘이라면 그럴 만도 하죠."

"아냐, 그 후에 라피스 님이 이동 마법을 써서 귀환했을 때도 아무렇지 않았어. 그래서 난 이동 마법이라는 건 다 그런 줄 알았지. 역시 인외의 경지라는 건 굉장하구나."

"……알리사 님, 다트 게임에 소질이 있어 보이십니다. 꽂으신 데 다시 꽂으시는 솜씨가 보통이 아니시네요."

"무슨 소리야?"

"별거 아닙니다. 그냥 옛 현인이 하신 말씀이 떠올라서요. 악의 없는 진실이 때론 악의보다 더 잔인하다. 아, 누구 들으라고 한 말은 아닙니다."

특정 대상을 지칭하진 않았으나 그가 겨냥한 사람이 누군지는 모를 수가 없었다. 라온휘젠이 이글거리는 눈으로 그를 노려보고 있었으니까. 그 모습을 보니 왠지 조금 안타까운 기분이 들었다.

'황태자가 어디 가서 이런 취급 받을 사람은 아닐 텐데.'

아니다 뿐인가. 신분도 능력도 어디 가서 빠질 일이 없는 사람이다. 솔직히 이동 마법 스크롤을 그가 만들었다는 얘기를 들었을 땐 꽤 놀랐다. 인간 중엔 공간 이동 마법을 할 수 있는 마법사 자체가 드물다고 들었다. 마법진을 스크롤에 저장하는 것 또한 누구나 함부로 시도하지 못하는 고도의 기술일 것이다. 약관을 넘지 않은 그의 나이를 생각하면 더 엄청난 일이었다. 천재라고 하더니 정말 대단한 마법사이긴 한 것 같았다.

하지만 그래 봤자 뭐하나. 그 굉장하다는 마법 실력이 정작 가장 잘 보여야 하는 사람에겐 아무런 감동도 끌어내지 못하는 것을. 상대가 나빠도 너무 나빴다. 사탕수수를 잘 정제해서 가장 깊은 단맛을 찾아냈더니, 그걸 맛보여줄 이가 이미 사탕과 크림으로 만든 과자 집에서 사는 격이었다.

남이 보기에 이럴 정도이니 본인의 속은 더 말이 아닐 것이다. 이제 라온휘젠은 뚫어지게 알리사를 바라보고 있었다. 그의 불타는 시선을 느꼈는지 알리사가 슬그머니 시벨리우스의 뒤로 숨으려고 할 때였다. 갑자기 척척 빠르게 걸어온 라온휘젠이 알리사 앞에 똑바로 섰다. 그리곤 움찔하는 그녀에게 비장한 얼굴로 말했다.

"다음엔, 멀미가 나지 않게 고안해 보겠다."

"네? 아, 네."

"반드시 성공하겠다."

"그러세요."

"꼭 해낼 거다."

"……? 힘내요."

그제야 만족한 듯 라온휘젠이 상기된 얼굴로 물러섰다. 그 뒤에서 모두가 아련한 얼굴로 자신을 바라보고 있다는 사실은 전혀 모르고 있는 게 분명했다. 누군가의 표정을 제대로 살피기엔 방이 전체적으로 어둡기도 했다. 랜턴을 들고 있긴 했지만 외부로 빛이 새어나가지 않게 하기 위해서인지 밝기를 최대한 줄인 데다가 두꺼운 천으로 덮어두기까지 한 상태라 바로 앞만 조금 비추는 정도였다. 모두에게, 특히 세리엄과 그 일행에게는 몹시 다행스러운 일이었다. 빛이 조금만 더 강했다면 틀림없이 무엄한 시선을 들켰을 테니까. 그렇게 라온휘젠만 알지 못하는 한마음의 현장이 흐르는 물처럼 지나가는 듯했다. 그러나 그의 그런 행동은 예상치 못한 결과를 불러왔다. 라온휘젠을 물끄러미 바라보던 알리사가 피식 웃은 것이다.

"황태자님, 생각보다 재밌는 사람이네요."

"……!"

나는 물론이고 모두가 눈을 휘둥그렇게 뜨고 알리사를 돌아보았다. 라온휘젠도 꽤 놀랐는지 당황한 표정을 하다가 곧 머쓱한 얼굴로 뒷목을 쓰다듬었다.

"고, 고맙다."

"푸하하, 왜 고마워해요?"

"그…… 재밌다는 말을 들어본 건 처음이라……."

"그렇다고 인사까지 하는 거예요? 황태자님, 평소에 엉뚱하다는 말 많이 듣지 않아요?"

"아니, 처음인데……."

"정말요? 그럴 리가 없는데. 진짜 엉뚱한 것 같은데?"

"으음, 기대에 못 미쳐서 미안하다."

"내가 미쳐. 이번엔 사과예요? 아, 진짜 재밌네."

딱히 대단한 대화도 아니건만, 누가 낙엽만 굴러가도 웃을 나이 아니랄까 봐 알리사는 눈물까지 훔쳐가며 웃었다. 라온휘젠을 바라보는 눈빛에 전에 없는 호의가 가득하다. 누가 보더라도 그를 대하는 태도가 한결 편해진 것을 알 수 있을 것 같았다. 아무래도 라온휘젠이 보인 엉성한 면모가 경계를 풀게 한 게 분명했다. 헉, 잠깐. 이거 혹시 그건가? 상대에게서 생각지 못한 모습을 발견하면 매력을 느끼게 되는 그런 효과?

'설마 그런 뻔한 전개가…….'

아니지. 뻔하다는 건 그만큼 흔히 일어나는 일이라는 소리잖아. 불길한 기분이 스멀스멀 피어올랐다. 게다가 라온휘젠도 어쩐지 얼굴이 붉은 것이, 왠지 지금까지와는 느낌이 달랐다. 그동안엔 뭔가 의무적으로 알리사의 환심을 사려고 할 뿐 딱히 감정이랄 게 보이지 않았는데 지금 이 순간의 그는 동요를 여실하게 드러내고 있었다. 인간적인 부분이든 연애감정으로든 정말로 호감을 품게 된 것이 분명했다. '날 때린 여자는 네가 처음이야'의 다른 버전인가? 날 재밌다고 한 여자는 네가 처음이야?!

'아무리 그래도 이건 아니지!'

머릿속에서 위험 경보가 울렸다. 사이가 나쁜 것보다야 친한 게 좋지만 이런 식으로 단계를 훌쩍 건너뛰는 건 위험하다. 그동안은 이사나가 워낙 알아서 잘하고 있어서(?) 별걱정을 안 했는데, 잠시 떨어지게 됐다고 바로 이런 흐름이라니! 역시 이쪽도 운명의 별은 운명의 별인 모양이다. 때마침 일련의 흐름을 끊어내는 사람이 없었다면 체면이고 뭐고 무작정 튀어나갈 뻔했다.

"자자, 그럼 이제 다들 속은 진정된 것 같은데. 잡담은 그만하고 슬슬 다음 일정을 짜보는 게 어때? 이대로 이 좁아터진 방에서 밤을 새울 게 아니라면."

기특하게도 상황을 수습하러 나선 사람은 시벨리우스였다. 다행히 그가 끼어들자 알리사의 관심은 아주 쉽게 그쪽으로 이동했다. 그게 못내 아쉬웠는지 라온휘젠이 그를 향해 살짝 눈을 흘겼다. 물론 그걸 뻔히 느꼈을 시벨리우스는 태연히 무시했다.

"그리고 보니 시벨 씨가 쓰는 주술엔 이동 능력은 없어?"

"아, 축지술이라고 비슷한 게 있긴 해. 하지만 그 술법은 내가 가야 하는 장소의 모습을 정확히 알고 있어야만 쓸 수 있어. 게다가 나만 쓸 수 있는 거라 다른 사람을 데리고 이동할 수도 없고."

"그렇구나. 좀 아쉽네."

"……뭐, 접신을 하면 그 신의 능력이 어떤지에 따라 가능할 수도 있긴 한데…….”

이어진 말은 대답이라기보다는 그의 혼잣말에 가까웠다. 무심코 중얼거린 말을 알아들은 알리사가 의아한 표정으로 시벨리우스를 바라보았다.

“접신? 그게 뭐야?”

“어? 들었어?”

“응, 신의 능력에 따라 뭘 할 수 있다고?”

“으음, 아니, 그냥 그런 게 있어. 어차피 난 못하는 거야.”

조금 쓸쓸한 듯이 웃어넘기는 그를 보고 나는 언젠가 그가 했던 말을 떠올렸다. 룬의 혈통이 지닌 고유의 힘, 몸 안에 신을 받아들이는 능력이라고 했던가. 자신은 할 수 없다고 설명할 때도 시벨리우스는 지금과 같은 표정을 지었었다.

'아, 혹시 트로웰이 말하려던 게 이건가?'

그때 분명 룬에 대한 언급을 했었지. 그릇이라는 단어도 들렸던 것 같다. 혹시 룬이 신을 담는 그릇이라고 말하려던 게 아니었을까. 어중간하게 눈을 떴다고 했으니 어쩌면 시벨리우스가 고유 능력을 각성하는 중인 건지도 몰랐다. 아직 본인은 아무것도 모르는 것 같으니 자세한 건 좀 더 두고 봐야 하겠지만.

'근데 능력을 각성하면 더 대단해지는 거 아닌가? 그걸 카류안이 알아보는 게 무슨 의미가 있는 거지?'

해소되지 않는 의문이 꼬리에 꼬리를 물고 이어졌다. 트로웰에게 직접 물어볼 수 있다면 좋을 텐데 그럴 수 없다는 사실이 아쉬울 따름이었다. 사실 일행을 기다리는 김에 정령계에도 잠시 들러 봤는데 그를 만날 수 없었다. 대지의 영역은 완전히 검은 안개로 뒤덮여 있었다. 겉으로 난 입구는 굳게 닫힌 채였고, 언령을 사용해도 안으로 들어가지 못했다. 시도하려 할 때마다 부드럽게 밀어내는 듯한 감각과 함께 차분히 가라앉은 고요가 느껴졌다. 아무래도 깊은 잠에 빠진 것 같았다.

역소환되면 계약자만이 아니라 정령왕 쪽도 타격을 받는다. 한동안 쉬어야 한다는 것도 알고 있었지만, 설마 이렇게 되는 줄은 몰랐다. 이프리트와 미네도 방진을 만들고 난 후 기력을 회복하기 위해 제 영역에서 쉬는 중이었으나 이런 형태는 아니었으니까. 그간 장난으로 라피스를 협박하는 용으로 자주 써먹었는데, 이제 농담으로도 역소환하겠다는 말은 못 할 것 같았다. 트로웰의 경우엔 이미 기력을 많이 소모한 후에 역소환까지 겹쳐진 거라 상태가 더 악화된 걸지도 모르겠지만. 어쨌든 그가 깨어날 때까지 당분간은 상황을 주시하는 수밖에 없는 듯했다.

3.

내가 잠시 다른 생각에 빠져 있는 동안 방 안은 본격적인 준비 과정에 진입했다. 가장 빨리 움직이기 시작한 건 알렉과 기사들이었다. 알렉이 문 근처를 살피는 동안 한 명은 다른 방을, 나머지 두 명은 창가 쪽을 살폈다. 딱히 지시받은 것도 없는데 각자 할 일을 맡아 흩어지는 이들을 나는 새삼스럽게 돌아보았다. 친위대 소속인 알렉이야 내가 당연히 아는 사람이지만, 나머지 세 명의 기사들은 모르는 이들이라고 생각했는데 자세히 보니 다들 한 번쯤은 본 적이 있었다. 이사나가 '비둘기'라고 부르는, 주로 페리스와 함께 움직이는 특수정찰대 소속의 기사들이었다.

잠시 후 다른 방을 살피러 간 기사가 돌아오면서 주시하고 있던 알렉에게 고개를 끄덕여 보였다. 이어 창가를 살핀 다른 두 명의 기사들도 고개를 끄덕이자 알렉은 자신의 짐보따리 속에서 둘둘 말린 가죽을 꺼내 바닥에 펼쳤다. 아카데미 교내와 근방의 구조를 간략하게 그린 지도였는데 내게도 이미 익숙한 것이었다. 지켜보는 동안 그들이 아셀의 설명을 토대로 지도를 만드는 걸 봤기 때문이다.

"황태자 전하의 숙소가 별채라곤 하셨지만 그래도 혹시나 했는데 정말로 이쪽은 사람이 하나도 없군요. 이 근방은 순찰하는 경비도 없는 것 같은데 원래 이런 형식입니까?"

"아닙니다. 태자 전하께서 모두 물리신 겁니다. 호위는 평소 곁에 두시는 이들만 두시겠다고 선언하시고, 대신 아무도 근방에 접근하지 못하게 하셨죠."

"그 호위라면 여기 계신 세리엄 경과 다이 경이겠군요."

"어이, 몇 번이나 말했지만 난 그냥 측근이거든? 본직은 이 아카데미의 연금술 과목 강사고!"

당연하게 붙은 기사의 호칭에 묵묵히 듣고 있던 세리엄이 발끈해서 대꾸했다. 알렉은 전혀 미안하지 않은 얼굴로 사과했다.

"아, 죄송합니다. 외견의 자태는 너무나도 훌륭한 전사의 그것인지라 그만⋯⋯. 그러게 왜 그리 헷갈리는 체형을 갖고 그러십니까? 누가 봐도 세리엄 님을 연금술사로 보진 못할걸요."

"타고난 근육질인 걸 어쩌라고!"

"실제로 싸움도 잘하시면서."

"그야 있는 재능을 썩히는 건 아까우니까 좀 배워서 그런 거지."

"그건 좋은 자셉니다. 그러니 그냥 이참에 직업을 바꾸시죠. 그게 더 적성에도 맞으실 것 같은데."

"하! 무슨 말도 안 되는 소리야? 네가 잘 모르는 모양인데, 내가 연금술을 그만두면 범국가적인 손실이거든?"

"뭐 그게 사실이래도 전 딱히 상관없는데요?"

"아차! 넌 스왈트 제국 놈이었지!"

그간 꽤 친해진 듯 거침없이 농담을 주고받는 이들 사이에 친근한 분위기가 가득했다. 그러고 보니 별로 관심을 두지 않아 몰랐는데 이제 보니 황태자의 두 호위 중 한 명이 보이지 않았다. 의식적으로 언급하지 않는 느낌이 드는 걸 봐선 잠시 자리를 비운 것 같지는 않고, 아무래도 그사이 무슨 일이 있었던 듯했다.

"뭐, 어쨌든 덕분에 일이 편해졌으니 저희로서는 다행이네요. 황태자 전하의 숙소가 이쪽에 있다고 하셨으니 총장의 집무실이 있는 본관은 왼쪽으로 가야겠군요. 현자 다니엘의 자택은 정문에서 바로 보인다고 하셨죠?"

"네, 혼자 붉은색 벽돌로 지어진 건물이라 알아보기 어렵지 않으실 겁니다. 바로 출발하시려는 겁니까?"

아셀의 질문에 지도를 살피던 알렉이 씩 웃으며 고개를 끄덕였다.

"일단은 정탐부터 할 겁니다. 교내 순찰 인원과 교대 시간을 파악해야 하니까요. 다니엘의 현재 위치와 경호 인력의 동선도 알아봐야 하고요."

"죄송합니다. 도움이 되었다면 좋을 텐데 저도 거기까지는 알지 못해서……"

"아닙니다. 지금까지 주신 정보만으로도 이미 큰 도움을 받았습니다. 아셀 님이 아니었으면 이곳의 구조를 파악하는 데만 한참 진을 뺐을 겁니다."

대답과 함께 몸을 일으킨 알렉이 입고 있던 겉 망토를 벗었다. 그러자 새카만 일색으로 무장한 복장이 드러났다. 나머지 세 명의 기사들도 모두 같은 복장인 걸 보아 잠입을 위해 일부러 맞춘 듯했다. 복면까지 꼼꼼하게 착용하고 나니 그들은 눈만 덜렁 내놓은 상태가 됐다. 어디 가서 암살자라고 오해받기 딱 좋은 차림이었다. 서로 고개를 끄덕여 준비를 마쳤음을 알린 후 알렉이 다시 창가의 커튼을 들춰 바깥을 살폈다.

"어디 보자. 자정을 약간 넘겼던가요? 슬슬 경계가 가장 느슨해질 시간이군요. 미리 말씀드린 대로 매일 아침 여기 창틈으로 표식을 남겨 두겠습니다. 만약 아무것도 남겨져 있지 않다면 저희 신변에 문제가 생겼다는 뜻으로 이해하시면 됩니다."

그는 유쾌하게 말했지만 듣는 입장에선 결코 가볍게 들을 이야기가 아니었다. 모두의 표정이 빠르게 어두워졌다. 라온휘젠 역시 굳은 얼굴로 물었다.

"정말 마법 도구는 아무것도 안 가져갈 생각인가? 필요하다면 얼마든지 보조 도구를 내주겠다."

"감사한 말씀이지만 괜찮습니다."

"내 실력을 못 미덥게 여기는 건가?"

"그럴 리가 있겠습니까. 단지 마법 물품은 마나의 흔적으로 제작자를 추적할 수 있다고 알고 있습니다. 저희가 잡히거나 죽을 경우를 대비해 황태자 전하와 연결점이 될 만한 건 하나도 남기지 않는 게 좋습니다."

"......!"

"혹 운 좋게 저희 시신이 버려지는 곳을 알게 되신다면 유품이나 추려 폐하께 보내주십시오. 그러면 육신은 이곳에서 스러지더라도 저희의 기상만은 주군 곁에 있을 수 있을 테지요. 그거면 충분합니다."

이어진 말에 라온휘젠의 눈빛이 흔들렸다. 그렇지 않아도 무겁던 분위기가 더 깊게 가라앉는 순간이기도 했다. 알리사의 얼굴이 울상이 된 걸 보고 알렉이 얼른 두 손을 흔들었다.

"아, 물론 절대 쉽게 죽을 생각은 없지만 말입니다. 염려 마십시오. 사실 그냥 조사만 하는 것뿐인데 아무런 일도 일어나지 않을 가능성이 더 크죠. 어디까지나 최악의 상황을 말씀드리는 겁니다."

"……자네 같은 사람들이 곁에 있다니, 황제 폐하가 부럽군."

"전하의 곁에도 좋은 분들이 있잖습니까."

"그렇긴 하지만…… 너무 적지."

라온휘젠이 씁쓸하게 중얼거리자 알렉이 슬쩍 눈을 접어 웃었다.

"전하, 주제넘지만 한 말씀 올리겠습니다."

"뭐지?"

"이건 어디까지나 제가 속한 친위대의 경우입니다만. 저희는 황제 폐하의 기사이기에 당연히 그분을 지킵니다. 하지만 임무라는 점을 떠나 진심으로 그분을 섬기게 된 건 그리 오래되지 않았습니다."

생각지 못한 말이었는지 라온휘젠이 두 눈을 멍하니 깜빡거렸다. 나도 이 부분은 들어볼 기회가 없던 얘기라 집중해서 귀를 기울였다.

"전하께서 들으시면 믿지 않으실지도 모르겠지만, 이사나 폐하께서는 제위에 막 오르셨을 때 상당히 불안정한 상태이셨습니다. 그때만 해도 대공이 국정을 잘 치리하고 있었거든요. 폐하의 입지는 갈수록 좁아졌고, 그래서 약한 모습을 많이 보이셨지요. 그냥 어디서나 볼 수 있는 그 또래의 평범한 소년처럼 보였습니다."

"……정말 믿기 힘들군."

"전혀 의외지요? 그때의 저희는 충정이라기보다는 인간적인 연민으로 폐하의 곁을 지켰던 것 같습니다. 물론 지금이라서 드릴 수 있는 말씀입니다. 지금은 진심으로 섬기고 있으니까요."

"마음이 왜 달라졌지?"

"대공이 그 추악한 본심을 드러낸 날, 폐하를 모시고 필사적으로 황궁을 빠져나가면서 동료들이 많이 죽었습니다. 그때 폐하께서 저희에게 말씀하시더군요. '세상에서 가장 용맹하고 충직한 기사들이여, 죽어서도 너희의 이름을 잊지 않겠노라'고. 또한 '너희의 목숨이 아깝지 않을 황제가 되어 반드시 보답하겠노라'고."

"……."

"솔직히 이미 처참한 상황이라 곧 붙잡혀 다 죽어도 이상할 게 전혀 없는 상황이었습니다. 폐하의 말씀이 허세에 가깝다는 것도 알고 있었죠. 그런데도 그때 개안한 듯이 뜨거운 마음이 찾아들었습니다. 이분을 위해서라면 기꺼이 죽어도 좋겠다고요."

"……묘한 일이군. 폐하는, 자네들이 목숨을 걸고 지켰기에, 그 모습을 보고 믿게 되었다고 하셨는데."

"폐하께서 그렇게 말씀하셨습니까?"

알렉의 눈빛이 단숨에 초롱초롱해졌다. 기뻐하는 것이 역력한 그를 보고 라온휘젠이 조금 당황한 표정을 지었다.

"그럼 황제 폐하와 저희는 같은 순간에 같은 감정을 느끼게 된 것이로군요. 알려주셔서 감사합니다, 전하. 저희끼리만 이 사실을 아는 건 아까우니 반드시 살아서 돌아가야겠네요."

"그대들이 먼저 신임할 모습을 보였기에 믿게 된 것뿐인데, 그게 그렇게 기쁜가?"

"공적을 알아주시는 것도 결국 신뢰의 표현이니까요. 생각보다 많은 기사가 노력한 만큼 인정받지 못한답니다. 의심은 손쉽게 머리를 파고들고, 믿음보다 더 빠르게 마음을 장악하죠. 그렇기에 누군가를 믿기로 하는 것도 상당한 결심과 용기가 필요합니다. 그리고 그리하기로 하셨으니 폐하께선 끝까지 저희를 믿어주실 테죠. 그러니 어찌 기쁘지 않겠습니까?"

"……."

라온휘젠의 눈동자가 다시금 흔들렸다. 동요를 감추지 못하는 걸 봐선 아무래도 이미 이사나에게 비슷한 이야기를 들은 모양이었다. 그리고 나는 알렉에게 감탄했다. 솔직히 말해 그가 이런 달변가인 줄은 몰랐다. 약간 경박한 편에 푼수라고 생각했는데 역시 아무나 황제의 친위대가 되는 건 아니라는 걸까. 그의 뜻밖의 면모를 알게 된 것 같아 신기하기도 하고 기쁘기도 했다.

"누구든 자신을 믿지 않는 이를 따르기는 어려운 법입니다. 전하께서도 먼저 알아봐 주시는 것부터 시작하시면 어떻겠습니까? 둘러보시면 의외로 가까운 곳에 원석 같은 이들이 있을 겁니다."

부드럽게 이어진 말에 옆에서 아셀과 세리엄이 격하게 고개를 끄덕였다. 다이라고 불린 호위 기사도 동조하는 표정을 숨기지 못한 채였다.

"주제넘은 말씀은 여기까지 하겠습니다. 부디 무례를 용서하십시오."

알렉이 정중히 고개를 숙여 인사한 후에도 라온휘젠은 한동안 아무 말도 하지 않았다. 그의 말이 불쾌했던 것 같지는 않고, 이래저래 상념에 잠긴 듯했다. 그런 그에게 다시 한번 고개를 숙여 보인 알렉이 슬쩍 화제를 돌려 창가 쪽을 가리켰다.

"근데 아셀 님. 아까부터 궁금했는데, 저쪽 높은 곳에 보이는 큰 성은 뭡니까?"

"네? 아, 그쪽에서 보이는 거라면 아마 황궁일 겁니다. 저렇게 어두운데 그게 보이십니까?"

"이 정도도 알아보지 못하면 기사 작위는 반납해야죠. 여기서 황궁이 보이는군요. 생각보다 거리가 가깝네요. 마차로 가면 얼마나 걸립니까?"

"40분 정도 걸리는 편입니다."

"헤에, 정말 가깝네요."

바로 그때 알렉과 함께 황궁 쪽을 바라보고 있던 기사 한 명이 얼굴을 찌푸렸다.

"잠시만요, 알렉 경. 저기에 횃불이 보입니다."

"……엉?"

그 말에 따라 시선을 보내니 정말로 경사진 부근에서 횃불이 보였다. 수풀에 가려져 보일 듯 말 듯 했는데, 얼핏 보이는 숫자만도 꽤 많은 편이었다. 중턱에서부터 시작된 희미한 불씨의 줄기가 뱀 꼬리처럼 아래로 길게 이어지고 있었다. 아마도 사람들이 무리 지어 내려오고 있는 듯했다.

"군대로군요."

차분히 살피던 알렉의 시선이 차가워졌다. 그 말에 가장 먼저 반응을 보인 사람은 라온휘젠이었다. 그가 황급히 창문가로 몸을 내밀었다.

"군대? 누가 황궁으로 진격한다는 건가?"

"아뇨, 반대입니다, 전하. 내려오고 있습니다."

"그럼 설마 황실의 군대가 움직였다는 건가?"

"아무래도 그런 것으로 보입니다. 저들의 목적을 짐작하시겠습니까?"

"아니, 모르겠군. 폐하께서는 함부로 군대를 움직이는 분이 아니시다. 대체 무슨 일이……."

그 순간 아카데미의 건물 하나에서 강한 불이 켜졌다. 깜짝 놀란 이들이 모두 급히 몸을 숙이는 동안, 나는 몸을 더 내밀고 바깥을 살폈다. 경비대로 보이는 이들이 우르르 달려오고 있었고, 건물 안에서는 잠옷 차림을 한 사람들이 허둥지둥 나오고 있었다. 그들이 만나는 장소가 황태자의 숙소에서 가까운 편이라 바람을 타고 오는 목소리가 선명히 들려왔다.

"이게 다 무슨 말인가? 군대가 오고 있다니!"

"총장님! 큰일 났습니다! 지금 급히 전갈이 도착했는데! 폐하께서……! 폐하께서 이곳을 토벌하신다고 합니다!"

"뭐라고?"

울려 퍼지는 경악 어린 외침에 몸을 굽히고 있던 일행들의 얼굴이 다들 딱딱하게 굳었다.

"이게 다 무슨 소립니까? 나르젠 폐하께서 왜 이곳을 토벌하신다는 거죠?"

"저들이 잘못 아는 거 아냐? 말이 안 되잖아. 여긴 아카데미야. 철부지 학생들과 꼬장꼬장한 교수들밖에 없는 곳이라고. 대체 뭘 토벌하겠어?"

아셀과 세리엄이 혼란스러운 얼굴로 외쳤다. 라온휘젠은 선뜻 대답을 잇지 못하고 있었다. 눈을 내밀어 창밖의 상황을 다시 살펴본 알렉이 깊은 한숨을 내쉬었다.

"설마 저희가 이곳에 있다는 정보가 새나간 건 아니겠죠."

"그렇다 해도 나르젠 폐하가 이러실 분은 아닙니다."

"끄응, 그렇긴 하죠. 일단 상황을 좀 더 지켜봐야겠군요. 군대가 정말로 이곳으로 온다면 확실해질 테죠. 그러나 마냥 기다릴 순 없으니 저쪽으로 가 봐야겠습니다. 일단 저 혼자 다녀올 테니, 여러분은……."

"아니, 알렉도 안 가도 돼요."

나서야 할 적기가 있다면 지금이야말로 바로 그 순간일 것이다. 대답하면서 나는 순식간에 형체를 입었다. 모두가 실시간으로 경악해 가는 것이 뚜렷하게 보였다.

"저 정도 거리면 그냥 여기서도 살필 수 있거든요. 나한테 맡겨
요."

"……엘!?"

"에, 엘 님?!"

반응은 한 발짝씩 늦게 터졌다. 귀신이라도 본 듯이 눈을 부릅
뜨고 있는 사람들을 보며 나는 씩 웃었다.

"나 완전 반갑죠?"

제5화

1.

카터스 제국 최고의 교육기관―「얀 아카데미」. 수재만 다닐 수 있는 명문 대학이라는 명성엔 역대 총장들의 화려한 경력도 뒷받침됐다. 대마법사였던 최초의 총장부터 시작하여, 대대로 얀 아카데미 총장 자리는 전부 마스터나 현자의 칭호를 받은 초월자들이 맡아왔다. 그러나 벌써 십수 년 차 자리를 유지 중인 현 총장 유스티안은 그런 오랜 전통을 무너트리고 최초로 오른 평범한 학자 출신의 총장이었다. 심지어 그가 총장을 맡게 된 경위도 어처구니없었다. 전 총장이 일방적으로 그를 후임으로 임명하고 떠나버린 탓이었다. 어디까지나 '총장의 선출은 전임자의 고유 권한'이라는 규정이 있었기에 가능했던 선임이었다.

아카데미의 수준을 결정짓는 요소엔 총장의 역량 또한 무시할 수 없는 조건일 것이다. 더군다나 명문이라는 위명이 아까우리만치 얀 아카데미는 벌써 십 년이 넘도록 별다른 인재를 배출하지 못하고 있었다.

날 때부터 천재로 이름 높았던 황태자 라온휘젠도 막상 아카데미에 입학한 후로는 크게 눈에 띄는 성취를 보이지 못했다. 그게 다 제 탓인 것만 같아 유스티안 총장은 늘 속이 쓰렸다. 하필이면 전 총장이었던 현자 필립이 역대 가장 유능했던 총장으로 활약한 사람이었기에 그 차이가 더 선명했다.

그렇게 대단하던 전 총장이 왜 갑자기 떠났는지, 왜 하필 평범한 유스티안을 후임으로 정했는지는 아무도 알지 못했다. 그러나 그 엉뚱한 선임 탓에 유스티안은 계속 그 자리를 탐내고 있던 현자 다니엘과 척을 지게 됐다. 황실 수석 마법사인 그의 미움을 사게 되면서, 아카데미에 대한 황실의 평가도 더는 예전 같지 않았다. 그런 와중에 황태자가 말없이 휴학계를 내고 사라지기까지 했다. 어쩔 수 없이 다니엘에게 도움을 청하러 가야 했을 때 유스티안은 딱 죽고 싶은 심정이 뭔지 절절하게 느꼈다. 그날 그는 몇 시간 동안 다니엘로부터 폐부를 찌르는 말은 물론이오, 황태자를 제대로 보필하지 못했으니 무슨 일이 생기면 책임을 져야 할 거라는 으름장까지 들어야 했다.

본래 풍성하던 모발은 지난 십 년 새 거의 다 빠져 이제 숱이 얼마 남지도 않았다. 그는 매일 밤 정안수를 떠놓고 남은 모발이라도 건사할 수 있길 빌었다. 그러나 야속한 모발의 신은 그의 기도를 들어줄 생각이 없는 듯했다.

새벽녘, 느닷없이 울린 소음에 유스티안은 깜짝 놀라 눈을 떴다. 아카데미에 위급한 일이 벌어질 때만 울리는 경보가 시끄럽게 울리고 있었다. 등허리를 스치는 섬뜩한 감각에 그는 꿀꺽 마른침을 삼켰다.

"무, 무슨 일인가?"

불길한 예감은 어김없이 맞아 떨어졌다. 장치를 눌러 신호를 연결하기 무섭게 바깥쪽에서 절규 같은 비명이 터져 나왔다.

―유스티안 총장님! 비상사태입니다! 저희 쪽으로 군대가 오고 있습니다!

"뭣?"

―어서 나와 보셔야겠습니다!

그는 허둥지둥 몸을 일으켜 겉옷을 입고 문을 나섰다. 마찬가지로 경보를 듣고 일어난 교수들이 잠옷 차림으로 그를 따랐다. 서둘러 현관으로 달려가니 경보를 울렸던 경비대가 새파란 안색으로 뛰어오고 있었다.

"이게 다 무슨 소리인가! 군대가 오고 있다니!"

"총장님! 큰일 났습니다! 지금 급히 전갈이 도착했는데! 폐하께서……! 폐하께서 이곳을 토벌하신다고 합니다!"

"뭐라고?"

너무 놀란 탓에 유스티안은 숨조차 삼키지 못했다. 이대로 딱

뒤로 넘어가고만 싶은 심정이었다. 그의 심장이 조금만 약했어도 그대로 멎었을지도 몰랐다.

"대체 그게 무슨 소리인가! 폐하께서 이곳을 치러 군대를 보내셨다고? 지금 그런 말도 안 되는 말을 믿으란 말인가? 대체 누가 그런 허무맹랑한 전갈을 보낸 건가!"

"시안 교수님이십니다."

"시안 교수가? 그러고 보니 그가 지금 황궁에 가 있었지. 하지만 그는 허풍을 떠는 사람이 아닌데……."

"그러니 사실이라는 겁니다! 새벽에 잠깐 깨셨다가 심상치 않은 낌새를 느끼고 급히 전갈을 보내셨다 합니다. 근위대가 움직였습니다! 근위대장인 알마스너 후작이 직접 지휘하고 있다고 합니다!"

"저쪽을 보십시오! 저게 다 군대입니다!"

경비들이 가리키는 방향을 따라 시선을 돌린 유스티안은 다시금 숨을 삼켰다. 멀찍이 보이는 황궁 쪽에서 희미한 불빛의 행렬이 보이고 있었다. 이런 새벽에 저만한 행렬이 움직일 이유는 하나밖에 없었다. 정말로 군대가 내려오고 있는 것이다. 아마도 전갈을 받지 못했다면 급습을 당했으리라. 유스티안은 후들거리는 다리를 억지로 버텨 세웠다.

"여긴 아무것도 모르는 어린 학생들이 있는 곳이야! 대체 폐하께서 무슨 명분으로 이곳을 치신다는 겐가!"

"바, 반역죄라고 합니다!"

"뭣?"

"황태자 전하가, 학생들에게 선동되어 이곳에서 모반을 꾀하고 계신다고⋯⋯!"

"그 무슨 말도 안 되는 소리!"

유스티안은 기가 막혀서 자기도 모르게 꽥 소리 질렀다. 그가 보아온 황태자는 조용하고 성실한 학생이었다. 수업엔 충실했지만 세력을 만들거나 교우 관계를 쌓는 일엔 큰 관심이 없었다. 그는 대체로 혼자 활동했고, 아끼는 몇 명만 곁에 두는 편이었다. 그런 그가 학생들과 모반이라니 말이 될 리가 없었다. 이미 황태자였다. 전통성으로도 흠잡을 데 없고 백성들의 절대적인 지지까지 받는 명실공히 완벽한 후계자! 가만히 있어도 절로 황제에 오를 이가 무엇이 아쉬워서 그런 짓을 한단 말인가!

게다가 가장 중요한 사실은 지금 그가 잠적했다는 것이었다. 아카데미에 있지도 않은 황태자가 이곳에서 모반을 꾸밀 수 있을 리가 만무했다.

"다니엘, 다니엘 님에게 연락을 해봐야겠군! 뭔가 오해가 있는 게 틀림없어! 당장 그분 저택으로 기별을 넣게! 어서!"

유스티안이 다급히 외친 말에 경비대는 더 침울한 표정을 지었다.

"그건 소용없을 것 같습니다, 총장님."

"그게 무슨 말인가!"

"황제 폐하 앞에서 태자 전하의 모반 정황을 증언한 이가 있습니다. 그런데 그가 바로 현자 다니멜이라고 합니다."

"……뭐, 뭐라고?"

"이걸 봐주십시오."

경비대가 그에게 한 장의 종이를 내밀었다. 전갈의 내용을 상세하게 적은 전문이었다. 잠시 멍하니 서 있던 유스티안은 빼앗듯이 종이를 받아들고 읽어내렸다. 아래로 내려갈수록 종이를 움켜쥔 그의 두 손이 부들부들 떨렸다.

"현자 다니멜이 황태자가 아카데미 안에서 모반을 꾸민 혐의를 입증. 진노한 황제께서 황태자는 물론 그에게 불손한 사상을 심은 아카데미를 진압하라 명령하셨다고……. 심지어 신원을 불문하고 전원 사살하라는 명령이라니……."

"총장님, 어찌할까요?"

"이, 일단 항복기를 올리게. 우리가 역도가 아니라는 걸 알려야 해. 근위대장인 알마스너 후작은 상식적인 사람일세. 오해가 풀리면 아무리 그런 명령이 있어도 무작정 진압부터 하려 들진 않을 테지!"

"예, 알겠습니다!"

"자네는 학생들을 모두 깨워 강당으로 모이게 하게. 만약의 경우 아이들을 탈출시켜야 할 거야."

"예!"

침착하게 지시를 내리는 중에도 유스티안의 손은 부들부들 떨렸다. 손바닥이 축축해지면서 쥐고 있던 종이가 젖는 것 같았다.

그가 손을 옷깃에 닦으려던 순간이었다. 뒤쪽에서 뻗어 나온 손이 그에게서 가볍게 종이를 빼앗아갔다.

"……이게 무슨 짓!"

분노해서 돌아본 유스티안은 그대로 두 눈을 휘둥그렇게 떴다. 함께 있던 경비대와 교수들도 모두 입을 벌렸다. 그곳에 생각지도 못한 사람이 서 있었기 때문이었다. 훤칠하게 큰 키, 단정하면서 수려한 외모. 희뿌연 불빛에 드러난 머리칼은 짙은 선홍색을 머금고 있었다. 이 제국에서 단 두 명만이 지니고 있는 고귀한 색이었다.

"화, 황태자 전하?"

"폐하께서 꽤 참신한 방법을 쓰시는군."

담담한 얼굴로 전문을 읽어내린 황태자 라온휘젠이 종이를 그대로 구겨 던졌다. 그의 등장 자체가 너무 뜻밖이었던 탓에 유스티안 총장은 아무런 말도 하지 못했다. 당장 눈앞에 산재한 모반에 대한 문제를 묻는다거나, 위험하니 몸을 피해야 한다고 알려야 한다거나, 하다못해 언제 돌아왔냐고 물어야 한다는 것도 생각나지 않았다. 그건 다른 사람들도 마찬가지라 모두 간신히 숨만 내쉬고 있을 뿐이었다.

"근위대는 내가 맞이하겠소. 혹시 모르니 여러분은 학생들을 데리고 피해 계시오."

그저 물 흐르듯 이어지는 말에 멍하니 고개를 끄덕였을 뿐.

이윽고 정면에 선 황태자는 뒷모습이 그의 시야를 가득 채웠다. 그러자 그 뒤를 곧바로 따라서 이어지는 행렬이 있었다. 유스티안은 그제야 황태자가 혼자가 아니라는 것을 깨달았다. 늘 함께하는 낯익은 일행과 더불어 처음 보는 사람이 세 명 정도 더 있었다. 그들 모두 후드를 쓰고 있어서 모습을 볼 순 없었으나 두 명은 꽤 어려 보였다. 체구가 작은 것을 보면 여성일지도 몰랐다.

'말려야 하는 거 아닐까.'

군대를 상대하기에는 턱없이 적은 숫자였다. 황제의 과감한 행동을 봐선 이미 그는 황태자를 치기로 결심한 것이 분명했다. 황태자는 반역의 진위와는 관계없이 일단 끌려갈 것이다. 군대가 여기까지 오려면 시간이 더 필요했고, 그 시간이면 모두 아카데미를 빠져나갈 수 있었다. 차라리 모두 같이 대피해서 일신을 도모하는 것이 나을지도 몰랐다.

그제야 밀려드는 생각에 유스티안은 급히 황태자 쪽으로 손을 뻗으려 했다. 그때 무심코 고개를 든 한 사람에게서 스치듯 눈동자가 비쳤다. 사방이 어둑한 중에도 선명히 알아볼 수 있을 만큼 새파란 눈동자였다. 잠시간 시선이 마주쳤고, 소년인지 소녀인지 알아볼 수 없는 그가 입술 끝을 올렸다. 그 순간 유스티안은 자신이 하고 있던 생각을 전부 잊었다. 고작 그 짧은 한순간에 압도당했다.

그가 멍해진 사이 경비대가 주춤거리며 그들이 나갈 길을 텄다. 당당히 걸어가는 뒷모습들이 거뭇거뭇한 그림자에 삼켜지다 완전히 어둠 속에 파묻힐 때까지, 그곳에 있던 모두가 시선을 떼지 못하고 멀거니 지켜보기만 했다.

이 밤에 많은 것들이 바뀔 거라는 예감이 들었다.

아마도 세상에서 가장 긴 밤이 될 것 같았다.

*　　　*　　　*

어둠의 장막이 깊이 드리운 시각, 별빛에 의지해 걷는 길은 고요하기만 했다. 빛으로 된 모래 가루가 흩뿌려져 있는 듯한 밤하늘, 볼을 잔뜩 부풀린 개구리와 풀벌레의 가냘픈 울음소리, 발밑에선 제법 자란 수풀이 폭신하게 밟히는 소리가 사박사박 울렸다. 눈앞에 기다리고 있는 상황만 아니었다면 제법 운치 있을 광경이었다. 나는 숨을 한껏 들이마셨다. 상쾌한 공기 속에 희미한 불순물이 섞여 있었다. 기름과 나무가 타는 냄새였다.

"반역이라……."

무심코 혼자 중얼거린 말에 앞서 걷던 라온휘젠의 등이 움찔 떨렸다. 이미 총장을 비롯한 사람들의 모습은 보이지 않게 된 후였다. 스치면서 봤던 그들의 희게 질린 얼굴이 떠올랐다. 다들 학식이 높은 교수들일 텐데 느닷없이 닥친 상황 앞에선 정신을 차리지 못하고 있었다. 역사 깊은 자국 최고의 명문 아카데미가 하루아침에 멸문지화의 위기에 놓였으니 그들로서도 기가 막혔을 것이다.

"황제가 의심이 많은 사람인가 봐요."

"……."

잠시 머뭇거리던 그는 이내 묵묵히 걷기만 했다. 아무런 대답도 하지 않았지만 돌아가는 상황이야 이미 뻔했다. 정쟁에서 중상모략이야 흔히 벌어지는 일이다. 그걸 곧이곧대로 듣고 군대부터 일으킨 건 누가 봐도 황제의 인성 문제였다.

아버지가 아들을 죽이려는 상황도 거북한데 심지어 진압하려는 장소는 학교였다. 그중에는 외국에서 온 학생도 있을 것이다. 대체 뒷감당을 어쩌려고 이런 대책 없는 짓을 벌인 건지 몰라도 그런 황제 밑에서 자랐으니 저 황태자도 그리 평탄한 인생은 아니었겠구나 싶었다.

쓸쓸한 기분을 삼키고 있는데 눈치 없이 옆에서 뭔가가 팔을 쿡쿡 찔렀다. 슬쩍 돌아보니 세리엄이 초롱초롱한 눈으로 나를 눌러 보고 있었다.

"……뭐하는 거예요?"

"아뇨, 그게…… 촉감이 인간이랑 똑같네요?"

"안 똑같으면요?"

"막 몸을 통과하거나, 젖는다거나 이러지 않네요?"

"……하고 싶은 말이 뭔데요?"

"물의 정령왕인 거 맞으시죠? 진짜로?"

"그렇다고 몇 번을 말해요."

이젠 지겨울 정도의 질문이라 대답이 저절로 시큰둥해졌다. 그에 아랑곳하지 않는 세리엄만 이번이 벌써 몇 번째인지 모를 탄성을 뱉어내는 중이었다.

"세상에, 진짜 물의 정령왕이라니! 아셀, 다이, 너희 들었어? 진짜 정령왕이래."

"아, 제발. 세리엄 님, 이제 그만하세요. 창피해서 제가 더는 못 보겠습니다."

"아니, 그치만 정령왕이잖아. 정령왕이라고?"

……그냥 확 버리고 가 버릴까.

문득 이 주변이 평지가 아니라 논두렁이었다면 좋았을 거란 생각이 들었다. 그럼 쥐도 새도 모르게 밀어버릴 수 있었을 텐데.

"저기, 정말로 정령……."

"나 정령 맞구요. 인간처럼 보여도 정령왕인 것도 맞구요. 몇 번이나 말했다시피 물의 정령왕이에요. 한 번만 더 물으면 신나는 수로 탐험을 하게 될 거예요. 지하에서 강으로 흘러가 바다까지 떠내려가고 싶으면 한마디만 더 해요."

"……이제 입 다물겠습니다."

나직한 경고를 듣고서야 세리엄은 흥분을 감추고 조용해졌다. 역시 말보단 주먹이 가까운 세상이었다. 그래도 처음처럼 경직된 것보다는 지금 이런 모습이 더 낫긴 했지만.

"나 완전 반갑죠?"

산뜻하게 건넨 인사가 무색하리만치 방 안은 쥐 죽은 듯이 고요했다. 공기마저 경직되었다고 느껴질 만큼 무거운 적막이었다.

나는 붕어처럼 입을 뻐끔거리고만 있는 사람들을 느긋하게 돌아보았다. 기사들은 검을 뽑아 든 상태였고 아셀과 세리엄은 자리에 주저앉아 있었다.

이렇게까지 격하게 반응할 일인가 싶었는데, 솔직히 기척도 없이 사람이 갑자기 튀어나오면 나라도 기겁하긴 할 것 같았다. 너무 심하게 놀라게 했나 싶어 미안해졌지만 그만큼 성공했다는(?) 생각에 내심 뿌듯한 기분이 차올랐다. 이런 걸 보면 나도 은근 성격이 나쁜 걸지도 모르겠다.

"계속 그렇게 얼빠진 얼굴로 있을 거예요?"

이제 정신 차리라는 뜻에서 한 번 더 말을 걸었더니 멍해 있던 자들이 다시금 헛숨을 삼켰다. 허둥거리는 이들 중에서 그나마 가장 먼저 정신을 차린 건 시벨리우스였다.

"엘. 너 진짜 엘 맞아?"

"그럼 내가 가짜 엘이게? 그렇게까지 놀랄 일이야?"

"아, 아니, 설마 여기서 만날 거라곤 상상도 하지 못해서……."

"후후후, 내가 생각해도 내 등장이 좀 드라마틱하긴 했지."

"드라……?"

"아, 여기선 없는 표현이겠구나. 매우 극적이라는 뜻으로……."

"엘 님!"

적당한 표현을 설명하려는데 그 순간 알리사가 내게 와락 달려들었다. 받는 쪽의 부담은 조금도 고려하지 않은 멧돼지 같은 돌격이었다. 기습적인 공격이나 다름없는데도 밀려 넘어지지 않은 건 순전히 내가 정령왕인 덕분일 것이다. 나는 조금 당황했다가 피식 웃으며 내게 매달려 있는 그녀의 머리를 부드럽게 쓰다듬었다.

"여전히 씩씩하네, 알리사. 그동안 잘 지냈어?"

"응! 진짜 오랜만에 보는 것 같아! 대체 어떻게 된 거야? 엘 님이 여길 어떻게 왔어?"

"그야 당연히 알리사가 보고 싶어서 왔지."

"으아, 나도! 나도 진짜 보고 싶었어!"

얼굴은 환하게 웃고 있는데 목소리에 울먹임이 섞였다. 그러고 보니 우리가 만난 후로 이렇게 오래 헤어져 있었던 게 처음이긴 했다. 갑자기 떠나서 연락도 없었으니 많이 서운했겠지. 어른스러워도 아직 어린아이인데 미처 배려하지 못했다는 생각이 들어 미안했다.

"우리가 여기 있다는 건 어떻게 알았어? 이사나 씨한테 들었어?"

"아니, 이사나는 모르는 일이야. 우리가 만난 줄 알면 깜짝 놀랄걸?"

"그럼?"

"당연히 알아서 찾아온 거지. 내가 마음만 먹으면 너희 있는 곳하나 못 알아내려고."

"그건 그렇네! 엘 님이니까!"

올려다보는 알리사의 눈빛이 더 초롱초롱해졌다. 면박을 각오한 잘난 척이었는데 순수한 긍정이 돌아오니 되레 민망해지는 기분이었다. 다시금 머리를 마구 쓰다듬어 주고 있으려니 머뭇거리고 있던 시벨리우스가 어색하게 말을 걸어왔다.

"혹시 상황을 살피다가 우리가 흩어진 걸 보고 걱정돼서 온 거야?"

"음, 뭐, 비슷해."

"역시 그랬구나. 멋대로 계획을 변경해서 미안."

"아냐, 그런 건 신경 쓰지 마. 그럴 만한 사정이 있었던 거잖아. 기사들이 같이 있는 걸 보면 이사나도 동의한 일인 것 같은데."

웃으며 돌아보자 기다렸다는 듯 알렉이 시선을 마주해 왔다. 쓰고 있던 복면을 벗은 그는 격정에 차오른 사람처럼 얼굴이 잔뜩 상기되어 있었다.

"엘 님."

"오랜만이에요, 알렉."

"예, 정말 오랜만에 뵙습니다. 여기서 엘 님을 뵙다니 꿈을 꾸는 기분입니다. 제가 쉽게 죽을 팔자는 아닌가 보네요."

그러나 싱글거리는 그와는 달리 뒤에 서 있는 다른 기사들은 여전히 어정쩡한 모습이었다. 뽑았던 검은 다시 집어넣은 상태였지만 한눈에 봐도 경계하는 기색이 느껴졌다. 아니, 정확히는 몹시 긴장한 것 같았다. 대화를 나눈 적은 없어도 전장에서 몇 번 마주쳤으니 내 얼굴을 몰라볼 리는 없을 텐데, 마치 처음 보는 사람을 대하는 느낌이었다.

그런 분위기는 황태자 일행 쪽도 비슷해서, 다들 동상처럼 얼어 있는 게 나를 대하는 태도가 예전 같지 않았다. 처음엔 내 등장 방식이 너무 강렬해서 그런가 싶었는데 아셀을 보고서는 생각을 바꿨다.

다른 사람은 몰라도 그는 내가 다양한 이능력을 갖고 있다는 걸 이미 누구보다 잘 아는 이였다. 그 앞에서 갑자기 나타난 게 이번이 처음인 것도 아니었다. 그런데도 지금 나를 바라보는 그 역시 다른 이들과 마찬가지로 긴장한 모습을 감추지 못하고 있었다. 아무래도 그냥 넘어갈 수 없는 전조였다.

"흐음?"

일부러 빤히 바라봤더니 다들 얼굴이 하얗게 질려 가는 게 눈에 보였다. 필사적으로 피하는 시선에 수많은 감정의 동요가 읽혔다. 두려움과 거북함, 그러면서도 숨기지 못하는 격렬한 흥분과 호기심. 그건 마치 사람이 아닌 미지의 무언가를 대하는 듯한…… 아, 그렇구나?

"내가 누군지 알았나?"

"……!"

경직된 공간에 헛숨을 삼키는 소리가 동시다발적으로 터져 나왔다. 굳이 듣지 않아도 대답을 알 수밖에 없는 반응이었다.

그래, 내가 정령왕인 걸 알았구나. 이제야 이들의 뜻 모를 반응이 이해가 갔다. 그러고 보니 얼마 전에 이사나가 시큐엘을 소환한 적이 있었지. 상급 정령을 한 번에 둘이나 소환하기에 누군가는 알아보는 사람이 생겼겠거니 했는데 역시 그때 전부 들통났던 모양이다.

어쩐지 카노스에 대한 언급도 편하게 하더라니, 내친김에 전부 공개하기로 한 건가? 이제 딱히 행동을 조심하지 않아도 된다는 소리니 나로선 나쁠 건 없었다.

단지 지나치게 얼어붙은 이 분위기는 어떻게 할 필요가 있을 것 같았다. 그냥 한마디 했을 뿐인데 이제 사람들은 숨도 거의 쉬지 않는 상태였다. 딱히 정령왕이란 존재가 공포의 대명사인 것도 아닌데 뭘 저리 기겁하는 건지 모르겠다. 혹시 인간들 사이에 내가 모르는 속설 같은 거라도 있나? 정령왕을 알아보면 죽는다거나, 지옥으로 끌려 들어간다거나, 삼대(三代)가 저주를 받는다거나? 전부 말도 안 되는 생각이긴 한데 다들 지나치게 겁을 먹은 걸 보니 고심하지 않을 수가 없었다. 게다가 어째선지 알렉은 물론이고 알리사까지 굳은 것 같았다(시벨리우스도 그 정도까진 아니지만 뭔가 표정이 묘했다). 이것만큼은 그냥 넘어가기 힘들어서 나는 넌지시 알리사에게 시선을 주었다.

"왜 그래?"

"아, 아니. 엘 님 분위기가…… 또 그 느낌이라…….""

"그 느낌?"

"뭔가 두근두근한 느낌?"

그건 또 뭐지? 이해할 수 없는 표현이라 미간을 좁혔더니 알리사는 슬쩍 시선을 피했다. 아무래도 제대로 대답할 마음이 없는 것 같았다. 뭐, 나중에 다시 물어볼 기회가 있겠지. 일단은 화제를 바꿔볼 요량으로 나는 그쯤에서 시선을 돌렸다. 창밖을 넘어 어른거리는 횃불이 있는 곳을 집중하니 카메라 화면이 당겨지듯 그곳의 광경이 뚜렷하게 들어왔다.

"어디 보자. 군대 맞네요. 숫자는 기사만 한 삼백 명 정도? 제복을 입고 있는 걸 보니 근위대인가? 마법사에 일반 병사들도 있어요. 꽤 본격적인 규모인 것 같은데요?"

"……?"

내가 하는 말을 방 안의 일행들은 한동안 이해하지 못하는 듯했다. 마치 주문이라도 들은 것처럼 눈만 멀뚱히 깜빡거리는 그들을 향해 나는 창 쪽을 가리켜 보였다.

"저쪽 상황. 궁금했던 거 아니었어요?"

"아!"

그제야 화들짝 놀란 사람들이 제대로 된 반응을 보이기 시작했다. 못 박힌 듯 꼿꼿하던 자세가 한순간에 풀어지면서 각자 취하는 행동도 달라졌다. 특히 라온휘젠의 반응이 가장 빨랐다.

"지금, 마법사도 있다고 하셨습니까?"

본인이 마법사인 탓인지 그가 주목하는 부분도 그쪽이었다. 다급히 이어진 질문에 나는 고개를 끄덕이며 눈에 보이는 광경을 설명했다.

"검은 망토 로브 차림이고 허리에 굵은 띠를 두른 이들이 있어요. 스왈트에선 이런 복식은 주로 마법사가 하던데, 카터스는 다른가요?"

"아뇨, 같습니다."

"그럼 마법사들이 맞겠네요. 하지만 전부 다 진짜 마법사는 아
닌 것 같아요. 마력을 가진 이들도 있고, 없는 이들도 있거든요.
아, 그래도 가장 앞에 있는 사람은 마법사가 확실해요. 저 중에선
제일 강한 마법사겠네요."

"그가 어떻게 생겼습니까?"

"나이는 60대쯤 되어 보이고, 노인치고는 풍채가 좋아요. 회색
머리인데 이마가 조금 벗겨진 형태고, 갈색 눈동자네요."

"……다니엘."

돌연 라온휘젠의 눈빛이 형형해지는가 싶더니 그가 그대로 몸을
돌려 밖으로 나섰다. "전하!" 놀란 호위가 그를 따라 나가면서 자
리는 강제로 파장을 맞이했다. 너무 순식간이라 아무도 그를 말릴
틈이 없었다.

나는 어정쩡하게 남은 사람들과 함께 어리둥절한 시선을 주고
받았다. 황태자가 나간 방향을 안타깝게 바라보던 아셀이 나와
눈이 마주치자 허둥지둥 고개를 숙였다.

"그, 그, 인사가 늦었습니다. 죄송합니다, 저어, 저, 정령왕님을
뵙습니다."

"하하, 딱딱하게 뭐하는 거예요, 아셀. 그냥 편하게 대해요."

"하, 하, 하지만, 설마 정령왕이실 거라곤 상상도 하지 못해
서……."

"괜찮으니 예전처럼 대해요. 그냥 내 정체만 알았을 뿐이지 달

라진 건 하나도 없으니까요."

"그게 엄청 달라진 건데요……."

울상을 지으며 중얼거리는 말은 일부러 듣지 않은 척했다. 그때 아셀 옆에서 머뭇거리고 있던 세리엄이 조심스럽게 물어왔다.

"저기, 근데 정말로 여기서 저 먼 거리가 다 보이시는 겁니까? 사람 하나하나 구분할 수 있을 정도로요?"

"아아, 네. 그러니까 대답했겠죠……?"

고개를 끄덕였더니 그의 눈빛이 단숨에 선명해졌다. 머리에 전등이 달렸다면 이 순간에 불이 반짝 들어왔을 것이다. 굉장히 박력 넘치는 시선이라 그가 바짝 고개를 들이밀었을 땐 나도 모르게 움찔할 뻔했다.

"아까 마음만 먹으면 누가 어디에 있든 찾을 수 있는 것처럼 말씀하셨던 것 같은데. 혹시 이 자리에서 어디든 전부 다 보실 수 있는 겁니까?"

"음, 뭐…… 정령들이 있는 곳이라면요."

"그 말씀은?"

"내가 원할 때 그들의 시야를 공유할 수 있거든요."

"그러니까…… 당신이 정말 정령왕이라는 거죠?"

"네, 맞아요."

"진짜, 정말로 물의 정령왕인 겁니까?"

"아닌 것 같아요?"

"아, 아뇨. 의심하는 건 아닙니다. 그냥 왠지 믿어지지 않는 기분이라…….”

뭐, 그렇겠지. 일단 겉으로는 누가 봐도 인간처럼 보이니까, 정령이라고 해도 선뜻 와 닿는 기분은 아닐 것이다. 오히려 아셀처럼 흔쾌히 믿는 경우가 흔치 않은 걸 테지. 딱히 불쾌할 것도 없는 일이라 나는 그냥 어깨를 으쓱여 보였다. 그래도 호기심을 드러내는 걸 보니 이제 긴장이 많이 풀린 모양이다. 생각하던 거랑은 흐름이 조금 달랐지만 분위기 전환은 성공한 것 같아서 다행이었다.

“아, 근데 다니엘이면 알렉이 조사하려던 사람 아니에요? 현자 다니엘의 저택도 수색한다고 했었죠? 대체 누구기에 조사하는 건가 했더니 뭔가 있긴 한 모양이네요.”

“헉! 그, 그렇긴 한데…… 그걸 어떻게 아셨습니까?”

“계속 지켜보고 있었거든요.”

“……!”

“그런 의미에서 여기 수로는 안 돌아봐도 돼요. 내가 어제부터 계속 살펴봤지만 딱히 수상한 건 없었어요.”

설마 이런 대답이 나올 줄 몰랐다는 듯 다들 눈이 휘둥그레졌다. 쭉 담담하던 시벨리우스도 이번엔 얼굴에 당혹감을 드러낸 채였다.

“어제라니. 엘, 우리보다 먼저 와 있었던 거야?”

“아, 응. 이쪽으로 오는 것 같길래 먼저 와서 기다리고 있었지.”

“잠깐 들른 게 아니구나.”

날 응시하는 시벨리우스의 눈빛이 차분히 가라앉았다. 미리 와서 기다리고 있을 만큼 내게 중요한 용건이 있다고 판단한 듯했다. 딱히 틀린 말도 아니었기 때문에 나는 쓰게 웃었다.

"자세한 건 나중에 설명할게. 일단 지금은 황태자를 따라가 볼까? 저대로 보내기는 걱정되니까."

시야를 확대해서 살펴보니 황태자는 현관 쪽을 향하는 중이었다. 아무래도 그곳에 나와 있는 총장과 직접 대면할 생각인 듯했다. 이미 걸음으로 따라잡기엔 거리가 꽤 벌어져 있었기에 일행은 극단적인 지름길을 이용하기로 했다. 바로 눈앞에 있는 창문을 이용하기로. 3층에 해당하는 위치라 그리 낮은 건 아니었지만 해 본다면 해볼 만한 높이였다. 기사들은 각자 알아서 자력으로, 알리사와 아셀은 시벨이 각각 양옆에 끼고 뛰어내리는 걸로 간단히 해결했다. 나는 모두가 무사히 안착한 것을 확인하고 홀로 남은 세리엄을 돌아보았다.

"당신은 어떻게 할래요? 내가 도와줄까요?"

"아닙니다. 혼자 내려갈 수 있습니다."

의연하게 답한 것과는 달리 세리엄은 바로 내려가지 않았다. 한동안 창가에서 망설이던 그가 다음 순간 심각한 얼굴로 나를 돌아보았다. 역시 도움이 필요한 건가 했는데 이어진 건 예상과 다른 말이었다.

"근데 진짜 정령왕 맞는 거죠?"

"……."

정말 쓸데없이 철저한 성격이었다.

$*$ $*$ $*$

"아니, 그치만 너무 비현실적이잖습니까. 정령왕은 사료고 뭐고 알려진 정보가 거의 없는 미지의 존재란 말입니다. 유니콘처럼 허구의 대상으로 정의하는 정도는 아니라도 인간은 감히 접할 수 없는 신 같은 느낌이었다고요. 그런 존재가 바로 눈앞에 있는 것도 모자라서 같이 웃고 대화하고 생활까지 했다니 현실감이 들 리가 없잖아요."

내게 경고를 받고 의기소침해진 세리엄은 제 행동의 당위성을 주장하기 위해 필사적이었다. 다른 이들도 차마 대놓고 두둔하지 못할 뿐 동조하는 표정을 짓고 있었다. 알리사까지 물끄러미 응시하는 걸 보니 새삼 나에 대한 흥미가 짙어진 듯했다. 그런 시선은 저 멀찍이서 모습을 감춘 채 따라오고 있는 알렉과 기사들에게서도 느껴졌다. 귀찮았던 거지 딱히 그들의 호기심이 불쾌했던 건 아니었기 때문에 나는 가볍게 한숨을 내쉬었다.

"좋아요. 뭐가 그렇게 신기한데요?"

"그냥 다 신기한데, 그래도 가장 신기한 거라면…… 역시 정령인데도 모습이 뚜렷한 거랄까요? 제가 그동안 봤던 정령들은 죄다 형태가 반투명했거든요."

"정령왕은 여기서 구현하는 임시 육체의 완성도가 더 높아요. 일반적으로 정령은 이 세계에 간접적인 형태로 관여하게 되어 있지만, 정령왕은 예외죠."

"임시 육체? 그럼 지금 모습이 진짜가 아니신 겁니까?"

"모습이야 그대로긴 해요. 하지만 원래는 육체랄 게 없어요. 기본적으로 정령은 영체에 가까우니까."

"그, 그렇다는 건 눈에 안 보인다는 겁니까?"

"안 보이죠. 아까도 같이 있었는데 나 못 봤잖아요."

"네? 그때 저희랑 계속 같이 있으셨던 거였습니까? 다른 데서 지켜보시다가 공간 이동해서 오신 게 아니라?"

"같이 있었어요. 정확히 말하면 여러분이 그 방에 나타나기 전부터 그 자리에 쭉 있었죠. 모습을 드러낼 때 육체를 입은 것뿐이에요."

"허어……."

충격이 컸는지 세리엄은 연신 헛숨만 삼켰다. 내겐 이젠 일상이 돼서 별로 신경 쓰지 않았는데 평범한 사람들이 듣기엔 육체를 자유자재로 벗고 입는다는 게 꽤 파격적인 개념이었나 보다. 마찬가지로 놀란 표정을 숨기지 못하던 아셀이 머뭇거리며 입을 열었다.

"저어, 한 가지 여쭤보고 싶은 게 있습니다만."

"말해요."

"영체면 제 눈에는 보여야 하는 거 아니었습니까? 저는 아니더라도 시벨 님이라면 알아보셨어야……."

"아, 그거라면……."

"우리가 볼 수 있는 건 사령(死靈)이지. 자연체의 정령은 아무도 못 봐."

설명을 이은 건 옆에 있던 시벨리우스였다. 아셀의 눈이 휘둥그렇게 커졌다.

"네? 그런 겁니까?"

"정령은 영체이긴 해도 구조가 전혀 다르거든. 정령이 남기는 흔적이나 기운 정도는 유심히 살피면 우리도 볼 수 있긴 한데, 그런 걸 알아본다고 할 건 아니지. 정령계가 아닌 다른 세계에서 그들의 모습을 완벽하게 볼 수 있는 건 같은 정령들뿐이야. 신 중에서도 상급신 정도나 볼 수 있을걸?"

"그렇군요. 처음 안 사실입니다. 정말 신기하네요."

"너한텐 다행스러운 일이야. 넌 보였어도 사령과 정령을 정확히 구분하지 못했을 테니까. 인생이 더 고단했을 거야."

시큰둥한 말투에 그를 위하는 감정이 녹아 있다고 느낀 건 비단 나뿐만이 아닐 거다. 천천히 마음을 열어가고 있는 것 같더니 이제는 제법 곁을 내준 듯했다. 아셀이 쑥스러운 표정을 짓는 동안 세리엄은 열심히 무언가를 꺼내 들고 필기하고 있었다. 이렇게 어두운 중에, 그것도 이동하는 상태에서도 이 사실을 기록해야겠다는 열망을 숨기지 못하는 것 같았다. 원래 저렇게 부담스러운 성격이었나? 털털해도 기본적으로는 선을 지키는 사람이라고 생각했는데, 뭔가 캐릭터가 갑자기 바뀐 것 같았다. 내가 썩은 시선으로 바라보는 게 느껴졌는지 아셀이 대신해서 변명했다.

"죄송합니다, 엘 님. 세리엄 님이 평소엔 안 그러는데 뭔가에 한

번 집중하면 조금 집요해지는 경향이 있어서요."

"뭐, 아셀이 사과할 건 없어요. 좀 황당하긴 한데, 생각해 보니 마법사들은 다들 어딘가 하나씩 나사가 빠진 것 같은 구석이 있는 것 같네요."

그중 단연 최고인 건 라피스다. 제정신이 아니고서야 정령왕을 가두는 결계 따위를 시도할 리가 없으니까. 주문에 대놓고 새장이라는 단어를 넣었다는 점에선 가히 변태적이기까지 했다. 이러면 안 되지만 이제 마법사를 만나면 으레 그러겠거니, 편견의 시선으로 대하게 될 것 같았다. 그러자 혼이 나간 듯이 기록에 열중하던 세리엄이 당황하며 고개를 들었다.

"저기, 마법학에 기본적으로 연금술이 들어가긴 하지만 전 마법사는 아닌데요."

"그래요?"

"네, 저는 어디까지나 순수한 학자로서 학문적인 부분으로 연금술에 접근한 거라서요. 이론에 집중한 쪽이죠."

"하지만 당신한테서도 마력이 느껴지는걸요?"

처음엔 그걸 전사의 오러라고 생각했다. 사실 마법사의 마력이나 전사의 오러나 기본적으로는 같은 형태의 마나라서 곁에서 대충 보기엔 다 그게 그거 같다. 아마 본인이 학자라고 소개하지 않았다면 끝까지 살필 생각조차 안 했을지도 모른다. 생김새가 워낙 대놓고 전사여야 말이지. 그의 근육 가득한 체형을 보고 마법사를 먼저 떠올리는 경우는 거의 없을 거다. 하지만 작정하고 제대로 살피면 마나의 성질이 정확히 구분된다. 그가 지닌 건 확실히 마법사의 기운이었다. 내가 지적한 사실에 세리엄은 허를 찔린 표정을 지었다.

"아, 그게 뭐. 마법을 조금 배우기야 했습니다만…… 엄청 약할 텐데 그 정도의 수준도 알아보십니까?"

"대충은요. 근데 별로 약한 수준은 아닌 것 같은데요?"

"네?"

"마력의 양이 적기는 한데, 순도라고 해야 하나. 질이 꽤 좋아요. 그런 점은 여기 있는 황태자나 현자 다니멜이라는 사람보다도 뛰어난 것 같거든요."

"……!"

"혹시 배우다 중단한 거라면 본격적으로 정진해 보는 게 어때요? 그 정도면 같은 마법을 써도 얻을 수 있는 효율이 다를걸요? 마력의 양도 조금만 수련하면 확 늘어날 거고요."

물론 어디까지나 인간들의 기준으로, 내가 보기엔 다들 고만고만한 수준이긴 하다. 라피스에 비하면 아무것도 아니기도 하고. 하지만 굳이 그런 사실까지 알려줘서 상처를 줄 필요야 없겠지. 대수롭지 않게 건넨 말에 세리엄만이 아니라 라온휘젠의 눈도 휘둥그레졌다. 생각지 못한 사실을 알게 되어 놀란 건지 둘 다 당혹감을 감추지 못하는 모습이었다. 그런 그들을 아셀이 어딘가 미묘한 표정으로 응시하고 있었다. 세리엄은 민망한 듯 무안한 듯 멋쩍은 얼굴로 뒷머리를 긁었다.

"뭔가 그렇게 말씀하시는 걸 들으니 엘 님이 정령왕이라는 실감이 확 드네요. 그런 부분까지 파악하신다면 웬만해선 엘 님을 속이지도 못하겠군요?"

"음, 방심하지 않으면 그렇긴 하죠."

"방심하기도 하십니까?"

"아하하, 그야 뭐. 안 그럴 것 같은데 의외죠? 근데 오히려 더 방심하게 되더라구요. 보이는 게 많다 보니 뭐든 적당히 넘어가게 된다고 해야 하나."

그 과정엔 내 힘을 과신하는 점도 한몫했을 것이다. 그 방심이 일을 키웠고, 지금까지 내내 대가를 치르는 중이었다. 그리고 앞으로도 치를 것이 더 남아 있겠지. 다시 생각해도 입맛이 썼다. 하지만 가장 나쁜 건 이런 짓을 저지른 카류안, 그놈이다. 대체 그 하나 때문에 몇 명이 피해를 보는 건지. 애먼 엘뤼엔과 라피스가 고생하는 것도, 트로웰이 역소환 된 것도 전부 마음에 들지 않았다. 이 방법이 놈을 소멸시키는 것보다 편하다고 해서 참는 거지, 그런 게 아니었다면 진작 뒤엎자고 했을 거다. 대체 소멸진에 필요하다는 재료가 뭐길래 정화하는 방법이 더 쉽다는 건지 모르겠다. 원래 더러운 걸 깨끗하게 만드는 것보다 그냥 태워 버리는 게 더 간편하지 않나?

한창 속으로 투덜거리고 있는데 왠지 주변이 고요해진 기분이 들었다. 고개를 들었더니 분위기가 묘했다. 조금 전까지만 해도 날 편하게 대하던 이들에게서 다시금 겁먹은 기색이 느껴졌다.

"왜 그래요?"

"아뇨, 그게…… 엘 님은 표정이 사라지면 분위기가 엄청 달라지시네요."

"그래요? 날 잘 모르겠는데. 너희가 보기에도 그래?"

아무래도 이런 건 더 자주 접한 사람에게서 확인을 구하는 게 낫겠지 싶어 나는 알리사와 시벨리우스를 돌아보았다. 알리사는 냉큼 고개를 끄덕였다.

"무표정일 때도 그렇고, 가끔 의미심장하게 웃을 때도 그래. 갈수록 더 자주 보는 것 같아."

"으음, 그래? 정확히 어떤 느낌인데?"

"좀 날카롭고 무서운 분위기? 엘 님이 대단한 존재라는 걸 실감하게 되는 기분?"

이런, 혹시 또 본성이 나오고 있는 건가? 문득 스치는 자각에 절로 혀가 차였다. 돌이켜 보니 조금 전에 한 생각도 험악한 것 같긴 했다. 한동안 잠잠했던 상태라 이제 괜찮아진 줄 알았는데 나만의 착각이었다. 전엔 그래도 인지하는 게 빨랐는데 이젠 누가 지적하지 않으면 깨닫지도 못하는 수준이 되었나 보다.

이러다 성격이 더 나빠지면 어쩌지. 전보다 더 심해진 것 같다니 조심해야 할 것 같은데 대체 무슨 기준으로 튀어나오는 건지 알 수가 없으니 답답했다. 그나저나 확인을 구한 건 두 사람인데 한쪽은 아무런 반응이 없다. 고개를 들어보니 왠지 조금 굳어 있는 그의 모습이 보였다. 복잡한 표정을 짓고 있는 시벨리우스는 나와 시선이 마주치자 흠칫 놀란 표정을 지었다.

"시벨?"

"아, 음, 미안해, 엘. 그냥, 갑자기 조금 의문이 생겨서."

"의문?"

"······네가 싫어할 만한 생각이야."

그것만 들어도 시벨이 무슨 생각을 한 건지 알 것 같았다. 아마도 지금 내 모습에서 과거의 엘을 떠올린 거겠지. 한때 카노스가 흉내 냈던 '엘'의 모습을 회상해 보면 아무래도 내가 본성을 드러낸 성격 쪽이 그와 더 가까운 것 같긴 했다. 서운하지 않다는 건 거짓말이겠지만, 이젠 크게 상심할 정도도 아니라서 나는 가볍게 대답했다.

"상관없으니까 그냥 말해도 되는데."

"들으면 정말 기분 상할 거야."

"괜찮으니까 말해봐. 무슨 생각이었는데?"

"······엘이 왜 그곳에 있었을까, 라는 생각."

"어?"

이건 또 무슨 말인가 싶어서 눈을 깜빡였더니 시벨리우스의 얼굴이 더 찌푸려졌다. 고개는 날 향해 있는데, 생각에 잠긴 건지 초점을 잃은 시선이 어딘가 다른 곳을 부유하는 채였다.

"그 녀석이 한 말이 맞아. 환생은 말이 안 돼. 그냥 닮았다고 여기고 넘길 게 아니었어. 애초에 분리해서 생각해선 안 되는 거였던 거야."

"그 녀석? 그게 누군데? 지금 하는 말은 또 뭐고?"

"그렇잖아. 정령왕인 엘은 인간답고, 인간인 엘은 정령왕 같았어. 처음엔 벌어져 있던 차이가 점점 빠르게 좁혀지고 있어. 다른 게 아니라 어떤 경위에 의해 이어지고 있었던 거야. 내가 본 게 그 결과였던 거였어."

"저기, 시벨. 아까 전부터 네가 무슨 말을 하는 건지 하나도 모르겠어. 내가 알아듣게 얘기해."

"하지만 그럼 오히려 그게 더 문제야. 엘은 왜 거기 있었을까. 그때 엘은 찾을 게 있다고 했었어. 그러면서도 그게 뭔지 정확히 내게 말해 준 적은 없었지. 피한다는 느낌은 받지 못했는데 어쩌면 일부러 설명하지 않은 건지도 몰라. 그렇다면 그래야 할 이유가 있었을 거야. 그게 뭐였을까. 그리고 그건 대체 언제 일어나는 일일까."

두서없이 내뱉는 말만큼이나 시벨리우스는 혼란스러워 보였다. 내게 정보를 전하려는 목적보다는 본인 스스로 머릿속을 정리하려는 느낌에 더 가까웠다.

내가 이해하지 못하는 이야기를 다른 이들도 알아들을 리가 없어서 다들 당황한 표정이었다. 다행히 어수선한 분위기를 읽었는지 시벨리우스는 곧 정신을 차렸다. 그는 잠시간 신음을 삼켰다가 한결 차분해진 모습으로 나를 바라보았다.

"이상한 소리를 해서 미안해. 지금은 나도 너무 혼란스러워서 어떻게 말을 해야 할지 모르겠어. 조금 더 생각해 보고 결론이 나면 말해 줄게."

심각한 표정이 그답지 않게 박력적이었기에 나는 그냥 얼떨떨하게 고개를 끄덕일 수밖에 없었다. 처음부터 끝까지 따라갈 수 없었던 기묘한 대화가 그렇게 일방적으로 끝났다.

그 후로 다시 분위기가 평온해지고 잡담이 재개될 때까지 시벨리우스는 아무런 말도 하지 않았다. 침묵을 즐기는 건지, 아예 먹혀버린 건지, 침묵 그 자체가 된 듯한 그를 두고 보이지 않는 경계선이 그어졌다.

다행히 본래도 그는 대화에 즐겨 참여하는 편은 아니었기 때문에 다들 그리 신경 쓰지는 않았다. 나만이 그가 했던 말이 마음에 걸려 간간이 돌아보았을 뿐. 시선이 마주치기도 했지만 그때마다 시벨리우스는 애매하게 웃어 보이기만 했다.

비슷한 표정을 이미 안다. 소멸진을 언급했을 때, 어딘지 시선을 피하던 이프리트도 저런 표정을 지었었다. 나는 한숨을 삼키는 대신 주먹을 꾹 움켜쥐었다. 어차피 확인해야 할 부분도 있고, 아무래도 시벨리우스와는 조만간 제대로 얘기를 해봐야겠다. 애써 기분 탓이라고만 여겨왔는데 비슷한 불안감이 반복되니 확신이 섰다. 뭔가 나만 알지 못하는 일들이 일어나고 있었다.

거센 급류에 휘말린 것 같았다. 흘러가는 대로 떠밀리다 보면 어디로 종착하게 될지 아무도 모르는, 혼란한 표류의 한가운데였다. 정신을 바짝 차려야 했다.

2.

의미 없는 잡담을 나누는 동안 어느덧 언덕의 도입 부근에 이르렀다. 내려오고 있는 군대와 슬슬 마주칠 시점이었다. 예상대로 그리 오래 지나지 않아 불빛이 어른거리며 수많은 기척이 느껴지기 시작했다. 가장 먼저 나타난 건 말을 탄 무리였다. 선두에 선 몇 사람을 제외하고 그들 대부분이 한 소속임을 증명하는 같은 형태의 자줏빛 제복을 걸치고 있었다. 카터스 황족의 특징이라는 라온휘젠의 머리 색과 똑같은 색이었다. 그것만 봐도 그들이 황실 소속의 기사라는 점은 분명했다.

행렬의 맨 앞엔 대장으로 보이는 사람이 있었다. 나이는 삼십대 초반쯤 되었을까. 짙은 흑발에 푸른색 눈동자를 지닌, 전체적으로 꽤 과묵해 보이는 남자였다. 그를 발견한 아셀이 나직하게 신음을 흘렸다.

"정말로 근위대군요. 근위대장인 알마스너 경이 선두입니다."

"헐. 설마 그것까진 아니려니 했는데, 정말로……?"

뒤쪽에서 세리엄이 기함하는 소리가 이어졌다. 라온휘젠 역시 굳은 얼굴로 그를 응시하고 있었다. 그들 모두 근위대보다는 근위대장의 등장에 더 주목하고 있는 것 같았다. 그럴 수밖에 없는 게, 알마스너라고 불린 흑발의 남자는 그냥 척 보기에도 평범한 사람이 아니었다. 얼핏 느껴지는 기운이 소드 마스터인 카리브디스 공작과 견줘도 밀리지 않을 것 같았다.

"저 사람, 혹시 소드 마스터인가요?"

혹시나 해서 물었더니 예상대로 아셀이 고개를 끄덕였다.

"아인 폰 알마스너 후작입니다. 저래 보여도 70대인 노장이죠. 근위대의 상징 격인 인물로, 그 자체가 황실의 뜻을 대변하는 자이기도 합니다."

즉, 함부로 쓰지 않는 패라는 뜻인가. 그런 자가 움직였으니 다들 긴장할 만도 했다. 황제가 그만큼 강경한 뜻을 품고 있다는 소리였으니까.

이윽고 입술을 깨문 라온휘젠이 자리를 박차고 앞으로 나섰다. 미처 말릴 틈도 없이 순식간에 벌어진 일이었다. 당황한 우리도 서둘러 그 뒤를 따라갔다. 갑자기 나타난 일행에 놀란 말들이 앞발을 치켜세웠다. "누구냐!", "급습이다!" 사방에서 고함과 함께 병장기가 움직이는 소리가 울려 퍼졌다. 그 찰나의 시간, 근위대장이 놀란 표정을 짓는 것이 보였다.

"다들 멈춰라!"

그가 내린 명령에 사방이 빠르게 진정했다. 근위대장은 우왕좌왕하는 말을 진정시킨 후 훌쩍 안장에서 뛰어내렸다. 눈앞에 서 있는 이를 응시하는 그의 두 눈엔 동요가 가득했다.

"황태자 전하."

부르는 목소리에도 숨기지 못한 당혹감이 담겨 있었다. 그 순간 사위가 쥐 죽은 듯이 고요해졌다. 그제야 다들 갑자기 나타난 사람의 정체가 누군지 알아본 듯했다. 설마 황태자가 눈앞에 나타날 거라곤 생각하지 못했는지 모두의 얼굴에 경악한 표정이 떠올랐다. 라온휘젠은 그 모든 시선을 묵묵히 받아냈다.

"오랜만이오, 알마스너 경."

"전하께서 어떻게……."

"그건 내가 물어야 할 말이오. 지금 어딜 가는 길이오?"

"……."

담담하게 이어진 질문에 근위대장은 잠시 말을 잇지 못했다. 표정을 굳힌 그가 어떻게 대답해야 할지 모르겠다는 표정을 지을 때였다.

"아니, 이게 누구십니까? 황태자 전하가 아니십니까?"

행렬 틈에서 한 노인이 모습을 드러냈다. 검은 복장을 한 현자 다니멜이었다. 라온휘젠과 눈이 마주친 순간 그의 표정이 야비하게 번들거렸다.

"아니지. 어차피 곧 폐위될 분인데 이제 태자라는 호칭은 과분할지도 모르겠군요. 지금은 반역자라고 불러드려야 할까요?"

"지금 무슨 말을 하시는 겁니까!"

"감히 황태자 전하께 반역이라니요!"

발끈한 아셀과 호위기사인 다이가 반박했다. 물론 그들의 험악한 기세에도 다니멜의 표정엔 아무런 변함이 없었다.

"발뺌하셔도 소용없습니다. 이미 모든 정황이 드러났습니다."

"정황이라니……!"

"태자 전하의 방에서 모반을 도모한 문서들을 발견했습니다. 게다가 스왈트 제국의 대공에게 가서 제안을 하셨다지요? 군대를 지원해 주면 황제가 된 후에 제국의 남서부를 내어주겠다고 말입니다. 대공이 직접 그 사실을 알려왔습니다."

"……대공이 그렇게 말했다고?"

묵묵히 듣고 있던 라온휘젠이 낮은 목소리로 중얼거렸다. 아셀과 세리엄은 노골적으로 어이없다는 표정을 짓고 있었다. 그런 그들을 응시하는 다니멜의 시선은 상대적으로 여유로웠다.

"전하께선 모르셨겠지만 유카르테 대공과 나르젠 폐하는 젊은 시절 친분을 쌓은 관계이십니다. 그가 태자 전하의 동태를 주시하시는 게 좋겠다고 폐하께 염려의 전언을 보내왔습니다. 일단 제안을 거절하고 돌려보냈으나 전하가 포기하지 않고 황제를 찾아간 것 같다고 말입니다. 그간 쭉 같이 계셨던 걸 보니 그와는 이야기가 잘된 모양이시군요."

"아닙니다! 그런 일은 결코 없었습니다!"

참다못한 아셀이 크게 소리쳤다. 분노에 찬 그의 얼굴은 너무 흥분한 나머지 붉게 달아올라 있었다.

"전하께선 대공에게 그런 제안을 하신 적이 없습니다! 이건 전부 모함입니다!"

"그럼 지금까지 스왈트 제국에 계셨던 게 아니란 말씀이십니까?"

"그건……!"

"아니라면 대답해 보시지요. 태자 전하, 그간 황실엔 보고하지도 않으시고 아카데미를 떠나계셨지요. 지금까지 어디에서, 누구와 함께 계셨습니까?"

"……."

당연한 말이겠지만 라온휘젠은 아무 대답도 하지 못했다. 그가 그동안 스왈트 제국에 있었던 것만은 사실이었으니까. 황제한테 아무런 언질이나 허락 없이 다른 제국의 황제를 만난 건 확실히 의심을 살 만한 행동이었다. 이런 분위기에선 이사나와 같이 있었다고 한 즉시 사실을 인정하는 쪽으로 흘러갈 수밖에 없을 것이다. 반역의 목적이 아니라고 해 봤자 그걸 순순히 믿어줄 사람이 있을 리도 없었다.

'게다가 아예 관련이 없는 것도 아닌 것 같고.'

나는 근처에서 조용히 숨죽이고 있는 이사나의 기사들을 의식했다. 알리사와 시벨리우스야 자신의 의지로 따라왔다 쳐도, 그들이 함께한 건 이사나가 지시하지 않았다면 불가능한 일이었다. 둘 사이에 모종의 협력이 있다는 것만은 분명했다. 그래선지 라온휘젠도 딱히 변명할 말을 찾지 못하는 것 같았다. 거짓 사이에 진실이 섞이는 바람에 그 자체로 혐의가 기정사실화 된 상황이었다.

"어차피 전하께서 어떤 해명을 하시려 해도 별다른 의미는 없을 겁니다. 이미 히스 경의 밀서도 확보했으니까요."

다니멜의 말은 거기에서 끝나지 않았다. 이어진 내용에 라온휘젠의 눈썹이 크게 꿈틀거렸다.

"……히스의 밀서?"

"그렇습니다. 한때 전하의 호위기사였고, 전하께서 처리하신 바로 그 히스 경 말입니다."

누군가 했더니 라온휘젠이 데리고 다니던 호위 중 한 명을 말하는 모양이다. 보이지 않아서 이상하다고 생각했는데 죽었던 거구나. 게다가 황태자가 처리했다니, 내가 자리를 비운 사이에 무슨 일이 일어난 건지 모르겠다. 슬쩍 돌아보자 눈이 마주친 알리사가 고개를 빠르게 저었다. 죽은 건 사실이지만 라온휘젠이 한 일은 아니라는 것 같았다. 하지만 그 사실 자체가 그와 관련된 것은 분명해 보였다. 다니엘을 바라보는 라온휘젠의 눈빛이 이전보다 더 낮게 가라앉아 있었다.

"그는 날 암습하는 자들을 돕다가 실패하고 자결했소."

"제가 아는 바와 다르군요. 충직한 히스 경이 태자 전하의 모반 정황을 알게 되어 막으려 했던 거겠지요. 그래서 증거인멸을 위해 전하께서 그를 죽이신 것 아니시겠습니까?"

"하?"

"전하께선 그의 입을 막으셨다 여기셨겠지만 아쉽게도 히스 경은 죽기 전에 소임을 다했습니다. 그가 보낸 밀서가 제게 무사히 도착했거든요. 폐하께서 모든 기록을 직접 받아보셨습니다."

"기록이라……."

"그간 태자 전하께서 보인 수상한 행적들 말입니다. 스왈트 황제와 쌓은 과도한 친분은 물론이오, 아카데미 교수진과 학생들이 반역에 연루되어 있다는 증거들도 전부 포함되어 있습니다."

"……."

"히스 경에겐 감사할 따름입니다. 그가 아니었다면 지금 이 자리에 군대를 이끌고 나타난 사람은 저희가 아니라 황태자 전하 쪽이었을 테지요. 총장까지 모두 한통속이 되어 아들더러 아버지를 치라 부추기다니. 세상에 이런 천인공노할 일이 어디 있단 말입니까."

다니멜은 진심으로 안타깝다는 듯 고개를 절레절레 저었다. 아셀을 비롯한 우리 일행들만 할 말을 잃은 채 입을 벌리고 있을 뿐이었다. 라온휘젠 역시 그냥 가볍게 웃기만 했다. 이 상황이 웃겨서라기보다는 너무 황당해서 자기도 모르게 지은 표정인 것 같았다.

"……정말 기가 막히는군."

"어디 폐하께서 느끼셨을 상심만 하셨겠습니까."

태연한 대꾸에 라온휘젠의 눈빛이 사나워졌다. 다니멜은 그 시선에 기죽기는커녕 더 히죽 웃었다.

"폐하께선 크게 진노하셔서 반역자들을 일망타진하라 명령하셨습니다. 아카데미에 속한 모두가 오늘 그 반역의 대가를 치를 겁니다. 물론 태자 전하도 예외가 아니십니다."

그 말을 끝으로 무거운 공기가 내려앉았다. 라온휘젠은 아무 말도 하지 않았다. 그걸 패배의 뜻으로 받아들인 건지 다니멜의 표정이 한껏 의기양양해졌다.

"자아, 뭘 하십니까, 알마스너 근위대장! 반역자가 우리 눈앞에 있습니다. 당장 저자를 포박하고, 아카데미로 진격하여 악의 근원을 뿌리 뽑으십시오!"

한 손을 뻗으며 노래하듯 외치는 그의 모습은 마치 연극의 한 장면을 보는 듯했다. 그러나 그 말에도 근위대장은 아무런 움직임을 보이지 않았다. 황태자를 잡아야 한다는 사실이 마음에 걸리는지 선뜻 판단을 내리지 못하는 것 같았다. 망설이는 그를 보고 얼굴을 찌푸린 다니엘이 뭐라 더 말하려는데, 그보다 먼저 라온휘젠의 목소리가 이어졌다.

"알마스너 경, 회군하시오."

"……!"

"아무래도 뭔가 깊은 오해가 있는 것 같소. 혐의에 대해선 내가 직접 폐하를 찾아뵙고 전부 해명하겠소. 아카데미로 진격하는 건 거두시오. 내가 반역자라면 나만 데려가면 되는 일이오."

담담한 제안에 근위대장이 눈빛이 흔들렸다. 충분히 솔깃해하는 반응이었다. 어쩌면 그도 아카데미까지 치는 일은 과하다고 여기는 건지도 몰랐다. 그가 갈등하는 걸 느꼈는지 다니엘이 다급히 소리쳤다.

"들을 가치가 없는 말입니다, 알마스너 대장! 폐하께선 아카데미의 진압을 명하셨습니다!"

"아니. 학생들은 전부 무고하고, 나와 아무런 관련이 없소. 게다가 내가 정말 반역을 하려 했다면 이렇게 그대들 앞에 나와 있을 것 같소?”

“궤변입니다! 이미 모든 증거가 낱낱이 드러났음을 근위대장도 같이 들으셨잖습니까!”

“이대로 아카데미로 진격한다면 경은 그 손에 무고한 피를 묻히 게 될 뿐이오. 아카데미엔 외국에서 온 귀족들도 많다는 걸 경도 알고 있을 거요. 폐하께선 지금 분노에 잠시 눈이 머셔서 돌이킬 수 없는 일을 벌이려 하시오. 그걸 막을 수 있는 건 알마스너 경뿐 이오. 이대로 나만 데리고 회군하는 것으로 충분하오.”

다니멜과 라온휘젠의 말이 번갈아 이어졌다. 그 사이에서 결정 을 내리지 못한 근위대장이 잠시간 침묵했다. 그가 판단을 내리기 까진 그리 오래 걸리지 않았다. 이윽고 단호한 얼굴로 고개를 든 근위대장이 대기 중인 군대를 돌아보았다.

“전군, 회군한다.”

“……! 근위대장! 지금 제정신입니까!”

경악한 다니멜이 두 눈을 한계까지 부릅떴다. 근위대장은 그 모 습을 모른 척하기로 한 것 같았다. 그는 다니멜 쪽은 아예 돌아보 지 않은 채 라온휘젠을 향해 허리를 굽히고 정중히 말했다.

“황성까지 모시겠습니다.”

“…….”

돌아가는 상황에 당황한 건 정작 라온휘젠 역시 마찬가지였다. 눈앞에 트이는 길을 보고서도 그는 한동안 그 자리에 못 박힌 것 처럼 움직이지 못했다. 설마 근위대장이 정말로 회군을 결정하리라곤 생각하지 않았다는 얼굴이었다. 아무래도 황제의 직속 산하에 속한 사람이니, 내심으로는 당연히 다니엘의 뜻을 더 우선할 거라고 여긴 건지도 몰랐다.

"태자 전하?"

"아."

이어진 음성을 듣고서야 라온휘젠이 천천히 숨을 토해냈다. 드디어 현실을 인지한 듯 하얗던 얼굴에 혈색이 감돌았다. 그는 잠시 숨을 고른 후 근위대장이 이끄는 대로 걸음을 옮기기 시작했다. 그제야 긴장하고 있던 아셀과 다른 일행들도 모두 안도의 숨을 내쉬었다. 어찌 됐든 당장 급한 불은 끈 셈이었다.

"이게 무슨 짓이오, 근위대장! 이대로 회군하면 반역이오! 이건 반역이란 말이오!"

돌아서는 근위대장의 등 뒤에서 다니엘이 창백한 얼굴로 외쳤다. 비명 같은 절박한 목소리가 산 안을 가득 채웠다. 그러나 근위대장은 대수롭지 않게 대꾸했다.

"작전권은 전부 내게 있소. 모든 책임은 내가 질 테니 다니엘 님도 내 결정에 따라주시오."

"……큭! 이 순간을 후회하게 될 거요! 폐하께 이 모든 사실을 낱낱이 고하겠소!"

군을 통솔하는 이가 강경하게 나오니 더는 어찌할 수 없었는지 다니엘은 이를 갈며 몸을 돌렸다. 직후 그는 바닥에다가 무언가를 열심히 그리며 주문을 외우기 시작했다. 아마도 공간 이동 마법을 쓰려는 것 같았다. 슬쩍 살펴봤더니 저절로 좌표가 읽혔다. 황성 쪽으로 이동하는 마법진이었다.

'정말 황제한테 이르러 가는 건가.'

어이없어하는 동안 다니멜의 모습이 눈앞에서 사라졌다. 혹시나 해서 기척을 끝까지 주시했는데 역시나 황성 쪽으로 이동한 것 같았다. 그가 사라지고 난 후 침묵이 내려앉은 자리에 라온휘젠은 어색한 표정을 감추지 못했다.

"알마스너 경, 나는……."

"염려하지 마십시오."

"……!"

"저는 태자 전하가 아주 어리실 때부터 지켜봐 왔습니다. 태자 전하의 성품은 누구보다 제가 제일 잘 압니다."

내내 무뚝뚝하던 근위대장의 얼굴에 부드러운 미소가 떠올랐다. 안심하라는 뜻을 분명히 전달하는 표정이었다. 라온휘젠은 천천히 눈을 깜빡이다 곧 시선을 내리깔았다.

"……고맙소."

달싹이는 입술 사이에서 희미한 목소리가 흘러나왔다.

"전하의 곁에도 좋은 분들이 있잖습니까."

"전하께서도 먼저 알아봐 주시는 것부터 시작하시면 어떻겠습니까?"

그 일련의 과정을 지켜보면서 나는 알렉이 그에게 했던 말을 떠올렸다. 아마도 같은 걸 떠올린 듯, 라온휘젠의 눈동자도 깊어져 있었다. 많은 것들을 자각하고, 수많은 감정을 실감한 눈빛이었다.

문득 하늘을 바라보니 두 개의 별이 보였다. 수놓은 것처럼 흩뿌려진 별의 운무 속에서도 유독 밝은 별들이었다. 한쪽의 빛이 좀 더 밝아지면 다른 쪽도 기운을 얻는 것처럼 덩달아 밝아졌다. 그 모습이 마치 함께 독려하며 성장하는 것처럼 보였다. 그중 하나의 빛이 라온휘젠의 길을 비추고 있는 것 같았다.

앞으로 어떤 일이 일어나든, 그의 삶은 이전과는 다른 방향으로 나아갈 거란 예감이 들었다. 그건 분명 좋은 쪽일 터였다.

3.

라온휘젠이 가장 앞쪽으로 나서면서 회군이 본격적으로 시작됐다. 빈틈없이 꽉 찬 무리 사이에 그가 걸어가는 방향대로 길이 트이는 광경은 그 자체로 하나의 장관이었다. 양옆으로 갈라진 군대가 들고 있는 횃불이 표시등처럼 그가 가야 할 길을 안내하고 있었다. 나와 다른 일행들 역시 적당한 간격을 유지한 채로 그 길을 뒤따랐다.

"으으, 왠지 긴장돼."

황성까지 거리를 가늠해 보고 있는데 한껏 고개를 숙인 알리사가 작은 목소리로 속삭였다. 아무래도 행렬 한가운데를 지나는 것이다 보니 지켜보는 시선이 많을 수밖에 없었는데, 그게 부담이 되는 모양이었다. 슬쩍 돌아봤더니 아셀과 세리엄도 분위기에 압도된 듯 전에 없이 긴장한 얼굴을 하고 있었다. 하긴 그들은 다른 의미에서도 이 상황이 편하진 않을 터였다. 황제와 만나서 이야기가 잘 풀리면 좋겠으나, 그게 아니라면 꼼짝없이 반역죄를 뒤집어쓸 테니까.

만약 그런 일이 벌어지면 일단 도와주긴 해야겠지? 시벨리우스 때문에 온 거긴 하지만 서로 알고 지낸 기간이 있는데 라온휘젠을 모른 척할 수는 없을 것 같았다. 진짜 반역을 저지른 것도 아니고, 누가 봐도 모함이라는 게 훤한 상황이라 더 그랬다.

'……게다가 대공도 관여한 것 같고.'

그러고 보니 그와는 언제 말을 맞춘 걸까. 설마 카터스 제국의 황제가 대공과 친분이 있을 줄은 몰라서 이 연결점이 조금 당혹스러웠다. 사라진 대공이 카터스 제국에 있을지도 모른다는, 언젠가 트로웰이 했던 말이 떠올라 더 찝찝한 기분이었다. 나르젠 황제에 대해서는 전혀 관심이 없었던 터라 황궁 쪽을 살피지도 않았다. 도착하기 전에 미리 내부 상황을 살펴볼까 싶을 때였다.

'응?'

돌연 공기가 부산해진다 싶더니 문득 주위에서 미묘한 움직임이 느껴졌다. 뒤따르고 있는 군대 안에서 산만한 흐름이 읽혔다. 한

무리가 슬그머니 행렬에서 이탈하고 있었다. 후드를 뒤집어쓴 차림도 그렇고, 분위기를 봐도 여러모로 근위대 소속은 아닌 것 같았다. 모든 병사가 다 근위대장의 사람은 아닐 테니 어쩌면 다니멜에게 속한 무리일지도 몰랐다. 라온휘젠을 칠 작정이라면 방심하고 있는 지금이 기회일 것이다. 공격해 올지도 모른다 싶으니 몸에 절로 힘이 들어갔다. 다행히 기습할 예정은 없었는지 그들은 그저 다른 곳으로 묵묵히 이동하기만 할 뿐이었다. 그런데 그 방향이 아카데미 쪽이었다.

'……이런. 회군 명령을 무시하고 그냥 진격하려는 건가?'

목적이 너무 선명해서 소름이 돋았다. 설마 아예 대장의 명령을 어기는 쪽으로 갈 줄이야. 다들 얌전히 회군하는 분위기였던지라 이런 돌발 행동에 대한 건 미처 생각하지 못했다. 낭패감에 얼굴이 굳어지는데 한 가지 의문이 머릿속을 채웠다. 어차피 라온휘젠이 자발적으로 황궁에 가는 상황이었다. 그런데 왜 굳이 이렇게까지 하는 거지? 혹시 황제가 그들에게만 따로 내린 명령이 있는 건가? 근위대장이 이런 결정을 내릴 거라는 걸 미리 짐작하고 조치해 둔 걸까?

'어쨌든 이럴 때가 아니지.'

이대로면 라온휘젠의 누명이 벗겨지더라도 참사가 일어날 판이었다. 근위대장에게 상황을 알릴까 싶었지만 곧 생각을 바꿨다. 워낙 은밀한 움직임이라 아직 아무도 이 상황을 눈치채지 못하는 중이었다. 그렇지 않아도 다들 긴장한 상태인데 이 와중에 명령에 불복하는 이들이 있다고 하면 괜히 일만 더 복잡해질 게 뻔했다. 순순히 믿지도 않을 것 같고, 소드 마스터도 느끼지 못한 기척을 내가 어떻게 알아차렸는지 설명하기도 곤란했다. 지금은 조용히 행렬을 이탈하는 무리가 막상 발각되면 어떻게 나올지도 짐작하기 어려웠다. 그들에게 동조해 회군에 항거하는 자들이 더 나올지도 몰랐다. 결국 선택할 만한 방법은 하나뿐이었다. 내가 알아서 그들을 조용히 처리하는 것.

"미안, 나 잠시만 자리 좀 비울게."

"엘, 어디 가려고?"

"들를 곳이 있어. 금방 다시 올 테니까 먼저 가고 있어."

의아하게 바라보는 시벨리우스에게 웃어준 다음, 나는 곧장 병사들 쪽에 섞여 행렬을 빠져나왔다. 공간 이동을 하면 소란이 일지도 몰라 도보를 택하는 대신 기척을 최대한 죽였더니 다들 내가 자리에서 이탈하는 걸 인지하지 못하는 것 같았다. 어느 정도 적당히 멀어진 후엔 형체를 아예 벗고 빠르게 아카데미 쪽으로 날아갔다. 본성이 깨어난 상태라 그런가, 적을 상대한다고 생각하니 머릿속이 지나치게 차가워졌다.

'어쩔까. 가장 간편하게 처리하려면 역시 전부 죽이는 게 낫겠지. 아니, 잠깐. 그건 너무 극단적이잖아. 좀 온화한 방법을 쓰자. 몸에 있는 수분을 전부 날려버리면…… 젠장, 이게 죽이는 거랑 뭐가 달라?'

자꾸만 생각을 장악하는 잔인한 충동과 싸우는 동안 아카데미로 향하는 무리를 순식간에 따라잡았다. 가까이서 본 그들은 후드를 쓴 것만이 아니라 복면까지 하고 있었다. 체형은 전부 달라도 정교하게 단련된 기세가 느껴지는 것만은 같았는데 다들 살기가 너무 짙었다. 근위대가 아닌 건 정말 확실하고, 평범한 무인도아닌 것 같았다. 대체 정체가 뭘까 고심하고 있는데 그중 대장으로 보이는 자가 지시를 내리는 소리가 들렸다.

"계획이 조금 틀어졌지만 우리가 해야 할 일은 같다. 교수들은보이는 대로 죽이고, 아이들은 전부 생포한다. 행여 상처가 나지않게 조심하라고."

묵직한 음성에 따르는 이들이 고개를 끄덕였다. 그 말만 들으면 그들의 목표는 교수진의 처리고, 처음부터 학생들까지 죽일 생각은 없어 보였다. 황제가 미치지 않고서야 그게 당연한 거긴 한데(교수들을 죽이려는 것도 정상은 아니지만) 왠지 느낌이 개운하지 않았다. 특히 '상처 나지 않게 조심하라'는 부분이 마음에 걸렸다. 보통은 이럴 때 다치지 않게 하라고 하지 않나? 그냥 표현의 차이일 뿐인가? 게다가 계속 들어보려니 대화가 점점 더 이상했다.

"1조가 공격하고 학교에 불을 질러라. 그 사이에 2조가 애들을빼돌린다. 이동 스크롤은 전부 챙겼겠지?"

"물론입니다."

"좋아. 명단에 들어간 놈들은 이미 다들 확인해 놨을 거다. 그놈들은 특별품이니 특히 더 신경 써야 한다는 것 잊지 말고. 늘 그랬듯이 이동하자마자 시작하도록 해."

"예!"

'명단? 특별품이라니?'

뭐야, 이제 보니 교수진을 없애려는 목적도…… 아닌 건가?

빼돌린다는 말도, 특별품이니 뭐니 마치 아이들을 물건으로 취급하는 듯한 표현도 하나같이 귀에 밟혔다. 어째선지 이 대화의 끝을 이미 알 것 같다는 생각이 들었다. 그건 결코 인정하고 싶지 않은 사실이기도 했다. 그리고 불길한 예감은 어김없이 맞아 떨어졌다.

"여차 싶으면 그냥 죽여서 심장만 척출해라."

"……!"

나도 모르게 훅하고 숨을 삼켰다. 자연체의 상태라 아무에게도 들리지는 않을 테지만, 설령 들었다 해도 상관없을 만큼 아무런 생각도 나지 않았다. 그저 조금 전 대장인 남자가 한 말만 귓가를 빙빙 맴돌았다. 그동안 그는 동료들에게 작은 포대를 하나씩 나눠 주고 있었다.

"도려낸 심장은 최대한 빠르게 이 안에 담으면 된다."

"이게 뭡니까?"

"특별히 마법으로 가공 처리한 자루다. 이 안에 넣으면 몇 시간 정도 살아 있는 상태가 유지된다는군. 그 상태에서 정화 의식을 치르면 효과도 똑같다는 모양이야."

"헤, 신기하네요. 이 자루가 몸의 역할을 하는 셈이군요? 여분은 더 없습니까? 다 이걸로 옮기면 편할 텐데."

"아쉽게도 지금 나눠준 것뿐이야. 재료를 구하기가 힘들어서 더 만들 수 없었다더군. 한 자루에 하나씩밖에 넣지 못하니까 신중하게 사용하도록. 정말 급한 순간에만 써야 할 거다."

"할 수 없네요. 주의하겠습니다."

'미친.'

질문이고 대답이고 하나같이 정상적인 게 없다. 주먹을 움켜쥐려는데 손이 덜덜 떨렸다. 아무리 외면하려고 해도 한 가지 결론밖에 나지 않았다. 생포, 정화 의식, 심장. 여기까지 들었는데 바보가 아니고서야 저들의 목적을 모를 수가 없었다.

'……아카데미 학생들을 악신의 제물로 삼으려고 한 거였어.'

목 안에서 쓴 물이 넘어오는 것 같았다. 학교는 예전부터 대공이 노리던 장소긴 했다. 연령이며 신분에 능력까지, 제물에 걸맞은 조건을 갖춘 이들을 구할 수 있는 곳으로 이만큼 합당한 장소는 없을 것이다.

반역을 진압한다는 말도 안 되는 명목이 들이 밀어질 때부터 의심했어야 하는 건지도 몰랐다. 그래도 설마 그것만큼은 아니리라 믿었다. 마신관도 아니고 카터스의 황제가 주도하는 일이었으니까. 아들이 반역했다는 의심에 분노한 나머지 이성을 잃은 거라고만 생각했다. 악신을 만들기 위해 산 제물을 모은다는 것보단 차라리 그게 상식적이잖아.

정말 대공이 이곳에 있는 건가. 카터스의 황제도 이 끔찍한 일을 돕고 있었던 거야? 제국의 자부심인 아카데미를 하루아침에 잿

더미로 만들고, 죄 없는 아이들을 처참하게 죽이고, 그걸 제 아들인 황태자에게 전부 뒤집어씌우면서까지?

'아, 황태자!'

순간 미치는 생각에 나는 황급히 황성 쪽을 돌아보았다. 만약 황제가 정말 이 일을 주도하고 있는 거라면 애초에 반역의 명분은 핑계에 불과했다. 어떤 해명을 하더라도 라온휘젠은 무사하지 못할 것이다. 때마침 그 생각을 읽기라도 한 것처럼 관련 잡담이 이어졌다.

"근데 설마 이 시점에 황태자가 나타날 줄은 몰랐네요. 대체 언제 돌아왔을까요? 오늘 오후에 파악했을 때만 해도 없었는데 말입니다."

"뭐, 그쪽은 내버려 둬. 알아서 죽을 자리 찾아왔는데 황제가 어련히 처리하겠지."

"하긴, 지금 황태자에겐 황궁이 가장 위험하죠. 근데 근위대장도 같이 가서 어쩝니까? 애초에 그자가 걸리적거려서 핑계를 만들어 내보낸 거였잖습니까."

"시간은 충분히 벌었으니 지금쯤이면 상관없을 거다. 차라리 우리에겐 더 잘됐어. 눈치가 빠른 작자라 안 그래도 끝까지 속일 수 있을지 자신 없었는데 말이야. 머리 굴릴 필요 없이 속행하면 돼."

"그것도 그렇네요. 그가 황궁에 도착할 때쯤이면 우리 쪽도 끝날 테니 그자는 이동만 하다가 시간을 다 버리겠군요."

"하하, 그런 셈이지. 여하튼 이번 일만 성공하면 모든 게 끝난다. 다들 조금만 더 힘내자고. 일리야를 위하여!"

"일리야를 위하여!"

건배를 들듯 구호를 외치는 자들의 모습은 경쾌했다. 지금부터 무고한 아이들을 죽이러 가는 이들의 모습이라곤 생각할 수 없을 정도였고, 그래서 더 혐오스러웠다. 가슴 안이 점점 차게 식어가는 데 이게 본성 탓인지, 내가 지금 너무 화가 난 탓인지 구분을 할 수가 없었다. 아마도 둘 다 해당하겠지만. 반면에 머리는 유난히 맑아지는 것 같았다. 그래선지 평소엔 잘 눈여겨보지 않던 부분들이 시야에 들어오기 시작했다. 예를 들면 그들의 몸에 덕지덕지 붙어 있는 사념 같은 것들 말이다.

처음엔 옷에 얼룩이 진 건가 했는데 자세히 보니 그게 아니었다. 사람에겐 잘 붙지 않는 건데 저렇게 될 정도면 대체 얼마나 많은 죄를 저지른 건지 모르겠다. 아마 그들은 자신이 얼마나 더러운 상태인지도 알지 못할 것이다.

"더러운 건 빨아야지."

혼잣말로 중얼거리는데 어느 순간 빗방울이 떨어졌다. 내가 무의식적으로 먹구름을 일으킨 모양이었다. 갑자기 떨어지기 시작하는 빗줄기에 출발하려던 이들이 혀를 찼다.

"아니, 이게 웬 비야?"

"일을 서둘러야겠어."

허둥거리던 그들이 달려나가다가 문득 멈춰 섰다. 당연한 일이었다. 조금만 자리를 벗어나도 비가 오지 않는다는 걸 깨달았을 테니까. 그들이 어리둥절해하는 동안 나는 천천히 형체를 드러냈다. 때마침 대장인 남자가 주위를 둘러보다가 나와 시선이 마주쳤다. 놀란 듯 눈을 크게 뜬 얼굴에 천천히 경악이 서리는 것을 보며 나는 희미하게 웃었다.

"다들 체험해 볼까요? 신나는 수로 탐험."

4.

아주 어릴 때 물에 빠진 적이 있다. 그리 거창한 장소도 아니고 그냥 평범한 목욕탕이었다. 일어서면 허벅지밖에 오지 않고, 앉아도 목까지 잠기는 깊이에 불과한. 단지 유아에겐 머리가 다 잠기는 깊은 물이었을 뿐이다.

디딤돌 부분에 앉아 있었는데 형이 장난으로 잡아당기는 바람에 미끄러진 것이 모든 일의 시작이었다. 속절없이 물속에 집어 삼켜지는데도 아무도 내가 빠졌다는 사실을 인지하지 못했다. 그냥 아이들끼리 하는 잠수 놀이를 한다고 여긴 듯했다. 다행히 이상하다는 걸 알아차린 어른의 도움을 받아 곧 건져졌지만, 그 잠깐의 시간이 내게는 아득하리만치 길게 느껴졌다. 사방이 갑갑한데 아무리 노력해도 내 힘으로는 그 상태를 벗어날 수가 없었다. 그때 숨을 못 쉬는 공포를 처음 알았던 것 같다. 살았음을 인지한 후에는 눈이며 코며 아프지 않은 구석이 없었다. 너무 힘들어서 그때 아버지가 아무리 혼내도 울음을 멈추지 못했을 정도였다.

그런 경험을 했어도 딱히 물을 꺼린 적이 없는 건 내가 둔한 성격인 탓일까, 아니면 엘퀴네스였기 때문이었을까. 어쨌든 그날 덕분에 한 가지 사실만은 확실히 깨달았다. 인간의 몸은 아주 잠시만 공기와 멀어져도 고통을 느낄 만큼 약하다.

"우웨에엑!"

나는 질펀하게 물을 토하고 늘어지는 이십여 명의 인원을 가만히 바라보았다. 조금 전까지 운디네들의 안내를 받으며 땅 밑을 신나게 질주하고 온 이들답게, 다들 흠뻑 젖은 생쥐 꼴이 된 채였다. 그들 덕분에 생겨난 구덩이엔 그대로 물이 차서 거대한 샘이 만들어졌다. 다시 매장하자면 그럴 수 있지만 그냥 남겨두기로 했다. 사실 아직 다시 집어넣을지 말지 마음의 결정을 내리지 못했다.

"흐으으."

온몸의 구멍이란 구멍에서 물을 토해내는 듯한 이들 중에 정신을 온전히 차리고 있는 자는 없었다. 발밑에서 신음을 흘리며 꿈틀거리는 이들의 모습이 묘하게 비현실적으로 느껴졌다. 그걸 아무런 감정 없이 무심히 바라보고 있는 내 모습도.

원래는 그대로 바다까지 떠내려 보내려고 했었다. 그 시신의 일부조차 흔적도 남기지 못하도록. 폐 속에 물이 들어차는 고통을 실컷 맛보게 한 다음 저항하지 못하는 공포와 무기력 속에서 처참한 죽음을 맞이하게 할 예정이었다. 살려서 건져낸 건 마음이 약해졌기 때문은 아니었다. 그냥 문득 겁이 났다. 이대로 선을 넘어도 괜찮을지.

지금 나는 기로에 서 있었다. 지금까지 익히고 지켜왔던 규범에서 완전히 벗어날지를 결정하는 기로. 한 걸음만 더 내디더도 다신 이전으로는 돌아갈 수 없는.

내가 생각해도 본성이 살아난 나는 본래의 나와 다른 부분이 많았다. 물의 정령왕은 타고나길 냉정한 성격이라고 했다. 첫 만남의 순간 정령왕들이 날 조심스럽게 살피던 시선을 기억한다. 가볍게 건넨 인사 하나에 다들 눈이 휘둥그레졌을 만큼, 다들 노골적으로 내 행동에 당황했었다. 내가 인간으로 태어나지 않았다면 아마 처음부터 지금 같은 성격이었겠지. 그랬다면 모두와의 관계 또한 달라졌을 것이다.

엘뤼엔이 날 아들로 받아들인 것도, 지금 주위에 있는 이들이 날 좋아해 주는 것도, 내가 물의 정령왕답지 않게 어설픈 녀석이기 때문이었다. 언젠가 라피스도 그렇게 말했었지. 예전 성격이 더 취향이라고. 본성이 무의식적으로 드러날 때면 다들 내색하진 않아도 조금씩 긴장하는 것이 느껴졌다. 지금 이 상태가 그들에게 경계심을 불러일으킨다는 뜻이다. 그래서 타고난 본연의 나와 학습된 나 사이에서 늘 아슬아슬한 선을 지키고 있었다. 그런데 완전히 변해버린 나도 그들이 받아주려고 할까? 그 관계가 계속 예전 같을 수 있을까?

아니, 상대의 반응만이 문제가 아니었다. 나는 어떻지? 나도 여기서 더 변하게 되지는 않을까? 내가 모두를 더는 소중히 여기지 않게 되면, 그땐 어떻게 되는 걸까. 한 치 앞도 알 수 없다 보니 그런 일이 없을 거라고 장담하지도 못하겠다. 라피스가 툭하면 거지 같은 성격이라고 폄하하는 것도 그래서일지도 모른단 생각이 들었다. 그 녀석은 눈치가 빠르니까. 내가 깨닫지 못한 문제점도 먼저 파악했을 것이다.

"……진짜 거지 같네."

나직하게 토해낸 한숨에 축 늘어진 이들이 몸을 움찔 떨었다. 딱히 의식이 돌아온 건 아니고 무의식적인 반응인 것 같았다. 나는 다시금 찝찝한 기분으로 쓰러져 있는 자들을 돌아보았다. 사실 이들이야말로 더는 예전 같지 않았다. 숨구멍을 제대로 만들어 주지 않고 물속에서 계속 굴렸기 때문에 호흡이 멈춰 있던 시간이 길었다. 살아 있긴 하지만 다들 뇌가 망가진 상태였다. 치료까지 해 줄 마음은 없으니 깨어나도 앞으론 정상적인 생활을 하긴 힘들 것이다. 이 정도면 성에 차진 않아도 적당하다 싶었다. 적어도 더는 나쁜 짓을 하진 못할 테니까. 어차피 명계에 가면 지옥행일 게 뻔한데, 그때까지 잠시 유예기간을 두는 거라고 생각하면 참아주지 못할 것도 아니었다.

결정을 내린 후 나는 그들을 하나로 모아 근처에 있던 나무기둥에 묶어 두었다. 그러면서 대장으로 보였던 사람의 품을 뒤져 보니 안주머니에서 돌돌 말려 있는 마법 스크롤과 포대가 나왔다. 용도가 찝찝한 포대는 던져두고 스크롤만 펼쳐 보았다. 이동 마법이라고 했으니 제사를 지내기 위한 장소와 연결되어 있을 것이다. 어쩌면 대공과 카류안이 있는 곳을 알 수 있을지도 몰랐다.

그러나 막상 안을 보니 다니엘 때처럼 한 번에 좌표가 읽히지 않았다. 아무래도 일반적인 방법으로 만들어진 스크롤은 아닌 것 같았다. 마법진이 그려진 부분을 손가락으로 문질러 봤더니 싸늘한 감각이 일었다. 마족의 것과도 비슷하고 신력과도 비슷한 기운이 느껴졌다. 신력치고는 꽤 피 냄새가 짙은 게, 불쾌한 느낌이 더 강했지만.

'카류안, 그자의 힘일까.'

뒤를 돌아보니 멀찍이 떨어진 언덕 부근에서 아직 회군 중인 군대의 햇불이 보였다. 황궁에 도착하려면 시간이 좀 더 걸릴 것 같았다.

어떻게 할까. 손안에서 구겨지는 종이의 감촉을 느끼며 나는 조금 갈등했다. 이대로 스크롤을 찢으면 마법이 발동될 것이다. 좌표를 확인할 수 없다면 직접 가 보면 그만이다. 잠깐만 확인하는 정도는 그리 오래 걸리지도 않을 게 분명했다. 하지만…….

"유니콘부터 찾아."

"으음."

역시 지금은 원래의 목적에 충실한 게 좋겠지. 트로웰이 역소환이 되면서까지 한 당부였다. 굳이 무엇부터 하라고 강조한 건 어떤 상황에서든 그걸 최우선으로 두라는 뜻일 것이다. 이럴 때 단독행동은 하지 않는 게 좋을지도 모르겠다. 항상 모든 일은 방심한 순간에 터지는 법이니까.

계획이야 잠시 살피기만 하는 거라 해도 막상 이동한 후에 무슨 일이 벌어질지는 아무도 모르는 거다. 그쪽에서 발목이 잡힌 동안 시벨리우스에게 무슨 일이 생긴다면 평생 이 순간을 후회할 게 분명했다.

결국 나는 스크롤을 찢는 대신 다시 돌돌 말아두는 쪽을 택했다. 여차하면 언제든 쓸 수 있도록 일단 품속에 갈무리해 둘 때였다.

쿠웅!

"……!"

갑자기 밝은 빛이 터진다 싶더니 소음이 크게 울렸다. 놀라서 고개를 들자 뜻밖의 광경이 들어왔다. 나는 반사적으로 눈을 크게 떴다. 황궁 쪽에서 새빨간 빛이 피어오르고 있었다. 아무래도 큰 불이 난 듯했다.

뭐야, 이건 또 어떻게 되어 가는 거지? 아카데미에 불을 지르려고 하더니, 혹시 황궁 쪽에도 화재가 계획되어 있었던 걸까? 그러고 보니 근위대장을 일부러 내보내 놓고 뭔가 진행하려는 일이 있었던 것 같았는데, 그거랑 관계된 걸지도 모르겠다.

'이럴 줄 알았다면 물로 쓸어버리기 전에 정보부터 얻어낼 걸 그랬네.'

어쨌든 그리 좋은 전조는 아닌 것만은 분명했다. 이럴 때일수록 시벨리우스 옆을 지켜야겠다는 생각에 나는 일단 일행이 있는 곳으로 이동했다. 황궁의 상황을 살피는 건 그다음에 해도 늦지 않을 테니까. 도착해 보니 군대 쪽도 황궁에서 일어난 불을 발견하고 다들 패닉에 빠져 있는 상태였다.

"전하, 고삐를 단단히 잡으십시오!"

라온휘젠을 제 앞에 태우고 가던 근위대장이 힘차게 외치는 소리가 울렸다. 그 말과 동시에 그들을 태운 말이 앞으로 질주하기 시작했다. 다른 근위대 기사들도 속도를 높여 그의 뒤를 급히 따라갔다. 보행하던 병사들만 어찌할 바를 몰라 우왕좌왕하는 상황이었다. 나는 그 틈에 슬쩍 일행 옆으로 다가갔다.

"나 다녀왔어."

"엘!"

"엘 님!"

당황해하던 일행들이 나타난 나를 보고 눈에 띄게 안심한 표정을 지었다. 내가 딱히 든든한 타입이라고 생각해 본 적은 없는데, 등장만으로도 이렇게 반기니 대단한 존재가 된 것 같아서 기분이 조금 이상했다.

"엘, 황궁에 불이 난 것 같아."

"응, 나도 그거 보고 급히 온 거야."

고개를 끄덕여 준 다음 황궁 쪽으로 시야를 전개해 보았다. 불이 난 곳은 황성에서도 가장 큰 본궁이었다. 매캐한 연기가 꾸역 꾸역 쏟아지는 가운데, 불을 끄느라 분주한 사람들의 모습이 보였다. 그들 사이에서 다니엘과 황제로 추정되는 사람은 보이지 않았다. 어디까지 살펴봐야 하나 고심하고 있는데 옆에서 알리사의 걱정 섞인 목소리가 들려왔다.

"불이 엄청 크게 난 것 같아. 저기에 있는 사람들 괜찮은 걸까?"

"음, 일단 끌까?"

"엥? 어떻게?"

"……이렇게?"

나는 가벼운 손짓으로 먹구름을 일으킨 후 황궁 쪽에 폭우가 쏟아져 내리게 했다. 갑자기 내리기 시작한 비에 불을 끄던 사람들이나 황궁으로 달려가던 사람들이나 모두 아연실색한 얼굴로 동작을 멈췄다. 다른 곳은 멀쩡한데 그쪽에만 비가 몰아치니 당황스러울 만도 했다. 하지만 알리사와 일행들까지 놀란 표정으로 나를 바라보는 건 좀 이해가 되지 않았다.

"왜?"

"……아니, 가끔 엘 님이 정말 물의 정령왕이구나 싶을 때가 있어서."

"비를 내린 게 그렇게 신기해? 뭐, 날씨 변화는 잘 안 보여주긴 했지만."

"으으, 아니, 꼭 그래서만은 아니라……."

"그게 아니면?"

나를 천천히 훑어내리는 알리사는 조금 복잡한 표정이었다. 평소 내 본성이 드러날 때의 반응과 비슷해서 조금 긴장했다. 이상하다? 사람들이 다치도록 냉정하게 방관한 것도 아니고, 오히려 돕는 쪽이었는데 이번엔 왜 그러지? 혹시 나도 모르게 무신경했던 부분이 있었나 싶어 행동을 점검해 보려던 순간이었다.

"엘 님이 너무 멋있어!"

"……아?"

"아까도 말했지만 날이 갈수록 두근두근 수치가 강해지고 있다고! 예쁜 데다가 멋지기까지 하다니, 이건 반칙이야!"

"……."

무슨 소린지는 모르겠지만 일단 나쁜 뜻은 아닌 거 맞겠……지? 힐끔 돌아보았더니 다른 사람들까지 열심히 고개를 끄덕이고 있어서 더 머쓱했다. 괜히 뺨이 근질거리는 기분이었다.

"뭐, 멋지다니 고맙긴 한데. 그보다 말해 둘 게 있어. 애꿎은 피해를 줄이기 위해 불을 끄긴 했지만, 별로 좋은 선택은 아니었을지도 몰라."

"응? 왜?"

"여기 황제가 대공을 돕고 있었어. 조금 전 병사 중에 일부가 빠져나가서 아카데미 학생들을 제물로 잡아가려던 걸 내가 막고 온 참이거든. 대공이 어디에 있는지까진 아직 확인하지 못했는데, 그가 이 근방에 있다면 방금 그걸로 날 알아차렸을 거야. 긴장하는 게 좋을 것 같아."

"……!"

의아한 표정으로 듣고 있던 일행들이 그 말에 모두 숨을 멈췄다. 얼어붙어 있는 이들 중에서 가장 먼저 반응을 보인 사람은 아셀이었다.

"혹시 그자들이 누군지는 아십니까? 일리야는 아니었습니까? 몸에 크라제의 문신을 했을 겁니다."

"음, 거기까진 확인하지 않았지만 그런 구호를 외치긴 했던 것 같아요. 일리야를 위하여, 어쩌구."

"……정말로 그들이 아카데미 학생들을 제물로 넘기고 있었군요."

아셀의 얼굴이 창백해졌다. 그러고 보니 일리야란 이름이 낯익긴 했다. 처음 세리엄이 날 오해했을 때 일리야냐며 추궁한 적이 있었지. 그 이름 자체는 자애의 여신의 이름으로 먼저 접하긴 했지만, 아무래도 그쪽을 묻는 느낌은 아니었다. 그게 바로 오늘 내가 폐인으로 만든 이들이 쓰는 단체명인 모양이다. 그런데 정작 몸에 새긴 건 크라제의 문신이라니. 이름은 자애의 여신에게서 따오고 몸엔 지옥의 신을 새긴 건가. 척 봐도 근본 없는 사이비 집단이라는 것만은 알겠다.

대체 어떻게 아는 사이인가 했더니 아셀은 그들이 이전부터 아카데미에서 활동하던 신학회였다고 설명했다. 이곳으로 오는 내내 뭔가 수색하려는 분위기더니, 대공과의 연관성을 어느 정도 짐작하고 있었던 모양이다. 이사나가 기사들을 같이 보낸 이유를 이제야 확실히 알 것 같았다.

"그들이 병사들 틈에 섞여 있었다니. 정말로 황제 폐하와 대공이 손을 잡은 거군요. 그럼 혹시 지금 황궁에 난 화재도 대공과 관계있을까요?"

"거기까진 모르겠어요. 정령의 눈을 통해 살피는 건 시야에 한계가 있거든요. 그래도 황궁에서 뭔가 일이 벌어지고 있는 건 맞는 것 같아요. 안을 대충 살펴봤는데, 황제로 보이는 사람을 찾을 수가 없네요. 저곳에 진짜 없는 게 아니라면 볼 수 없도록 가려져 있다는 뜻이겠죠."

"······!"

"직접 가서 보면 정확히 알 수 있겠지만 난 최대한 여러분 곁을 떠나지 않을 생각이에요. 여러분도 내 곁에서 떨어지지 않았으면 해요. 특히, 시벨. 넌 더더욱 조심해 줘."

"어? 나?"

자신이 거론된 것에 시벨리우스가 뜻밖이란 표정을 지었다. 지금 일행 중에선 나를 빼면 그가 가장 강한 편이니 조심하라는 당부가 어울리지 않는다고 여긴 건지도 몰랐다. 나는 잠깐 고민하다가 그냥 솔직하게 말하기로 했다.

"실은 트로웰이 너와 관련해서 당부한 게 있었어."

"무슨······."

"네가 애매하게 깨어난 상태라 위험하다고 했어. 상황이 좋지 않아서 정확히 듣지는 못했는데, 카류안이 널 알아보면 안 된다는 느낌이었던 것 같아."

"……!"

"그런 의미에서 묻겠는데, 요즘 뭔가 이상한 점 없었어?"

내 질문에 시벨리우스의 표정이 심각해졌다. 전혀 영문을 모르겠다는 기색이 아닌 걸 보면 뭔가 짐작 가는 부분이 있긴 한 모양이었다.

"혹시 접신할 수 있게 되었다거나?"

"아니. 아직 그건 아냐, 엘."

"아직? 뭔가 있긴 하구나?"

"으음, 왠지 내가 접신하지 못하는 이유를 알게 되긴 한 것 같아서. 하지만 그게 해결된 상태는 아니야. 능력이 개방되진 않았어. 사실 어떻게 해야 해결되는 건지도 잘 모르겠고."

"흠, 그렇구나. 여하튼 뭔가 변화가 생기면 바로 말해 줘. 아무래도 그 능력이랑 관계된 것 같거든."

"응, 그럴게."

고개를 끄덕이는 시벨리우스에게 나도 고개를 끄덕여 준 후 나는 다른 일행들을 돌아보았다. 대화 내용이 진지했던 탓인지 다들 긴장한 표정이었다. 아셀이 다급하게 말했다.

"태자 전하가 먼저 황궁으로 올라갔습니다. 어서 그분을 쫓아가야 합니다."

"물론 그럴 거예요. 황궁 상황을 제대로 알아보긴 해야 하니까요. 바로 따라잡죠."

"근데 어떻게 따라잡아? 저쪽은 말을 타고 갔잖아."

너무나도 합리적인 알리사의 질문에 나는 뺨을 살짝 긁었다. 이럴 때 공간 이동 마법을 쓸 수 있다면 참 좋겠지만, 없는 능력이 갑자기 턱 생길 수는 없는 노릇이니까. 할 수 있는 선에서 최선을 찾는 수밖에 없겠지. 마침 아주 괜찮은 방법이 있었다.

"뭐, 이가 없으면 잇몸으로 때우면 되지."

"엉?"

"아니지. 그런 비유는 맞지 않겠네. 오히려 이쪽이 더 좋을 테니까."

뜻을 이해하지 못한 일행이 어리둥절해 하는 가운데, 난 설명하는 대신 행동으로 선보였다. 인원에 맞춰 시큐엘을 소환하는 것으로.

좌아악! 쏴아아—

공중에서 물줄기를 쏟아내며 나타난 여러 마리의 늑대의 모습은 아무리 조심하려 해도 눈에 띄지 않을 수가 없었다. 그 덩치가 산처럼 크고, 반투명한 형태였기에 더더욱. 덕분에 근방에 있던 병사들이 크게 기함하며 술렁거렸다. 일행들 역시 놀라서 멍하니 입을 벌리고 있었다. 나는 그 모습을 느긋하게 돌아보며 웃었다.

"시큐엘이 말보다 더 빠르거든."

5.

기세 좋게 달리긴 했지만 우리는 황궁에 도착할 때까지 근위대장과 라온휘젠의 모습을 볼 수 없었다. 시큐엘의 속도가 아무리 빨라도 출발 시각에서 벌어진 차이가 워낙 큰 탓이었다. 황궁 앞에 도착했을 땐 그들을 태우고 갔던 말들만 덩그러니 남겨져 있는 상태였다. 그 앞을 화재를 피해 몰려나온 사람들이 서성거리고 있었다. 쏟아지는 비를 하염없이 맞고 있던 그들은 시큐엘을 탄 채 나타난 우리를 보고 경악한 얼굴을 했다.

"태자 전하는 어디로 가셨습니까?"

"아, 안으로 들어가셨……."

아셀이 다급히 건넨 질문에 멍해 있던 사람들 중 한 명이 화들짝 놀라 대답했다. 그 말을 듣기 무섭게 뛰어들어 가는 아셀을 따라서 나와 다른 일행도 안으로 이동했다. 금방 진압한 덕분에 화재로 인한 피해는 그리 커 보이지 않았는데, 들어찬(정확히는 일부러 쏟아부은) 빗물 탓에 내부가 상당히 엉망이었다. 우리는 질퍽한 계단을 올라 역시나 푹 젖어 있는 복도를 달렸다. 목적지는 황제의 집무실이었다. 이 시각이면 황제가 정무를 보는 시간이니, 아버지를 찾으려는 라온휘젠이 그곳으로 향했을 거란 아셀의 짐작 때문이었다.

그 짐작은 맞아 떨어져, 우리는 곧 한 문 앞에 서 있는 라온휘젠과 근위대장의 모습을 발견할 수 있었다. 나머지 근위대원들은 다른 곳을 수색하고 있는지 보이지 않았다.

"전하!"

부르는 소리에 못 박힌 듯이 서 있던 라온휘젠이 반응을 보였다. 우리 쪽을 향해 고개를 돌린 그는 뭔가에 충격을 받은 듯, 전에 없이 안색이 창백한 상태였다. 그건 근위대장도 크게 다르지 않았다.

"전하, 무사하십니까?"

"아셀……."

아셀이 서둘러 달려가자 라온휘젠이 곧바로 손을 뻗어 그의 팔을 붙잡았다. 그제야 현실을 자각한 것처럼 천천히 숨을 내뱉는 모습이 어딘지 위태로워 보였다.

"아셀……."

"전하? 대체 무슨……."

이름을 부르기만 할 뿐 제대로 된 말을 잇지 못하는 라온휘젠을 걱정스럽게 살피던 아셀이 다음 순간 입을 다물었다. 그의 얼굴에서 점점 표정이 사라져 가는 것이 뚜렷하게 보였다. 나 역시 그가 바라보는 곳으로 시선을 돌렸다가 멈칫했다. 뒤쪽에 있던 일행이 일제히 헛숨을 삼키는 소리가 들렸다. 열려 있는 문 사이로 방 안의 광경이 한눈에 들어오고 있었다.

가장 처음으로 눈에 들어온 건 바닥이었다. 아무래도 이곳이 발화점이었는지 유난히 탄 부분이 많았는데, 눌어붙은 융단 위에 검붉은 액체가 고여 있었다. 한때는 살아 있는 것의 몸 안에 있었을,

생기를 잃어버린 피였다. 그 사이에 빗물이 섞이면서 복도까지 붉은 시내를 이루는 중이었다. 그 길을 따라가니 곧 사방에 쓰러져 있는 형체들이 보였다. 어림잡아도 열 구는 넘어 보이는 시신이 타다만 상태로 늘어져 있었다.

"……."

"……."

바늘이 떨어지는 소리도 울릴 듯한 침묵이 흘렀다. 그나마 가장 먼저 정신을 다잡은 건 나였다. 방 안으로 걸음을 옮기자 그제야 멈췄던 숨을 내뱉은 일행이 허둥거리며 따라오기 시작했다. 나는 가장 가까이에 있는 시신 앞에서 멈추고 상태를 살폈다. 엎어져 있는 몸을 똑바로 눕혀보는 것만으로 사인(死因)은 쉽게 알아차릴 수 있었다. 가슴 부근에 새카만 구멍이 나 있었다. 심장이 척출된 상태였다. 그것만으로도 충분히 참담한데 아셀이 중얼거리는 소리가 나를 더 대경실색하게 했다.

"드미트리 황자 전하……."

"……!"

맙소사, 이 시신의 정체가 황자라고? 놀라서 바라보았더니 아셀이 비통한 얼굴로 고개를 끄덕였다. "오 황자인 드미트리 님입니다." 충격을 고스란히 담아낸 목소리에서 떨림이 느껴졌다. 왠지 불길한 예감에 나는 다른 시신들도 돌아보았다. 죽은 황자와 비슷한 연령대의 남자와 여자가 서로 대중없이 섞여 있었는데 그들 전부 좋은 소재의 옷을 입고 있었다. 기분 탓인지는 모르겠지만 외모도 전체적으로 다들 닮은 것 같았다. 그러자 내가 한 생각을 짐작한 듯, 아셀의 목소리가 이어졌다.

"아무래도…… 전부 황자님과 황녀님들이신 것 같습니다."

"허……."

설마 했더니 역시나 전부 황족들이었던 모양이다. 황제의 집무실 안에서 발견된 황자와 황녀의 시신들이라니. 이 장소에 이들을 불러모을 수 있는 존재가 하나밖에 없어서 소름이 돋았다. 근위대장의 시선을 피해 뭔가 일을 꾸미고 있는 것 같더라니, 그게 이런 거였다고? 제 자식들을 악신의 제물로 내어주는 것? 어떻게 이런 일을 저지를 수가 있는 거지? 대공도 제정신이 아니라고 생각했지만 카터스의 황제는 그보다 더 미친 게 분명했다. 눈으로 보면서도 도저히 이 끔찍한 현실을 믿을 수가 없었다.

"황자와 황녀가 전부 몇 명이죠?"

"태자 전하를 제외하면 열네 명이십니다."

"열넷."

나는 대강 넘겨보았던 시신의 숫자를 빠르게 셌다. 남자가 여섯, 여자가 일곱 명이었다.

'한 명이 부족해.'

부족한 숫자가 있다는 게 다행이긴 한데, 남은 한 명이 운 좋게 화를 피한 건지 아닌지조차 짐작이 어려웠다. 그동안 비척비척 걸어온 라온휘젠이 천천히 내 옆에 몸을 굽히고 앉았다. 표정은 딱딱했지만 눈동자가 심하게 동요하고 있었다. 오 황자의 시신을 한

동안 빤히 살피던 그는 이어서 다른 시신들도 하나하나 눈에 담기 시작했다. 한참 동안 그렇게 방 안을 둘러보던 그가 이내 탄식하듯 긴 숨을 내뱉었다.

"……아드리스가 없군."

"아드리스?"

"이 황자입니다. 현자 다니멜이 그의 장인이 됩니다."

설명은 이번에도 아셀이 이었다. 열넷이나 되는 단 한 명만 화를 피했는데 그게 하필이면 다니멜과 이어진 황자라니. 그가 이 사태에 관여한 공범 중에 하나라는 건 굳이 짐작해 볼 일도 아니었다. 생존자가 없다는 말이나 다름없었다.

'그자들은 어디에 있는 거지?'

화재가 일어난 건 다니멜이 황궁으로 이동한 후였다. 기존 계획이 틀어지자 이쪽 상황을 은폐하기 위해 불을 지르고 달아난 게 분명했다. 내가 없었다면 근위대가 도착할 즘엔 황궁이 거의 다 전소했을 테니까. 시신을 발견해도 제사에 쓰였다는 증거는 남지 않았을 것이다. 어쩌면 이것 역시 전부 라온휘젠이 한 짓으로 뒤집어씌울 작정이었을지도 모르겠다.

설마 이렇게 빨리 불이 꺼질 거라곤 생각지 못했겠지. 그들이 상황을 지켜보고 있다면 지금쯤 꽤 당황했을 거다. 사태를 알아보기 위해서라도 알아서 기어 나올 가능성이 있었다. 물론 대공도 함께 있다면 내 존재를 알아차렸을 테니 섣불리 행동하진 않겠지만.

"태자 전하. 일단 여길 나가시는 게 좋겠습니다."

내가 주위를 살피는 동안 심각한 얼굴로 다가온 근위대장이 라온휘젠에게 권했다. 돌아가는 사태가 심상치 않다 보니 그를 대피시키는 게 좋겠다고 판단한 듯했다. 멍해 있던 라온휘젠이 그 말에 천천히 고개를 끄덕였다. 부축을 받아 일어선 그가 근위대장을 의지해 문을 나설 때였다.

"대장님!"

다급한 외침이 들린다 싶더니 복도 저편에서 근위대 기사들이 달려오는 것이 보였다. 그들을 바라보던 근위대장이 다음 순간 얼굴을 굳혔다. 이유는 곧 알 수 있었다. 근위대 뒤쪽에서 다니멜이 보이고 있었으니까. 게다가 그는 혼자도 아니었다. 바로 옆에 붉은 망토를 걸친 중년의 남자가 함께한 채였다. 처음 보는 사람이었지만 머리색이 낯익었다. 라온휘젠의 것과 같은, 카터스 제국 황족에게서만 나타난다는 선홍빛의 색깔. 현 카터스 황실에는 단 두 명만이 지니고 있다는 색이었다. 그것만 봐도 남자의 정체는 명백했다.

"폐하."

"알마스너! 이게 다 무슨 일인가!"

급히 예의를 취하는 근위대장에게 사나운 호통이 울려 퍼졌다. 빠르게 걸어온 황제는 라온휘젠 쪽을 잠시 노려보았다. 자신의 뒤를 이을 후계자를 바라보는 표정이 아니었다. 자신을 향한 뚜렷한 적의를 고스란히 느낄 텐데도 라온휘젠의 표정은 담담했다. 아직 충격을 떨치지 못한 탓도 있겠지만, 이미 이런 시선에 익숙한 것 같았다. 대신 그는 황제의 뒤쪽을 응시했다. 그곳엔 이사나의 또래로 보이는 소년이 서 있었다. 머리색은 달랐지만 얼굴만은 황제를 붕어빵처럼 닮아 있어 그의 정체를 짐작하기란 어렵지 않았다. 이쪽의 상황을 보며 조소하고 있던 소년—아마도 아드리스 황자일 그는 정작 라온휘젠과 눈이 마주치자 흠칫해서 시선을 피했다.

"수석 마법사에게 전부 들었다. 그대가 짐의 지시를 어기고 회군하다니 무척이나 실망스럽군! 게다가 황궁에 불이 나다니! 별궁에서 아드리스와 산책 중이었다가 소식을 듣고 얼마나 놀랐는지 아는가!"

"……지금까지 별궁에 계셨습니까?"

"그건 무슨 뜻으로 묻는 말이지?"

"무사하셔서 다행이란 생각으로 드린 말씀입니다. 아무래도 발화점이…… 폐하의 집무실로 보이는지라…….'

"집무실? 지금 거길 살피고 나오는 것인가?"

의아해하는 황제의 모습은 태연하기만 했다. 뻔뻔하게 나타났다 싶더니 이 상황을 모르는 척하기로 한 것 같았다. 너무 노골적이라 오히려 의도가 눈에 훤히 읽히는데, 그걸 감출 생각조차 안 하고 있었다. 황제인 자신을 감히 어쩌겠냐고 여기는 듯했다. 최상위 지배자다운 자신감이었고, 실제로 그렇다는 점에서 폭력적이기까지 했다. 그 정도로 명백한 걸 근위대장이라고 몰라볼 리가 없었다. 그는 석상처럼 굳어 있는 상태였다. 방 안을 살피려는 듯 앞으로 나서는 황제를 보고 근위대장의 표정이 더 굳어졌다.

"폐하, 정말 모르시는 일이라면 보지 않으시는 게 좋겠습니다."

"보지 말라니? 내 궁에서 짐이 몰라야 할 일이 어디 있단 말인가?"

"······충격을 받으실 겁니다."

"그런 일이라면 짐이 더더욱 알아야 하지 않겠나?"

코웃음을 친 황제가 그를 제치고 앞으로 걸어 나갔다. 이후의 전개는 뻔해서 굳이 짐작하고 말 것도 없었다. 헛숨을 삼키는 소리가 울려 퍼지더니 집무실 안으로 들어간 황제가 기함하며 튀어나왔다.

"이게 다 무엇이야!"

"폐하! 무슨 일이십니까!"

"근위대! 근위대는 지금 뭘 하는 건가! 아이들이 살해당했다! 황자와 황녀들이 모두 저 안에서······!"

채 다음 말을 잇지 못하는 황제의 모습에 다니엘과 이황자가 서둘러 안으로 들어갔고, 곧 찌를 듯한 비명을 내질렀다. 이 또한 질 나쁜 극의 한 장면처럼 작위적이었다. 그래서일까. 혼비백산하는 현장이 펼쳐지고 있는데, 그런 그들을 지켜보는 시선은 고요하기만 했다. 내 일행은 물론이고, 근위대장과 근위대 기사들의 표정도 무덤덤했다. 눈빛들이 전부 차게 식어 있었다. 그건 기만자를 바라보는 시선이었다. 이곳에 있는 모두가 돌아가는 상황을 파악하고 있었다. 단지 증거가 없는 데다가 상대가 황제이다 보니 뻔히 보이는 수에도 놀아날 수밖에 없다는 게 문제였다. 주먹을 움켜쥐고 있는 사람들 사이에서 나는 천천히 주위를 둘러보았다. 황제의 행동도 충분히 거슬렸지만 내가 신경 쓰이는 건 다른 부분이었다.

'대공은 여기에 없는 건가.'

아무리 집중해도 달리 기척이 느껴지지 않았다. 그가 선뜻 모습을 드러낼 거라 여기진 않았으나 막상 찾을 수 없으니 실망스러웠다. 어쩌면 아카데미 쪽에서 보내올 제물을 기대하고 그 장소에 가 있는 걸지도 모르겠다. 그렇게 생각하니 품에 넣어둔 마법 스크롤이 새삼 신경 쓰였다.

"이건 틀림없이 네 짓이렷다!"

그 사이 황제는 라온휘젠의 멱살을 붙잡고 있었다. 예상한 대로 그는 이 모든 상황을 황태자에게 덮어씌우기로 한 것 같았다. 당황한 근위대장이 나서서 말리려 했다.

"폐하, 고정하십시오. 태자 전하는 이 일과 아무런 관계가 없습니다! 도착하셨을 때 이미 이런 상황이었습니다."

"닥쳐라, 알마스너! 그대가 검을 바꿔 들었다는 것을 짐이! 내가 모를 것 같은가!"

"그게 무슨 말씀이십니까?"

"내 명을 어기고 태자를 도왔지 않은가! 아아, 그래! 알마스너, 설마 그대가 태자를 위해 계승권을 지닌 다른 아이들을 전부 죽인 건 아니겠지? 그런 후에 불을 질러 사실을 은폐하려 한 것인가!"

"아닙니다! 어찌 그런 오해를 하십니까! 저와 태자 전하는 화재
가 일어난 후에 황궁에 도착했습니다. 목격한 자들이 많으니 그들
이 증언해 줄 겁니다!"

"그건 차근차근 조사해 보면 알겠지! 여봐라! 태자와 알마스너
후작을 당장 냉궁에 가둬라! 이 끔찍한 일을 내 결코 그냥 넘어가
지 않을 것이야!"

"······!"

누가 봐도 억지스러운 명령이라도 그게 황제의 입에서 떨어지면
무게가 달라지는 법이다. 그러나 갑자기 돌아가는 상황이 당황스
러운 것만은 어쩔 수 없었는지 근위대는 명이 떨어진 후에도 바로
움직이지 못했다.

그러자 다음 순간 황제의 눈빛이 돌변했다. 아차 하는 사이에
그가 바로 옆에 있던 기사에게 달려들더니 그의 허리춤에서 검을
뽑아 들었다. 그대로 기사를 베어버리려는 걸 막아낸 건 라온휘젠
이었다. 그가 간발의 차로 황제의 팔을 붙잡은 덕분에 기사는 뺨
에 생채기가 남았을 뿐 무사했다.

"히익!"

잠시 멍하니 서 있던 기사가 뒤늦게 자신에게 무슨 일이 일어날
뻔했는지를 자각하고 숨을 삼켰다. 그리고 황제의 분노는 곧바로
라온휘젠에게 쏟아졌다.

"감히!"

둔탁한 소리와 함께 라온휘젠의 고개가 크게 돌아갔다. 황제가

검 손잡이로 그의 얼굴을 내리친 것이다.

"저, 전하!"

당황한 아셀이 거의 반사적으로 소리쳤다. 라온휘젠은 입술 부근을 가만히 문지르기만 했다. 꽤 심하게 터졌는지 붉은 피가 줄줄 흘러내리고 있었다.

"네가 감히 짐을 막았느냐! 알마스너까지 네 편을 들고 나서니 이제 눈에 뵈는 것이 없는 것이냐! 네가 진정 반역이라도 하려느냐!"

"그렇게 말씀하시는 걸 보니 폐하께서도 제가 반역을 저지른 게 아니라는 건 잘 알고 계시는군요."

"……네놈! 네가 감히 형제들을 다 죽이고도……!"

"전 아무도 죽이지 않았습니다."

"어디서 뻔뻔한 거짓말을!"

"오히려 제가 묻고 싶습니다. 왜 이런 짓을 하십니까?"

"뭐라?"

"대체 유카르테 대공에게 무엇을 약속받으셨습니까? 그게 폐하의 자식들을 다 죽여서라도 얻을 만한 가치였습니까?"

"네놈!"

황제가 다시금 라온휘젠의 멱살을 틀어잡았다. 거친 힘에 딸려 들어가면서도 라온휘젠의 표정은 변함이 없었다.

"태자는 뚫린 입이라고 함부로 지껄이지 말라. 네가 지금 짐을 능멸하려 하는구나!"

"전 합리적인 질문을 했을 뿐입니다. 또한 이 모든 사태에 연루된 자로서 대답을 들을 자격이 있다고 생각합니다."

"오만하구나, 태자. 짐은 네게 그런 자격을 내린 적이 없다!"

"아뇨, 폐하께선 답하셔야 합니다. 사람들은 바보가 아니고, 거짓은 영원히 진실을 이길 수 없습니다. 전 폐하가 정도를 지키시는 분이라 생각했습니다. 그 많은 황비를 들이신 것도 분란을 평화롭게 해결하기 위하심이 아니셨습니까?"

"……."

"폐하께서 갑자기 이러시는 걸 저는 도저히 이해할 수가 없습니다. 도대체 왜 이렇게 변하신 겁니까? 그래서 원하는 걸 얻기는 하셨습니까?"

"……원하는 것을 얻었냐고?"

그 순간 황제의 눈동자가 기괴하게 번들거렸다. 그래, 그건 정말 기괴한 빛이었다. 왠지 한기가 일어 무심코 팔을 문지르다 얼굴을 찌푸렸다. 온도를 느끼지 못하는 내가 한기라니, 아무래도 이상했다.

황제는 뭔가에 홀린 듯한 얼굴로 라온휘젠을 빤히 바라보고 있었다. 그가 멱살을 쥔 손 하나를 풀더니 라온휘젠의 얼굴을 건드렸다. 정확히는 다쳐서 피가 흐르는 부분을. 갑자기 다가오는 손길에 당황한 라온휘젠이 굳어 있는 동안 황제는 세상 다정한 얼굴로 그의 피를 닦아냈다. 거기까진 그러려니 했는데 이어지는 다음 광경에 얼굴이 절로 찌푸려졌다. 그가 제 손에 묻어난 피를 혀로 살짝 핥았기 때문이었다.

"나쁘지 않군. 꽤 쓸 만한 마력이야. 다들 실망스러웠는데 네겐 기대해도 되겠어."

"……폐하?"

"원하는 거라……. 원하는 건 아직 얻지 못했지. 부족하니 네가 보탬이 되어주면 좋겠구나. 날 도와주겠느냐?"

"……무슨……."

라온휘젠의 얼굴에 당혹감이 서리는 것과 동시에 무언가 선뜩한 기운이 느껴졌다. 정신을 차렸을 땐 거의 반사적으로 달려나가 황제를 밀쳐낸 후였다.

"맙소사, 폐하!"

"폐하!"

밀려난 황제가 뒤로 넘어지면서 사방에서 날카로운 소리가 울려 퍼졌다. 경악한 근위대가 나를 견제하기 위해 검을 뽑아 든 소리였다. 근위대장 역시 내게 검을 겨누고 있었다.

사방이 팽팽한 긴장감으로 가득 찬 가운데, 난 라온휘젠 앞을 막아선 채로 황제를 노려보기만 했다. 얼결에 보호받게 된 라온휘젠이 당황해하고 있는 게 느껴졌지만 황제에게서 시선을 뗄 수가 없었다. 황제는 주저앉아 있는 상태에서 바로 일어나지 못했다. 암살시도니 시해범이니, 한참 동안 꽥꽥거리던 다니멜과 이황자가 그를 부축하려 했다.

"건드리지 마요!"

빠르게 건넨 경고는 별로 의미가 없었다. 그들은 황당하다는 듯이 나를 보고는 오히려 더 호들갑스럽게 황제를 부축했다.

"폐하, 괜찮으십니까?"

"어찌 저런 무도한 자가 있단 말입니까! 감히 폐하의 옥체를⋯⋯!"

아드리스 황자의 말은 끝까지 이어지지 못했다. 부축을 받아 일어서던 황제가 돌연 팔을 뻗어 그의 목을 움켜잡았기 때문이었다.

"폐, 폐하?"

아드리스 황자가 당혹감을 드러낸 것과 사태가 벌어진 건 거의 동시였다. 콰직, 섬뜩한 소리가 울리더니 황자의 등에서 피가 솟구쳤다. 아니, 정확히 말하면 그의 가슴 부근에 황제의 다른 손이 박힌 것이 먼저였다. 그 손이 황자의 가슴을 뚫고 나가 등 뒤에서 튀어나와 있었다. 움켜쥔 손안에 검붉은 덩어리가 보였다. 붉은 피를 뚝뚝 떨어트리고 있는 사람의 심장이.

"꺄⋯⋯꺄아아악!"

등 뒤에서 알리사의 비명이 울려 퍼졌다. 그제야 멈춘 것처럼 느껴지던 시간이 다시 흐르기 시작했다. 아드리스 황자는 제게 일어난 일을 바로 인지하지 못하는 것 같았다. 잠시 이해할 수 없다는 듯한 표정을 짓던 그가 멍하니 라온휘젠 쪽을 바라보았다. 이윽고 딱딱하게 굳은 라온휘젠과 그의 시선이 마주치는 순간, 황자의 눈에서 빠르게 빛이 사라졌다. 이내 황제가 손을 뽑아냈고, 그에게서 밀려난 황자의 몸은 그대로 무너졌다. 쿠웅! 시신이 바닥에 쓰러지면서 둔탁한 소리가 울렸다. 하지만 그쪽을 돌아보는 자는 아무도 없었다. 황제가 그 손에 든 심장을 씹어 삼키는 중이었으므로.

우적거리는 소리가 울릴 때마다 사람들의 얼굴이 점점 더 창백해졌다. 아무도 그 자리에서 움직이지도, 숨소리조차 내지 못했다. 다니엘은 황자가 살해당하는 순간부터 자리에 주저앉은 상태였다. 충격이 크다 못해 아예 넋이 나간 얼굴이었다. 동상처럼 얼어붙어 있는 모습을 보려니 별로 도움이 되지 않는다는 걸 알면서도 한마디 할 수밖에 없었다.

"……그러게 건드리지 말라고 했잖아."

왜 불길한 예감은 틀리질 않는 걸까. 그리고 왜 남의 경고를 들어먹질 않는 거야! 피하려는 시늉이라도 했다면 조금이라도 틈을 벌었을 거고, 그럼 내가 도와줄 수도 있었을 거다. 자업자득이라는 걸 알지만 입안이 씁쓸해지는 건 어쩔 수 없었다.

"크흐."

잠시 후 심장 하나를 온전히 삼킨 황제가 비척비척 움직이기 시작했다. 무엇 때문인지 속도가 현저히 느려져서 마치 좀비가 움직이는 것 같았다. 피투성이가 된 입가를 한 채 고개를 드는 그의 두 눈은 이미 광기에 잠식된 지 오래였다.

"역시 부족해. 아직도 부족해."

혼잣말로 중얼거리는 황제는 사람이라기보다는 무언가에 조종당하는 인형 같았다. 그리고 아마 그 동력이 되는 연료가 이젠 거의 다 떨어진 상태였다. 정체를 드러낸 탓일 수도 있고, 인간의 길에서 벗어난 행동을 한 탓인지도 몰랐다. 여하튼 황제의 역할이 끝났다는 것만은 분명했다. 움직임이 갑자기 둔해진 것도 그래서인 듯했다. 황제의 두 눈에 돌연 검은 물이 차오르더니 아래로 줄줄 흘러나왔다. 눈만이 아니라 코와 귀, 입에서도 검은 잉크 같은 액체가 흘러나오고 있었다. 그 속에서 코를 찌를 듯한 악취가 느껴졌다.

"엘, 저거……."

시벨리우스가 굳은 얼굴로 떼는 운에 나는 천천히 고개를 끄덕였다.

"다들 여기서 벗어나요."

그 말에 시벨리우스가 냉큼 알리사와 아셀을 챙겨 뒤로 물러섰다. 그제야 다른 이들도 겨우 정신을 차린 듯 슬금슬금 황제와의 거리를 벌리기 시작했다. 아무런 반응 없이 여전히 그 자리에 서 있는 건 라온휘젠뿐이었다.

"태자 전하. ……전하?"

근위대장이 부르는 소리에도 그는 반응하지 않았다. 새하얗게 굳어 있는 그는 검은 물을 토해내는 황제에게서 눈을 떼지 못하고 있었다. 하루아침에 형제들이 전부 죽고, 눈앞에서 아버지가 동생을 끔찍하게 죽이는 광경까지 봤으니 정신이 온전할 리가 없었다. 할 수 없이 나는 그의 뺨을 가볍게 쳤다. 그제야 그의 시선이 또렷해졌다.

"내 말 들려요?"

"아⋯⋯."

"이동 마법 할 수 있겠어요? 내가 시간을 벌어줄 테니까 최대한 멀리 달아나요."

"황제 폐하가⋯⋯."

"아뇨. 저자는 황제가 아니에요."

단호하게 건넨 대꾸에 라온휘젠이 멍한 얼굴로 나를 돌아보았다.

"처음부터 황제가 아니었어요. 단순히 정신 지배를 당한 수준이 아닌 것 같아요. 몸의 주인이 아예 바뀐 거로 보이네요."

"무슨⋯⋯."

"당신의 아버지인 진짜 황제는 이미 죽었다는 뜻이에요. 저건 그 껍데기를 뒤집어쓴 다른 거예요."

라온휘젠의 눈이 커졌다. 뜻을 이해하긴 했으나 어떻게 반응해야 할지를 모르겠다는 표정이었다. 여전히 현실을 실감하지 못하는 듯 멍하기만 한 얼굴을 바라보다가 나는 그의 어깨를 강하게 움켜잡았다.

"정신 차려요. 이제 당신이 살아남은 유일한 황손이에요. 당신까지 죽으면 카터스 황실은 끝나요."

"⋯⋯!"

그 말에 헛숨을 삼킨 건 라온휘젠만이 아니었다. 근위대장 역시 새삼 깨달은 듯 얼굴을 굳히고 있었다. 라온휘젠은 다시금 황제

(였던 자)를 돌아보다가 다음으로 바닥에 있는 형제의 시신을 바라보았다. 온기를 잃은 채 핏물에 젖어 있는 모습을 바라보는 그의 얼굴이 천천히 일그러졌다.

그때 돌연 가까이에서 섬뜩한 기운이 느껴졌다. 그 기운은 정확히 라온휘젠을 향해 쏘아지고 있었다. 나는 거의 반사적으로 장벽을 만들어냈다. 콰아앙! 찰나의 순간 부딪쳐 오는 묵직한 기운에 얼굴이 절로 찌푸려졌다. 장벽을 유지하는 팔이 저릿해질 정도로 엄청난 압력이었다.

"엘!"

당황한 시벨리우스가 외쳤다. 괜찮다는 뜻으로 다른 손을 들어 보이자 안도하는 그의 숨소리가 이어졌다. 그동안 굳은 얼굴로 눈앞에 세워진 물의 장벽을 바라보던 라온휘젠이 천천히 시선을 아래로 내렸다가 신음을 흘렸다. 자신의 가슴 앞에, 황제의 손이 멈춰 있는 걸 그제야 인지한 탓이었다. 조금만 늦었어도 이번에 심장을 뺏기는 건 그였을 터였다.

"물러나요."

다행히 이번엔 경고가 확실히 먹혔다. 라온휘젠이 엉거주춤하게 뒷걸음질 치자 근위대장이 서둘러 그를 제 쪽으로 이끌었다. 그들은 곧 시벨리우스와 나머지 일행이 있는 쪽으로 합류했다. 그동안 나는 계속 장벽을 유지한 상태로 그 너머에 서 있는 황제의 모습을 바라보았다. 얼굴은 황제인데 원래의 그보다도 늙은 모습이었다. 아니, 그런가 싶더니 다음 순간엔 아예 더 젊은 외모로 변했다. 거의 초 간격으로 시시각각 형태가 달라지고 있었는데 시간이 지날수록 점점 아예 다른 외형으로 변해간다는 느낌이었다. 남색이었던 눈동자도 점점 그 색이 달라지고 있었다. 마치 기존의 조형을 뭉개고 새로운 형태를 덧입혀가는 과정 같았다. 어쨌거나 그 정체만큼은 명백했다.

"카류안."

이름을 부름과 동시에 그의 눈동자가 완전히 붉은색으로 변했다. 크크크큭, 그가 목 안을 긁는 듯한 음침한 웃음소리를 흘렸다.

"또 너로군."

벌어진 입에서 이제까지와는 다른 목소리가 흘러나왔다. 원래 그의 음성인지는 잘 모르겠지만, 최대한 가깝게 구현했을 테니 비슷하긴 할 터였다.

"엘퀴네스."

단지 이름을 불렸을 뿐인데 온몸에 소름이 돋았다. 황제, 아니, 카류안이 번들거리는 눈으로 나를 바라보았다. 입꼬리가 점차 올라가기 시작하는데, 그게 뺨을 넘어 눈 옆으로까지 이어졌다. 공포 영화에서나 등장할 법한 기괴한 광경이었다. 지켜보는 이들이 저마다 질린 표정을 짓는 가운데, 나 역시 주먹을 꾹 움켜쥐었다.

'나 혼자 상대할 수 있을까?'

충격을 받아낸 팔이 아직도 저렸다. 악신으로 각성하지도 않았는데 벌써 거의 상급신에 가까운 힘이었다. 죽이는 건 일단 어려울 거고, 제대로 제압할 수 있을지도 확신이 서지 않았다. 혼자면 모를까, 지켜야 할 사람들이 있으니 신경 써야 할 부분도 많았다.

그나마 다행인 건 지금 카류안이 인간의 육체를 입고 있다는 점일까. 아무리 힘이 강해졌어도 신체 능력은 마족일 때에 미치지 못할 테니 내 앞에서 섣부른 행동을 하진 못할 거다. 거기까지 생각하고 나니 카류안이 황제의 육체에 들어간 이유가 궁금해졌다. 제물을 수급할 목적이라면 세르피스 때처럼 정신을 조종하는 것만으로 충분했다. 그런데도 굳이 직접 들어갔다는 건 그래야 할 이유가 있다는 거겠지. 어쩌면 본래의 몸에 뭔가 문제가 생겼거나, 쓰지 못하게 된 건지도 몰랐다. 그건 현재 그의 상태가 적나라하게 보여주고 있었다.

"크으으!"

"……!"

돌연 그가 몸을 굽히더니 다시 검은 물을 왈칵 토해냈다. 잠시간 어느 형태를 만들어가는 듯하던 얼굴은 그대로 무너져 괴물처럼 엉망이 되어가고 있었다. 아무래도 인간의 육체가 그의 혼을 제대로 감당하지 못하는 듯했다. 저런 상황에서도 원래 몸으로 돌아가지 않는 건 역시 한 가지 결론으로밖에 이어지지 않았다. 그러고 싶어도 그러지 못하는 거다.

"크흑, 장악하기 쉬운 것들은 죄다 형편없이 약하군. 빌어먹을 마신의 금제! 그것만 아니었어도……!"

한동안 고통스러워하던 카류안이 이를 갈며 중얼거렸다. 내 짐작이 확신으로 변한 순간이었다. 본래의 육체엔 마신의 금제가 걸려 있고, 그걸 풀어낼 방법이 없자 다른 이의 몸을 빼앗아 쓰기로 한 모양이다. 아예 육신을 버리지 못하는 건 아직 원하는 힘을 충분히 모으지 못했기 때문일까. 육신이 있어야 제물이 효력을 보는 구조라면 가능성이 있었다.

"이제 조금만 더 있으면 돼. 아주 조금만 더 있으면!"

카류안이 희번들한 눈으로 주위를 두리번거렸다. 고통 때문일까, 아니면 조급함 때문일까. 그는 돌아가는 상황도 잊어버린 것 같았다.

"어린 인간의 피가 필요해. 아주 특별하고 어린 인간의 피가……!"

주술을 외우듯 같은 말을 반복하던 그가 어느 순간 한 곳에 시선을 고정했다. 일행이 모여 있는 곳이었다. 황태자 라온휘젠을 주축으로 한창 공간 이동 마법이 전개되고 있었다.

"저건 마법사고, 저건 정령사지…… 그리고 저건…… 아아, 그래. 유니콘과 섞였다고 했던가."

황제의 기억을 더듬어가는 듯 카류안이 느릿하게 한 사람씩 살폈다. 제물의 조건에 해당하지 않는 근위대 기사나 세리엄 등에겐 관심조차 두지 않았다. 라온휘젠에서 알리사, 마지막으로 아셀을 향한 시선에 강렬한 희열이 피어올랐다. 그가 목표를 정했다는 걸 단숨에 알아볼 수밖에 없는 표정이었다.

"이거 괜찮군! 인간이 지닌 유니콘의 피!"

'괜찮긴 뭐가 괜찮아?'

그가 튀어나가려고 하기에 나는 재빨리 그 앞에 물의 장벽을 세웠다. 카류안이 흉하게 뒤틀린 눈을 깜빡거리다 내 쪽을 돌아보았다. 그제야 내 존재를 다시 인지한 듯 그의 얼굴 가득 불쾌한 표정이 피어올랐다. 동시에 강한 압력이 쏟아져 들어왔다.

"날 방해하지 마라, 엘퀴네스!"

"큭!"

이번엔 내가 방어하는 것보다 그의 공격이 미치는 게 조금 더 빨랐다. 목이 조이는 듯한 느낌과 함께 나는 순식간에 꽤 멀리까지 밀려 나갔다. 벽에 부딪히는 감각이 들었고, 이후엔 엄청난 무게에 짓눌려 잠시간 움직이기가 힘들었다. 빠르게 몸을 보호했으니 망정이지 자칫 잘못하면 역소환 되었을지도 모를 만큼 엄청난 압력이었다. 혀를 차고 있는데 멀찍이서 일행이 부르는 소리가 들렸다.

"엘!"

"엘 님!"

"난 괜찮으니까 어서 가!"

빠르게 대꾸해 주는 동안에도 날 짓누르는 기운은 힘을 더해가고 있었다. 물론 나 역시 가만히 있진 않아서, 곧바로 물을 일으켜 그를 가뒀다. 어항에 갇힌 꼴이 된 그는 빠져나가기 위해 버둥거렸지만 그뿐이었다. 인간의 몸이라 그런지 숨도 제대로 쉬지 못하는 것 같았다. 한동안 꿈틀거리던 몸이 이내 축 늘어지기까진 그리 오래 걸리지 않았다. 죽은 것 같지는 않지만 의식을 잃은 것만은 분명했다. 그런데 이상하게도 나를 짓누르는 압력이 여전히 사라지지 않았다. 상황을 살피려는 그때 문득 한 광경이 눈에 들어왔다. 라온휘젠이 발동시킨 마법진에 다니멜이 다가가고 있는 광경이었다. 약간 표정이 멍해 보이는 듯한 그에게서 카류안과 비슷한 기운이 느껴졌다. 그들 사이에 보이지 않는 끈이 연결되어 있었다.

"시벨! 뒤!"

일행은 나를 보느라 아직 그의 존재를 깨닫지 못하고 있었다. 크게 외쳤더니 시벨리우스가 깜짝 놀라 돌아보았다가 코앞에 다가온 다니멜의 존재를 인지했다.

"이건 뭐……!"

두 사람의 시선이 마주한 찰나, 히죽 웃은 다니멜이 마법진을 강하게 밟았다. 콰직! 무언가 부서지는 듯한 소리가 울리더니 한창 주문을 외우고 있던 라온휘젠이 크게 숨을 삼켰다. 아무래도 마법진의 마나 흐름을 방해한 모양이었다.

"크흑!"

"태자 전하!"

강제로 마법이 깨진 충격에 라온휘젠이 순식간에 의식을 잃었다. 그가 무너지면서, 거의 발동 직전이던 이동 마법진이 한순간에 사라졌다. 모두가 우왕좌왕하는 동안 다니멜은 그들 사이로 손을 뻗어가고 있었다. 그 손이 향하는 방향에 있는 건 아셀이었다.

"유니콘의 피!"

"······!"

그가 달려드는 모습과 놀란 아셀이 눈을 크게 뜨는 광경이 빠르게 이어졌다. 다행히 다니멜의 손이 아셀에게 닿기 직전, 누군가가 그사이에 끼어들었다. 달빛을 머금은 듯한 새하얀 은발, 하늘을 그대로 옮겨 담은 듯이 청명한 푸른색의 눈동자— 시벨리우스였다.

"이게 감히 누굴 노려?"

살벌한 표정으로 이를 간 그가 아셀을 제 쪽으로 끌어당기고 반대로 다니멜은 밀쳐냈다. 바람이 요동치는 소리가 울렸고, 그들 앞에 잠시간 강한 파동이 일었다. 달려든 기세만큼 대단하진 않았는지 다니멜은 그 파동에 꽤 멀찍이 밀려나 그대로 고꾸라졌다. 안도의 한숨이 절로 나오는 순간이었다.

"모두 괜찮아?"

"엘 님!"

그때쯤 나도 날 짓누르고 있던 압력을 밀쳐냈다. 서둘러 그들 쪽으로 달려가니 라온휘젠을 살피던 알리사가 냉큼 내게 달려와 안겼다. 쓰러진 다니멜을 노려보고 있던 시벨리우스 역시 반가운 표정으로 나를 돌아보았다.

"엘."

"늦지 않게 대응해서 다행이야. 정말 큰일 날 뻔했어."

"그러게 말이야. 저쪽만 신경 쓰고 있었는데 설마 생각지 못한 놈이 공격해 올 줄은……. 저것도 마왕 놈이 조종하는 거야?"

"그 비슷한 것 같아."

다니멜은 바닥에 쓰러진 그 모습 그대로 움직이지 못했다. 더는 기척이 느껴지지 않는 걸 보니 아마 그대로 절명한 것 같았다. 황제의 육신을 뒤집어쓴 카류안도 물속에서 여전히 미동이 없었다. 어디로 아예 달아난 건지, 아직 그 속에 있는 건지도 판단이 잘 되지 않았다.

일단 나는 라온휘젠의 상태부터 살폈다. 내상을 입었는지 안색이 몹시 창백한 상태였다. 바로 치유력을 불어넣자 그를 부축하고 있던 근위대장이 멍한 표정으로 나를 바라보았다. 그때 아셀이 급히 옆으로 다가왔다.

"태자 전하는……."

"좀 다친 것 같긴 한데 치료했으니까 염려 말아요. 무사히 깨어날 거예요."

"그렇군요. 정말 감사합니다. 엘 님이 계셔서 정말 다행입니다. 저희끼리 있었다면 어떻게 대처했을지……."

"그런 인사는 나중에 받을게요. 아직 안심하긴 이르니까요. 일단 여길 벗어나야 할 텐데 곤란하네요. 태자가 의식을 차리려면 좀 걸릴 것 같은데."

이럴 때 공간 이동을 할 수 있는 마법사가 한 명만 더 있었다면 얼마나 좋았을까. 아니, 애초에 라피스가 있었다면 벌써 모두를 안전한 곳으로 대피시키고도 남았을 거다. 얄미운 녀석이지만 이럴 때마다 필요성을 인정하지 않을 수가 없었다. 그런다고 당장 데려올 수 있는 것도 아니라서 더 심란한 기분이었다. 그러자 아셀이 옆에서 기웃거리던 세리엄을 물끄러미 바라보았다.

"하시죠."

"뭘?"

"공간 이동이요."

"……뭐?"

"태자 전하가 쓰러지셨으니 이제 달리 가능한 마법사가 없잖습니까."

"아니, 근데 왜 그걸 나한테 그래?"

"왜인 것 같습니까?"

아셀의 시선은 냉정했다. 좋은 말로 할 때 순순히 응하는 게 좋을 거라는 압박이 확연히 느껴지는 태도였다. 여분용 마법 스크롤이나 관련된 마법 도구라도 있는 건가 했는데 왠지 그런 분위기는 아닌 것 같았다. 한동안 우물거리던 세리엄이 이내 체념한 얼굴로 어깨를 축 늘어트렸다.

"……어떻게 알았나?"

"아카데미를 빠져나갈 때 눈치챘습니다. 그때 태자 전하가 공간 마법을 할 줄 아신다는 걸 처음 알게 됐거든요."

"그게 왜?"

"제가 바보인 줄 아십니까? 아무리 천재라도 공간 이동 마법을 독학으로 터득했다는 걸 어떻게 믿습니까? 현 아카데미 교수진 중에서는 그런 걸 가르칠 수 있는 마법사가 없죠. 그렇다는 건 가까운 곳에 달리 수준 높은 스승이 있다는 뜻이고요."

"……다니엘이 있었잖아."

"아, 대외적으로 스승이라 알려진 저기 저 다니엘 님 말이죠. 저자가 겉으로는 웃으면서 뒤에선 칼을 겨누고 있다는 걸 우리 중에 모르는 사람이 있었습니까? 저자가 제대로 전하에게 마법을 가르쳤을 거라고요? 그걸 누가 믿겠습니까?"

"……."

"인정하셨으면 서두르세요. 지금 돌아가는 상황이 안 보이십니까?"

"끄응, 알았어. 하면 되잖아, 하면."

대체 이게 다 무슨 말이야? 어리둥절해져서 바라보는 건 나만이 아니었다. 근위대들과 라온휘젠의 호위기사도 이해하지 못한 얼굴로 그들을 바라보고 있었다. 사방에서 쏟아지는 시선에 세리엄이 흠흠 헛기침을 했다. "보고 너무 놀라지 마십쇼." 민망하다는 듯이 중얼거린 그가 뭔가 주문을 외우기 시작했다. 이어지는 광경을 보려니 그가 왜 놀라지 말라고 했는지 이해할 수밖에 없었다. 그의 외모가 점점 달라지기 시작했기 때문이었다.

황제의 모습이 변하던 것과는 조금 달랐다. 그때는 외모를 아예 새로이 반죽하는 것 같았다면, 지금 세리엄은 그냥 세포가 노화한다는 느낌이었다. 청년 후반에서 중장년으로, 이어서 노년에 이르기까지. 한 사람의 일생을 한자리에서 지켜보는 기분이었다.

"이 모습이 되는 것도 오랜만이군요."

이윽고 완전히 노인이 된 그가 씩 웃었다. 짙은 잿빛 머리칼은 하얗게 세어 은발로, 건장하기만 하던 체구는 한층 가늘어져 조금 마른 듯한 느낌으로 변한 채였다. 그러나 오히려 기세는 이전보다 더 날카로워진 것 같았다. 단지 분위기만이 아니라 실제로도 그랬다. 그에게서 지금까진 없었던 강한 마나가 느껴지고 있었으니까. 아무래도 그동안 외모를 젊게 유지하는 것에 마력을 전부 다 소모하고 있었던 모양이었다.

"맙소사. 필립…… 님?"

변한 세리엄의 모습을 보며 가장 크게 반응한 건 근위대장 알마스너였다. 그가 신음을 흘리며 중얼거린 이름에 다른 근위대의 눈도 휘둥그레졌다. 놀란 그들이 저들끼리 작은 소리로 수군거리는 말이 들려왔다.

"필립이라면……."

"전 황실 수석 마법사이셨던 현자 필립 님?"

"갑자기 황실 수석 마법사를 그만두고 사라지셨다는 그 전설의 대마법사님 말이야?"

헐, 전 황실 수석 마법사라고? 심지어 전설이라고까지 불리는 대마법사였어? 황당해져서 바라보았더니 그가 쑥스럽다는 듯 뒷머리를 긁었다.

"다시 정식으로 인사드리겠습니다. 필립 세미리언 폰 알바레즈라고 합니다."

"……언제는 마법사가 아니라더니?"

"그…… 정말 죄송합니다. 그 상황에서 냉큼 맞다고 맞장구칠 수도 없다 보니 본의 아니게……."

"뭐, 그건 그렇다 쳐요. 그래서, 황실 수석 마법사였다는 사람이 대체 왜 그러고 있었던 건데요?"

"아하하, 누구에게나 피치 못할 과거사가 있는 법 아니겠습니까? 아하하하."

그는 말을 아꼈지만 왠지 라온휘젠을 지키기 위해서였다는 느낌이 들었다. 굳이 그 옆에서 마법을 가르쳐 온 것만 봐도 아주 틀린 추측은 아닐 터였다. 누가 같은 제왕의 별 아니랄까 봐 라온휘젠도 이사나만큼이나 인복은 타고났구나. 상황과는 관계없는 감탄이 조금 흘러나왔다.

대화를 더 이어가지 못한 건 손끝에 전해진 섬뜩한 감각 때문이었다. 나는 카류안이 갇혀 있는 물풍선 쪽을 돌아보았다. 여전히 의식이 없는 것처럼 보였으나 미약한 꿈틀거림이 느껴졌다. 깨어나고 있는 걸까. 아니면 처음부터 의식을 잃은 게 아닌 건지도 모르겠다. 내가 그쪽을 주시하자 다른 이들도 긴장하기 시작했다. 세리엄의 정체로 잠시 느슨해졌던 주변의 공기가 한순간에 다시 팽팽해졌다.

"……일단 여유 부릴 상황은 아니니까 자세한 얘기는 나중에

하죠. 바로 모두를 데리고 대피해 줘요. 여기서 멀리 떨어질수록 좋아요."

"예, 알겠습니다."

대답하는 세리엄의 얼굴에 비장한 표정이 차올랐다. 준비를 위해 돌아선 그에게 곧장 근위대장이 다가섰다. 그는 얼굴에 수많은 감정을 드러내고 있었다.

"오랜만입니다, 필립 님."

"뭐, 이제 와 하기엔 낯간지러운 인사 아닌가? 쭉 같이 있었는데 말이네."

"그걸 말이라고 하십니까. 당신이 갑자기 황실을 떠난 후에 제가 얼마나 찾았는지 아십니까? 그런데…… 이렇게 가까이 계셨다니."

"킬킬, 위장이 좀 감쪽같았지? 내 젊을 때의 모습은 아무도 몰랐으니까."

"……정말이지 당신이라는 분은."

근위대장이 깊은 한숨을 내쉬는 동안 세리엄은 본격적으로 바닥에 공간 이동 마법진을 그려가기 시작했다. 대마법사답게 라온 휘젠보다도 훨씬 빠른 속도였다. 그와 함께 카류안의 저항도 점점 강해졌다. 이제 누구나 그가 요동하는 걸 확인할 수 있을 정도였다. 카류안이 몸부림칠 때마다 물이 출렁거리는 소리가 선명하게 울렸다. 알리사가 불안했는지 내 팔을 꼭 붙잡았다.

"에, 엘 님."

"괜찮아, 알리사. 마법진이 완성될 때까진 잡고 있을 수 있으니까 안심해. 설령 풀려나더라도 너희가 피할 시간은 벌어 줄게."

"우리만 가도 괜찮아? 엘 님은……."

"너희가 안전해지는 게 먼저야. 저 녀석이 노리는 건 내가 아니라 너희야."

대답하다가 문득 아셀에게 시선이 미쳤다. 담담한 표정과는 달리 그는 얼굴이 하얗게 질린 상태였다. 자세히 보니 모아 쥐고 있는 손도 조금 떨고 있었다. 카류안이 다니멜을 통해 노골적으로 그를 습격한 직후였다. 아마도 놈의 목표는 여전히 그일 가능성이 컸다. 공포심이 차오르지 않는다면 오히려 그게 더 이상한 일이었다.

"아셀, 괜찮아요?"

"아, 네. 괜찮습니다."

고개를 끄덕이면서도 그는 여전히 굳은 얼굴이었다. 어떤 말로 안정시켜야 하나 고심하고 있는데 시벨리우스가 그의 머리에 손을 얹었다. 놀라서 바라보는 아셀을 그가 담담한 시선으로 응시했다.

"겁먹지 마."

"시벨 님."

"저 녀석이 한 말 들었잖아? 네겐 유니콘의 피가 흐르고 있어. 정의의 신 루세프가 신계를 지키기 위해 심혈을 기울여 창조한 전투 일족의 피야. 넌 절대 쉽게 죽지 않아."

"하지만……."

"그리고 네 옆엔 내가 있잖아."

"……!"

"이래 봬도 일족 최강의 전사에게 부여되는 세라핀의 자리를 몇 차례나 연임한 몸이야. 내가 살아 있는 한 네가 다치거나 죽임을 당할 일은 없어. 날 믿고 안심해."

단호하게 말하는 시벨리우스의 음성은 신뢰할 수밖에 없을 만큼 자신만만했다. 흔들리던 아셀의 눈동자가 점차 편안해지면서 창백하던 얼굴에 혈색이 돌기 시작했다. 그제야 그가 겨우 웃어 보였다.

"그렇게 말씀해 주시니 든든하네요. 감사합니다. 이 신세를 다 어떻게 갚아야 할지……."

"신세라고 생각하지 마. 이건 당연한 거기도 해."

"네?"

"일족을 지키는 건 룬의 사명이니까."

아셀이 의아한 표정을 했다. 깜빡이는 녹색 눈동자를 가만히 바라보던 시벨리우스가 조금 어색하다는 듯이 웃었다.

"뭐, 내 입으로 이렇게 말하니 기분이 좀 이상하긴 하네. 한땐 그 사명을 버겁게만 느낄 때도 있었는데. 지금은 썩 괜찮은 것 같으니. ……그래. 이렇게 생각이 달라질 수도 있는 거구나."

홀로 고개를 끄덕인 그는 뭔가 후련한 표정이었다. 내내 지니고 있던 마음속 번민을 드디어 완전히 털어버린 듯했다. 그런데 그다음으로 생각지도 못한 일이 벌어졌다. 별안간 그에게서 하얀빛이 터져 나오더니 무언가 거대한 장막 같은 것이 펼쳐진 것이다.

"……!"

아니, 그건 장막이 아니라 한 쌍의 화려한 날개였다. 눈부시게 빛나는 순백의 날개가 시벨리우스의 등 뒤에서 돋아나 크게 뻗어 있었다. 그가 본신으로 돌아갈 때나 볼 수 있었던 날개였다. 사방에 새하얀 깃털이 흩뿌려지는데, 바닥에 닿기도 전에 녹는 듯이 사라지고 있었다. 아무래도 날개 자체가 실체는 아닌 것 같았다.

"시벨 님……?"

"어? ……어어?"

놀랍게도 그는 이마에도 금색의 긴 뿔이 돋아난 모습이었다. 가장 가까이에 있던 아셀은 물론이고, 주변의 모두가 놀라서 휘둥그레진 눈으로 시벨리우스를 바라보았다. 하지만 가장 당황한 건 시벨리우스 본인인 것 같았다. 한동안 자신의 이마와 등 쪽을 더듬어보던 그가 설명하기 힘들 만큼 복잡한 얼굴을 했다.

"시벨, 뭐가 어떻게 된 거야? 왜 갑자기 날개랑 뿔이……."

"으음, 괜찮아, 엘. 이건 아마 일시적인 현상이야."

"일시적인 현상?"

"……뭔가 봉인이 풀린 것 같아."

봉인?

생각지 못한 말에 눈을 크게 떴다. 정작 그렇게 답한 시벨리우스도 얼떨떨하다는 표정을 숨기지 못하고 있었다. 본인도 이 현상이 굉장히 황당한 것 같았다.

"정확히는 모르겠는데, 요즘 내 안에서 뭔가가 묶여 있다는 기분이 들었거든. 그게 지금 풀린 느낌이야. 아니, 닫힌 게 열렸다고 해야 하나? 너무 갑자기 열린 거라 그 반작용으로 힘이 겉으로 강하게 표출된 듯해."

"그거 혹시……."

내가 하려는 말을 눈치챈 듯 그가 고개를 끄덕였다.

"룬의 힘을 각성한 것 같아. 이유는 모르겠지만."

"……!"

헐, 정말 룬의 힘을 각성했다고?

설마가 정말 맞아 떨어질 줄이야. 잘된 일이긴 한데 지금은 상황이 너무 나빴다. 무슨 말이든 해야겠는데 입이 떨어지지 않았다. 놀란 것과는 다른 이유였다. 반사적으로 가슴을 움켜쥐었다. 뭔가 속에서 타는 듯한 감각이 들었다.

"엘?"

내 얼굴에서 뭔가를 감지한 듯 시벨리우스가 당황한 표정을 지었다.

"엘? 왜 그래, 엘!"

"엘 님!"

아주 잠시 의식을 잃었나 보다. 기억이 끊겼다는 느낌도 받지 못했는데 주위를 다시 인지했을 땐 어느새 내 자세가 무너져 있었다. 거의 주저앉다시피 한 나를 시벨리우스가 붙잡은 채였다. 나는 가슴을 움켜쥐고 있던 손을 천천히 펴보았다. 손바닥 가득 새카만 먹물 같은 것이 흥건하게 묻어났다. 나와 같은 것을 본 일행이 눈을 크게 떴다.

"이게……."

시벨리우스의 숨이 거칠어졌다. 갑자기 벌어진 사태에 혼란스러워하는 모습이었지만 나는 대충 어떻게 된 건지 알 것 같았다. 검은 물이 나오는 부분은 일리야인지 뭔지, 그들에게서 수거했던 마법 스크롤을 넣어둔 곳이었다. 안쪽을 더듬어 봤더니 역시나 아무것도 잡히지 않았다. 아무래도 그게 카류안과 연결되어 내게 뭔가 영향을 미친 듯했다.

'독…… 같은 건가.'

왜 그걸 생각지 못했을까. 사람도 조종할 수 있는 놈이니 제 마력으로 만든 건 더 움직이기 쉬웠을 거다. 스크롤을 챙길 게 아니라 그냥 버렸어야 했다. 내 스스로 화를 자초한 꼴이라 기가 막혔다. 서둘러 정화를 시도해 봤지만 중독되는 것에 비해 속도가 현저히 느렸다. 몸이 천근처럼 무거웠다. 숨을 헐떡이는 느낌을 얼마 만에 느껴보는 건지 모르겠다. 머리가 뜨거울 정도로 지독한 고통 속에서 나는 간신히 고개를 들었다. 정확히는 카류안을 가둬 둔 쪽을. 조금 전까지만 해도 맑았던 물이 새카맣게 물들어가고 있었다.

나를 따라 시선을 돌린 이들도 그걸 발견하고 숨을 삼켰다. 색이 짙어질수록 물이 내 통제를 벗어나고 있었다. 붙잡으려 해봐도 손가락 사이로 빠져나가는 기분이었다. 아예 다른 성질로 변해가고 있다는 게 느껴졌다. 그리 오래 버티지는 못할 거란 예감이 들었다. 아니나 다를까. 구체가 흐트러지면서 검은 액체가 툭툭 떨어지기 시작했다. 떨어진 부분에선 바닥이 타들어 가는 소리가 들렸다.

"세리엄! 아직 멀었어요?"

내 외침에 세리엄이 주문을 외우는 속도가 빨라졌다. 검은 것들이 쏟아지는 속도는 더 빨라졌다. 이윽고 거의 다 쏟아진 사이에서 덩어리 하나가 모습을 드러냈다. 굳이 덩어리라 한 건 그걸 도저히 사람의 형체로 볼 수는 없었기 때문이다. 굳이 묘사하자면 가죽이 다 벗겨진 해부용 인형 같았다. 형태가 전부 흐물흐물하게 녹아 있는데 새빨간 안광만이 선명했다. 끔찍한 외모에 모두가 질린 표정을 지었다. 그러나 정작 그 덩어리, 카류안은 몹시 기분이 좋은 것 같았다.

"크……크크큭."

음침한 웃음소리가 흘러나왔다. 그가 비척비척 걸어올 때마다 검은 덩어리들이 우르르 쏟아져 내렸다.

"정말 믿기지 않는 일이로군. 여기서 룬을 만나다니. 내게 행운이 깃드는 모양이야."

그는 뭔가에 잔뜩 심취해 있는 듯한 모습이었다. 형형한 안광이 시벨리우스를 집요하게 훑었다. 그를 감싸고 있는 눈부신 날개와 뿔을 바라보는 시선에 진득한 탐욕이 읽혔다.

"룬. 룬이라. 기억에 있지. 루세프의 사제이자 신들의 대행자.

그 육체는 신을 위해 마련된 성스러운 그릇. 또한 모든 제약에서
벗어나게 하는 가장 완벽한 은신처라고 하던가."

중얼거리던 카류안이 입을 크게 벌렸다. 희열에 들끓은 얼굴이
었다.

"내가 들어갈 최적의 그릇을 찾았군."

결국 가장 최악의 흐름으로 가려는 모양이다. 쓸 만한 육체를
찾아다니던 놈 앞에 가장 완벽한 도구가 놓인 격이다. 놈이 이 기
회를 놓치려 할 리가 없었다. 시벨리우스의 몸에 카류안이 들어간
다니 상상만 해도 끔찍했다.

"이 미친놈이. 누가 너한테 내 몸을 내준대?"

시벨리우스도 질색한 얼굴로 욕설을 내뱉었다. 그러나 카류안
은 오히려 웃기만 할 뿐이었다.

"네가 평범한 유니콘이었다면 오히려 어려웠겠지. 하지만 넌 룬
이다. 느끼지 못하는가? 난 신에 가깝다. 아니, 이미 신이다."

"그래서?"

"자격이 갖춰졌다는 뜻이지."

"무슨 헛소리를……."

"문이 열린다."

그 입에서 나오는 묘한 음성에 소름이 오싹 돋았다. 직감적으로
그게 무언가의 명령어라는 걸 깨달았다. 나는 황급히 시벨리우스

를 돌아보았다.

"시벨, 달아나! 당장!"

"다 됐어! 다들 이리로!"

때마침 타이밍 좋게 세리엄이 소리쳤다. 그가 만든 마법진에서 빛이 나기 시작하자 모두 재빨리 그 안으로 뛰어들어 갔다. 그런데 정작 가장 서둘러야 할 시벨리우스만 아무런 미동이 없었다.

"시벨 님!"

"시벨? 왜 그래! 시벨리우스!"

아무리 소리쳐도 시벨리우스는 반응하지 않았다. 뭔가에 홀린 듯이 멍한 얼굴이었다. 오히려 그는 모든 소란에서 자신을 차단하려는 것처럼 천천히 눈을 감았다. 마지막 시동어를 미루고 버티고 있는 세리엄의 안색이 점점 창백해졌다. 이대론 전부 다 망칠 판이었다.

"젠장, 너희라도 일단 가!"

소리친 순간 힘겹게 버티고 있던 세리엄이 마지막 주문을 맺었다. 마법진이 발동하면서 모두의 모습이 사라졌다. 휑해진 공간을 바라보다가 나는 다시 시벨리우스를 돌아보았다. 그는 여전히 눈을 감은 채로 인형처럼 서 있었다. 붙잡고 흔들어 봐도 마찬가지였다.

"시벨? 시벨! 정신 차려! 내 말 안 들려?"

"크흐흐, 소용없다. 이미 문이 열렸다. 빈 그릇이 저를 원하는 신에게 반응했어."

"……!"

카류안의 목소리가 잔뜩 들떠 있었다. 그가 혀를 길게 내밀어 있지도 않은 입술을 핥았다. 말인즉, 조금 전 그 묘한 명령어가 강신에 필요한 키워드 같은 거였던 모양이다. 이렇게 무방비하게, 심지어 일방적으로 열리는 거라곤 생각지 못해서 곤혹스러웠다. 트로웰이 경고하려던 것도 이거였나 보다.

카류안의 혼이 슬금슬금 허물을 벗듯이 지금의 육체에서 기어나오는 게 보였다. 새카맣고 새카만, 먹물처럼 까만 혼이었다. 긴 머리카락이 늘어지며 사방에 악취가 진동하기 시작했다. 그 혼에 새겨진 썩은 피비린내에 질식할 것만 같았다. 동시에 검은 덩어리가 빛의 속도로 덮쳐들었다.

"그 몸은 이제 내 것이다!"

'안 돼!'

판단을 내리기도 전에 몸이 먼저 움직였다. 나는 곧장 시벨리우스의 앞으로 뛰어들었다. 아무리 나라도 '저거'랑 닿으면 안 된다는 생각이 들었지만 그런 걸 따질 상황이 아니었다. 이대로 시벨리우스가 넘어가면 그게 더 악몽이다. 조건적으로 완벽한 육체를 손에 넣으면 제게 맞지 않는 육체를 전전하느라 불안정하던 카류안의 혼이 순식간에 안정될 거다. 어쩌면 그 즉시 악신으로 각성하게 될지도 몰랐다. 아니, 그보다 저 혼이 들어가면 시벨리우스의 혼이 무사할 리가 없었다. 저자가 장악하는 것과 동시에 소멸하고 말겠지. 그것만은 반드시 막아야 했다.

다행히 내가 시벨리우스 앞을 막아서는 게 카류안이 그를 덮치는 것보다 더 빨랐다. 그런데 그때였다. 등 뒤에서 기척이 느껴진다 싶더니 따스한 기척이 가볍게 나를 감싸 안았다. 뜻밖의 감각에 당황하기도 전에 옆에서 팔이 뻗어지는 것이 보였다. 코앞까지 다가온 카류안이 눈을 크게 부릅뜨는 광경이 이어지고 있었다.

콰아아앙!

정신을 차렸을 땐 카류안이 저 멀찍이 날아가 널브러진 뒤였다. 어안이 벙벙해져서 돌아봤더니 시선이 마주친 시벨리우스가 빙긋 웃었다. 뒤에서 나를 감싸 안았던 게 그였다는 사실에 가벼운 충격이 일었다. 착각이 아니라면 분명 이 일이 일어나기 직전에 시벨리우스가 손가락을 '튕겨서' 그 압력으로 카류안을 날려 보냈다.

"시벨……?"

"응, 엘. 괜찮아?"

"괜찮긴 한데…… 너야말로 괜찮은 거야?"

"난 보다시피?"

어깨를 으쓱인 그가 다시금 빙긋 웃었다. 조금 전까지만 해도 인형 같던 그라곤 생각할 수 없을 정도로 멀쩡해 보이는 모습이었다. 그 변화가 너무 극단적이라서 그런가. 무사한 모습을 봤으니 안도감이 일어야 하는데 오히려 얼굴이 굳어졌다.

"어휴, 깜짝 놀랐잖아. 그렇게 앞을 막아서면 어떡해. 쟤 힘은 이제 거의 극독이라는 거 너도 이미 느꼈을 텐데. 잘못 맞았으면 역소환 정도가 아니라 그대로 소멸했을 거야. 넌 태어난 지 얼마

되지도 않은 정령인데 조심해야지. 앞으론 절대 이러지 마. 알았
지?"

다정하게 당부하는 모습은 분명 시벨리우스가 맞는데 어딘지
묘하게 위화감이 들었다. 나는 천천히 그에게서 벗어나 간격을 벌
렸다. 의외로 시벨리우스는 순순히 놔주었다.

"왜 그렇게 날 경계해, 엘? 서운하게."

"……진짜 시벨리우스야?"

"아닌 것 같아?"

생각할 필요도 없이 곧장 고개를 끄덕였다. 시벨리우스가 난처
한 얼굴로 웃었다.

"너무하네. 그렇게 바로 긍정할 정도야?"

역시 이상하다. 내가 아는 시벨리우스는 저런 식으로 나긋한 어
투로 말하지도 않고 애매한 화법을 쓰지도 않는다. 오히려 저렇게
말하는 사람이라면…….

"카노스?"

무심코 뱉은 이름에 시벨리우스가 눈을 깜박였다. 조금 황당하
다는 표정이었다. 역시 아무리 그래도 이건 너무 지나친 생각인가.
민망한 기분에 급히 수습하려는데 그 순간 시벨리우스의 입술이
뚜렷한 호선을 그렸다. 이어진 말에 오히려 멍해진 건 나였다.

"우와, 엘뤼엔의 아들은 아들이네. 눈치가 참 빠르기도 하지.
바로 알아보겠어?"

"……."

잠시간 머리가 잘 돌아가지 않았다. 두뇌가 굳기라도 한 것처럼 머릿속의 모든 사고 회로가 정지한 것 같았다. 내가 방금 뭘 했었더라? 아아, 그래. 시벨리우스를 보고 카노스라 불렀지. 솔직히 그냥 무심코 뱉은 이름이었다. 갑자기 바뀐 분위기가 그와 좀 비슷한 것 같아서. 맹세코 진짜 그라고 여겼던 건 아니었다. 근데 돌아온 대답이 '알아보겠어?' 라니. 뭐야, 그게. 그럼 정말 카노스라고? 그러니까 지금…… 시벨리우스의 몸에 카노스가 강신했단 건가? 그런 거야?

어이가 없어서 입을 벙긋거리고 있으려니 시벨리우스가 장난스럽게 고개를 기울였다. 그러자 조금 전까지와 분위기가 완전히 달라졌다. 본래 시벨리우스가 웃을 땐 조금 수줍음을 타는 듯한 느낌인데 반해, 지금 그는 나른하면서도 어딘가 위험해 보였다. 타고난 지배자의 느낌이랄까. 그 모습이 몹시 낯설면서도 엄청나게 잘 어울리기도 해서 어안이 벙벙했다. 늘 부드러운 태도라서 잘 느끼지 못했는데, 이렇게 보니 시벨리우스가 왕족은 왕족이었구나.

"귀여운 표정이네. 미안, 재밌어서 더 구경하고 싶은데 지금 그럴 때가 아니라서."

"……뭐? 아, 아니, 네?"

"여기서 잠깐 기다려."

내 어깨를 잡은 손이 마치 경고를 하듯이 묵직한 힘을 실었다. 당황해서 고개를 들었을 땐 시벨리우스, 아니 카노스가 이내 홀연히 스쳐 지나간 상태였다. 황당했지만 그 기분은 그리 오래가지 않아 사라졌다. 그가 향하는 방향이 카류안이 처박힌 곳이었기 때문이다. 그리고 보니 정말 이럴 때가 아니었지. 잊으려야 잊을 수가 없는 상황인데 완전히 머릿속에서 지우고 있었다니, 카노스의 등장이 정말 충격이긴 했던 모양이다.

카노스는 어느 한 지점에서 멈춰 선 채 한동안 가만히 서 있기만 했다. 무표정한 얼굴로 고요히 아래를 응시하고 있는 그를 보고 있으려니 마음이 조마조마했다.

카류안은, 그자는 어떻게 된 걸까. 마지막 순간엔 혼이 거의 빠져나와 있는 상태였지만 완전히 분리되기 전에 같이 날려졌다. 그래서 처박힌 것이 단순히 황제의 육신뿐인지 카류안 그 자체인지 알 길이 없었다. 게다가 어느 쪽이든 지금까지 아무런 반응이 없다는 것도 이상했다.

마음 같아선 당장 가서 내 눈으로 상태를 확인해 보고 싶었지만 기다리라고 한 카노스의 지시를 무시해도 좋을지 알 수가 없어서 걸음이 선뜻 떨어지지 않았다. 그러자 안절부절못하는 나를 느꼈는지 카노스가 피식 웃으며 살짝 손짓했다. 와도 좋다는 신호였다. 한달음에 달려가니 그가 한 팔로 내 머리를 끌어안고 마구 쓰다듬었다.

"기다리랬다고 정말 기다린 거야? 우리 엘은 말도 참 잘 듣지. 진짜 귀여워 죽겠네. 엘뤼엔 말고 그냥 내 아들 해라. 응?"

"윽, 하지 마요. 시벨의 얼굴로 그런 말 하니까 기분 이상하거든요? 그리고 지금이 농담이나 할 때예요?"

"난 진담인데?"

"그러니까 그런 소리를 할 때가 아니라는……!"

그 순간 눈에 들어오는 광경에 나는 천천히 입을 다물었다. 마치 물풍선이 터진 것처럼, 검은 액체가 사방에 퍼져 있었다. 조금 전 카류안이 날아가 처박힌 바로 그 장소였다. 급히 주변을 돌아봤지만 그 외에 다른 흔적은 조금도 보이지 않았다.

"……달아난 건가요?"

"응, 그렇네. 다시 덤벼드는 걸 기대했는데 날 바로 알아봤어. 그 녀석도 눈치가 빨라서 참 곤란하단 말이야."

말과는 달리 중얼거리는 카노스의 표정은 태연하기만 했다. "아니지, 내 존재감이 그만큼 대단하다는 건가? 역시 위대한 나." 이어지는 자화자찬은 그냥 한 귀로 듣고 흘렸다. 나는 몸을 굽히고 앉아 손가락으로 검은 액체를 살짝 찍어 보았다. 불쾌한 감각 속에서 여러 가지 성분이 느껴졌다. 단백질과 물, 혈액 따위들이었다. 혹시나 했더니 인간 하나가 완전히 녹아내린 흔적인 것 같았다. 카류안이 황제의 육체를 버리고 달아났다는 뜻이었다.

"뭐, 대충 시간은 벌었으니 됐나. 아아, 그래도 아쉽다. 이번에야말로 잡을 수 있는 절호의 기회였는데."

"본래 육체로 돌아간 걸까요?"

"아마도. 어쩌면 다른 곳으로 갔을지도 모르겠지만."

"다른 곳?"

"미리 작업해 둔 육체가 좀 더 있을 거야. 인간의 몸은 오래 버티지 못하니 여분을 만들어 두긴 했을 테지.”

“작업이라니…….”

당황해서 물은 말에 카노스가 빙긋 웃으며 자신을 가리켰다.

“카류안이 이 녀석을 보고 왜 눈이 뒤집힌 것 같아? 혼을 옮긴다는 게 그냥 막 할 수 있는 건 아니거든. 사전에 주술을 걸어서 밑 작업을 해 둬야 해. 그런 후에도 완전히 장악하기까지 시간이 좀 걸리지. 본래 자신의 몸만큼 효율을 끌어낼 수도 없고.”

“그런데 시벨리우스의 몸은 그렇지 않다는 건가요?”

“맞아, 들어가기만 하면 바로 장악할 수 있어. 본래 자신의 능력을 그대로 끌어낼 수도 있고, 인간의 육체처럼 쉽게 망가지지도 않지. 룬은 처음부터 그런 목적으로 만들어진 존재거든. 물론 아무나 사용할 수 있는 건 아니고 신에게만 허락된 거지만.”

설명을 들을수록 기분이 점점 가라앉았다. 그게 표정에서도 드러났는지 카노스가 물었다.

“왜 그런 얼굴이야?”

“그거 좀 이상한 것 같아요. 내 몸인데 남이 사용할 목적으로 만들어졌다는 거요. 그럼 본인의 의사는요? 거부해도 강신하면 꼼짝없이 밀려나는 건가요?”

“아, 그게 신경 쓰였어?”

“당연하죠. 아까만 해도…… 시벨리우스의 의지와 상관없이 강제로 시작되는 것 같았어요.”

지금도 그때의 상황이 선명히 떠오른다. 시벨리우스는 카류안을 제 몸에 받아들일 생각이 전혀 없었다. 단순히 응하지 않는 정도가 아니라 강렬하게 거부감을 드러낸 상태였다. 그런데도 카류안이 명령어 같은 걸 읊자 그 즉시 몸이 굳었다. 타인이 맘대로 내 몸을 차지할 수 있다니, 이건 아무리 생각해도 너무한 일이다. 지켜보기만 한 내가 이럴 정도인데 그걸 직접 당한 시벨리우스의 기분은 말도 못할 게 착잡할 거다. 그 심정을 헤아려보는 것만으로 얼굴이 절로 굳었다. 그런 나를 빤히 바라보던 카노스가 피식 웃었다.

"정말 어쩌다 엘퀴네스에 이런 순둥이가 태어났지?"

"……저 지금 농담할 기분 아닌데요."

"나도 농담 아닌데. 뭐, 너무 심란해하지 마. 이번 경우가 특수한 거야. 보통은 그렇게 쉽게 못 차지해."

"그, 그래요?"

"당연하지. 아무나 다 문을 열 수 있는 거면 이 녀석이 본래 자신으로 있을 수 있는 시간은 전혀 없을걸. 게다가 접신은 체력 소모가 커. 원래 한 육체에 두 개의 혼이 담기는 건 주신이 정한 순리에 어긋나거든. 아무리 룬이라도 버티는 시간에 한계가 있어. 그런데 시도 때도 없이 신이 드나들어 봐. 단명하기 딱 좋지."

"그럼……."

"대체로는 본인의 허락을 얻는 과정을 거쳐. 일단 거기서 교섭이 이뤄지지 않으면 들어가지 못해. 들어간 후에도 본 주인이 거부하면 다시 쫓겨나게 되어 있고. 물론 일방적으로 강신할 수 있는

신도 있긴 한데, 그리 많진 않아. 유니콘의 창조신인 루세프나 최
고신들 정도?"

"하지만 카류안은……."

한 번에 여는 것 같았는데? 라는 의문은 나오지 않았다. 그게
뜻하는 의미를 중간에 깨달았기 때문이었다. 즉, 카류안이 최고신
들만큼 강하다는 뜻이다. 단숨에 굳어버린 날 보고 카노스가 싱긋
웃었다. 바로 그거라는 표정이라 나는 길게 한숨을 삼켜야 했다.

"저기, 그럼 지금 시벨은 어떻게 된 거예요?"

"이 안에 있지. 지금 우리가 하는 말도 다 듣고 있어. 내가 몸을
멋대로 차지했다고 엄청 화났어. 나 아니었으면 카류안이 장악했
을 텐데 말이야. 아니, 그걸로 끝나면 다행이게. 혼이 아예 소멸해
서 몸을 완전히 빼앗겼을걸? 내가 그걸 막아줬는데 말이야. 은인
을 대하는 태도가 영 불량해서 못 쓰겠네~."

역시 그때 카류안이 차지했으면 시벨리우스의 혼은 소멸하는
거였구나. 내 판단이 틀리지 않았다는 걸 확인하니 새삼 눈앞이
아찔해졌다. 그 상황에 카노스가 와 준 건 그야말로 천운이었다.
그러고 보니 너무 당황한 나머지 감사 인사를 하는 것조차 잊고
있었다는 게 떠올랐다. "고맙습니다." 조심스럽게 건넨 인사에 카
노스가 눈을 조금 크게 뜨더니 손을 뻗어 내 머리를 쓰다듬었다.
장난치는 듯한 손길이었지만 따뜻한 감각이 싫지 않아서 나는 그
가 하는 대로 내버려 두었다.

"그런데 어떻게 알고 오신 거예요?"

"루세프가 룬의 각성을 느꼈거든."

"근데 왜 그가 안 오고……?"

"일종의 정산이랄까?"

"정산?"

"난 빚은 반드시 받아내는 주의라서."

그렇게 말할 때 카노스의 눈빛이 이상하리만치 반짝거려서 나는 그대로 입을 다물었다. 왠지 자세한 사정을 물으면 안 될 것 같다는 예감이 들었다.

"그리고 가능하면 그 아이는 내가 잡고 싶었거든."

그 순간 그의 등 뒤에서 내내 펄럭이고 있던 날개가 투명해지는 듯하더니 한순간에 사라졌다. 이마에 돋아 있던 뿔도 마찬가지였다. 놀라서 눈을 크게 떴더니 카노스가 가볍게 웃었다.

"내가 대신 힘을 갈무리해 줬어. '문'도 더 강하게 보완해 놨으니 이젠 카류안이 나타나도 단숨에 열지는 못할 거야."

"아, 고맙습니다."

"네가 고마워할 건 아니지. 당연히 해야 할 조치야. 카류안이 이 녀석의 몸을 장악하면 다들 곤란해지니까. 사실은 이 녀석을 이대로 신계로 데려가는 편이 제일 안전하겠지만— 본인의 거부 의사가 너무 강력하니 그건 안 되겠네."

말하면서 얼굴을 살짝 찌푸리는 걸 보니 안에서 시벨리우스가 엄청나게 항의하고 있는 모양이었다. 그가 무슨 말을 한 건지 카노스가 살짝 고개를 기울였다. 눈매가 천천히 가느스름해지는데 왠지 위험한 느낌이 들었다.

"……혈기왕성한 애구나. 지금 누가 네 몸을 쓰고 있는지 자각을 못 하는 모양인데, 확실히 알게 해줄까?"

이어진 경고엔 내가 더 소름이 돋았다. 분명 부드러운 말투인데 그게 왜 이렇게 무섭게 느껴지는지 모를 일이었다. 그제야 시벨리우스가 조용해졌는지 카노스의 얼굴에 만족스러운 표정이 떠올랐다. 대체 무슨 짓을 하려고 했던 걸까. 역시 만만히 생각하면 안될 신이었다. 의식하지 못했는데 나도 모르게 그를 빤히 응시한 모양이다. 카노스가 마주 시선을 보내왔다.

"왜? 뭐가 또 궁금해?"

그야 궁금한 건 많았다. 사실 그를 만나면 확인하고 싶었던 것들이 잔뜩 있었다. 이를테면 마신의 문장을 준 진짜 이유 같은 것. 내가 엘뤼엔과 연락하지 못하게 방해하려는 의도였는지, 그저 단순한 내 오해일 뿐인지. 그가 엘뤼엔에게 남긴 그 짧은 메시지의 의미도 알고 싶었다. 하지만 지금 가장 신경 쓰이는 건 카류안에 대한 그의 생각이었다. 한때 마왕이었던 자. 그리고 지금은 공공의 적이 되어 버린 타락한 존재. 엘뤼엔은 그를 '죄인'이라고 불렀다. 하지만 카노스는 지금까지 한 번도 그를 다른 방식으로 칭한 적이 없었다. 그는 항상 꼬박꼬박 '카류안'이라는 이름으로 불렀다. 경멸이라든가 불쾌한 감정을 표출한 적도 없다. 그걸 지금 깨달았다. 카노스가 조금 전에 했던 말 덕분이었다. 분명 '그 아이'라고 했었지. 어딘지 연민이 느껴지는 음성이었다.

카노스는 아직도 그에게 애정이 남아 있는 걸까. 하지만 그런 걸 물어볼 용기가 나지 않았다. 만약 그렇다고 했을 때 무슨 표정을 지어야 할지도 알 수가 없을 것 같았다. 그래서 정작 튀어나온 질문은 전혀 다른 쪽이었다.

"아, 저기, 혹시 시벨이 룬의 힘을 각성하게 된 이유 아세요?"

"아아, 그거. 각성은 사실 진작 했을걸. 그 힘이 그동안 묶여 있었을 뿐이지."

"시벨도 그런 말 했었던 것 같아요. 대체 그걸 누가 묶어둔 거예요?"

"본인이 스스로 한 거야."

"시벨이 스스로 그렇게 했다고요?"

"혈통이고 일족이고 전부 싫어. 난 아무도 지키지 않아. 형처럼 되지 않을 거야. 룬의 사명 같은 거 지킬 생각 없어. 날 제발 가만히 내버려 둬. 아무것도 하고 싶지 않아."

"??"

갑자기 이게 다 무슨 소리야? 뜬금없는 소리에 어리둥절해져 있으려니 카노스가 어깨를 으쓱였다.

"이 녀석이 평소에 내뱉은 말들. 그게 언령이 돼서 이 녀석의 힘을 봉인한 거지. 유니콘들은 타고난 술사들이고, 술사가 내뱉는 언어는 언령화 되기 쉽거든."

"……아."

"무의식이 만들어낸 언령은 그 관념이 바뀌면 깨지게 되어 있어.

봉인이 풀리기 전에 이 녀석이 이전의 신념과 반대되는 말을 뱉었을 거야. 그렇지?"

그래, 그러고 보니 그랬었다. 시벨리우스 본인의 입으로 일족을 지키는 게 자신의 사명이라고 했었지. 그리고 그게 나쁘지 않다고도 했었다. 그렇구나. 그래서 봉인이 풀린 거였구나. 이제야 어떻게 된 건지 알 것 같았다. 고개를 끄덕이고 있는데 카노스가 몹시 귀찮다는 표정으로 귀를 후볐다.

"나참, 시끄럽긴."

"네? 또 시벨리우스가 뭐라고 하나요?"

"아니 이번엔 다른 쪽. 신계에서 날 찾고 있어. 알다시피 요즘 너무 바쁘거든. 내가 없으면 한시도 제대로 굴러가질 않아요."

"아, 그럼 가 보셔야겠네요."

"아이참, 너무 유능해도 곤란하다니까. 나와의 만남이 너무 짧아서 아쉽지? 벌써 그리워서 죽을 것 같지? 어휴, 그 마음 다 알지, 알고말고. 다음엔 내 본 모습으로 올게. 내가 보고 싶어도 조금만 참아."

"아니, 딱히 그 정도까지는 아닌데요."

"부끄러워하긴. 이런 것까지 엘뤼엔을 닮아가지 않아도 되는데."

"부끄러워하는 게 아니라……."

거울을 보지 않아도 내가 떨떠름한 표정을 짓고 있다는 게 느껴졌다. 그걸 정면에서 빤히 봤을 텐데도 카노스는 전혀 아랑곳하지 않았다.

"아참, 그렇지, 엘. 정화진이 곧 완성될 거야."

"네? 언제요?"

"앞으로 길어도 일주일. 짧으면 사나흘 정도?"

"헉, 정말 얼마 안 남았네요. 근데 그전에 카류안을 찾아내야 하지 않나요? 정화진을 쓰려 해도 대상이 없으면 소용없잖아요."

"아, 그건 괜찮아. 흔적을 추적할 방법이 있거든. 게다가 마침 적당한 매개체도 있는 것 같고."

"매개체?"

무슨 말인지 이해하지 못해 어리둥절해하는데 카노스의 손이 내 가슴에 닿았다. 흠칫 놀라는데 그의 손길을 타고 검은 액체가 주르륵 딸려 나오는 것이 보였다. 그러자 몸속이 상쾌해지는 기분이 들었다. 아직 내 안에 남아 있던 카류안의 마력을 그가 방금 뽑아 낸 듯했다. 카노스는 그걸 한 덩어리로 뭉치더니 가볍게 주먹을 쥐어 갈무리했다. 단순히 소멸시킨 게 아니라 어딘가로 보내 둔 것 같았다. 그 모습을 멍하니 보려니 문득 깨달음이 일었다.

"혹시 그게 매개체가 되는 건가요?"

"맞아. 뭐든 카류안과 연결된 게 필요하거든. 원랜 계약자를 잡을 예정이었는데 이거면 될 것 같아. 정화진이 발동할 때 카류안을 그 안으로 강제 소환할 수 있을 거야."

"정말요? 우와, 잘됐네요!"

전화위복이라더니. 그 마력이 독으로 작용할 때만 해도 뒤통수 제대로 맞았다고 생각했는데 이번엔 그게 역으로 카류안을 추적하는 도구가 되려는 모양이다. 의도한 건 아니지만 당한 보람이 있었다. 마음껏 반색하고 있는데 어디선가 강렬한 시선이 느껴졌다. 카노스가 나를 빤히 바라보고 있었다. 카노스 본인의 모습으로 그랬어도 부담스러웠을 텐데 시벨리우스의 외모로 그러니까 더 부담스러웠다.

"왜, 왜요?"

"그 마력, 잘 참고 있었네. 꽤 아팠을 텐데."

"아, 처음엔 좀 아팠는데 거의 정화한 상태여서 괜찮았어요."

사실 카노스가 나타난 후로는 놀람의 연속이라 통증을 거의 느끼지도 못했다. 걱정할 필요 없단 뜻에서 한 말이었는데 카노스의 표정은 더 묘해졌다.

"고통에 익숙하구나. 그러면 안 되는데."

"……."

잠시간 어떤 말을 해야 할지 알 수 없어서 입이 저절로 닫혔다. 그런 나를 알 수 없는 시선으로 응시하던 카노스가 곧 가볍게 미소 지었다.

"그러고 보니 엘, 대답은?"

"네? 무슨 대답이요?"

"이 녀석 앞을 막아서던 것 말이야. 앞으론 절대 그런 행동 하지 말라고 했잖아?"

그게 대답이 필요했던 거였어?

그냥 으레 건네는, 지나가는 당부라고 생각했다. 그걸 굳이 확인까지 하려는 게 당황스러워서 나는 조금 머뭇거리다가 고개를 끄덕였다.

"아, 음. 조심할게요."

"아니. 그거론 안 돼. 무조건 자신을 최우선으로 생각해. 아예 남을 방패로 세워서라도 난 살아남아야겠다라는 다짐이면 더 좋고."

"그건 성격파탄자 아닌가요……?"

"네겐 그편이 더 나을걸? 물론 네 주위에 있는 이들에게도."

"그게 무슨 말이에요?"

내가 성격파탄자가 되는 게 주변인들에게 더 낫다고? 지금 내가 제대로 이해한 게 맞는 건가? 황당해서 물었지만 카노스는 대답하지 않았다. 그 대신 그는 다시금 내 머리를 쓰다듬었다.

"네가 너무 착한 아이라 큰일이야."

"그, 그렇지도 않은데요."

"그래? 그래도 큰일이 난 건 일단 맞는 것 같은데."

"네?"

이게 무슨 소린가 싶어서 의아해하려니 싱긋 웃은 카노스가 어느 한 곳을 가리켰다. 그 방향으로 시선을 보내자마자 나는 무심코 신음부터 흘렸다. 낭패감이 물밀 듯이 덮쳐들면서 머릿속이 잠시간 아득해졌다.

"……진짜 큰일 났네."

"그치?"

상큼한 대꾸가 이어졌지만 조금도 맞장구를 칠 기분이 아니었다. 눈앞엔 금빛의 마법진이 찬란할 정도로 번쩍거리고 있었다. 아주 익숙한 문양이라 그 정체를 한눈에 알아볼 수밖에 없었다.

라피스가 보낸, 소환 마법진이었다.

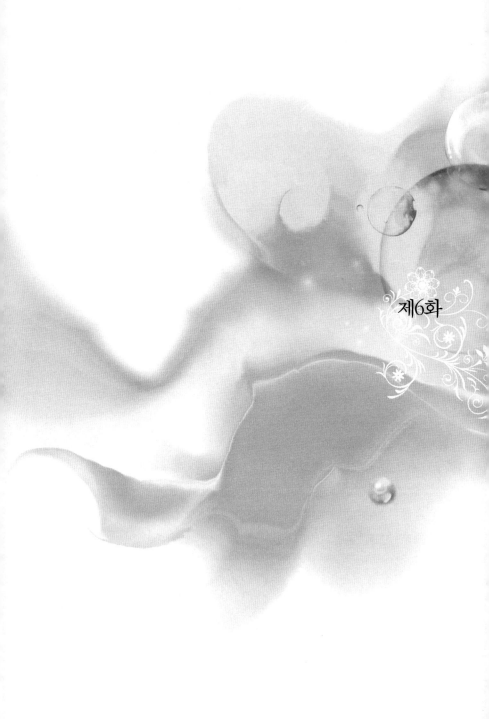

제6화

1.

　내가 말했는지 모르겠는데, 정령 소환진은 굉장히 예쁘게 생겼다. 거대한 원형의 테두리 안에 글자와 도형이 문양처럼 규칙적으로 나열된 형태로, 그 하나하나가 반투명한 데다가 금빛으로 반짝거려서 마치 보석이 깔린 스테인드글라스를 보는 것 같다. 어두운 밤에 보면 은은한 빛을 반사해서 가히 환상적이기까지 하다. 더 기막힌 점은 이 소환진이 누구나 볼 수 있는 게 아니라는 거다. 정확히 말하면 다 똑같이 생기긴 했지만, 내 키도 훌쩍 넘어서는 거대한 크기는 오직 정령왕에게서만 나타난다. 그야말로 정령왕만이 누릴 수 있는 특혜랄까.

　……내가 왜 이런 영양가 없는 생각을 하고 있냐면, 이런 잡생

각이라도 해야 초조함을 지울 수 있을 것 같기 때문이다. 물론 어디까지나 짧은 도피에 불과할 뿐, 닥쳐온 현실을 마주하는 건 피할 수 없었다. 정신이 드는 순간 공기막을 벗어나는 감각이 느껴지며 내 주위를 가득 채우고 있던 하얀빛이 삽시간에 사라졌다. 눈부심이 가시고 시야가 멀쩡해지면서 주위가 눈에 들어오기 시작했다. 사실 살펴보고 뭐고 할 것도 없었다. 바로 눈앞에 한 쌍의 붉은 눈동자가 떡하니 자리 잡고 있었으니까. 바위 위에 걸터앉은 라피스가 팔짱을 낀 채 이쪽을 빤히 주시하고 있었다.

"……왔네?"

본인이 직접 소환한 주제에 그는 내가 나타난 게 신기하다는 듯한 태도였다. 그 행동에 발끈하지 못한 건 라피스의 분위기가 심상치 않았기 때문이었다. 눈빛이 여느 때와 달리 서늘했고, 얼굴에도 표정이 없었다. 아니, 원래도 표정이 있는 편은 아니니 그냥 내 기분 탓인지도 모르겠다. 빤히 응시해 오는 시선에 움찔하게 되는 것도 내가 찔리는 구석이 많기 때문이겠지. 이래서 사람은 죄를 짓고 살면 안 되는 모양이다.

언젠가는 터질 일이긴 했지만 생각보다 너무 일찍 터졌다. 라피스는 내가 물의 진을 만들러 간 줄 알고 있었다. 방진 하나를 완성하는 덴 평균적으로 사흘 정도가 걸리는 편이고, 아직 그 기한이 다 지나지 않았다. 원래라면 그가 날 소환하려고 해선 안 되는 시기였다. 하지만 소환진을 만든 이유를 알 것 같긴 했다. 카류안과 대면하면서 위험한 고비를 여러 번 넘겼으니까. 그렇게 대놓고 마나가 빠져나갔는데 저 눈치 빠른 녀석이 이상한 점을 눈치채지 않을 리가 없지!

"저기…… 라피스……."

어떻게 말을 꺼내야 하나 망설이고 있는데 가만히 나를 바라보고 있던 라피스가 돌연 벌떡 자리에서 일어났다. 성큼성큼 다가오는 걸음에 나는 흠칫해서 뒤로 물러나려 했다. 하지만 그보다 라피스가 내 앞에 서는 게 더 빨랐다. 코앞에 서서 빤히 내려다보는 시선에 식은땀이 흐르는 기분이었다. 모호하게 웃는 나를 묘하게 응시하던 그가 이번엔 한 손으로 내 턱을 잡고 이리저리 돌려가며 살폈다. 생각지 못한 행동에 나는 그대로 뻣뻣해졌다.

"뭐, 뭐야? 뭐하는 거야?"

"멀쩡하네."

"뭐?"

"하긴, 정령인데 상처가 남을 리 없나. 다행인 건 다행인 건데 막상 아무렇지 않은 모습을 보니까 이건 이것대로 좀 열 받네."

"대체 무슨 소리를 하는 거야?"

"몰라서 물어?"

아뇨, 알죠, 물론 압니다. 알고말고요.

스산하게 빛나는 눈동자에 입을 꾹 다물었다. 라피스의 얼굴에 가소롭다는 듯한 표정이 스쳐 지나갔다. 그래도 네가 양심은 있구나? 말하지 않아도 그의 생각이 귓가에 선연히 들리는 듯했다.

"갑자기 마나가 쭉쭉 빠져나가더라? 그것도 몇 차례나."

"으음, 그게 말이지……."

"처음엔 방진을 세우는 중에 급습이라도 당했나 했지. 근데 그런 것치곤 물의 진이 참 순조롭게 세워지고 있더란 말이야."

"그, 그건 어떻게 아는데?"

"내가 주춧돌 중 하나니까. 방진끼리 서로 연결되는 구조거든. 다른 방진들의 상태가 다 느껴져."

그건 또 몰랐던 부분이다. 어쩐지 생각보다 순순히 보내준다 했더니. 방진이 언제쯤 다 만들어지는지 파악할 수 있어서 그런 거였나 보다.

"물의 진은 멀쩡하게 세워지는 중이고, 그걸 만드는 동안엔 네가 내 마나를 가져갈 일이 없지. 설마 네가 진을 만들다 말고 날 엿 먹이고 싶어서 정령을 소환해 댄 게 아니라면."

"그, 그럴 리가 없잖아."

"그래. 그러니까 솔직하게 말해. 너 어디서 무슨 짓 했어. 정화진 만들러 간 거 아니지?"

"아하하……."

"멍청하게 웃는 꼴을 보니 정곡이군."

"그게…… 어쩌다 보니……."

"즉, 나한테 거짓말하고 다른 델 갔다는 말이네?"

라피스가 생긋 웃었다. 정신이 다 아찔할 정도로 꽃 같은 미소였다. 시선을 똑바로 마주 볼 수가 없어서 나는 급히 눈동자를 굴렸다. 미모가 저 정도쯤 되면 대놓고 화내는 것보다 차라리 웃는 게 더 박력이 넘치는구나. 그리고 본인도 그걸 아주 잘 알고 있었다. 머릿속에서 비상경보가 울리기 시작했다. 아무래도 정말 크게 화난 게 분명했다.

"미안, 일부러 그런 건 아니고. 사정이 있었어."

"당연히 그랬겠지. 그래서 누구야?"

"어?"

"널 역소환 시킬 뻔한 놈, 누구냐고."

차분히 묻는 것과는 달리 라피스의 눈은 강렬하게 타오르고 있었다. 이제 보니 내가 몰래 다른 걸 했다는 것보다 역소환 될 뻔했단 사실에 더 화가 난 것 같았다. 하긴 내가 다쳤을 때 그에게도 영향이 미쳤겠지. 다른 때보다도 좀 더 위험했었으니 그만큼 받은 피해도 더 컸을 거다.

"그…… 많이 아팠어? 속은 좀 괜찮아? 일단 치료부터…….."

"지금 아픈 것 따위가 문제인 것 같냐? 한순간 계약의 끈이 희미해졌어."

"……!"

계약이 희미해졌다고? 그건 전혀 몰랐다. 헉, 잠깐. 그럼 이사나는? 경악하다 말고 나는 황급히 이사나와 연결된 감각을 살폈다. 라피스가 희미해졌을 정도면 이사나는 아예 해지된 게 아닌가 싶었는데, 다행히 직접 마나를 연결해 두지 않아서인지 아니면 이사나가 그동안 성장한 덕분인지 무사한 것 같았다. 그리고 보니 해지됐다면 내가 바로 느꼈겠구나. 그런 당연한 걸 생각하지 못하다니, 내가 당황하긴 당황한 모양이다. 안도의 한숨을 내쉬고 있는데 라피스가 사나운 시선을 들이밀었다.

"물어 봤자인 것 같지만. 너 설마 그거하고 정면으로 부딪친 건 아니겠지."

"……."

이 녀석은 왜 항상 쓸데없이 알아차리는 게 빠른 걸까. 대처를 생각할 겨를도 없이 먼저 말문부터 막혔다. 변명조차 하지 못하는 나를 보며 라피스는 이미 스스로 판단을 내린 듯했다. 그의 얼굴에 다시금 화사한 미소가 피어올랐다.

"처음부터 끝까지. 하나도 빠트리지 말고 설명해."

*   *   *

설명이 이어질수록 라피스의 눈빛은 점점 더 살벌해졌다. 머리 끝까지 열 받은 게 분명한데, 일단 다 들어 보자는 생각에서인지 화를 꾹꾹 눌러 참는 게 선명히 느껴졌다. 그러다 모든 설명이 끝났을 때쯤엔 오히려 분노할 기력을 잃어버린 듯 그저 고요한 눈으로 나를 응시하기만 했다.

"엘퀴네스가 대체로 수명이 긴 편이라더니. 네 생명력도 끈질기긴 하네. 죽을 짓만 골라 하는데 안 죽는 거 보면 참 신기하단 말이야."

물론 신랄하게 비꼬는 말이 따라오긴 했지만. 각오했던 거에 비하면 상당히 온건한 반응이었다. 그래도 나는 경계를 늦추지 않았다. 이러다 다시 심기가 상하면 확 불타오를 게 뻔하니까. 꺼진 불도 다시 보자라는 구호가 괜히 있는 게 아니다.

"깊이 반성하고 있습니다."

조신하게 대답한 건 매우 현명한 선택이었다. 조금 멈칫하던 라피스가 한층 누그러진 표정을 지었다.

"그래서 마신은?"

"일단 거기서 헤어졌어. 넌 바로 안 오면 분명 화낼 거고, 정령 소환 마법진은 나만 통과할 수 있잖아."

"그럼 아직 그 시퍼런 엘프 놈 안에 있을 수 있다는 거네?"

"엘프가 아니라 유니콘이거든? 그 전에 시벨리우스라는 멀쩡한 이름도 있고."

"거기까진 내 알 바 아니고."

"어휴, 너흰 대체 왜 그렇게 사이가 안 좋은 거야? 아무튼 아직 카노스이긴 할 거야. 시벨을 안전한 장소로 데려다 놓은 후에 돌아간다고 했거든."

"안전한 장소?"

의아한 표정으로 묻는 말에 나는 고개를 끄덕였다. 머릿속에서 헤어지기 직전 카노스와 나눈 대화가 스쳐 지나갔다.

"신은 어디서든 '문'을 감지할 수 있어. 카류안이 이 몸을 쉽게 포기하진 않을 거야. 계속 접신한 상태를 유지할 수는 없으니 내가 떠나기를 기다리겠지. '문'을 강화하긴 했지만 그것만으로는 한계가 있을 테니 좀 더 강한 장치를 해 둘까 해."

"뭘 어떻게 하시려고요?"

"다른 기운을 섞어서 이 몸의 성질을 조금 변화시킬 거야. 그러면 문과 연결되는 길도 흐려지거든. 일종의 가림막을 세우는 거라고 보면 돼."

"괜찮네요. 근데 다른 기운을 어떻게 섞어요?"

"방법이야 만들면 되지. 가령 누군가와 계약한다거나."

"아! 그럼 정령 계약을?"

"그것도 나쁘진 않네. 할 수만 있다면."

"……안 되나요?"

"어떨 것 같아?"

안 되는구나. 싱글싱글 웃는 얼굴을 보자 바로 확신이 섰다. 그러고 나니 자연스레 깨달음이 찾아들었다. 유니콘은 신족에 속하는 종족이고, 신족이나 마족은 정령과 계약하지 못한다는 사실이. 달리 다른 문제가 있는 게 아니라 그들이 정령 계약에 가장 필요한 조건—자연의 속성을 지니고 있지 않기 때문이다. 낭패감에 얼굴을 찌푸리자 카노스도 내가 사실을 깨달았다는 걸 알아차린 듯했다. 그의 얼굴에(정확히는 시벨리우스의 얼굴이지만) 서린 미소가 더 짙어졌다.

"가끔 이런 당연한 걸 물어보면 참 재밌단 말이야."

"저도 제가 바보인 거 알거든요."

"괜찮아. 그래도 귀여워."

그건 즉, 바보라는 건 맞단 말이네?

뚱해져서 쳐다봤더니 카노스가 냐하하 경망스럽게 웃었다. 처음부터 내가 발끈길 기대하고 한 말인 게 분명했다.

"뭐, 너무 상심하진 마. 사실 정령 계약이 가능했어도 그걸 택하진 않았을 테니까. 나쁘지 않다는 거지, 최선은 아니거든."

"그럼 뭐가 최선인데요?"

돌아온 건 의미심장한 웃음이었다. 카노스가 들어온 후론 쭉 생소한 표정을 보이는 중이었지만 그중에서도 가장 낯선 얼굴이었다. 그래서 그런가. 그 모습이 왠지 음험해 보였다.

"성질 변화란 건 극단적일수록 좋은 법이지."

"흐음, 마신이 그렇게 말했단 말이지. 그럼 그 안전한 장소라는 것도 그와 관련된 곳이겠네?"

"응, 아마도? 그 뒤로는 설명을 더 듣지 못했어."

대놓고 물어봤지만 카노스는 그저 모호하게 웃어넘기기만 했다. 그때 상황을 생각하며 얼굴을 찌푸리려니 라피스가 대수롭지 않게 고개를 끄덕였다. 뭔가 짐작한 듯한 얼굴이라 나는 급히 물었다.

"혹시 넌 카노스가 어디로 간 건지 알겠어?"

"뭐? 아아, 대충."

"뭐야, 어딘데?"

"어디긴, 대놓고 다 말해 놨잖아."

"대놓고……?"

"타인과 계약할 수 있으면서 유니콘과 극단적으로 다른 성질을 가진 존재가 뭐겠냐?"

어, 그게 그런 식으로 축약되는 건가? 이렇게 듣고 나니 머릿속이 한순간에 정리되는 것 같았다. 다른 건 몰라도 유니콘과 반대되는 성질이라면 떠오르는 존재가 하나밖에 없었다.

"……마족?"

"잘 아네."

시큰둥한 목소리가 신호라도 되는 것처럼, 눈앞에 친숙한 이들의 모습이 연쇄 고리로 그려지기 시작했다. 아스와 데르온. 헤어진 이후로는 소식이 알 길이 없는 두 마족의 모습이었다.

찾아든 깨달음에 천천히 입이 벌어졌다. 카노스가 어디를 갔는지 이제야 확실히 알 것 같았다.

2.

남자는 어둠 속을 걷고 있었다. 한 줄기 빛도 스며들지 않는 깊은 동굴의 지하였다. 비탈진 길을 따라 가장 깊숙한 곳까지 내려간 그는 곧 어느 한 곳에 이르러 걸음을 멈췄다. 구석진 부분에 덩어리진 무언가가 자리 잡고 있었다. 그 안쪽에서 붉은빛이 새어

나왔다가 사그라지길 규칙적으로 반복하고 있었다. 마치 이 동굴의 심장 같았다. 남자는 좀 더 가까이 그 앞으로 걸어갔다. 붉은 빛 속에 무언가가 잠겨 있었다. 몸을 동그랗게 말고 있는 소년이었다. 소년은 아무것도 입고 있지 않은 모습이었다. 성에가 내려앉은 것처럼, 하얀 실타래가 그런 소년의 온몸을 덮은 채였다. 거미줄이 감싼 것 같기도, 고치에 들어가 있는 것 같기도 했다. 단지 어느 쪽이든 소년이 스스로 몸을 움직일 수 없는 상태라는 것만은 분명해 보였다. 남자가 그 안쪽을 향해 몸을 굽혔다.

"주군."

그의 낮은 음성에 잠든 것처럼 보였던 소년이 감고 있던 눈을 살짝 떴다. 맑지 않은 붉은색 눈동자가 초점을 잃은 채 방황하다 천천히 그를 응시했다. 무언가를 묻는 듯한 시선이었다. 남자가 기다렸다는 듯이 입을 열었다.

"아직 아무런 변화가 없습니다. 길이 열리지 않았습니다."

소년이 기다렸던 보고였다. 만족한 듯 휘어진 붉은 눈동자가 잠기운을 이기지 못하고 다시 까무룩 감겨들었다. 그 모습을 가만히 응시한 남자—데르온이 쓴 한숨을 내쉬었다. 시간이 더 필요한 건 이쪽도 마찬가지인 듯했다.

아스와 데르온, 두 마족은 원래 마왕의 특수군—모르스를 추적하던 중이었다. 처음엔 차원의 틈을 타고 넘어오는 마족들의 존재를 뚜렷하게 잡아낼 수 있었다. 그런데 어느 순간부터인가 묘한 기운에 휩싸인다 싶더니 그 뒤로는 무엇도 느껴지지 않았다. 사방이 탁 트인 데다가 달리 앞을 가로막은 것도 없는데 어디를 가도 길이 나타나지 않았다. 갇혔다는 걸 인지한 건 그 뒤로도 꽤 시간이 흐른 뒤였다. 그나마 그도 이 세계의 구조와 지형을 어느 정도 알고 있던 덕분이라, 처음 방문한 거였다면 지금까지도 갇혔다는 사실을 까맣게 모르고 있었을 게 분명했다. 시선을 두는 것마다 보이는 건 그저 평범한 산과 들판의 풍경뿐이었지만 의심의 여지가 없었다. 그들은 지금 미궁에 갇혀 있었다. 잡히지도, 보이지도 않는 투명한 미궁 속에.

처음엔 돌아가는 사태를 이해할 수 없었으나 상황을 파악하기까지 그리 오랜 시간이 걸리진 않았다. 이런 기이한 일을 자연스럽게 일으킬 수 있는 존재가 그들 가까이에도 있었기 때문이다. 한때는 이와 비슷한 힘에 도움을 받은 적도 있었다.

"은신은 바람의 힘이죠. 아무래도 침입자를 인지한 미네르바가 모르스를 대상으로 무언가 조치를 한 듯합니다."

"그런데 운 나쁘게 우리까지 휘말렸다는 거네."

데르온이 내린 판단에 아스도 바로 동의했다. 미네르바가 모르스의 시야를 가리기 위해 이 지역에 전반적으로 바람의 장막을 펼친 게 분명했다. 하필 그들을 추격 중이던 아스와 데르온도 마족인 바람에 오해를 산 것 같았다. 말 그대로 정말 운이 나빴다.

이 보이지 않는 미궁이 언제까지 지속되는지는 알 수 없었다. 하지만 일단 갇힌 이상 그들이 평화적으로 빠져나갈 방법은 그리 많지 않았다. 미네르바 쪽에서 애꿎게 휘말린 그들을 눈치채거나, 그게 아니면 엘이 알아차리거나. 둘 다 당장 일어나기는 요원해 보였다.

"무한정 기다릴 순 없어."

얼마간 하릴없이 시간을 보낸 끝에 아스가 결정을 내렸다.

"차라리 잘됐어. 어차피 이대론 모르스를 대면해도 죽이는 것밖엔 할 수 없었겠지. 그건 너무 비효율적이라고 생각했거든. 다른 방식으로 해결해야 해."

"무엇을 생각하십니까?"

"마왕의 증표를 얻을 방법."

담담한 대답에 데르온의 눈빛이 깊어졌다. 누구보다 그가 가장 바라는 일이었으며, 또한 가장 시급한 부분이기도 했다.

"조건은 다 완성했다고 생각해. 이미 힘은 충분히 갖췄어. 마족 중에서 날 능가할 수 있는 이는 없어."

"제가 판단하기에도 그렇습니다. 주군은 이미 능력 면으로는 더 성장할 부분이 없으십니다."

"맞아. 여기서 내게 부족한 부분이 있다면 단 하나뿐이지. 그러니 데르온, 네 도움이 필요해."

"하명하십시오."

낮게 떨어진 음성에 데르온이 바로 한쪽 무릎을 꿇었다. 아스는 묵묵히 자신의 손을 내려다보았다. 아직 다 자라지 않은 매끈한 아이의 손이었다.

"내 몸을 완전히 성장시켜야겠어."

마족의 신체는 늦어도 10년 안에 다 완성된다. 그중에서도 아스는 평균보다 성장 속도가 빠른 편이었다. 하지만 그렇다 해도 완전히 다 성장하려면 시간이 걸린다는 것만은 부정할 수 없는 사실이었다.

본래는 원한다 해서 마음대로 신체를 성장시킬 순 없었다. 그러나 지금 아스에겐 지원군이 있었다. 북공작이자 생명의 숲 카르텐의 관리자인 데르온이. 마신의 정수를 만들어 내는 북공작 특유의 고유 마력은 유체를 돌보는 데 특화되어 있다. 그의 기운은 유체를 보호하며 신체의 성장을 돕는다. 그걸 단 하나의 개체에 쏟는다면 단기간에 성장하도록 하는 것도 가능했다. 단지 그동안엔 기운을 받는 쪽도, 주입하는 쪽도 현저히 약해진다는 게 문제였다. 언제 습격당할지 알 수 없는 환경에선 위험을 자초하는 행위나 다름없었다. 누군가가 공격한다면 대응할 겨를도 없이 속수무책으로 당할 것이다. 그런데도 데르온은 망설임 없이 아스의 제의를 받아들였다. 그 역시 그게 가장 합리적인 방법이라고 판단했기 때문이었다. 새 마왕이 나타나 주권을 잡으면 모르스도 그의 권속에 들어가게 된다. 전대 마왕이 내린 명령 따위는 그 자리에서 무효가 될 것이다. 가장 합리적이고 손해가 적은 방식의 해결이었다. 무엇보다 엉망이 된 마계를 안정시키기 위해서라도 하루빨리 새 왕이 필요했다.

물론 신체가 완성된다고 해서 정말 왕의 증표가 나타난다는 보장은 없었다. 루카르엠은, 마신은 단지 때가 이르면 저절로 이뤄질 거라 했을 뿐 완벽한 정답을 알려준 적은 없었다. 그래도 할 수있는 시도는 해 봐야 했다.

마침 근방에 빈 굴이 있어서 두 마족은 바로 그곳에 터를 잡고일을 진행했다. 그러나 막상 본격적으로 시도하고 나니 예상했던것보다 속도가 더뎠다. 뭔가 순조롭지 않다는 느낌은 있었지만 문제점을 파악하기는 어려웠다. 데르온 자체가 북공작이 된 지 얼마안 된 상태이기도 했고, 처음 해 보는 시도이다 보니 시행착오가많을 수밖에 없었다.

"……!"

그때 문득 데르온이 얼굴을 굳혔다. 근처에서 낯선 기척이 어른거리고 있었다. 무언가가 동굴 안으로 들어온 듯했다. 데르온은천천히 검을 꺼내 들고 경계했다. 들어온 것이 길을 잃은 인간이거나 짐승 종류라면 상관없었지만, 만약 모르스 중 하나라면 곤란했다. 그런데 아무래도 상황이 좋게 풀리진 않으려는 듯했다. 근방만 배회하다 다시 돌아나가길 기대했건만 기척이 점점 안으로 들어오고 있었다. 헤매는 발걸음도 아니라 뚜렷하고 규칙적인 걸음이었다. 이쪽을 목표로 하고 있는 게 분명했다.

데르온은 아스가 있는 곳을 등지고 선 채 검집을 더 강하게 움켜쥐었다. 누구든 나타나면 바로 공격부터 할 생각이었다. 그런데막상 상대의 형체가 드러났을 때 그는 아무런 행동도 이을 수 없었다.

"넌……."

데르온의 눈이 크게 떠졌다. 동굴을 가득 채운 어둠 따윈 마족인 그의 시야에 아무런 영향을 주지 않았다. 덕분에 한눈에 상대를 알아볼 순 있었으나 그 정체가 너무나 의외였다.

"이런 곳에 있었어? 꼴이 말이 아니네."

경쾌한 음성에 데르온은 잠시간 눈을 깜빡였다. 졸고 있는 것도 아닌데 선 채로 꿈을 꾸는 기분이었다. 그는 차분히 상대의 모습을 훑었다. 빛 한 점 들어오지 않는 곳인데도 새하얀 은발이 선명했다. 푸르스름한 피부 하며 쭉 뻗은 키, 길죽한 귀의 형태까지, 전부 그가 알고 있는 모습 그대로였다.

"시벨리우스?"

조금 기억을 되짚은 끝에 데르온은 그의 이름을 뱉어냈다. 지금껏 딱히 부를 일이 없다 보니 그 이름을 입에 담아본 것도 처음이었다. 상대도 조금 생경하다는 듯이 웃었다.

"빨리도 알아채네."

"네가 어떻게 여길……. ……! 혹시 엘 님이 오신 건가?"

"아니, 나 혼자 왔는데."

능청스러운 대꾸에 데르온은 혼란스러워졌다. 그의 상식에 유니콘인 시벨리우스가 자의로 그들을 찾아올 일은 없었다. 게다가 밖은 바람의 장벽이 펼쳐져 있는 상태였다. 짧은 고민 끝에 그는 가장 그럴듯한 결론을 내렸다.

"엘 님이 우리 상황을 알아차리셨군. 그래서 널 대신 보낸 건가?"

"왜 뻔히 보이는 상황을 모르는 척할까? 그렇게라도 외면하고 싶은 기분을 모르는 건 아닌데, 정말 나 혼자 왔어. 엘은 이쪽 상황은 아직 모르고 있을걸?"

"대체……."

정체를 확인한 후 한층 흐려졌던 경계가 다시 강해졌다. 데르온은 다시 검을 움켜쥐었다. 아무래도 뭔가 이상했다. 그러나 노골적인 경계를 보고서도 시벨리우스는 그저 웃기만 했다.

"엘 님의 도움을 받은 게 아니라면 우리가 여기 있는 걸 어떻게 알았지?"

"내가 너흴 찾아내는 건 별로 어렵지 않아."

"무슨……."

"괜찮아, 괜찮아. 안 잡아먹어. 그냥 편히 있어. 어차피 그 꼴로는 뭘 하려고 해도 별로 소용없을 텐데."

데르온은 기가 막히다는 표정을 지었다. 하지만 그가 가까이 다가오는 것을 보면서도 왠지 공격할 마음이 들지 않았다. 단지 그가 친숙한 존재라는 것 때문만은 아닌 것 같았다. 이상할 정도로 거역하기 힘든 느낌이 들었다.

'뭐지? 마치 몸이 멋대로 경계를 푸는 것 같은…….'

데르온이 제 상태에 당황한 동안 시벨리우스는 당연히 그럴 줄 알았다는 듯 그의 어깨를 가볍게 두드리고 스쳐 지나갔다. 완전히 무방비하게 보냈다는 사실을 자각한 그가 경악하며 뒤를 돌아보았을 때 시벨리우스는 이미 고치를 이루고 있는 아스를 살피고 있었다. 잠결에도 낯선 기척을 느낀 아스가 가늘게 눈을 떴다. 흐릿하게 응시해 오는 시선을 똑바로 마주한 시벨리우스가 빙긋 웃었다. "그래, 그래, 착하다." 달래는 듯한 음성이 이어지고, 아스는 다시 눈을 감았다. 빠르게 잠에 빠져드는 그의 얼굴은 어느 때보다 평온해 보였다. 그 모든 광경을 데르온은 그저 아연한 심정으로 지켜볼 수밖에 없었다.

"흠, 시도는 좋았는데 아스의 힘이 너무 크다 보니 데르온의 보조가 불안정하구나. 이대론 몸이 힘들기만 할 거야. 이건 사실 경험의 문제지. 데르온, 좀 더 분발해야겠네."

"이봐. 대체……."

"좋아. 모처럼 왔으니 이건 내가 도와주도록 할까."

데르온이 나서기도 전에 시벨리우스가 아스의 머리에 손을 얹고 어루만졌다. 마치 기특한 아이를 다루는 듯한 손길이었다. 그 순간 이어진 광경에 데르온이 숨을 삼켰다. 아스의 주변으로 실타래가 확 뻗어진다 싶더니 순식간에 그의 몸을 감싸기 시작했다. 곧 아스의 모습이 그 안에 완전히 파묻혀 사라졌다. 지금까지 듬성듬성 몸이 드러났던 것과는 다른 완벽한 고치 상태였다. 데르온은 분노하려던 것도 잊고 그저 멍해졌다. 아스가 완벽한 성장에 들어갔다는 걸 본능적으로 알 수 있었다.

"이제 네 기운은 갈무리해도 돼. 지금부턴 이 공간을 지키는 것만 신경 쓰면 될 거야."

"내 눈으로 보고도 믿기가 힘들군. 유니콘이…… 이런 것도 가능한가?"

"일반적으로는 안 될걸. 하지만 안에 다른 걸 담고 있다면 이야기가 다르지. 이건 지금만 되는 특별 한정 서비스."

"무슨……."

그가 한 말의 의미를 파악하다 말고 데르온이 얼굴을 굳혔다. 시벨리우스에게서 다른 기운이 느껴지고 있었다. 분명 조금 전까지만 해도 존재하지 않았던 기운이었다. 심지어 익숙하기까지 했다. 당연했다. 그의 주군인 아스의 기운이었으니까.

"……너, 대체 무슨 짓을 한 거지?"

"아스와 계약했어."

"뭐?"

"내가 일방적으로 진행한 거라 가계약이긴 하지만. 효과는 비슷하긴 하니까 얼마간은 쓸 만하겠지. 나중에 아스가 저 안에서 나오면 정식으로 계약하게 해 줘. 아무래도 그게 더 안전할 거야."

"지금 무슨 말을……."

"그렇게 싫은 표정 하지 마. 아스에게도 나쁜 일만은 아냐. 지금까지 유니콘과 계약한 사례가 없으니 너흰 그 가치를 잘 모르겠지만. 이거 여러 가지로 의미가 꽤 크거든. 상황이 좀 복잡한데 나머진 얘한테 들어. 알아서 다 설명할 거야."

"얘라니……."

"너희가 알고 있는 이 몸의 본 주인. 난 이제 그만 돌아가 봐야 하거든. 너무 귀찮게 불러대서 더 시간을 끌 수가 없네."

찌푸리고 있던 얼굴에서 표정이 사라졌다. 데르온의 눈이 서서히 커지기 시작했다. 그 모습을 장난스럽게 응시하던 시벨리우스가 그의 어깨를 가볍게 두드렸다. 닿은 손길을 타고 온몸에 전율이 돌았다. 선명하고도 확실한 존재감이었다. 이제야 깨달았다는 게 믿을 수가 없을 정도로.

"그 머리 색도 제법 잘 어울리네."

"아……."

"잘해 주고 있어서 고맙다. 넌 앞으로도 잘해 낼 거야. 가장 기특한 아이니까."

"아아……!"

희미하게 웃던 시벨리우스가 곧 천천히 눈을 감았다. 그의 몸이 휘청이며 그대로 쓰러지기 시작했다. 데르온은 서둘러 무너지는 몸을 받아냈다. 자각과 동시에 솟아오른 눈물이 더는 견디지 못하고 후두둑 쏟아져 내렸다. 그는 의식이 없는 시벨리우스를 끌어안은 상태로 한참을 숨죽여 울었다.

"카노스 님."

3.

"돌아오셨습니까."

귓가에서 울리는 잔잔한 음성에 카노스는 천천히 눈을 깜빡였다. 뚜렷해진 시야 속에 황금과 흑요석으로 꾸며진 지붕이 보였다. 그의 궁처에서 가장 중심부에 있는 침실 안이었다. 시선을 옆으로 옮기자 침대 곁을 지키고 있던 이가 머리를 조아렸다. 살짝 결을 내어 양쪽 어깨로 늘어트린 머리칼은 선명한 산호색, 눈동자는 피처럼 붉었다. 화사한 외모의 여인은 흑단처럼 새카만 여섯 장의 날개를 지니고 있었다.

"다녀왔어, 유비아."

빙긋 웃으며 건넨 말에 유비아라 불린 천사가 다시금 머리를 숙였다. 사무적인 건조한 태도였지만 그에 익숙한 카노스는 신경 쓰지 않고 몸을 일으켰다.

"오, 강신은 처음 해 봐서 몰랐는데 이거 신 쪽에도 부담이 좀 있네. 몸이 나른해."

"신력 회복을 위해 선과를 구해 오겠습니다."

"아니, 그 정도까진 아니야."

"그러시다면 거두겠습니다. 그리고…… 아까 전부터 신들이 방문해 계십니다."

"아아, 그렇겠지."

카노스는 무심히 고개를 끄덕였다. 그들이 왕왕 떠들던 소리 때문에 돌아온 참이라 딱히 새삼스러울 것도 없었다. 문을 열고 나가자 바깥에 있던 이들이 흠칫 놀라며 우르르 물러섰다. 그들 모두 유비아처럼 검은 날개를 지니고 있었다. 단지 제 신을 대하는 것치고는 지나치게 겁을 먹은 기색이었다. 이 또한 익숙한 카노스는 그저 무심히 그들 사이를 지나쳐 걸었다. 그 뒤를 유비아만이 고요하게 따랐다.

"카노스!"

홀로 내려서기 무섭게 다급한 목소리가 울려 퍼졌다. 계단을 내려서는 그를 발견한 두 신이 자리에서 벌떡 몸을 일으키고 있었다. 섀넌과 루세프, 그들의 이름을 속으로 한 번씩 읊은 카노스가 빙긋 웃었다.

"거참 시끄럽네. 내 이름이 카노스인 건 나도 잘 알아. 그렇게 지겹게 부르지 않아도."

"대체 어떻게 되신 겁니까?"

"뭐가 어떻게 된 건지는 이미 잘 알지 않아? 루세프가 이미 다 설명했을 것 같은데."

"너 이 자식!"

루세프의 두 눈에서 분노가 불꽃처럼 튀었다. 바로 덤벼들어 주먹이라도 날릴 기세였다. 그런 그를 섀넌이 붙잡아 강제로 멈추게 했다.

"안 됩니다! 진정하세요, 루세프!"

"이거 놔! 내가 지금 진정하게 생겼어?"

"기분은 이해합니다. 하지만……."

"저 자식이 나와 내 아이의 첫 교감을 망쳤어! 안 그래도 첫 접신이라 몸에 부담이 클 텐데 다른 신이라니! 심지어 신 중에서도 가장 자극적인 기운을 가진 마신이!"

루세프는 거침없이 분노를 쏟아냈다. 이렇게 머리끝까지 화난 게 얼마 만인지 생각나지 않을 정도였다. 당시 상황만 생각하면 이가 부득부득 갈렸다. 시벨리우스가 살아 있다는 사실을 알았을 때 얼마나 기뻤던가. 몇 번이나 접선을 시도하고 문을 두드려도 반응을 보이지 않아서 초조했었다. 그러던 것이 시간이 지날수록 경계가 흐려지며 시벨리우스의 무의식이 천천히 그의 존재를 의식하기 시작했다. 그 마음에 쌓인 분노와 원망이 녹아가는 게 선명하게 느껴졌다. 그리하여 마침내 스스로 채운 봉인에서 벗어나는 중이었다. 이제 그와 처음으로 교감할 차례만 남아 있었는데. 그 랬었는데!

"그 천금 같은 순간을 저 녀석이 강탈했다고!"

자신을 똑바로 가리키는 손가락을 보며 카노스가 가볍게 귀를 후볐다. 그 태연자약한 행동에 루세프는 더 광분했다.

"왜 하필 그 순간이야! 강신이 필요했다면 다른 때 해도 됐잖아!"

"글쎄, 다른 때는 오지 않았을걸."

"뭐?"

"그때 내가 나서지 않았으면 카류안이 그 몸을 차지했을 테니까. 네가 먼저 들어갔더라도 힘으로 밀어버렸겠지. 설마 네가 지금의 그 아이를 이길 수 있다고 생각하는 건 아니지?"

"……."

가혹할 정도로 적나라한 진실 앞에 루세프는 선뜻 답하지 못했다. 그는 대신 주먹을 꾹 움켜쥐었다. 사실 진짜 문제로 삼을 부분은 따로 있었다. 한층 흥분을 가라앉히자 비로소 본래 추궁해야 할 것들이 떠오르기 시작했다. 루세프는 살짝 심호흡한 뒤, 카노스를 응시했다.

"내게 시벨의 존재를 알려준 거, 일부러냐?"

"흠?"

"넌 '죄인'이 다른 육체를 찾는다는 걸 알고 있었어. 그놈의 눈에 능력을 각성한 시벨은 최상의 먹잇감이 될 게 뻔했지. 지금은 룬을 봉인한 상태로 두는 게 더 안전했을 거야. 그런데도 굳이 나한테 그 아이를 알려줘서 내가 접선하도록 만들었지. 그래서 결국 봉인이 풀렸고. 죄인이 발견하도록 만들었어."

섀넌이 눈을 크게 뜨고 카노스를 돌아보았다. 그는 무슨 생각을 하는지 알 수 없는 얼굴로 장난스럽게 웃고 있었다. 평소 나쁜 장난을 할 때면 늘 짓는 표정이었다. 불길한 기분이 스멀스멀 차올랐다.

"처음부터 다 계획한 거지?"

"맞아."

"카노스!"

기함한 섀넌이 자기도 모르게 소리쳤다. 이런 걸 긍정할 바엔 차라리 대답을 외면하는 쪽이 훨씬 나았다. 길길이 날뛰는 루세프가 걱정되어 따라온 참인데 상황이 더 최악으로 치닫고 있었다. 루세프 역시 욕설을 내뱉었다. 분노로 머리가 하얗게 비어 가는데 오히려 마음은 편했다. 솔직히 아무것도 몰랐다고 할 자신은 없었다. 내내 기묘한 위화감이 있었다. 마신 카노스는 그리 친절한 성격이 아니었다. 대체로는 짓궂었으며, 타인에게 무심했고, 냉정하게 표현하면 잔인한 편에 속했다. 그는 늘 쉽게 남을 농락하고, 누군가의 간절함을 무기로 이용하는 신이었다. 그런 그가 굳이 시벨리우스의 생존을 순순히 알려준 게 뭔가 이상하다고 생각했다. 그걸 무시하고 있던 건 자신이었다. 죽은 줄로만 알았던, 그토록 행방을 찾았던 아이가 멀쩡히 살아 있다는 사실 그 자체가 더 중요했기 때문에.

"대체 왜……."

"숨어 있는 카류안을 끌어낼 방안이 필요했어. 지금 그 아이는 신에 가까우니 '문'이 열리면 느낄 거고, 그럼 반드시 노리기 위해 모습을 드러낼 거라 생각했지. 설마 그 아이 눈앞에서 각성할 줄은 나도 몰랐지만."

"그 아이, 그 아이. 아까부터 거슬리는데, 죄인을 친근하게 부르는 건 그만둬."

으득 깨문 입술 사이에서 억눌린 목소리가 흘러나왔다. 뚜렷하게 노려보는 눈동자에서 새파란 안광이 일었다.

"그렇지 않으면 네가 악신의 각성을 돕고 있다고 생각하게 될 것 같으니까."

"루세프, 그런 말이 어딨습니까."

자극적인 도발에 당황한 섀넌이 급히 루세프를 제지했다. 정작 카노스는 흐트러짐 없이 웃는 얼굴 그대로, 그가 쏟아내는 분노를 그저 가만히 지켜볼 뿐이었다. 어떤 말을 하든 상관없다는 태도에 루세프의 얼굴이 더 일그러졌다.

"뭐라고 말 좀 하지?"

"어라, 대답이 필요한 거였어?"

"너……."

"대체 왜 화를 내는지 모르겠네."

정말로 이해할 수 없다는 듯, 고개를 한쪽으로 기울인 카노스가 나른하게 두 눈을 휘어 접었다.

"카류안의 뿌리가 마족에 있는 한, 그 아이를 뭐라고 호칭하건 그건 내 마음이고."

"……."

"내가 악신을 도왔다면 이미 모든 게 다 끝났겠지. 이렇게 멍청할 정도로 시간을 질질 끌고 있을 이유가 없잖아. 이 당연한 사실을 굳이 짚어야 하나?"

루세프의 얼굴이 와락 구겨졌다. 인정하고 싶지 않아도 그게 사실이었으니까. 분한 얼굴로 다시금 주먹을 움켜쥐는 그를 섀넌이 조마조마한 얼굴로 바라보았다. 점점 험악해져만 가는 분위기가 해소된 건 뜻밖에도 카노스에 의해서였다. 그가 지나가듯이 하는 말에 한없이 날을 세우던 루세프의 기세가 멈췄다.

"네 룬과의 첫 교감을 빼앗은 건 유감이긴 한데. 내게 진 빚을 갚았다고 생각해."

"……뭐?"

"우리, 해야 할 정산이 있었잖아?"

"무슨……."

루세프는 벌렸던 입을 그대로 다물었다. 카노스 뒤에 묵묵히 서 있는 검은 날개의 천사—유비아가 눈에 들어왔다. 검은 날개는 마신의 천사들이 지니는 고유 상징이고, 마신의 궁처에 있는 천사들은 전부 같은 색의 날개를 지니고 있다. 하지만 실제로 자세히 파고들어 가면 그들을 진짜 마신의 천사라고 할 수 있을지 애매해진다. 이곳의 천사들에게선 카노스의 기운만이 아니라 다른 기운도 함께 느껴졌다. 그가 다른 신들에게서 강제로 강탈해 온 천사들이기 때문이다. 마신이 강제로 불어넣은 신력으로 날개 색은 바뀌었지만 그들의 본 주인은 여전히 따로 있었다.

그러나 유비아만은 달랐다. 그녀에게선 마신의 고유 기운만이 느껴졌다. 이 궁처 안에서 마신의 신력으로만 탄생한 순수한 그의 천사는 오직 유비아 하나뿐이었다. 물론 처음부터 그랬던 건 아니다. 한때는 유비아와 어깨를 나란히 하는 12명의 상급 천사들이 존재했다. 그 숫자가 급격히 줄어든 건 천마대전을 거치면서였다.

"그때 네가 죽인 내 천사와 마족들이 몇이었더라?"

"……."

빙긋 웃는 얼굴에 루세프는 마른침을 꿀꺽 삼켰다. 천마대전은 신족과 마족의 전쟁이었다. 당시 모든 신족이 마족을 사살하는 데 참여했지만 마신의 천사들만은 마족을 보호하려 했다. 다른 신족의 시선에선 자연스럽게 그들 역시 적으로 볼 수밖에 없었다.

"신족만 상대하는 거였다면 내 천사들이 그렇게 다 죽지는 않았을 거야. 대전에 참가한 신들도 사실 다 고만고만했어. 그 흐름을 일방적으로 바꾼 게 너와 네 룬이었지."

"그, 그건…… 그건 전쟁이었고…… 난 신계의 수호지기로서 천마대전을 수습할 의무를……."

"알아. 그러니 봐준 거잖아. 그래도 빚은 빚이지. 너도 그래서 한동안 날 피해 도망 다닌 거 아닌가?"

"……."

들끓었던 기세가 한순간에 파시식 식었다. 마신이 그때 일을 언급하면 루세프는 늘 할 말이 없어졌다. 마족이 일으킨 전쟁이었지만, 사실 그들을 도발한 건 신족이 먼저였다. 마신을 만나기 위해 방문한 마왕에게 지나가던 신족 하나가 버림받은 자들이라며 조롱한 것이 원인이었기 때문이다. 본계였던 신계에서 쫓겨나 새로운 세계로 몰아넣어진 탓에 그렇지 않아도 예민한, 평소 혈기 왕성한 종족에겐 불씨가 되기 충분한 사건이었다.

그런 사정을 다 알면서도 루세프는 마족에게 잔혹해질 수밖에 없었다. 신계의 수호지기로서 마족은 단지 습격자에 불과했으니까. 신계에 속한 존재이면서 동시에 마족의 창조주이기도 한 마신에게는 달갑지 않은 시간이었을 것이다. 마신은 방관을 택했다.

그가 대전에 참여하지 않는 게 최고신들과 약속한 마계의 존속 조건이었기 때문이었다. 그 결과 마신의 천사들이 나섰고, 첫 번째 천사인 유비아만을 제외하고 모두 희생됐다. 이후로 카노스는 다시는 청공의 방에서 천사를 데려오는 일이 없었다. 루세프는 기운을 누그러뜨리면서도 불만스럽게 카노스를 응시했다.

"근데 봐줬다고 하긴 좀 그렇네. 이미 룬의 혈통에 저주를 내렸잖아."

"그랬던가?"

"뭘 모르는 척이야? 원래 룬은 여러 혈통에서 전반적으로 태어나게 되어 있었어. 기존 룬이 자격을 포기하거나 잃으면 그 힘은 자연스럽게 다른 이가 룬이 되어 넘어가는 형식이었지. 그런데 네가 그걸 하나의 혈통으로 고정하고 그게 끊기면 다시는 룬이 태어나지 못하게 해 놨잖아! 심지어 룬의 힘도 다른 종족에게 넘어갈 수 있게 해 놓고! 그래서 유니콘들이 룬의 핏줄에 집착하다 못해 감시까지 하게 되고!"

"대신 마계 쪽에도 그만큼 불이익을 줬지. 번식을 완전히 내 통제하에 두고 태어나는 수를 제한하기 시작했으니까. 게다가 그 문제라면 해결할 방안도 같이 준 것 같은데?"

"해결 방안? 네가 언제 그런 걸……."

영문을 알지 못해 눈을 깜빡이던 루세프가 이내 얼굴을 찌푸렸다. 그러고 보니 당시에 저주를 내리면서 카노스가 한마디 덧붙인 적이 있었다. 일정한 조건을 갖추면 두 종족에게 내려진 저주가 모두 풀릴 거라는 말이었다. 하지만 그 조건이라는 게 굉장히 황당해서 듣자마자 머릿속에서 지웠었다. 아무리 생각해도 달성할 수 있는 조건이 아니었기 때문이었다.

"……룬이 마신의 피를 마시는 거?"

"잘 아네."

"그걸 말이라고 해? 네 피를 마시게 하라는 소리잖아! 그걸 순순히 내주기는 할 거고? 널 덮치기라도 하라는 거야, 뭐야?"

"어머나, 덮칠 거야? 그냥 달라고 하면 주려고 했는데."

"못 믿어! 아, 아니, 게다가 그게 문제가 아니야! 그걸 줘도 어떻게 마시게 하냐! 유니콘에게 상성이 완전히 다른 마신의 피는 독이야! 그게 죽으라는 소리랑 뭐가 달라?"

"방법이 전혀 없는 것도 아닌데."

"그것 봐! 일부러 약 올리려고 하…… 엉?"

기다렸다는 듯이 소리치던 루세프가 이어진 말의 의미를 뒤늦게 깨닫고 눈을 깜빡거렸다.

"룬을 마족으로 만들면 되거든."

"그게 되겠냐!"

"응, 돼."

"뭐?"

"우리 정의의 신께서는 마족이라면 치를 떨게 싫어하니 관심도 없겠지만, 마족에게는 계약이라는 체계가 있어. 계약자가 누구든 자신의 기운을 공유할 수 있지. 그래서 계약자 역시 마족에 가까운 성질과 힘을 지닐 수 있게 돼."

"……! 즉, 그건, 그러니까……."

"룬이 마족과 계약만 하면 되는 거였어."

"허."

맥이 풀린 루세프가 신음을 흘렸다. 마신이 내린 저주는 오랜 세월 그를 번민하게 한 고민거리이자 근심의 대상이었다. 유니콘은 본래 번식력이 약한 종이다. 그 와중에 룬이 태어나는 혈통까지 하나로 고정되면서, 한 세대에 고작 한두 명에 불과해진 룬의 핏줄이 지나치게 많은 부담을 짊어져야 했다. 그걸 지켜보는 게 얼마나 고통스러웠는지 모른다. 그런데 그게 그렇게 간단하게 해결할 수 있는 거였다고?

얼빠진 그의 모습을 재밌다는 듯이 바라보던 카노스가 그에게 성큼 다가가 손에 무언가를 쥐여주었다. 당황해서 시선을 내린 루세프는 제 손에 쥐여진 것에 눈을 깜빡거렸다. 카노스가 건네준 건 작은 유리병이었다. 그 안에 황금 가루를 섞은 듯한 붉은 액체가 담겨 있었다. 루세프는 본능적으로 그게 마신의 피라는 걸 알아차렸다.

"이거……."

"내 마음이야."

"미친……. 장난하지 말고. 이걸 네가 지금 나한테 준다는 건……."

"눈치챘어? 응, 맞아. 네 룬이 내 마족이랑 계약했거든. 그것도 장래가 촉망한 차기 마왕이랑."

"……허?"

어이없어서 헛숨만 삼키는 루세프를 향해 카노스가 한쪽 눈을 찡긋했다.

"지난 인과가 드디어 끝났다는 거지."

"웃기지 마! 내 룬이 누구 맘대로 마족이랑! 차기 마왕이고 뭐고 본 적도 없는 놈을 인정할 수 있을 것 같냐! 게다가 아직 시벨은 나랑 교감도 안 해본 아이라고! 길을 만들어 두지도 않았는데 성질이 달라지면 내가 그 아일 찾는 데 또 시간이 걸린단 말이야!"

"그건 네 사정이고."

"안 돼! 이건 무효야! 난 이 계약 반대야!"

"마신의 은총을 그렇게 거절하면 못 써요. 저주가 풀리는 게 싫으면 피를 안 주면 되잖아? 그래 봤자 이미 한 계약이 해지되진 않을 거지만."

"야이@$$%E^;ㄱ;마!!"

충격에 사고가 정지한 루세프는 마지막에 가선 제대로 된 언어도 구사하지 못했다. 그가 머리를 쥐어뜯으며 괴로워하면 할수록 카노스의 얼굴에 피어난 웃음꽃은 점점 더 진해져 갔다. 그 광경을 난처한 얼굴로 지켜보던 섀넌이 문득 표정을 굳히고 고개를 돌렸다.

"카노스."

"음? 아아."

그와 같은 것을 느낀 카노스도 고개를 끄덕였다. 입가에 만연하던 미소는 어느새 완전히 걷힌 채였다. 신계 전체를 아우르는 강렬한 힘이 느껴졌다. 처참하도록 슬프고, 아프도록 비장하며, 아주 짧은 희극 아래 더없이 처연한 흐름을 담은 기운.

운명의 여신 라데카의 기운이었다.

4.

공간 안은 전체적으로 어두웠다. 보이는 거라곤 끝을 짐작할 수도 없는 지붕까지 한없이 쌓아 올린 선반과 그 위를 빈틈없이 채운 유리병들뿐이었다. 각기 다양한 형태의 크고 작은 유리병 속엔 희미한 빛 덩어리가 하나씩 담겨 있었다. 이 안을 밝히고 있는 유일한 것이기도 했다.

그 기묘한 공간 속 한가운데 한 사람이 고요히 서 있었다. 칠흑처럼 짙은 흑발을 길게 늘어트린 여인이었다. 물끄러미 선반을 응시하는 여인은 건조할 정도로 무표정한 얼굴임에도 무척이나 아름다웠다. 조각처럼 단아한 이목구비와 부서질 듯이 가녀린 체형, 신비한 기운을 풍기는 보라색 눈동자, 피부는 지나치게 희어 마치 달빛이 스며든 듯했다.

"페르데스 님."

자신을 부르는 음성에 여인—페르데스가 유리병에서 시선을 떼고 고개를 돌렸다. 흑발의 남자가 안으로 들어오고 있었다. 망자와 안식의 신인 아레히스였다.

"늦어서 죄송합니다. 오래 기다리셨습니다."

"아닙니다. 한 가지 묻고 싶은 게 있는데, 저 유리병 안에 있는 게 다 혼인가요?"

"네, 맞습니다. 모종의 이유로 기력을 잃어 윤회가 불가능한 혼들을 재생시키기 위한 공간입니다. 악신에게 힘을 빼앗긴 혼들도 전부 이곳에 보관되어 있습니다."

"그렇군요."

페르데스는 다시금 주위를 돌아보았다. 유리병 속의 빛은 모두 금방이라도 꺼질 듯이 약하기만 했다. 그때 아레히스가 들고 있던 것을 그녀에게 건넸다.

"여기, 부탁하신 장부입니다."

"아, 고맙습니다."

"별말씀을요. 그렇지 않아도 찾으실 거라 생각했습니다. 다른 상급신분들도 막 신이 되신 직후엔 다들 한두 명씩 찾아보시더군요."

장부를 넘겨받은 후에도 페르데스는 그걸 바로 열어보지 않고 잠시간 물끄러미 바라보기만 했다. 〈제11열. 1945043019530305번.〉 표지에 낙인처럼 새겨진 붉은 글씨를 손끝으로 살짝 쓸었다. 그렇게 몇 번 배회한 끝에 그녀는 곧 장부를 펼쳐 들었다. 페이지마다 빼곡하게 채워진 글자들이 나타났다. 그건 한 영혼에 대한 상세 기록이었다. 혼의 첫 생성 시기와 첫 삶, 윤회 때마다 부여받은 새 이름과 그 삶의 기록. 각 삶의 기록 말미엔 사망 후 재판을 받은 결과도 함께 적혀 있었다.

장부의 주인은 처음은 무던한 삶으로 시작했으나 어느 순간 업이 쌓이면서부터 전반적으로 타락의 길을 걸어갔고, 갈수록 재판 결과가 좋지 못했다. 그 부근쯤에서 페르데스는 자신이 찾던 낯익은 이름을 발견했다.

'아인 이드리스.'

이름을 읊은 것만으로 아주 쉽게 지난 기억이 따라붙었다.

"미네르바. 당신을 은애합니다."

부드러운 음성이 귓가를 스치는 것 같은 착각에 페르데스의 눈동자가 흔들렸다. 그녀의 가슴을 처음으로 두드렸고, 이후로도 몇 번이고 수없이 파문을 일으켰던 목소리였다. 잊으려 해도 완전히 지울 수 없었고, 지금도 보기 싫은 흉터처럼 남은 기억이다. 신이 되면서 불필요한 기억을 제거할 수도 있었으나 일부러 그렇게 하지 않았다. 미련 따위는 아니었지만 차라리 지웠어야 했던 걸까. 페르데스는 가볍게 한숨을 내쉬었다. 그녀의 얼굴에 그늘이 지는 걸 느낀 아레히스도 대강 상황을 짐작한 표정을 지었다.

"장부를 찾으면서 저도 잠시 살펴봤습니다만, 그 혼은 짊어진 업이 꽤 많더군요. 특히 아인 이드리스의 삶에서 상당한 과업을 쌓았습니다. 염옥에 얼마간 수용되어 있었고, 석방 후로는 비슷한 윤회를 반복하는 중입니다."

"그렇군요."

"……그자가 미네르바 때의 계약자였다고 알고 있습니다."

조심스럽게 운을 떼는 것에 페르데스는 굳이 대답하지 않았다. 아레히스가 조금 난처한 표정으로 그녀의 기색을 살폈다. 과거 미네르바가 폭주할 뻔한 사건은 명계에서도 꽤 주목했던 일이었다. 이유는 알 수 없으나 그 시기 전후로 유난히 '길을 잃은' 혼들이 제자리를 찾은 기록이 많았기 때문이다. 명계에선 그게 미네르바와 관련된 현상일 것이라 여겼다. 끝내 아무런 연관성도 발견하지는 못했지만 어쨌든 한동안 연구 대상이었던 탓에 아레히스는 본의 아니게 그 내부 사정까지 비교적 상세히 파악하고 있었다. 미네르바가 왜 폭주의 위기에 이르렀는지. 당시 인간 계약자와 그녀의 관계에 대해서도.

"혹시 그를 구제하고 싶으십니까?"

"……."

"특별히 악질인 혼은 아니나 정령왕의 저주가 각인되어 있다시피 합니다. 아마 소멸에 이를 때까지 대가를 치러야 할 겁니다. 하지만 염라 소속이신 페르데스 님은 혼을 임의로 처리할 권한이 있으시니 원하시면 그를 구제하실 수 있긴 합니다."

"아뇨, 아닙니다."

가만히 듣고 있던 페르데스가 천천히 고개를 저었다.

"그가 그립다거나 연민이 일어서 찾아본 건 아니었습니다. 그저 문득 생각나더군요. 예전에 그가 했던 말이."

"실례지만, 그가 무슨 말을?"

"당신은 너무 인간을 몰라서 답답합니다."

다시금 귓가에 선명한 음성이 울렸다. 이따금 교감이 어긋났다고 느꼈을 때, 그쪽에서 투정을 부리듯 중얼거리곤 했던 말이었다.

"당신의 인간적이지 않은 부분이 우리가 다르다는 사실을 자꾸 확인하게 해요. 그게 날 얼마나 슬프게 만드는지 모르겠죠. 당신은 끝내 날 이해하지 못할 겁니다."

함께하는 시간 동안 그는 수많은 거짓말을 입에 담았지만 그 말만은 맞았다. 그 말대로 그녀는 끝까지 그를 이해할 수 없었으니까. 아니, 어쩌면 전부 다 진심이었는데 알아보지 못한 것에 불과한 걸까. 하지만 이제 와서는 전부 의미 없는 고민일 뿐이다. 페르데스는 그런 이야기들을 입에 담는 대신 다른 쪽으로 화제를 돌렸다.

"이런 말을 하면 어떻게 생각할지 모르겠습니다. 아레히스."

"네, 페르데스 님."

"난 사실 인간이 되고 싶었습니다."

그 순간 아레히스의 얼굴이 뻣뻣해졌다. 페르데스는 미처 몰랐지만, 아레히스에게 그 말은 가벼운 트라우마를 불러일으키기 충분했다.

"저 이번엔 사기 안 쳤습니다."

"예?"

"페르데스 님이 명계로 오셨을 때부터, 당신에게 신이 되시는 것 외에 다른 선택지가 없다고 솔직히 다 말씀드렸습니다."

"네, 물론 기억합니다……?"

"아, 역시 그렇죠? 죄송합니다. 잠시 무거운 기억이 떠올라서 그만."

헛기침을 내뱉은 후 아레히스는 묘한 얼굴로 페르데스를 바라보았다. 혼란을 수습하고 나니 비로소 눈앞의 상황이 보였다. 설마 그녀도 신이 아닌 인세의 길을 택할 생각이었던가. 엘퀴엔도 그렇지만, 페르데스 역시 누구보다 신에 어울리는 존재였기에 그 결정이 상당히 뜻밖이었다.

"왜 인간이 되고 싶으셨는지 여쭤 봐도 됩니까? 그들의 삶이라면 정령왕 시절에 이미 충분히 지켜보셨을 텐데요."

"지켜보는 거로는 부족하더군요. 그 삶을 직접 경험해 보고 싶었습니다."

"인간의 삶은 제약이 많지 않습니까?"

"바로 그래서입니다. 제한이 있기에 그들은 늘 치열하죠. 그 모습이 아름다워 보였습니다."

아레히스는 잠자코 고개를 끄덕였다. 정령왕의 삶은 매우 온건하고 잔잔하다. 정령계 안에 있으면 일상에 변화를 겪을 일이 없었다. 마음먹어 이루지 못할 것도 없고, 좌절하거나 한계에 부딪힐 일도 거의 존재하지 않았다. 정적인 세계를 살아가는 그들에게 짧은 시간 안에 수많은 변화를 겪어가며 분주히 살아가는 인간의 삶은 매력적으로 보일만 했다. 아레히스도 가끔 비슷한 기분을 느꼈기에 그게 어떤 느낌인지는 알았다. 신의 삶도 바쁘긴 하지만 아무래도 유한에 속한 인간의 세계와는 근본적인 차이가 있었다.

"직접 그 처지에 서서 그들을 이해해 볼 수 있었으면 했습니다. 내가 아닌 전혀 다른 존재로 살아가 보고 싶기도 했죠. 그래서 ……엘이 다른 곳에서 태어났다가 왔다는 말을 들었을 땐 조금 부럽기도 했습니다."

실제로 엘은 그녀가 평소 동경하던 모든 요소를 다 지니고 있었다. 정령왕에게서는 볼 수 없는 인간적인 면모들과 사고방식. 적극적으로 다른 이의 삶에 개입하고 아무렇지 않게 그들과 교감하는 모습에선 활기와 생명력이 넘쳤다. 똑같이 인간에게 소환되었지만 그의 유희가 시작부터 자신과 다른 양상을 보인 건 아마 그래서였을 것이다. 자신은 유희를 하면서도 본인이 정령왕이라는 점을 버릴 수가 없었다. 그건 다른 정령왕들도 마찬가지일 것이다. 하지만 엘만은 달랐다. 그는 정말 인간 같았다. 그는 유희가 아니라 진짜 인간의 사회에서, 그들이 원하는 방식으로 섞여 있었다.

"그게 어떤 느낌일지 궁금했습니다."

"그러셨군요. 악신만 아니었다면 얼마든지 원하시는 대로 인세를 경험해 보시다 오실 수 있었을 텐데. 일이 이렇게 되어 유감입니다."

"괜찮습니다. 어쩔 수 없는 일이죠."

평온한 대답에 아레히스는 오히려 더 씁쓸해졌다. 명계는 무척이나 바쁘게 돌아가는 세계 중 하나고, 상급신인 페르데스는 중책이 예정된 바였다. 태어난 지 얼마 안 된 신이지만 이런 막중한 직위를 뒤로한 채 인세로 들어갔다간 뒤탈이 생길 게 뻔했다. 안타까워하는 그의 표정을 본 페르데스가 피식 웃었다.

"지금도 딱히 나쁘진 않습니다. 신이 되었기에 내 친구들을 도울 수 있는 부분도 있으니까요."

"아, 그건 그렇습니다. 정화진을 만들고 계시죠. 그건 상급신이 아니면 할 수 없는 일이지요."

그리고 앞으로도 또 만들러 가야 한다.

거기까지 생각한 아레히스의 표정이 시무룩해졌다. 정화진이 상급신이란 상급신을 전부 빼앗아 간 탓에 명계의 행정 업무는 마비되기 직전이었다. 그로 인한 가장 큰 피해자로서, 그는 눈앞에 유능한 상급신을 두고서도 붙잡아 둘 수 없다는 게 몹시 억울했다. 페르데스가 눈에 띄게 침울해진 그를 위로했다.

"이제 얼마 남지 않았습니다."

"하아, 제발 그랬으면 좋겠습니다."

"정말 그럴 겁니다. 이제 이틀 정도면 마무리될 거라는 예측이……."

그 순간 페르데스가 하던 말을 멈추고 입을 다물었다. 서로 마주 보는 두 신이 눈빛이 변했다. 주위에 기묘한 기운이 흐르는 것이 느껴졌다. 짙은 의지를 담은 무언가가 장막처럼 무겁게 내려앉고 있었다.

"이건…… 라데카 님의 기운입니다."

얼굴을 굳힌 아레히스가 하는 말에 페르데스 역시 차분히 고개를 끄덕였다. 한 신의 기운이 다른 차원까지 장악할 정도로 선명하게 느껴지는 경우는 흔치 않았다. 페르데스는 눈앞에 성큼 다가온 끝을 예감했다.

"운명의 시계가 움직이겠군요."

*　　*　　*

거대한 문이 소리 없이 열렸다. 늘 닫힌 상태를 유지하는 문이 열리는 건 오직 누군가가 들어갈 때와 나올 때뿐이었다. 개방된 틈새에서 자욱한 안개가 퍼져 나오기 시작하자 지켜보던 이들이 긴장한 표정을 지었다. 조금 늦게 그들 속에 합류한 페르데스와 아레히스 역시 초조함을 숨기지 않은 상태로 문 쪽을 주시했다.

이윽고 희뿌연 공간 속에서 한 사람의 모습이 천천히 드러났다. 모두가 기다리면서도 동시에 기다리지 않은 순간이었다. 점차 뚜렷해지는 이는 한눈에 봐도 체형이 작았다. 가장 먼저 눈에 띄는 건 짙은 색의 검은 피부였다. 그에 비해 온 온몸을 풍성하게 덮어 내리고 있는 머리카락은 진주처럼 희었다. 잘 빚은 조각상처럼 아름다운 소녀는 공중에 살짝 떠 있었고, 눈을 감고 있었다. 잠든 것인지 깨어 있는 것인지 분간이 되지 않는 모습이었다.

"라데카."

먼저 움직인 건 가장 앞에 나와 있던 천신 이오웬이었다. 그러자 그 음성에 반응하듯 잠겨 있던 소녀의 눈꺼풀이 열리기 시작했다. 천천히 드러나는 눈동자에 주시하던 신들이 모두 숨을 삼켰다. 본래 라데카의 눈동자는 빛을 흩뿌리는 것 같은 금색이었다. 그 신비로운 금안이 지금은 완전히 탈색한 것처럼 하얀색으로 변해 있었다.

"큭……!"

시련의 방은 검을 더 날카롭게 제련하는 것과 같다. 그 안에서 운명의 여신은 자신이 지닌 모든 힘을 한계치까지 끌어올린 상태였다. 눈을 뜬 그녀에게서 지금까지와는 비교할 수 없는 기운이 느껴졌다. 엄청난 무게가 위에서부터 강제로 짓누르는 것 같은 압력이었다. 그나마 상급신들은 의연히 참아냈으나 다른 이들의 사정은 그렇지 못했다. 일부는 주춤거리고 뒤로 물러났고, 몇은 아예 주저앉기도 했다. 잘 견뎌내는 이들도 안색이 창백해졌다. 아레히스는 마지막에 속하는 부류였다. 손의 떨림을 숨기지 못하는 그를 보고 페르데스가 걱정스러운 표정을 지었다.

"아레히스, 괜찮습니까?"

"예, 괜찮……."

대답하려는 의도와는 다르게 아레히스는 끝말조차 제대로 마무리 짓지 못할 정도로 힘겨워하고 있었다. 안타까워진 페르데스가 그를 도우려 손을 뻗었다. 하지만 그보다 먼저 아레히스에게 닿는 존재가 있었다. 붕대가 감긴 팔이 받치듯이 그의 어깨를 감싸 안았다.

"……!"

페르데스의 눈이 커진 것과 마찬가지로 아레히스의 입도 벌어졌다. 갑자기 나타난 존재는 놀라서 경직된 두 신의 모습을 흥미롭다는 듯이 바라보고 있었다. 그는 희멀건 한 피부에 그만큼이나 흐릿한 회색빛의 머리칼을 길게 땋아 내린 남자였다. 얼굴을 거의 다 가리다시피 한 안경 속에서 날카로운 눈동자가 얼핏 드러났다가 사라졌다.

"이런, 이런. 여긴 중급신이 놀러 올 곳이 아닌데요. 어느 멍청한 자들이 상황 파악도 안 하고 와 있나 했더니 하필이면 거기에 내 아들이 있군요."

"섀넌 님."

당황한 페르데스가 자기도 모르게 그의 이름을 읊었다. 그녀에게 살짝 눈인사를 보낸 섀넌이 다음으로 아레히스를 응시했다.

"명계는 어쩌고 네가 여기 있습니까? 일 안 하고 농땡이입니까? 그동안 담이 많이 커졌습니다?"

"아버지."

"네. 네 아버지 맞습니다."

느긋한 음성이 돌아오기 무섭게 아레히스의 안색이 깨끗해졌다. 페르데스는 직감적으로 섀넌이 무언가 조치했음을 깨달았다. 정작 아레히스는 뭐가 어떻게 된 건지 모르겠다는 듯 어안이 벙벙한 얼굴이었다. 더는 압력이 느껴지지 않는지 손을 몇 번 쥐었다 폈다 해본 그가 섀넌에게 의심스러운 눈길을 보냈다.

"설마 아버지가 하신 겁니까?"

"그럼 제가 아니면 누가 한심한 아들을 도울까요?"

"······웬일로 이런 선심을 다 쓰십니까?"

"저런. 아버지가 아들을 돕는 건 당연한 거죠. 그걸 왜 선심이라고 표현하는지 모르겠네요. ······라는 건 당연히 그냥 해 본 말이고. 명색이 내 아들이라고 알려진 애가 이렇게 다 지켜보는 곳에서 빌빌거리고 있으면 창피하니까요."

냉정한 대꾸였지만 불안하게 일그러져 있던 아레히스의 표정은 오히려 편안해졌다. 그는 진심으로 안도했다는 듯이 가슴을 쓸어내리기까지 했다.

"하아, 깜짝 놀랐잖습니까. 하마터면 사망부를 확인해 볼 뻔했습니다."

"이해를 못 하겠네요. 갑자기 그걸 왜요?"

"인도자 애들이 그러는데, 사망부에 이름이 오르면 평소 안 하던 짓을 하기 시작한다더군요."

"너 죽을 때 된 것 같다는 소리를 꽤나 재밌는 방식으로 말하네요, 내 아들은."

어이없다는 듯이 중얼거리면서도 섀넌은 그리 기분이 상한 것 같지 않았다. 오히려 흡족하다는 얼굴이라 페르데스는 잠시 이 부자 관계를 어떻게 해석해야 할지 혼란을 느꼈다. 그러자 그녀의 기분을 이해한다는 듯 느긋한 음성이 들려왔다.

"신경 쓰지 마. 쟤들은 항상 저래."

"아, 그렇……."

무심코 고개를 끄덕이던 페르데스가 흠칫 놀라 고개를 들었다. 기척을 전혀 느끼지 못했는데 바로 옆에 어느새 훤칠한 키의 남자가 서 있었다. 새카만 흑발과 그 머리카락보다도 검은 눈동자가 인상적인 남신—마신 카노스였다.

마찬가지로 뒤늦게 그를 인지한 신들 사이에서 술렁거림이 퍼져 나갔다. 조금 전까지만 해도 온통 라데카에게 쏠려 있던 시선이 어느새 그에게 집중된 걸 느낄 수 있었다. 정화진을 만드는 동안 자주 마주치는 상황에서도 이건 늘 변하지 않는 점 중에 하나였다. 신들은 최고신들을 다 어려워하는 편이지만(오히려 천신은 편하게 여기는 경우도 많았다) 마신의 경우엔 주변을 장악하는 힘이 완전히 달랐다. 그는 어디에서든 나타나기만 하면 가장 이목을 끄는 신이었다. 그게 그가 지닌 마성의 특성 탓인지, 무한에 가까울 만큼 강대한 힘 때문인지는 구분할 수 없었으나 여러모로 눈에 띄는 것만은 사실이었다. 본인은 워낙 익숙해서인지 전혀 신경 쓰지 않고 있었지만.

"여, 라데카."

사방에서 쏟아지는 시선을 상큼하게 무시한 그가 발랄한 동작으로 라데카 쪽에 손을 흔들어 보였다. 이오웬의 부축을 받으며 바닥으로 내려서는 중이던 라데카가 그 모습을 확인하고 살짝 얼굴을 찌푸렸다.

"나오자마자 꼴 보기 싫은 얼굴을 보니 눈이 썩는 기분이구나. 내 시련이 아직 끝나지 않은 모양이야."

고운 얼굴에서 나올 거라곤 생각할 수 없는 독설에 페르데스가 다시금 눈을 크게 떴다. 다른 신들도 흠칫하기는 마찬가지였다. 한창 자잘한 말다툼을 이어가고 있던 섀넌과 아레히스조차도 조개처럼 입을 다무는 순간이었다. 불안한 기류가 흐르는 분위기 속에서 싱글싱글 웃고 있는 이는 오직 카노스가 유일했다.

"이야, 마지막으로 본 이후로 장장 2천 년 만의 재회인데 표현 한번 너무하네. 나처럼 잘생긴 신을 보면 눈이 정화되지 썩을 리가 있나. 신력이 강해져서 눈동자 색이 변한 줄 알았는데 이제 보니 시력이 나빠진 거구나?"

"헛소리."

"걱정해서 하는 말이야, 걱정해서. 나 안 보고 싶었어? 난 네가 꽤 보고 싶었는데."

"마음에도 없는 소린 집어치워라. 2천 년인지 3천 년인지는 모르겠다만 그동안 만나지 못한 건 네가 날 피해 다녔기 때문이잖느냐. 내 과일을 훔쳐간 건 충분히 반성했느냐?"

"라데카, 네 말투 오랜만에 들으니까 더 웃긴 것 같아."

"……그 주둥이는 자살하기 위한 주둥이냐?"

라데카의 하얀 눈동자에 불이 일자 카노스는 항복하듯이 두 손을 살짝 들어 보였다. 물론 얼굴은 능청스럽게 웃고 있어서 누가봐도 장난에 불과한 동작이라는 걸 알 수 있었다. 그 모습을 라데카가 못마땅하게 노려보았다.

"네가 내 과일을 훔쳐 그자에게 전해 주지만 않았어도 이런 일은 일어나지 않았을 거다."

"저런, 시련의 방이 많이 힘들었어, 라데카? 운명의 여신답지 않은 말을 다 하네. 그게 기폭제가 된 건 사실이겠지만 정말 일어나지 않았을 거라 생각해?"

"……물론 그건 처음부터 불화의 씨앗이었지. 그러니 더욱 조심했어야 했다. 굳이 긁어 부스럼을 만들 건 없었잖느냐?"

"그 정도는 괜찮을 줄 알았지."

"그걸 말이라고……."

"정말인데. 네 과일은 보고 싶은 욕망을 비추기도 하지만, 잊힌 과거를 비추기도 하잖아."

가벼운 말투의 대답에 라데카의 눈동자가 흔들렸다. 지금까지 카노스가 한 번도 드러낸 적이 없던 그의 내심을 읽은 탓이었다.

"그래서 후자에 더 기대를 걸었느냐?"

"원래 착한 아이였으니까."

"……너도 가만 보면 참으로 미련한 성격이다."

약간의 간격을 두고 라데카가 긴 한숨을 내쉬었다. 황당하다는 표정이었지만 처음과 같은 적대감은 거의 사라져 있었다. 그녀의 옆에서 불편한 얼굴로 상황을 지켜보고 있던 이오웬 역시 모호한 표정을 지은 채였다. 카노스는 그저 묘하게 웃을 뿐 아무 말도 잇지 않았다. 다시금 한숨을 내쉰 라데카가 다음 순간 천천히 주위를 둘러보았다.

"그래, 그저 피하지 못할 흐름인 거겠지. 그리고 이로 인해 우리는 큰 희생을 치르게 되었다. 모두가 하고 싶지 않은 일을 해야 하게 되었구나."

그녀의 한마디로 분위기가 삽시간에 무거워졌다. 외면하고 있던 때가 다가왔음을 인지한 신들이 다들 얼굴을 굳혔다. 은백색으로 빛나던 라데카의 눈동자가 기이한 기운을 흘리기 시작했다. 라데카가 그 상태에서 한 손을 뻗었다. 그러자 우웅거리는 진동과 함께 그 앞으로 거대한 시계가 모습을 드러냈다. 시계 침은 마지막으로 돌렸던 위치에서 멈춰 있는 채였다. 덩달아 주위의 시간도 멈춘 듯했다. 생기마저 사라진 듯한 공간엔 고요한 정적만이 흘렀다. 라데카는 불편한 침묵을 유지하고 있는 신들을, 그중에서 상급신들을 천천히 훑어보았다.

"곧 시계를 역순으로 돌릴 것이다. 한번 돌린 후엔 다시 물리는 건 불가능하다. 그러니 그전에 마지막으로 묻겠다. 자원할 이가 있느냐?"

"……."

"……."

상급신들이 서로를 돌아보았다. 그때 그들 틈에서 손을 드는 이가 있었다. 심각한 표정을 한 루세프였다.

"한 가지 묻고 싶은 게 있어."

"뭐지?"

"악신을 소멸시키기 위해 희생된다고 하는데 구체적으로 어떤 식인 거지?"

"그건 제가 대답하죠."

섀넌이 손가락으로 안경을 곧추세우며 나섰다. 담담한 표정의 그를 아레히스가 불안한 표정으로 응시했다.

"희생하는 상급신은 악신을 소멸하는 진을 직접 만들게 됩니다. 소멸진 자체가 상급신 하나가 모든 힘을 전부 다 쏟아부어야 만들어지는 구조입니다. 그 진을 만들고 나면 자연스럽게 소멸할 수밖에 없게 되는 거죠."

"그러면 그렇게 소멸하는 신은 어떻게 되는 거야?"

"악신의 저주를 온몸으로 받아낸 후유증으로 신의 자격이 박탈되고 평범한 혼이 됩니다. 그리고 그 혼은 신일 때의 기억은 지워지고 윤회의 고리에 갇혀 영원히 인세를 걸을 겁니다."

"그 말은……."

"중간계에만 속하게 된다는 것이죠. 어떤 형태로든 대차원엔 들어오지 못합니다."

"어떤 형태로든……이라는 건, 죽은 후에 명계로 회수되지도 않는다는 거야?"

"네, 그렇습니다. 사망한 즉시 윤회가 저절로 이뤄질 겁니다."

모든 설명이 끝난 후엔 조금 전보다 더 무거운 공기가 흘렀다. 모두를 위해 희생하는 것이니 보상을 받아도 모자를 텐데 오히려 저주를 받는 구조였다. 아무리 사명감이 투철해도 선뜻 내킬 수가 없었다. 치러야 할 대가가 가혹한 건 아니었으나 그리 가볍지만도 않았다. 신적에서 벗어나고 싶은 신들은 많았지만 다들 잠시간의 일탈을 바라는 것이지 그 상태를 영원히 바라진 않았다. 하물며 명계조차 돌아올 수 없다면 대차원의 흐름에서 완전히 배제된다는 소리였다. 과거 알고 지내던 신과 교류할 기회는 주어지지 않을 것이며, 신들 쪽에서도 그를 찾아내기 어려울 것이다. 그 존재 자체가 세상에서 지워지는 것이나 다름없었다. 심각해진 상급신들을 천천히 돌아보던 섀넌이 다시금 안경을 곧추세웠다.

"사실 전 그냥 라데카가 시계를 역순으로 돌리길 바랍니다."

"아버지!"

기함한 아레히스의 고함이 터져 나왔다. 당황한 그를 눈동자만을 굴려 힐끗 살핀 섀넌이 어깨를 으쓱였다.

"누가 듣기에도 내키지 않는 조건에서 자원자를 받는다는 건 그 자체로 압박을 줄 수 있다고 생각합니다. 그에 비해 운명의 시계는 공평하죠. 시계가 내세운 조건은 사실 해석 관점에 따라서는 상급신 모두에게 해당하는 사항이고요. 끝내 누가 되는지 알 수 없는 게 서로 마음 편하지 않겠습니까?"

"하지만……."

"게다가 지금 우린 정화진을 만드는 중입니다. 어차피 운명의 시계가 발동하든 자원자가 나타나든, 정화진이 성공하면 전부 없던 일이 될 겁니다. 그게 지금 우리가 정화진에 사활을 거는 이유죠. 반드시 성공할 테니 그리 심각하게 생각할 일도 아닙니다."

그 말을 듣고서야 지나치게 경직된 분위기가 조금 풀렸다. 창백하게 굳어 있던 아레히스도 겨우 안정을 되찾는 모습이었다. 한층 차분해진 분위기 속에서 모두의 동의를 읽은 섀넌이 라데카를 돌아보았고, 라데카 역시 고개를 끄덕였다. 결정을 내린 그녀가 시계추에 손을 뻗으려 할 때였다.

"잠시만 기다려 주십시오."

고요한 공간에서 가느다란 여성의 음성이 울렸다. 쏟아지는 시선을 가른 채 한 걸음 앞으로 나선 이는 페르데스였다. 섀넌이 의아한 표정으로 그녀를 바라보았다.

"페르데스, 할 말이 있습니까?"

"미리 확인하고 싶은 게 있습니다. 운명의 시계를 돌리는 건 반드시 지금밖에 할 수 없는 일입니까?"

"그건 아니다."

당황한 섀넌을 대신해서 이번엔 라데카가 대답했다.

"일주일 정도는 유예기간을 둘 수 있단다."

"그렇다면 잘됐군요. 정화진의 완성도 이제 이틀 정도 남았다고 들었습니다. 시계를 돌리는 걸 그 뒤로 미뤄주셨으면 합니다."

"어째서냐?"

"선뜻 결정할 일이 아니기 때문입니다. 새년 님은 모두에게 공평한 조건이라고 하셨으나 그렇게 생각지 않는 이도 있을 겁니다. 저만 해도 태어난 지 얼마 되지 않은 신이라 만족하지 않는 조건이 많습니다."

"어쩐지 처음 보는 얼굴이다 싶었다. 한데 그대가 조건에 해당하지 않는다면 오히려 더 반길 일이 아니냐?"

의아하게 바라보는 라데카의 시선에 페르데스는 가만히 고개를 저었다.

"혼자 안전을 도모하고 싶진 않습니다. 시계를 역순으로 돌리면 다신 무를 수 없다고 하셨습니다. 돌이킬 수 없는 결정이라면 최후까지 미루는 게 옳다고 생각합니다."

"무슨 말인지는 알겠으나 최후라는 건 다른 대안을 전제로 두었을 때 가능한 것이다. 이번 일은 불온한 씨앗이 싹틔운 재앙. 이미 수많은 운명의 실타래가 저주에 얽혀들었다. 나조차도 더는 예측이 불가능한 상태지. 따라서 우리는 앞으로 일어날 여러 가지 변칙을 전부 고려해야 한다. 어쩌면 정화진이 실패할 수도 있고, 제때에 시계를 돌리지 못하게 될 수도 있다."

"……."

"상황은 시시각각 변하고 있고, 이틀은 생각보다 짧은 시간이 아니다. 시계에 유예기간을 두겠다면 지금 소멸할 이를 정해둬야 할 것이다. 하지만 나설 이가 있겠느냐?"

질문하는 라데카의 눈에 이채가 서렸다. 페르데스가 어떤 대답을 할지 이미 짐작한 표정이었다. 동시에 불길함을 감지한 아레히스가 다급히 그녀를 향해 말을 걸려고 했다. 하지만 그보다 페르데스의 입이 열리는 게 더 빨랐다. 그녀의 짙은 보라색 눈동자에 단호한 결의가 서렸다.

"제가, 소멸진에 자원하겠습니다."

5.

"안 돼."

말을 꺼내기 무섭게 돌아오는 음성에 나는 반사적으로 어깨를 움츠렸다. 팔짱을 낀 채 나를 내려다보는 라피스의 얼굴은 평소처럼 무덤덤해 보였다. 그러나 그는 진짜로 화났을 땐 오히려 차분해진다. 그 증거로 눈동자에선 붉은색과는 어울리지 않는 냉기가 뚝뚝 흐르고 있었다.

"툭하면 사고만 치는 주제에 또 어딜 싸돌아다니겠다고? 너 나랑 뭐라고 약속했어?"

"정화진 일이 마무리될 때까지 여기 있겠다고……."

"그럼 네가 지금 얼마나 터무니없는 요청을 한 건지도 알겠네."

"그렇기야 하지만 말이지……."

그 약속을 할 땐 단단히 화가 난 라피스의 마음을 달래려는 생각밖에는 없었다. 이사나나 알리사 쪽의 상황을 살피거나 관여하는 건 조금 불편해지겠지만 그 정도는 감수할 수 있을 거라고 여겼다. 실제로도 아직까지는 그렇게 큰 문제가 없었다. 다만 물의 방진의 진행이 생각보다 더 지지부진한 것 같았다. 원래 예상하던 기간에서 이틀이 더 지났는데 지금쯤이면 완성했어야 하는 진이 아직도 감감무소식이었다. 아무래도 내가 참여하지 못한 게 원인인 것 같아서 지금이라도 합류하고자 한 건데 라피스가 그 꼴을 두고 보지 못했다.

"내가 같은 수법에 두 번이나 속을 것 같냐?"

"그건 일부러 속인 게 아니라고 몇 번이나 말했잖아. 너한테 말할 틈이 없었다니까."

"웃기지 마. 좌표 계산 없이 공간 이동도 할 수 있는 녀석이 내게 잠깐 들를 틈이 없었다고? 지금처럼 내가 반대할 게 뻔해서 일부러 피한 거겠지."

"음……."

"거봐. 아니라곤 못 하겠지? 아무래도 네 뇌리에는 내가 꽤나 질척거리는 놈으로 박혀 있는 모양인데, 원하는 그대로 해 줄게."

"……이왕이면 이미지를 개선하려는 쪽으로 가 주면 안 될까."

"내가 누구 좋으라고?"

그래, 그렇게 말할 줄 알았다. 거기서 다시 생각해 보겠다고 한다면 네가 라피스가 아니라 라피스 가죽을 뒤집어쓴 다른 놈이겠지. 지극히 예상한 결과이다 보니 발끈할 여력도 없었다. 가만히 한숨을 내쉬자니 라피스의 눈썹이 크게 꿈틀거렸다. 꽤 익숙한 얼굴이라 대충 그 의미는 알고 있었다. 예전에 태진이도 곧잘 내게 저런 표정을 짓곤 했었다. 해석하자면, 네놈이 뭘 잘했다고 한숨이냐는 표정이다.

'대체 내가 뭘 그렇게 잘못했다고.'

그러고 보면 태진이도 내가 하려는 일마다 반대하고 잔소리를 늘어놓는 타입이었지. 그런데 여기선 라피스가 그러다니. 이게 대체 무슨 조화인지 모르겠다. 혹시 내게 친구의 잔소리를 끌어내는 맥 같은 게 흐르나? 아니면 잔소리쟁이를 친구로 두게 되는 운명이라든가?

"무슨 생각을 하는데 그런 표정이야?"

"내가 무슨 표정인데?"

"뭔가 깨달음을 얻은 표정?"

"……정말 그럴지도."

멍하니 대답한 말에 라피스가 더 이해할 수 없다는 표정을 하다가 얼굴을 찌푸렸다. 내가 동정심을 유발하려 한다고 여긴 듯했다.

"원할 때마다 바꿀 수 있으면 애초에 약속이란 걸 왜 해?"

"그래서 양해를 구하는 거잖아."

"그렇게 치면 난 안 된다고 양해를 구하는 건데?"

"……야."

"네가 무슨 말을 해도 안 되는 건 안 돼. 네 마음 편하게 하자고 더는 싫은 걸 맞춰 줄 생각은 없어. 그건 지금까지 해 준 거로도 충분한 것 같거든."

묘하게 반발심이 생기는데 할 말은 없었다. 그동안 라피스가 많이 양보하고 참은 것만은 사실이었으니까. 본인은 팔자에도 없던 마나 기둥 신세가 돼서 꼼짝도 못 하게 됐는데 그동안 다른 사람들끼리는 어울린다면 서운하기도 하고 화도 나겠지. 굳이 갈 필요도 없는데 부러 가려는 상황이니 더 못마땅한 것도 당연했다.

"이번엔 네가 양보해. 정령왕 역시 언령의 힘을 지닌 존재. 그 입이 담는 말은 의미가 있어야 해. 넌 분명 내 곁에 있겠다고 했어. 약속을 지켜."

텄다. 이렇게까지 나오는 걸 보면 절대 물러설 녀석이 아니었다. 결국 나는 항복의 표시로 두 손을 들어 보였다.

"근데 표현은 좀 정확히 해 주지 않을래. 그냥 앞으론 혼자 다니지 않고 너랑 같이 다니겠다고 한 것뿐이거든."

"그게 그 뜻이지."

"아냐, 좀 많이 다른 느낌이야. 삼계탕에 치즈를 끼얹으면 전혀 다른 맛이 되잖아?"

"삼…… 뭐?"

"조리법이 중요하다는 거지."

진지하게 강조하는 나를 라피스가 빤히 바라보았다. 뭔가 애매한 표정이었는데 이번에도 의미가 쉽게 읽혔다. 대체로 과거 태진이 저런 표정을 지었을 때 하던 말은 늘 하나였다.

'저건 대체 커서 뭐가 되려나.'

……사람은 좋아하는 것보다 싫어하는 게 같으면 의기투합한다던데. 왜 이 순간에 그 말이 떠오르는 걸까. 태진이와 라피스는 전혀 다른 타입이라고 생각했는데 둘이 만나면 의외로 잘 지낼지도 모르겠다. 그리운 친구의 행적을 이런 걸로 떠올리게 되다니 뭔가 서글퍼지는 기분이었다.

'앞으로 무슨 일을 하건 함께한다.'

화가 난 라피스를 달래기 위해 무심코 한 약속은 그대로 내 발목을 잡았다. 딱히 아무것도 하는 일 없이 가만히 시간을 보내는 건 무료한 일이고, 라피스는 필요한 말을 할 때가 아니면 과묵한 편이었다. 그래서 난 그를 방치해 두고 아예 대놓고 일행의 상황만 살폈다.

아직 며칠 지나지도 않았는데 그사이에 카터스 제국의 상황은 시시각각 변해 가는 중이었다. 그날 세리엄이 펼친 공간 마법은 그들을 다시 아카데미로 데려다 놓았다. 단체를 데리고 멀리 이동할 만큼 그의 마나가 넉넉하지 않은 것도 있고, 등잔 밑이 어둡다는 점을 고려한 시도인 것도 같았다.

황제가 건재한 상태였다면 조금 위험한 시도였을지도 모르겠지만, 결과적으로는 나쁘지 않은 선택이었다. 황궁의 상황을 빠르게 파악할 수 있었으니까. 그들은 현장에서 우리가 사라진 걸 금방 알아차렸고 사태가 어느 정도 소강되었다는 것도 깨달았다. 그 뒤로는 일사천리로 진행되어, 라온휘젠은 다시 황궁으로 돌아가 상황을 수습하고 황제와 형제들이 전부 사망했음을 세상에 공표했다. 이황자가 황제와 형제들을 전부 살해했고, 도주하려는 그를 라온휘젠이 처리한 거로 무마한 듯했다.

살아남은 계승권자가 라온휘젠 하나뿐이었기 때문에 당연한 순리로 그가 다음 황제가 됐다. 제국의 사람들에겐 하루아침에 느닷없이 황제가 바뀐 셈이었다. 그 탓에 불필요한 잡음도 상당히 따라붙었다. 특히 이황자를 지지하던 귀족들의 반발이 컸다. 그들은 부친과 형제들을 죽인 진짜 패륜아는 황태자고, 그가 자신의 죄를 이황자에게 덮어씌운 거라고 주장했다. 죽은 자는 말이 없고, 상황을 처음부터 끝까지 목격한 이들은 모두 황태자 편이었으니 당연히 생길 수밖에 없는 의심이었다.

아마도 이 부분은 그의 치리 내내 꼬리표처럼 따라붙을 터였다. 모든 정황을 다 밝히면 떼어낼 수 있을지도 모르지만 그러려면 부친이 저지른 짓을 전부 다 밝혀야 한다. 라온휘젠은 그러느니 차라리 꼬리표를 달고 사는 쪽을 택한 듯했다. 아버지의 불명예를 짊어진 이사나처럼.

어쨌든 라온휘젠은 바로 대관식 준비에 들어가는 듯했다. 세리엄도 다시 황실 수석 마법사로 복귀할 예정인 것 같았다. 이사나의 친위대는 상황 보고를 위해 중간 접선 장소로 떠났고, 알리사는 아셀의 집으로 갔다. 처음엔 라온휘젠이 황궁에서 머물 곳을 내주려 했는데 아셀 쪽에서 결사반대해서 막았다. 마침 그 상황을 볼 수 있었는데 제법 재밌었다.

"알 만하신 분이 어디서 치사하게 가로채기를 시도하십니까?"

"어디가 가로채기지? 네 낡고 좁은 집보다야 황궁이 더 쾌적할 테니 편의를 제공하겠다는 것뿐인데."

"제집도 충분히 쾌적합니다만? 그리고 편의 제공이라니 웃기지 마십쇼. 차기 황제가 대관식을 치르기 전부터 궁에 들인 여성 귀빈이라니. 이번 반려성이 알폰프 제국에서 태어났다는 건 황궁 사람이라면 다 아는 사실 아닙니까? 노련한 시녀들이라면 알리사 님의 고향을 알아내는 건 식은 죽 먹기일 거고요. 주변에서 어떻게 나올지 뻔히 다 아실 분이 그렇게 말하시다니. 양심은 좀 안녕하신지?"

"……아셀. 이사나 황제가 네게 뭘 약속했는지 모르겠지만 내가 몇 배로 더 잘해 주겠다. 스왈트가 아니라 카터스를 위해 일해라."

"죄송하지만 푯말 잘못 찾아가셨습니다. 제가 알리사 님을 보호하려는 건 어느 제국을 위해서가 아닙니다. 그냥 알리사 님을 위한 거지요. 알리사 님을 일방적으로 끌어가려 한다면 그게 이사나 폐하의 뜻이라도 막을 겁니다."

"마치 그녀의 보호자라도 되는 듯이 구는군."

"비슷합니다. 시벨 님이 보호하는 분이니까요."

"그게 너랑 무슨 상관이라고?"

"시벨 님은 제 가족이니, 그분이 자리를 비우신 동안엔 제가 그분의 일을 대행하는 게 당연하지 않겠습니까?"

"……."

"알았으면 썩 꺼지시죠."

"황제한테 꺼지라니 경을 치고 싶나?"

"실례했습니다. 굽어 살펴 꺼져 주십시오."

"아셀 너……."

대화를 주고받는 동안 두 사람의 표정은 무척이나 험악했는데, 그에 비해 위기감이 없었다. 라온휘젠이나 아셀이나 서로 진심으로 하는 말이 아니라 그런 것 같았다. 그 대화가 알리사가 뻔히 지켜보는 가운데 이뤄지고 있다는 점도 긴장감에서 멀어지게 했다.

"알리사, 필요하면 언제든 궁에 머물러도 좋다. 근위대의 보호를 받게 해주겠다. 카터스 황실 근위대는 제국에서 가장 강한 기사단이다."

"지금 스피어의 딸이라 불리는 분에게 뭘 자랑하시는 겁니까? 알리사 님 혼자서 그 근위대를 다 상대할 수 있다는 건 알고나 하시는 말입니까?"

"……황궁엔 나와 세리엄도 있다."

"이제부터 정무로 바빠지실 분들이 그런 걸 호언장담하시는 거 아닙니다. 알리사 님, 신경 쓰지 마십시오. 시간은 제가 제일 많습니다. 저와 함께 수도 구경이나 다니시죠."

두 사람의 공방전은 멈출 기미를 보이지 않았고, 점점 더 유치한 흐름으로 이어졌다. 그 광경을 어이없어하며 바라보던 알리사가 결국 참지 못하고 웃음을 터트렸다. 그걸 보고 흐뭇해하는 두 남자를 보며 나는 대충 그들의 의도를 깨달았다. 스왈트에서 내전이 본격적으로 진행된 후로, 아니 사실은 그 이전부터 시벨리우스는 알리사의 보호자 같은 존재였다. 그런 그가 갑자기 사라졌으니 많이 불안할 거다. 아마 그래서 두 사람은 그녀의 곁에 자신들이 있다는 걸 알려주고 싶었던 것 같았다. 그러면서 동시에 본인들의 마음을 다잡는 효과도 노리는 듯했다. 아무래도 돌아가는 상황을 전혀 알지 못하니 찜찜한 기분이 들 수밖에 없겠지. 마지막 상황이 워낙 다급하기도 했으니 낙관적으로 해석하기도 어려울 것이다.

'이럴 때 내가 가서 다 설명해 줄 수 있으면 얼마나 좋냐고!'

소식을 기다리고 있다는 걸 뻔히 아는데도 아무것도 할 수 없다 보니 상황을 살필 때마다 한숨만 늘어갔다. 거리가 가까우면 시큐엘을 소환해서 대신 소식을 전하기라도 할 텐데. 하필이면 화산지대가 너무 오지에 있어서 제한 범위 밖이었다. 이건 라피스의 마나가 아무리 풍부해도 어쩔 수 없는 부분이다. 속상한 기분에 라피스를 다시 노려보았더니 눈을 감은 채 벽에 기대어 있던 그가 바로 눈을 떴다. 들켰나 싶어 움찔하다가 들키면 또 어떤가 싶어 고개를 똑바로 들었다. 하지만 그의 시선은 내 쪽이 아닌 전혀 다른 방향을 향해 있었다.

"……됐다."

"어? 뭐가 돼?"

"물의 진."

"……!"

"지금 완성됐어. 느껴져."

라피스가 자신의 가슴 부근을 느릿하게 쓸었다. 신기한 걸 만지는 듯 이채가 가득한 표정이었다. 라피스에게선 보기 드문 표정이기도 해서 나도 덩달아 신기해졌다.

"어떤 느낌이야?"

"몸속에서 거대한 통로가 연결된 느낌? 또 하나의 길이 열린 것 같아. 방진 역할 따위 희생만 하는 거라고 생각했는데 좀 더 성장할 수 있겠어."

"헐, 넌 지금도 너무 강하잖아. 근데 거기서 더 성장한다고? 그쯤 되면 아예 신급 아냐?"

"글쎄, 하지만 여러 가질 시도해 볼 순 있을 것 같아."

그게 뭐냐고 물어보는 것도 겁난다. 왠지 정신건강을 위해서는 외면하는 게 더 좋은 선택일 것 같았다. 가만, 그러고 보니 물의 진이 완성됐다는 건 엘뤼엔도 자유가 됐다는 말이네? 내가 여기 있다는 걸 알고 있을까? 이쪽으로 건너와 주지 않으려나?

생각만으로 기분이 좋아졌다. 그런데 정말로 그때 누군가가 나타나는 기척이 느껴졌다. 엘뤼엔인가 싶어서 황급히 돌아보는데 놀랍게도 그곳엔 전혀 생각지 못한 사람이 서 있었다. 먹물을 머금은 듯한 새카만 머리카락과 초콜릿처럼 달콤해 보이는 피부를 지닌 소년이었다. 빛을 머금은 황금색 눈동자가 나를 향해 부드럽게 휘어져 있었다.

"어? 트로웰?"

"안녕, 엘."

그는 역소환 된 후로 대지의 영역에서 잠들어 있던 트로웰이었다. 생각보다 휴식이 길어지는 것 같더니 드디어 안정된 모양이었다. 나는 한달음에 그 앞으로 달려갔다.

"드디어 나왔구나! 몸은 좀 괜찮아?"

"응, 보다시피 멀쩡해. 혹시 걱정했어?"

"당연하지. 얼마나 놀랐다고."

지금도 그때만 생각하면 심장이 철렁 내려앉는 기분이 된다. 눈앞에서 부서지듯 사라져 가는 모습이라니, 가급적이면 다시는 보고 싶지 않은 광경이었다. 이렇듯 멀쩡한 모습을 다시 보니 감동스러울 정도다. 반가운 마음에 한껏 웃고 있으려니 그런 나를 트로웰이 빤히 바라보았다. 시선이 마주치는데 왠지 모르게 몸이 긴장했다. 평소에도 신묘한 광채의 금안이 오늘따라 더 짙은 기운을 띠고 있는 것 같았다.

"당부하고 간 부분은 다행히 늦지 않게 잘해 낸 것 같네."

"앗, 혹시 내 과거가 읽혔어?"

"응."

"헉, 정말로?"

지금까지 이렇게 물었을 때 트로웰이 긍정한 건 처음이었다. 설마 정말 그렇다고 할 줄 몰라서 숨을 크게 삼켰더니 그가 피식 웃었다.

"신기해?"

"그치만……같은 정령왕한테는 거의 안 통한다고 했잖아?"

"응, 맞아. 원래 이렇게 잘 보이진 않는데 오랜만에 영역에서 쉬어서 그런가. 감각이 좀 예민해진 것 같아. 평소보다 더 잘 보이네."

트로웰의 목소리는 평소보다 나른했다. 아직 잠에 취한 것 같기도 했다. 금방이라도 꾸벅거릴 듯 멍해 보이는 얼굴이 여느 때의 그에게선 볼 수 없는 느낌이라 왠지 조금 귀여웠다. 그러나 다음으로 이어진 말에 나는 흠칫 놀랐다.

"……지나치게 잘 보여서 짜증 나."

"어?"

"덕분에 싫은 것까지 알아버렸어."

중얼거리는 말과 함께 그가 내 어깨에 이마를 기대왔다. 묵직한 감각과 함께 밀려드는 기운에 얼굴이 천천히 굳어졌다. 지독하게 쓰리고 아픈 기운이었다. 가슴이 온통 저릴 정도로.

"엘, 내게 다시 눈물 좀 빌려줘."

"……트로웰?"

"울고 싶은 기분인데 혼자서는 울 수가 없어. 네 도움이 필요해."

꺼질 듯한 음성에서 희미한 울먹임이 느껴졌다. 불안한 기분에 나는 다급히 그를 끌어안았다. 무슨 일이야, 이게 도대체 무슨 일이지? 전에도 한 번 이와 비슷한 상황이 있긴 했다. 하지만 그때는 워낙 특수한 경우였고, 그때와 같은 일이 또 있을 리가 없다. 맞아, 그럴 리가 없잖아. 트로웰의 행동을 이해할 수도, 그의 기분을 정확히 알지도 못했지만 뭔가 이상한 일이 벌어지고 있다는 것만은 알 것 같았다. 라피스를 돌아보니 그 역시 얼굴을 잔뜩 찌푸리고 있었다. 의미를 알 수 없는 시선으로 트로웰을 가만히 응시하던 그가 문득 하늘을 바라보았다.

"저쪽도 준비가 끝났나 보네."

"저쪽이라니?"

"신계 쪽. 차원의 벽 너머로 형성된 힘이 우리가 만든 틀과 이어지기 시작했어."

"그렇다는 건……."

"때가 이르렀다는 뜻이지."

그 순간 생각지 못한 목소리가 들려왔다. 이젠 친근할 정도로 익숙해진 낮으면서도 부드러운 울림. 들을 때마다 내게 애틋함을 안겨주는 음성이었다. 라피스의 뒤쪽에서 나타나는 남자의 모습에 나는 눈을 크게 떴다. 허리 아래까지 길게 늘어트린, 빛을 담아낸 듯한 백금발이 보였다.

"엘뤼엔……!"

"그래, 아들."

담담한 화답을 듣자 가득 차오르던 불길함이 조금은 가시는 것 같았다. 엘뤼엔은 내게 가볍게 미소 지어 보이곤 라피스처럼 하늘을 응시했다. 따라서 고개를 들어보니 기묘한 흐름이 느껴졌다.

형태는 보이지 않았는데 거대한 무언가가 머리 위에 떠 있는 듯한 느낌이 들었다. 마치 촘촘한 그물망이 펼쳐진 것 같기도 했다.

"정화진이 완성됐어."

『정령왕 엘퀴네스』 14권에서 계속

외전:
끝과 시작

　태초에 주신이 있었고, 그의 부름을 받아 태어난 네 명의 신이 있었다. 그들끼리 존재하는 세계는 아름다웠으나 날이 갈수록 해야 하는 일이 많아졌다. 어느 날 분주함을 더는 견디다 못한 천신이 말했다.

　─우리를 도와줄 존재를 만들자.

　그리하여 천신은 세계의 가장 정결한 장소에 탄생수를 심었다. 네 신의 기운을 흡수하여 순식간에 자라난 탄생수는 이윽고 과실을 맺었고, 그 안에서 성결한 아이들이 태어나기 시작했다. 창조신을 닮은 외모를 지닌 아이들은 저마다 아름다운 날개를 지니고 있었다. 천신은 한껏 기뻐하며 자신의 창조물을 자랑했다.

—기본적인 성격과 힘은 우리의 것을 나눠 받도록 했어. 주인을 따르고 순종하는 본능도 함께 부여했지. 누구보다 우리를 잘 이해하며 헌신적으로 보필하는 존재가 되어줄 거야. 사랑할 수밖에 없는 아이들이지.

살펴보니 과연 그 말대로 아이들은 어느 하나 모난 곳 없이 완벽하게 그들에게 걸맞았다. 운명의 신과 명계의 신이 그 결과에 만족하며 천신을 칭찬했다. 그러나 마신만은 냉소적인 반응이었다.

—이렇게 착한 아이들이 너는 마음에 들지 않아?

천신이 그의 반응을 의아해하며 물었다.

그러자 마신이 비웃으며 되물었다.

처음부터 순종하도록 설계되었는데, 그게 과연 진정한 순종일 수 있는가?

알려지지 않은 창조 비화 — 신족의 탄생 기록 중에서

1.

　최초의 기억은 선명하다. 가장 처음 인지한 건 무언가가 강하게 잡아 이끄는 듯한 감각이었다. 갑자기 눈앞이 환해지더니 차가운 숨이 훅 밀려 들어왔다. 콜록콜록, 거친 기침을 내뱉고 나서야 그게 자신이 내쉰 최초의 숨이라는 걸 깨달았다. 멍한 기분으로 고개를 들자 하얀 것이 눈앞에 있었다. 그것이 누군가의 손이라는 사실을 인지하기까지는 오래 걸리지 않았다. 무심코 손을 잡자 강한 힘이 그녀를 일으켜 세웠다. 시선이 이른 곳엔 한 존재가 있었다. 알 수 없는 시선으로 가만히 웃고 있는, 짙은 흑발의 남자였다.

　"안녕."

　그의 흑요석 같은 눈동자를 마주하는 순간 가슴 속에서 알 수 없는 감동이 차올랐다. 본능적으로 알 수 있었다. 그가 자신이 섬겨야 할 주인이라는 걸.

　"존귀하신 주인님을 뵙습니다."

　배운 적도 없는 말이 입술에 각인된 듯이 흘러나갔다. 그런 자신을 주인은 조금 묘한 표정으로 바라보다가 실소하는 듯이 웃었다. "주인의 성격을 나눠 받는다……라고 했던가." 다시금 차분히 응시해 오는 시선은 냉정한 것 같기도 하고, 어딘지 쓸쓸해 보이는 것 같기도 했다. 그러나 다시 이어진 시선은 전보다 한층 부드러워져 있었다.

"유비아."

그 순간, 떨어진 음성에 반응하듯 이마에서 뜨거운 감각이 일었다. 그로부터 시작된 온기가 온몸으로 천천히 퍼져 나가기 시작했다. 둔하던 머릿속이 점점 맑아지며 시야가 환해졌다. 그건 마치 깨어나는 듯한 느낌이었다. 이미 자신은 멀쩡히 깨어 있는데도 불구하고.

"오늘부터 네 이름은 유비아다."

처음 들어보는 이름에 저항감은 일지 않았다. 그저 그렇구나, 아무렇지 않게 수긍할 뿐. 묵묵히 고개를 끄덕이니 주인이 부드럽게 웃었다. 그가 가볍게 손을 내밀어 머리칼을 그러쥐었다. 그 머리칼에 입 맞추는 걸 보고서야 유비아는 자신의 머리 색이 산호색이라는 걸 알아보았다.

"내 천사가 된 걸 환영한다."

*　　　*　　　*

"너희는 내게 불만을 말하지 않는구나."

어느 날 마신이 말했다. 그의 천사들이 대답했다.

"감히 저희가 어찌 주인이 하시는 일에 불만을 품겠습니까."

마신이 다시 말했다.

"너희는 처음부터 순종하도록 만들어졌지. 그 본성이 없더라도 나를 따랐을 것 같아?"

천사들이 솔직하게 대답했다.

"잘 모르겠습니다."

"그렇겠지."

마신이 웃었다.

"그걸 지금부터 알아가 볼까?"

때마침 마신의 눈에 새카만 뱀과 붉은 나비가 보였다. 마신은 그것을 가져다 하나로 섞어 사람의 형태를 만들었다. 그리곤 생기를 불어넣기 전에 축복을 내렸다. <보기 좋게 아름다운 외모>를, <무쇠처럼 튼튼한 신체>를, <아무도 얕보지 않을 강대한 힘>을, <잘 지치지 않는 활력>을, <포기하지 않는 정신력>을. 사회 구성에 필요한 <사랑>과 <양심>과 <인내>의 성분들도 넣었다. 그 모든 것들이 천신이 신족에게 부여한 것과 같은 성분이었다. 그러나 단 하나, 신에게 순종하는 본능만은 넣지 않았다.

이윽고 완성된 존재가 눈을 떴다. 밤처럼 까만 머리칼에 별처럼 반짝이는 붉은 눈동자를 지닌 이는 마신이 축복을 내린 그대로 아름다웠다. 마신이 그 결과를 흡족해하며 말했다.

"자유를 누려라. 규범 안에서 누릴 수 있는 모든 자유를."

마족의 탄생이었다.

*   *   *

"유비아, 언제까지 일할 거야? 나 심심해."

칭얼거리는 목소리에 유비아는 서류에서 시선을 떼고 고개를 들었다. 그러자 그녀의 머리칼을 가지고 한껏 장난을 치고 있던 이가 기다렸다는 듯이 헤실거리며 시선을 맞춰왔다. 훤칠하게 큰 키에 준수한 외모, 햇빛에 보기 좋게 그을린 듯한 피부를 지닌 청년은 누구에게나 호감을 살 만한 분위기를 갖고 있었다. 그 머리칼은 마신을 닮은 짙은 검은색이었으며, 반짝거리는 눈동자는 보석처럼 아름다운 붉은색이었다. 마신이 직접 창조한 최초의 마족 '아르카이델'. 얼마 전 왕으로 추대되어 이제 그 앞에 마왕이라는 호칭이 붙은 이가 눈앞에 있었다.

"아르카, 남의 머리칼을 멋대로 가지고 놀면 안 돼."

"에이."

"에이가 아냐. 손모가지가 부러지는 경험을 하기 전에 그 손 떼는 게 좋을 거야."

유비아의 시선이 냉정해졌다. 그 경고가 결코 빈말이 아니라는 걸 아는 아르카가 장난치던 머리칼을 얌전히 내려놓았다. 그제야 유비아의 시선에 서린 살기도 사라졌다. 아르카는 한껏 서운한 티를 냈다.

"카노스 님의 천사들은 다 유쾌하고 재밌는데 유비아만 재미없어."

"그래."

"봐, 대답도 항상 단답식으로만 하고. 협박할 때만 길게 말하고."

"⋯⋯."

"와, 이제 대답도 안 해. 진짜 신기해. 신족은 주인의 성격을 닮는 거잖아. 근데 어떻게 유비아만 이렇게 다르지? 유비아, 솔직하게 말해. 실은 이오웬 님의 천사인데 태어날 때 바뀐 거지? 출생의 비밀 같은 건가? 어, 그치만 이오웬 님도 이런 성격은 아닌데? 아, 그럼 라데카 님의 천사려나? 그나마 제일 비슷한 것 같기도 한데."

"아르카."

"오, 드디어 나랑 대화할 마음이 들었어?"

"내가 네 헛소리를 언제까지 들어줘야 하지?"

"⋯⋯역시 냉정해."

환해졌던 아르카의 얼굴이 도로 시무룩해졌다. 물론 유비아에겐 아무래도 상관없는 일이었다.

마신에겐 열두 명의 대천사가 존재한다. 그리고 그들 대부분이 주인을 닮아 명랑하고 장난기가 많은 성격이었다. 그러나 유일하게 유비아만은 무심하고 냉정했다.

마신의 첫 번째 천사인 유비아. 그녀는 탄생수가 최초로 맺은 과실에서 태어난 네 명의 신족 중 하나이기도 했다. 본래 신의 첫 번째 천사란 주인이 태어나면 그 존재에 반응하여 저절로 태어나는 존재였다. 그러나 예외적으로 최고신의 첫 천사들만은 다른 신족들과 마찬가지로 청공의 방에서 부름을 받았다. 그들이 창조되기 전에 이미 주인들이 세상에 먼저 존재하고 있었기 때문이다. 아르카는 바로 이 과정에서 유비아의 성격에 무언가 오류가 생긴 걸지도 모른다고 생각했다. 물론 사실과는 전혀 다른 오해로, 장본인인 유비아는 진짜 이유를 알고 있었다. 언젠가 마신이 지나가듯이 언급한 적이 있었으므로.

"유비아가 태어날 땐 내가 잠시 방심했거든."

진심을 감추는 데 능숙한 마신이 그때만은 난감해하는 표정을 솔직히 드러냈다. 그 말이 품고 있는 의미 또한 유비아는 어렵지 않게 알아들었다. 하지만 그녀는 눈앞에서 궁금해하는 아르카에게 그런 걸 친절히 설명해 줄 마음 따위는 조금도 없었다.

"귀찮게 굴지 말고 가. 난 바빠."

"유비아는 만날 바쁘잖아. 내가 놀러 와도 무시하는 마신의 천사는 유비아뿐이야. 우린 각자 최초의 신족과 마족인데 좀 친하게 지내면 안 돼?"

"글쎄. 그러기엔 내가 너무 바빠서 안 되겠는데. 마족들이 천신의 궁처에 음담패설을 낙서하고 도망가지만 않았다면 생각해 볼 만했겠지. 명계에 가서 인간의 혼을 빼돌리지 않았다면 더 그랬을 거고. 라데카 님의 궁처에 숨어들어 운명의 별을 섞어두지만 않았어도 지금보다는 훨씬 화목했을지도 몰라."

"……와, 지금까지 중에서 가장 길게 말했어."

그러니까 바로 이런 면 때문이었다. 반성하라고 한 말에 기죽기는커녕 오히려 길게 말했다고 좋아하는 모습을 보며 유비아는 이

마를 짚었다. 하기야 고작 말 몇 마디 정도에 주눅이 들었다면 애초에 마족이 신계에서 쫓겨날 리도 없었으리라. 지금까지 그래왔던 것처럼 유비아는 빠르게 단념했다. 다만 그를 상대할 인내심이 이제 슬슬 바닥을 치닫는 상태였다. 이쯤에서 돌아가지 않으면 말로만 끝내지 못할 것 같았다. 그건 유비아가 싫어하는 일 중 하나였다. 폭력은 가급적 사용하고 싶지 않은 수단이었다. 그리고 아르카에겐 다행스럽게도, 그는 운이 꽤 좋은 편에 속했다. 곤란해질 만한 상황이 생기면 항상 누군가가 나서서 상황을 수습해 주곤 했다. 이번에도 시기적절하게 나타난 이가 이어질 참사를 막았다.

"아르카, 또 유비아를 괴롭히고 있는 거야?"

웃음기를 머금은 맑은 목소리가 들려왔다. 연보라색 머리칼에 오팔의 눈동자를 지닌 여인이 안으로 들어서는 중이었다. 마신의 천사임을 상징하는 여섯 장의 검은 날개를 단 그녀는 키가 상당히 컸고, 어깨엔 저보다 더 큰 활을 매고 있었다. 마신의 네 번째 대천사인 아스모델이었다.

"아스!"

그녀를 본 아르카가 화색이 도는 얼굴로 달려가 답싹 그녀를 끌어안았다. 다 큰 남자의 응석을 능숙하게 받아 안아준(이때 유비아는 썩은 표정을 지었다) 아스모델이 혀를 쯧쯧 찼다.

"마왕이 자꾸 이렇게 마계를 비우고 와도 돼? 아직 안정도 되지 않았잖아. 지금 한창 해야 할 일 많지 않아?"

"뭐, 다 알아서 하겠지."

"아르카."

"에이, 몰라. 나도 내 맘대로 할 거야. 내가 누구 때문에 이렇게 됐는데."

아르카는 불만스럽게 입술을 삐죽였다. 그런 그를 못 말린다는 듯이 바라보면서도 아스모델은 안쓰러운 표정을 숨기지 못했다. 마족은 본래 신계의 주민이었으나 얼마 전 새로운 세계로 분리되었다. 그들의 성향이 신계에 적합하지 않다는 판단 때문이었다.

마족은 창조 때부터 자유 의지를 부여받은 존재로, 활발한 천성을 타고난 종족이었다. 타고난 힘이 강한데 신을 두려워하지도 않으니 거칠 게 없었다. 아르카를 시작으로 그 수가 적을 때는 그게 그리 큰 문제가 되진 않았다. 오히려 지나치게 정적인 신계에 적당한 자극이 되어 주는 편이었다. 그러나 숫자가 불어날수록 점차 생각지 못한 흐름을 타기 시작했다. 비슷한 성향이 모이자 그들은 서로 힘을 겨루고 싶어 했다. 호전적이 되어갈수록 그 방식은 점점 더 거칠어졌고 종래엔 잔혹성을 품었다. 가벼운 말썽이 악질적인 소동으로 번지는 건 순식간이었다. 이로 인한 피해가 심각해지자 사방에서 고통의 소리가 쏟아졌고, 결국 문제의 원인을 분리할 수밖에 없었다.

"난 적당히 선은 지키는 쪽이었다고. 자이칼 그 자식이 신수들을 도륙하지만 않았어도 이 사달은 안 났어. 미친놈. 힘을 더 키울 방법을 찾다 못해 신수의 피를 마시려고 해? 난 그런 주술이 있다는 것도 그놈 때문에 처음 알았다고. 그건 진짜 제정신이 아냐."

아르카가 이를 갈며 중얼거렸다. 늘 유쾌하게 반짝이던 붉은 눈동자에 한기가 서리자 분위기가 변했다. 그래도 마왕이라고 저런 표정도 지을 줄 아는군. 유비아가 속으로 중얼거리는 동안 아스모델이 부드럽게 웃으며 아르카의 머리칼을 쓰다듬었다.

"그렇게 해도 자이칼은 널 못 이기잖아."

"당연하지. 난 카노스 님이 직접 만든 마족이지만 걘 알에서 태어난 놈인걸. 타고난 힘의 차이가 명백한데 어딜 감히 날 이기려 들어?"

"후후, 그러게 말이야."

"그치? 아스도 그렇게 생각하지?"

옆에서 맞장구를 치니 기분이 좋아진 아르카의 표정이 다시 유순해졌다. 아스모델이 그런 그를 끌어안고 마구 쓰다듬으며 귀여워했다. 그 꼴을 지켜보던 유비아가 나직하게 혀를 찼다.

"적당히 해. 아스. 네가 그렇게 싸고도니 버릇이 나빠진 거야."

"어머, 그치만 유비아도 아르카를 예뻐하잖아."

"어? 정말? 유비아가 나 예뻐해?"

"물론 한심해하는 것도 애정의 일부긴 하지."

유비아는 딱히 부정하지 않았다. 하지만 너무 아무렇지 않게 긍정하니 오히려 김이 빠졌다. 게다가 그 애정표현이 기대하던 방식과는 거리가 너무나 멀다 보니 딱히 긍정한 느낌도 들지 않았다. 역시 유비아는 만만치 않아. 아르카는 질린 표정을 짓다가 아스모델을 돌아보았다.

"아스, 마계에 또 언제 와? 아스가 있을 때가 제일 즐거웠는데."

"지금 담당이 카티엘이었던가? 그럼 앞으로 반년 후겠네."

"그렇게 오래 걸려?"

"난 4월의 천사잖아. 지금은 10월이고. 달마다 교체 부임하는 거니 할 수 없지."

"쳇, 왜 마계는 12달이나 있는 거야."

"주군께서 우리 숫자에 맞춰서 마계의 달 수를 정하셨기 때문이지."

"아, 몰라. 그냥 맨날 4월이면 좋겠다."

침울해진 아르카가 다시 덩치에 어울리지 않게 칭얼거렸다. 그 모습을 난처한 표정으로 바라보던 아스모델이 빙긋 웃었다.

"그보다 아르카, 이거 볼래?"

"응?"

아스모델이 한쪽 어깨를 드러냈다. 의아해하던 아르카의 눈이 다음 순간 크게 떠졌다. 그 위에 선명한 문양이 새겨져 있었기 때문이었다. 오색으로 은은하게 빛나는 해와 달의 문양은 천신 이오웬을 상징하는 문양이었다. 천신의 직계 천사가 아닌 신족이 천신의 문장을 가지고 있는 경우는 단 하나뿐이었다.

"설마……!"

"군단장이 됐군."

유비아 역시 그 문장의 의미를 알아보고 말했다. 아스모델이 한껏 들뜬 얼굴로 고개를 끄덕였다. 신계가 아무리 평화로워도 분쟁이 없지는 않았기 때문에 군대가 존재했다. 천신 이오웬의 산하이자 정의의 신 루세프가 총단장으로 있는 수호군이었다. 뛰어난 전사이기도 한 아스모델은 기꺼이 군에 들어가 신계를 위해 헌신했고 내내 군단장이 되기를 바라고 있었다. 그런데 드디어 그 소원을 성취한 것이다.

"정말 축하해, 아스!"

"고마워. 이거 이오웬 님한테 직접 받은 거다? 얼마나 기뻤는지 몰라. 아주 잘했다고 칭찬해 주셨어."

"으아, 좋겠다. 천신은 나만 보면 화내는데."

"그건 당연하지 않나. 네가 이오웬 님의 머리칼을 잘라갔으니까. 천신의 머리칼로 가발을 만들려고 한 간 큰 놈은 너밖에 없을 거다. 그냥 화내시는 정도에서 끝난 걸 다행으로 알아. 네가 카노스 님이 직접 창조한 첫 마족만 아니었어도 그 자리에서 죽었어."

"유비아는 역시 혼낼 때만 길게 말해."

가볍게 투덜거린 후 아르카는 다시 아스모델을 바라보았다. 그 또한 한때는 수호군에 몸담고 있던 이였다. 마계가 분리되면서 마왕이 된 지금은 완전히 길이 달라졌으나, 혼자 남아 군단장의 자리까지 올라가게 된 친구가 자랑스럽다는 사실은 변하지 않았다. 한동안 그들은 수많은 의미를 담은 눈으로 서로를 응시했다. 기실 마족과 신족의 사이는 마계가 분리되기 전부터 이미 틀어진 지 오래다. 하지만 적어도 이곳 마신의 궁처에서만큼은 예외였다. 마신의 천사들과 마족들은 여전히 사이가 좋았다. 그건 앞으로도 영원히 변하지 않을 예정이었다.

"각자의 길에서 힘내자."

"응."

두 사람이 서로를 끌어안고 다독였다. 그 모습을 유비아가 증인처럼 지켜보았다. 그때까지만 해도 그 자리에 있던 누구도 다가올 앞일을 짐작하지 못했다. 평화의 끝은 예고도 없이 찾아든다는 것을.

2.

"유비아."

한밤중 기습적으로 찾아든 목소리에 유비아는 퍼뜩 잠에서 깼다. 침대 맡에서 어른거리고 있는 그림자가 있었다. 굳이 확인해 보지 않아도 찾아온 이가 누군지는 쉽게 알 수 있었다. 유비아는 가볍게 한숨을 내쉬었다.

"아르카, 너 또 이렇게 멋대로……."

그러나 몸을 일으키다 말고 그녀는 잠시 멈칫했다. 공기 중에 평소와 다른 냄새가 섞여 있었다. 잠이 한순간에 달아났다.

"불 켜지 마."

유비아가 방 안을 밝히려는 걸 작은 목소리가 다급하게 말렸다. 유비아는 침대에서 상체를 일으킨 채로 검은 어둠 속에 숨어 있는 그림자를 가만히 노려보았다.

"……대체 무슨 일이야."

피는 모두 붉은색이었지만 신족과 마족의 피는 각기 풍기는 냄새가 조금 달랐다. 이건 신족의 피 냄새였다. 마족인 아르카가 신족의 피를 묻히고 올 이유는 달리 한 가지밖에 떠오르지 않았다. 하물며 이렇게 짙은 냄새라면 더더욱.

"너 무슨 짓 했어."

"……"

"말해. 누굴 죽였어?"

낮게 다그친 말에 아르카가 숨을 몰아쉬었다. 살짝 거칠어진 호흡에서 그의 불안정한 감정이 고스란히 전해졌다.

"누군지 몰라. 빛의 신의 기운이 느껴졌으니까 아마 그 신의 천사겠지."

"대체……."

"미안해. 상황이 별로 안 좋아."

"제대로 설명해."

이어진 설명은 충격적이었다. 모든 사건은 새벽녘 신계로 건너온 아르카가 신족과 마주친 것으로 시작됐다. 아르카는 딱히 그를 어떻게 할 생각이 없었으나, 그동안의 불화 때문에 선입견이 쌓일 대로 쌓인 신족은 그의 의도를 의심했다. 신족은 아르카의 해명을 들어볼 생각도 없이 험한 말부터 퍼부었다. 그런데 하필이면 그때 아르카에겐 뒤를 따르고 있던 마족들이 있었다. 자신들의 왕이 모욕을 당하는 것도 화가 나는 일인데 그 수위가 너무 높았다. 흥분한 신족이 마신의 이름까지 입에 올리기 시작하자 사태는 걷잡을 수 없이 악화했다. 결국, 화가 난 마족 중 한 명이 신족을 공격했고, 이에 신족이 동료를 불러 모아 대항하면서 대대적인 전투가 벌어졌다. 그리고 이 과정에서 아르카가 부하를 보호하다가 신족 하나를 죽였다.

"나를 잡기 위해 천군의 추격대가 움직였어."

"일부러 죽인 게 아니잖아. 지금이라도 투항하면······."

"알아. 순순히 잡히면 선처를 받을 수도 있겠지. 아마 추방되어 다시는 신계에 들어오지 못하는 선에서 끝날 수도 있을 거야. 하지만 그건 싫어. 그러느니 차라리 작정하고 군대를 일으킬 거야."

"너······."

"난 마왕이야. 내가 신족들 앞에서 순순히 굴복하면 마족들 체면이 뭐가 되겠어? 우리를 창조한 마신의 권위는?"

"······."

"신이 아닌 이상 어차피 누구나 한 번은 죽어. 그렇다면 죽는 방식을 정해 두는 것도 좋겠지. 비굴한 삶을 이어가느니 난 내 자존심을 지키고 죽을 거야. 어차피 다들 울분을 터트릴 시기를 찾고 있었어. 이쯤에서 한 번쯤 끝까지 가 보는 것도 나쁘지 않아."

음성에서 희미한 열기가 느껴졌다. 그제야 유비아는 아르카가 상당히 분노한 상태라는 걸 깨달았다. 호흡이 불안정하게 느껴지던 건 당황해서가 아니라 화를 다스리고 있었던 거였다는 것도. 아르카의 성정이 다른 마족에 비해 부드럽긴 하지만 그 역시 마족이었다. 심지어 누구나 왕으로 추대할 수밖에 없을 정도로 강한 마족. 최초의 마족이면서 마신의 특별한 아이라는 자부심이 누구보다 큰 존재이기도 했다. 그런 그가 면전에서 당한 모욕이 괜찮았을 리가 없었다.

"전쟁이 일어날 거야, 유비아. 얼마간은 신들까지 관여하진 않을 테지만 어차피 결과는 같겠지."

그건 유비아도 동의했다. 신족은 각자 신들과 연결된 존재였고, 신족이 피해를 보면 연결된 신도 영향을 받았다. 결국 신들이 나서게 될 건 당연한 수순이었다. 이 전쟁의 결말은 처음부터 정해져 있었다. 마족이 패할 것이다.

"네겐 마지막 인사를 하러 온 거야. 이왕이면 부탁도 하고 싶었고."

"부탁?"

"이 전쟁에 너희는 제발 나오지 말아 줘. 난…… 너희만은 해치고 싶지 않아."

유비아는 잠시 아무 말도 하지 않았다. 그가 기막히다는 표정을 지은 채 물었다.

"해칠 수나 있고?"

"윽, 이렇게 나오기야?"

"넌 못 할 텐데."

"……그래, 맞아. 마신의 천사들은 강하지. 유비아, 너는 그중
에서도 특히 강하고. 해치고 싶지 않다는 말은 틀렸어. 그냥 다른
방식으로 말할게. 너희와 싸우기 싫어."

아르카는 여전히 어둠에 가려져 보이지 않는 상태였다. 그가 있
는 쪽을 가만히 응시하던 유비아가 이내 몸을 틀어 팔찌 하나를
꺼냈다. 그 팔찌를 착용하니 가운 차림이던 유비아의 옷차림이 순
식간에 갑옷으로 변했다. 누가 보아도 전시의 차림을 한 그녀의
모습에 아르카의 눈동자가 흔들렸다. 유비아는 한 손을 뻗었고,
긴 창이 나타나 그녀의 손에 쥐어졌다. 그 상태에서 유비아가 아
르카를 향해 창을 뻗었다. 하지만 그녀의 창이 베어낸 건 그가 아
니었다.

"커흑!"

거친 신음 소리와 함께 소리 없이 다가오던 신족이 부들거리며
쓰러졌다. 동족의 배신을 믿을 수 없다는 듯 눈은 경악을 담은 채
였다. 그 모습을 가만히 내려다 본 유비아가 고개를 들어 다시 아
르카 쪽을 응시했다. 희미한 달빛에 아르카의 모습이 드러났다.
그 역시 동요를 여실히 드러낸 표정을 하고 있었다.

"유비아……?"

"유비아, 여기 있어?"

그때 문이 벌컥 열리면서 누군가가 안으로 뛰어들어 왔다. 얼굴
이 새파랗게 질린 아스모델이었다.

"아르카가 쫓기고 있어! 천군이 아르카를 죽이려고 한다고! 주군께선 이 일에 관여하지 않기로 하신 것 같아! 최고신들이 그분께 약속을 받아냈다는 말을 내가 훔쳐 들었어! 그러니 우리가 아르카를 도와줘야⋯⋯!"

다급하게 외치던 아스모델이 어느 순간 말을 멈췄다. 유비아 앞에서 얼음처럼 굳어 있는 아르카를 발견한 탓이었다.

"아르카!"

"아스."

"무사했구나! 다행이야, 정말 다행이야!"

아스모델이 그를 끌어안고 울었다. 아르카는 그녀를 마주 안지도 밀쳐내지도 못한 어정쩡한 자세로 굳어 있었다. 그런 그를 바라보던 유비아가 한숨을 내쉬었다.

"뭔가 한 가지 착각하고 있는데, 아르카. 네 부탁은 처음부터 할 필요가 없는 거였어."

"⋯⋯어?"

"어차피 마신의 천사는 너와 싸울 일이 없거든. 네가 아무리 멍청해도 이 상황에서 아군과 싸우려는 멍청이는 아니겠지. 눈치는 없어도 머리는 좋으니 내가 하는 말이 무슨 뜻인지는 알 거야."

"유비아⋯⋯."

아르카의 눈동자가 흔들렸다. 한참을 먹먹하게 바라보던 그가 고개를 떨구며 이내 허탈한 웃음을 삼켰다. 볼을 타고 흘러내리는 눈물이 짙은 어둠 속에서도 선명하게 보였다.

"전에도 말했는데…… 넌 항상 날 혼낼 때만 말이 길어져."

이윽고 아르카가 품 안에서 나팔을 꺼내 불었다. 꽤 긴 호흡을
내쉬는 동안 나팔에선 아무런 소리도 울리지 않았다. 그러나 잠시
후 신계의 결계문이 열리며 새까만 구름떼처럼 마족의 군대가 밀
려오기 시작했다. 오직 왕을 위해 조직된 마계의 특수군—모르스
였다.

예고된 전쟁이 시작되었다.

천마대전의 발발이었다.

3.

전쟁은 쉽게 끝나지 않았다. 마족의 저항이 생각보다 강하기도
했지만, 가장 큰 이유는 유비아와 아스모델을 비롯한 마신의 천사
들이 적극적으로 마왕을 보호하고 있었기 때문이었다. 하지만 본
격적으로 신들이 가담하기 시작하면서부터는 눈에 띄게 흐름이 바
뀌었다. 특히 정의의 신 루세프가 나서기 시작한 후론 거의 일방
적인 흐름이 되었다. 루세프는 미네르바 출신답게 타고난 수색꾼
이었고, 공기의 흐름을 누구보다 빠르게 읽었다. 아무리 은밀하게
숨어도 그의 시야를 피하긴 어려웠다. 12명의 마신의 천사들 중에
서 살아남은 이는 이제 유비아와 아스모델뿐이었다. 끝까지 버티

던 마공작들도 모두 죽었고 아르카는 심하게 다쳤다. 최고위 마족들이 모두 이런 상태이니 다른 마족의 상황은 보지 않아도 뻔했다.

"아르카, 정신 차려. 아르카!"

아스모델이 울먹이며 연신 아르카의 입 안에 천상수를 흘려 넣었다. 궁처를 떠나면서 가능한 한 많이 챙겨 나온 천상수도 이제 몇 방울 남지 않았다. 아르카는 희미하게 눈을 떴지만 좀처럼 정신을 차리지 못했다. 유비아는 끝을 예감하고 있었다.

"여기 있었구나."

"……."

야속한 끝은 순식간에 다가왔다. 바람을 가르는 소리와 함께 날개를 편 천마가 그들 앞에 내려앉았다. 지난 시간 지긋지긋할 정도로 그들을 추격해 온 천마의 등장에 유비아의 얼굴이 굳어졌다. 저 천마에게 죽은 마신의 천사가 몇이었는지 기억도 나지 않았다. 아스모델 역시 굳은 얼굴로 아르카의 앞을 막아섰다.

천마는 루세프만이 아니라 천신 이오웬도 함께 태우고 있었다. 이오웬의 안색은 몹시 창백했고, 슬퍼 보였다. 마신의 천사들은 신족이었으며 이는 곧 그녀의 아이들이기도 했다. 그들이 동족의 반대편에 서서 거의 다 죽었으니 그녀에게도 큰 비극이었다.

"유비아, 아스모델."

천신의 부름에 두 사람의 몸이 저절로 움찔했다. 창조주를 향한 본능적인 반응이었다.

"왜 이런 일이 벌어진 거지. 내가 내 사랑하는 신족들을 해치게 되다니. 너희는 소중한 내 아이들이야. 너희를 다치게 하고 싶지 않아. 이제라도 그만두고 돌아오렴."

"죄송합니다, 이오웬 님."

잠시 망설이던 아스모델이 무겁게 대답했다. 이오웬은 슬픈 얼굴로 고개를 가로저었다.

"제발 마음을 돌이키렴. 너희가 마족을 보호하려는 건 그들의 창조주인 카노스의 영향을 받아서야. 진짜 너희의 마음이 아니야."

"그렇지 않습니다. 아르카를 지키려 한 건 저희의 뜻이었습니다."

아스모델은 고집을 꺾지 않았다. 굳건한 그 얼굴을 보고 이오웬의 표정이 더 슬퍼졌다.

"내 말을 이해하지 못하는구나. 그렇다면 아스모델, 내가 진실을 알려줄까?"

"예?"

"네겐 나의 인장도 새겨져 있지. 그 인장을 새긴 이에게 순종하렴."

그 순간 유비아가 헉 하고 숨을 삼켰다. 아스모델이 갑자기 이오웬 앞에 엎드린 탓이었다. 본인도 의도하지 않은 행동인 듯 크게 놀란 표정이었다. 그 모습을 우울하게 바라보던 이오웬이 말했다.

"이제부터 네 검으로 마왕을 찔러 그의 숨을 거두렴. 내 명령에 순종함으로써 내가 널 살릴 수 있게 해 주렴."

"명을 따르나이다."

아스모델의 입 안에서 무미건조한 목소리가 흘러나왔다. 유비아는 당황한 표정을 감추지 못했다. 아스모델 역시 대답한 자기 자신을 믿을 수 없다는 표정을 짓고 있었다. 그러나 그런 중에도 그녀의 손은 착실히 움직여서 검을 움켜쥐고 있었다. 그 검을 움켜쥔 손이 의식이 거의 없는 아르카를 향했다.

"이게 무슨……! 아스? 아스모델!"

"아…… 이게 뭐야. 싫어! 안 돼! 유비아! 도와줘!"

유비아가 얼른 붙잡으려 했다. 그러자 그런 그녀를 루세프가 움직이지 못하게 했다. 유비아가 부릅뜬 눈으로 바라보자 루세프가 고개를 저었다.

"마왕은 이미 가망이 없어. 너희라도 살아."

"……이런 방식은 납득할 수 없습니다."

"정말 미안하다."

"싫어! 이오웬 님! 제발 그만둬 주세요! 이런 건 싫어!"

아스모델이 비명처럼 소리를 질렀고, 이오웬은 눈을 감았다. 그녀 또한 이런 방법을 쓰고 싶었던 건 아니었다. 하지만 이렇게 해서라도 아스모델과 유비아를 살리고 싶었다. 그들이 스스로 죄를 뉘우치고 마왕을 죽였다고 하면 그 손에 동족의 피를 묻힌 죄를 용서할 수 있을 테니까.

"순종하는 본능을 타고났는데, 그게 진짜 순종이야?"

그 언젠가 카노스가 비웃으며 했던 질문이 떠올랐다. 이오웬이 입술을 악물었다. 마신의 천사들이 죽기 시작했을 때 이오웬이 가장 먼저 찾아간 것도 마신이었다. 그녀는 어떻게든 마신이 이 상황을 해결해 줄 것을 바랐지만 일관적인 대답밖에 들을 수 없었다.

"너희가 원하는 대로 난 방관하고 있잖아. 여기서 내게 더 바라면 안 되지."

"하지만……!"

"이오웬."

귓가에서 바로 울리는 듯한 음성에 이오웬은 항의하다 말고 흠칫 어깨를 떨었다. 소파에 거의 누워있다시피 기대 있던 카노스가 눈을 뜨고 그녀를 바라보았다. 동공과 홍채가 거의 구분되지 않을 만큼 새카만 눈동자에 이오웬이 잠시 소리를 내는 법을 잊었다.

"신족을 신과 연결한 건 너야. 주인의 감정과 성격에 영향을 받게 한 것도 너고."

"……"

"이해했으면, 날 더는 자극하지 말아 줘."

그의 빙긋 웃는 얼굴을 보았을 때 이오웬은 자신이 어느새 마신의 궁처 밖으로 떠밀려 나 있다는 걸 깨달았다. 명백한 추방이었다. 이후엔 아무도 마신의 궁처엔 접근조차 할 수 없었다. 이오웬은 결국 최악의 때가 이르는 걸 막지 못했다.

"아르카! 제발 피해! 아르카!"

이 순간에도 아스모델은 처절하게 비명을 지르고 있었다. 유비아는 붙잡혔고 이오웬은 외면했다. 제 행동을 막을 방법이 없다는 걸 깨달은 아스모델은 마지막 희망을 아르카에게 걸었다. 그가 의식을 차리고 제 검을 피하기를! 그리고 아르카 역시 제게 다가오는 검을 느끼고 있었다. 가늘게 눈을 뜬 그가 검을 치켜든 채 울고 있는 아스모델을 보고 희미하게 웃었다.

"아스, 괜찮아. 찔러."

"……!"

"난 이제 다 됐어. 너만이라도……. 너희만은……."

아르카의 붉은 눈동자에 빛이 스며들었다. 그 빛은 두 뺨에 눈물이 되어 떨어졌다. 그와 동시에 아스모델의 검이 빠르게 떨어졌다.

푸욱!

섬뜩한 소리가 울렸다. 모두가 예상한 끝을 알리는 소리였다. 그러나 막상 눈앞에서 펼쳐진 광경은 전혀 달랐다. 아스모델이 쥔 검은 아르카가 아닌 전혀 다른 곳에 박혀 있었다. 바로 아스모델, 그 자신의 가슴에. 유비아가 눈을 크게 떴고 이오웬이 비명을 질렀다. 루세프 역시 너무 놀라 유비아를 잡고 있던 손을 놓쳤다.

"아스모델!"

자유로워진 유비아가 허둥지둥 뛰어나가 아스모델을 부축했다. 아르카는 돌아가는 상황을 인지조차 하지 못하는 듯 보였다. 그녀에게서 쏟아진 피가 아르카의 몸을 흥건히 적시고 있었다. 유비아는 그 모습을 스치는 시선으로 확인하고 아스모델을 바라보았다.

"아스모델!"

소리쳐 외치자 감고 있던 아스모델의 눈이 떠졌다. 숨이 넘어가고 있는 그녀는 조금 홀가분해 보이는 모습이었다. 혼란에 빠진 유비아와 눈을 맞춘 그녀가 희미하게 웃었다.

"신족이 신에게…… 강제로 순종하는 운명이라면……."

"아스……모델?"

"나는…… 그 순종을 거부하고…… 차라리 저주를…… 받으리라."

그게 그녀가 뱉은 마지막 말이었다. 오팔 색의 눈동자에서 빛이 사라지면서 아스모델의 등에 달려 있던 날개가 천천히 흩어지기 시작했다. 검은 깃털이 사방으로 흩뿌려졌다. 뭔가가 달랐다. 앞서 죽은 마신의 천사들에게선 한 번도 보지 못했던 모습이었다.

"말도 안 돼. 이건 말도 안 돼……!"

이오웬이 입을 틀어막고 부들부들 떨었다. 그 모습에 유비아는 무언가를 직감했다. 아스모델의 혼이 구원받지 못할 곳으로 떨어졌다는 것을. 스스로 주인의 순종을 거부하고 기꺼이 타락의 길을 선택했다.

"아아아, 아스모델!"

얼굴을 감싼 이오웬이 고통스럽게 울었다. 유비아는 그 모습을 망연히 바라보다가 아르카 쪽을 돌아보았다. 그에게서도 이미 숨이 느껴지지 않았다. 마신의 성력을 품은 피라곤 해도 마족과 신족은 결국 서로 반대되는 속성이었다. 그녀가 쏟아낸 피가 아르카의 얼마 남지 않은 숨을 앗아간 듯했다.

"……아."

수많은 말들이 입을 타고 올라왔다. 무엇이든 내뱉지 않고서는 견딜 수 없을 것 같았다. 그러나 그 순간, 뒤에서 뻗어 나온 손이 그녀의 입을 막았다.

"……!"

놀라서 돌아본 곳엔 흑발의 남신이 있었다. 마신 카노스였다. 그가 유비아를 향해 고개를 가로저었다. 그 시선을 마주한 순간 유비아는 눈을 감았다.

카노스는 몸을 굽혀 아르카의 시신을 확인했다. 다음으로 날개가 흥하게 빠진 아스모델의 시신도 확인했다. 루세프가 차마 그 모습을 지켜보지 못하고 시선을 피했다. 이오웬은 여전히 울고 있었다. 한동안 그 모습을 눈에 담던 카노스가 몸을 일으켰다. 멀리서 섀넌과 라데카를 비롯한 신들이 달려오고 있었다.

"카노스, 당신이 어째서 여기에……!"

무언가 말을 이으려던 섀넌이 흠칫해서 입을 다물었다. 자신을 응시해 오는 카노스의 눈빛이 얼어붙을 것처럼 차가웠다.

"내가 관여하지 않는 건 전쟁이 끝날 때까지였지."

"……."

"보다시피 전쟁은 끝이야."

이윽고 하얀 손이 유비아 앞으로 내밀어졌다. 유비아는 그 광경이 언젠가의 모습이랑 같다고 생각했다. 그녀가 처음 태어났을 때와.

"가자, 유비아."

유비아가 그 손을 잡았고, 강한 힘이 그녀를 일으켜 세웠다. 그때처럼 다시 단둘이었다. 떠나는 그들의 뒷모습을 붙잡는 이는 아무도 없었다. 빈자리에 남겨진 건 탄식과 슬픔뿐이었다. 운명의 여신이 공허한 눈으로 주위를 돌아보았다. 아름다웠던 신계의 풍경은 오랜 전쟁을 거치면서 황폐해진 지 오래였다. 치열한 시간을 보냈으나 누구도 원하는 결말을 얻지 못했다. 그나마 먹먹하리만치 찾아든 고요가 이 순간의 유일한 위안이었다.

장장 몇백 년간 이어져 오던 기나긴 대전의 종식이었다.

*　　　*　　　*

카노스는 시벨리우스의 눈을 통해 고치 속에 잠든 아이를 바라보았다. 짙은 흑발에 붉은 눈동자. 최초의 마족이자 마왕이었던 이가 지니고 있던 색. 이제는 모든 마족이 지닌 색이 된 지 오래지만 그 모습이 유난히 각별하게 보이는 건 아이에게 부여된 이름 탓일 것이다.

"아스모델이라······."

희미하게 중얼거린 그를 보고 데르온이 의아한 시선을 보내왔다. 아까부터 탐색하는 듯이 지켜보는 눈빛이 간지러웠다. 누구보다 충실하고 우직한 아이는 자신의 정체를 조금도 짐작하지 못하고 있었다. 그러면서도 뭔가 이상한 기분을 지울 순 없는지 연신 고개를 갸웃거리는 모습이 재밌었다. 카노스는 그저 가만히 웃었다.

"좋은 이름이네."

이름: 아레히스 섀넌
생일: 2월 24일
종족: 신
성별: 남(男)
속성: 천의
키: 180cm
외형: 짙은 흑발, 벽안.
20대 중반 정도로 보이는 청년의 모습.

소개: 망자와 안식을 주관하는 중급신. 중천에서 결정자의 직함을 갖고 있다. 명계의 신 섀넌의 아들이기도 하다. 언제 태어났는지 정확한 날짜를 아무도 알지 못해서 이름을 받은 날을 생일로 하고 있다.
타고난 온화한 기운으로 상대의 방심을 잘 끌어낸다. 기본적으론 원칙을 따르지만 이용할 건 이용하자는 주의. 선해 보이는 얼굴에 방심하면 뒤통수를 맞을 수 있음.

캐릭터 복불복 Q n A

〈인터뷰 질문은 다음 이공카 카페 회원님들이 올려주신 질문 중에서 제비뽑기로 선정했습니다. **질문 범위의 특성상 앞으로 전개될 내용이 미리 나올 수도 있으니 주의 부탁드립니다.**〉

(리노30 님의 질문)

Q. 본인에게 있어 섀넌이란?

A: 웬수……? 아, 이런 실례 했습니다. 제가 이런 기회가 드물
어서 그만 본심이 나오고 말았군요. 물론 지극히 존경하고 사랑하
는 아버님이시지요. 네, 그렇습니다.

Q. 지훈의 첫인상은?

A: 착한 분이라고 생각했습니다. 갑자기 사망했고 인도자도 없
이 방치되어 있었으니 화내셔도 할 말이 없었는데 생각보다 차분
한 반응을 보이셔서 내심 안심했던 기억이 납니다. 명계에서도 클

레임은 괴롭습니다.

(물꼬기 님의 질문)

Q. 지훈이 엘퀴네스라는 것을 알았을 때 기분이 어땠나요?

A. 귓가에서 찬송가가 들리는 것 같았습니다. 드디어 이 거지 같은 잔업들에서 해방……아니, 그게 아니라 드디어 엘퀴네스 님을 찾다니. 정말 감격했습니다.

Q. 휴가를 받는다면 무엇을 하고 싶나요?

A. 생각만 해도 달콤한 질문이군요. 그냥 아무것도 안 하고 누워서 숨만 쉬어보고 싶습니다. 한 백 년쯤이면 좋겠는데 말입니다.

Q. 샌넌에게 정말 화났던 일이 있나요? 그때 기분이 어땠나요?

A. 정말 화날 때야 늘 많지요. 예를 들면 이제 드디어 야근이 끝났다 싶을 때 새로운 서류를 던져주고 간다거나. 일거리 잔뜩 쌓아두고 잠적한다거나. 네, 그럴 때의 기분은…… 굳이 말하지 않아도 아시리라 믿습니다. 제 입을 더럽히고 싶지 않군요. 어쨌든 아버지는 마신을 욕하면 안 됩니다.

(아이트 님의 질문)

Q. 뭔가 완벽해 보이는 아레히스 님, 샌넌 님한테 혼나본 적 있으세요? 만약 있으시다면 왜 어떻게 혼났는지 궁금해요.

A. 이왕이면 그냥 완벽해 보인다고 해주시면 감사하겠습니다. 안타깝게도 아버지에게 혼이 난 기억은 없습니다. 자잘한 구박들이야 자주 듣지만 그건 그냥 그분의 입버릇이니까요. 하아…….

(제이다 님의 질문)

Q. 명계 업무가 끝나고 남는 시간에는 주로 어떤 걸 하시나요?

A. 천도를 구경하러 다닙니다. 아, 천도란 명계의 주민 거주 구역을 뜻합니다. 다니면서 주민들이 불편한 점은 없는지 체크를…… 이런, 생각해 보니 이것도 업무의 연장선이었군요.

Q. 혹시 일탈(?)을 생각해 보신 적은 있나요?

A. 늘 합니다. 가슴 속에 깊은 의문을 품고 살고 있습니다. 난천의 속성인 데다가 중급신인데 대체 왜 이렇게 바쁜가.

Q. 만약 아크아돈에 놀러 간다면 제일 먼저 하고 싶은 일은 뭔가요?

A. 아크아돈이라면…… 아아, 지금 유니콘의 룬이 그곳에 있다지요? 그가 예정대로 신계로 복귀했다면 제 직속 팀에 들어왔을 가능성이 높았다는 거 아십니까? 중간계에 남다니, 참 운이 좋은 사람입니다. 어떻게 생겼는지 얼굴이라도 한번 보고 싶군요.

(맥켈란 님의 질문)

Q. 만약에 자신이 명계의 신이 된다면 뭘 하고 싶나요?

A. 명계의 신이라. 적어도 자식에게 자기 일을 떠넘기고 놀러 다니는 파렴치한 신은 되지 않을 것 같습니다. ……아니, 생각해 보니 나쁘지 않은데요? 떠넘길 수 있는 건 떠넘기는 게 좋지요. 아아, 이런 식으로 아버지를 이해하고 싶지 않았는데.

Q. 주신이 소원을 하나 들어준다고 한다면 무슨 소원을 빌고 싶나요?

A. 머리 색을 바꾸고 싶습니다. 저도 은발 잘 어울릴 텐데…….

(트멜이 님의 질문)

Q. 엘뤼엔을 속여 신으로 만들 때 무슨 느낌이셨나요?

A. 전 해야 할 일을 했을 뿐입니다만, 문제가 생기면 아버지한테 도움을 청해야겠다는 생각은 했습니다.

Q. 유희를 간다면 어디로, 어떻게 떠나고 싶나요?

A. 지구에 가 보고 싶습니다. 고층건물과 기계에 흥미가 있어서요. 구경하는 재미가 있을 것 같습니다.

Q. 결정자로 처음 부임하시고 펠마가 '나는 섀넌 님의 아들이다!'라고 할 때 무슨 느낌이셨나요?

A. 아, 그때를 말씀하시는 거군요. 아마 펠마 님이 그렇게 대놓

고 말하진 못하셨던 걸로 기억합니다. 그렇지만 시도만으로도 대단한 용기셨죠. 감탄했던 것 같습니다. 이렇게까지 소멸하고 싶어 안달하는 신이 있을 수 있구나 싶었거든요.

네 칸 만화

만약에 1. 아들 하기 싫은데?

만약에 2. 싫다면 파기해야지.

아…아들 해 주면 안 될까?

화풀이는 사정을 다 알고 난 뒤에…

만약에 3. 그래서 어쩌라고?

엘한테 무슨 짓이야!!
겨우 대타 주제에!!!

그래서 어쩌라고? 대타해서
네가 보태준 거라도 있어?
어디서 큰소리야?

나한테 뭐라 하지 말고
날 이렇게 만든 사람들한테
가서 따지세요. 왜 죄 없는
나한테 그래?

아니, 넌 뭐가 잘났다고 큰소리야?
내가 [엘]이 아니라고 그렇게 말했는데
그 말 듣지도 않고 최근댄건 너거든?
아니라는 걸 알자 바로 생까는
인성 봐라.

뜨끔

양심 없냐?
진짜 가짜 그걸 떠나서
손바닥 뒤집듯 변하는 너랑은
친구 안 하고 만다.

시벨 이렇게 하나뿐인 친구 잃다.

아... 쫄았다...

만약에 4. 타이밍

카노스는 지금 고민 중이다.(똥줄 타고 있다.)

원래라면 자신은 이미 카노스로 변해야 했다.

카노스 예욤!

이랬어야 했는데…

. . .

회상

지훈 넌 누구야?

난 나임ㅋ

So Cool~

헐 이게 아닌데!!

나올 타이밍을 재지 못했다…

과연 카노스는 나타날 수 있을까…?